MINNIE DARKE

Bis du mich findest

GOLDMANN

MINNIE DARKE

Bis du mich findest

ROMAN

Übersetzt von
Stefanie Retterbush

GOLDMANN

Die australische Originalausgabe erschien 2020 unter dem Titel »The Lost Love Song« bei Penguin Random House Australia.
Sollte diese Publikation Links auf Webseiten Dritter enthalten, so übernehmen wir für deren Inhalte keine Haftung, da wir uns diese nicht zu eigen machen, sondern lediglich auf deren Stand zum Zeitpunkt der Erstveröffentlichung verweisen.

Die Gedichte auf Seite 91, 349 und 358 stammen von Young Dawkins.

MIX
Papier aus verantwortungsvollen Quellen
FSC® C014496

Penguin Random House Verlagsgruppe FSC® N001967

1. Auflage
Deutsche Erstveröffentlichung August 2022

Umschlaggestaltung: UNO Werbeagentur GmbH
Umschlagmotiv: FinePic c/o Zero Werbeagentur GmbH (441994)
Redaktion: Ann-Catherine Geuder
LK · Herstellung: ik
Satz: Mediengestaltung Vornehm GmbH, München
Druck und Bindung: GGP Media GmbH, Pößneck
Printed in Germany
ISBN: 978-3-442-48948-0

www.goldmann-verlag.de

Man kann den Sänger einsperren,
aber nicht das Lied.

Harry Belafonte

AUFTAKT

Das Liebeslied begann nicht etwa mit einem Fanfarenstoß oder dramatisch scheppernden Becken, sondern mit einem sachten Klopfen an der Tür.

Die Tür befand sich im Untergeschoss des Konservatoriums für Musik, wo – wegen Januarferien und Hitze – auf Gängen und in Treppenhäusern eine seltsam gespenstische Atmosphäre herrschte. Doch selbst an einem geschäftigen Tag mitten im Semester wäre das Schild an der Tür irreführend gewesen. ABTEILUNG FÜR INFORMATIONSTECHNOLOGIE stand da, obwohl drinnen nur ein einziger Mitarbeiter saß. Arie Johnson war sechsundzwanzig Jahre alt und saß gerade, kurz vor Mittag, an seinem Schreibtisch. Noch ahnte er nicht, dass er das leicht zerdrückte Schinken-Käse-Sandwich, das er sich morgens gemacht hatte, nie essen würde. Oder dass sein Leben sich bald dramatisch verändern sollte.

Arie hörte es klopfen und schaute auf. Im Türrahmen stand Diana Clare, doch das allein reichte noch nicht, um ihm das schiere Ausmaß dessen, was hier gleich geschehen sollte, begreiflich zu machen. Die langen Haare hatte sie, wie er bemerkte, oben auf dem Kopf zu einem Zuckerwattebausch zusammengebunden, und ihre Wangen waren hochrot. Nicht weiter verwunderlich, schließlich waren laut Wetterbericht für heute 34 °C und mehr vorausgesagt.

Bis gestern hatte Arie Diana nur aus der Ferne gekannt, von Plakaten her und aus dem Feuilleton. Abgesehen von ein, zwei beinahe schon sagenhaften Gestalten, nach denen andernorts Konzertsäle benannt waren und deren Bronzestatuen in dramatischer Pose auf dem Campus des Konservatoriums standen, war Diana Clare, Klavierwunderkind, ganz sicher die bekannteste Absolventin. Ihr Markenzeichen waren die Auftritte in schulterfreien roten Abendkleidern, zu denen sie als Stilbruch knöchelhohe Converse trug, und die im selben knalligen Farbton wie ihre Kleider geschminkten Lippen. Im Hauptfoyer des Konservatoriums hing eine Fotografie von ihr beim Klavierspielen – bloße Schultern, die Arme ausdrucksstark nach den Tasten ausgestreckt, den Kopf in den Nacken gelegt, dass die langen, hellen, rotblonden Haare sich bis fast auf den Boden ergossen.

Mit gerade einmal fünfundzwanzig war Diana schon in den bedeutendsten Konzertsälen der Welt aufgetreten, aber jetzt war sie für den Sommer ans Konservatorium zurückgekehrt, um Meisterklassen zu unterrichten. Ihr einen Rechner einzurichten fiel in Aries Aufgabenbereich, weshalb er gestern die Treppe zu dem ihr zugewiesenen Büro hinaufgejoggt war, und zwar mit einem derart klaren Bild von ihr vor Augen, dass er kurz gestutzt hatte, sie ohne rotes Kleid zu sehen. Stattdessen hatte sie ein lässiges Jeans-Latzkleid mit Trägern angehabt und darunter ein über und über mit winzig kleinen Kleeblättern bedrucktes T-Shirt, und die Haare hatte sie zu straffen Zöpfen geflochten.

Auf Fotos wirkte Diana Clare immer wie ein Weltstar, mondän und glamourös. Atemberaubend. Aber in echt gefiel sie Arie noch viel besser – Sommersprossen im Gesicht, erstaunlich zierliche Hände, kurz geschnittene Fingernägel, Wimpern, so blass, dass man sie kaum sah.

Doch wenn Arie eins war, dann Realist. In der Schule und auf der Uni hatten die Mädchen ihn immer »super süß« gefunden, was allerdings nichts anderes hieß, als dass er für sie der Kumpel zum Pferdestehlen war, die Schulter zum Ausweinen und ein praktisches Versuchsobjekt für Flirtübungen.

Während er ewig an dem launischen alten iMac in Diana Clares Büro herumgebastelt hatte, war sie die ganze Zeit ausnehmend nett und freundlich zu ihm gewesen, aber Arie kannte diese Masche nur zu gut. Seiner Erfahrung nach flirteten Frauen mit ihm, solange er sich um ihre technischen Probleme kümmerte. Eine harmlose Dankbarkeitsbezeugung, die rein gar nichts zu bedeuten hatte.

Dass Diana Clare, nur einen Tag nachdem er ihre Problemchen mit Passwörtern, Netzwerkzugang und Druckerverbindung gelöst hatte, bei ihm vor der Tür stand, konnte also nur computerbezogene Gründe haben. Entschuldigend lächelte er sie an.

»Sag nichts. Irgendwas funktioniert nicht«, sagte er.

»Oh, nein«, versicherte sie rasch. »Alles bestens.«

Arie blinzelte. »Okay, aber …?«

»Ich bin, ich wollte nur …«, setzte sie an und unterbrach sich dann. Sie holte tief Luft und versuchte es noch einmal, wobei sie sich fast verhaspelte. »Ich wollte dich fragen, ob du vielleicht Lust hast, mit mir mittagessen zu gehen.«

Arie starrte sie an.

Das war Diana Clare. *Die* Diana Clare. Das war die Frau, die mit ihrem ganzen Körper Klavier spielte. So, als schaute ihr niemand dabei zu. So, als schüttete ihr jemand die Musik oben in den Kopf, von wo sie dann ihren ganzen Körper flutete, Schultern und Torso durchstrudelte und sich schließlich durch die Finger in die Tasten ergoss. Und *sie* hatte ihn gerade gefragt, ob er mit ihr essen gehen wollte?

Sollte das etwa ein Date sein? Hatte er das richtig verstanden? Am liebsten hätte er es zur Sicherheit schnell gegoogelt, aber sie stand da und wartete auf eine Antwort, also musste er dringend eine funktionierende Verbindung zwischen Hirn und Mund herstellen.

»Natürlich nur, wenn du gerade nicht zu viel zu tun hast«, fügte sie hinzu, aber Aries Zunge schien die Fähigkeit zur Artikulation gänzlich verloren zu haben.

Hätte Diana dabei nicht so hibbelig und nervös gewirkt, hätte Arie das Ganze als einen schlechten Scherz eingestuft, als einen kleinen, gemeinen Streich. Doch wenn das kein Streich war, dann gab es nur eine einzige andere plausible Erklärung: Er wurde gerade Zeuge eines echten, wahrhaftigen Wunders. Aber sollte dann nicht ein goldener Lichtstrahl vom Himmel fallen, durch die Wolken brechen und zum Fenster hereinscheinen? Wobei das, dachte Arie, in einem Kellerbüro doch eher unwahrscheinlich wäre.

»Entschuldige«, murmelte Diana verlegen und trat einen kleinen Schritt zurück, »wenn mein Vorschlag irgendwie unangebracht oder unerwünscht ist oder …«

Arie befahl seiner Zunge, sich endlich zusammenzureißen.

»Pressen wäre Lasse«, quiekte er.

Amüsiert verzog sie das Gesicht. »Hast du gerade was von Pressen gesagt?«

»Essen«, stellte Arie richtig. »Essen wäre klasse.«

Von da an ging alles ganz schnell – *allegro*, mindestens, wenn nicht sogar *presto*. Dem Mittagessen am Dienstag in einem Café unweit des Konservatoriums folgte eine Verabredung zum Pizza-Essen am Mittwochabend, die recht harmlos endete (mit einem Kuss auf dem Rücksitz eines Taxis) und ihrerseits wiederum zu einem Date am Freitagabend beim Inder führte, welches nicht ganz so unschuldig ausging.

Diana wohnte in einem Apartment im Erdgeschoss eines einst herrschaftlichen Gebäudes, das krude in sechs einzelne Wohnungen aufgeteilt worden war. Die winzige Küche war mehr ein potenzieller Brandherd und das noch winzigere Bad ein akutes Gesundheitsrisiko, aber Diana war, wie sie Arie erklärte, als sie ihn herumführte, so oft unterwegs, dass es sich für sie kaum lohnte, sich nach etwas Besserem umzusehen. Und außerdem hatte das dritte Zimmer – Schlaf-, Ess- und Wohnzimmer in einem – ein Erkerfenster.

»Das solltest du vielleicht wissen«, meinte Diana.

Zu Aries Erstaunen musste er feststellen, dass sie mit

ihm über die Zukunft redete, und zwar so, als spielte er darin eine Rolle.

»Was denn?«, fragte er.

»Ich brauche unbedingt ein Erkerfenster. Immer.«

»Und warum?«

»Das hat der Steinway nicht anders verdient«, erklärte sie und wies auf ihren Stutzflügel, der sehr schön anzusehen war, wie er so dastand, gerahmt von den schrägen Fenstern, auch wenn die mit fadenscheinigen Gardinen verhangen waren und sich auf der breiten Fensterbank darunter die getragene Wäsche einer ganzen Woche neben schmutzigem Frühstücksgeschirr und gebrauchten Kaffeetassen türmte.

Der Steinway schien, wie Arie bemerkte, größer als Dianas schmales Bett, das gegen die Wand geschoben und mit bunt zusammengewürfelter Bettwäsche bezogen und mit einer Melange an Kleidern garniert war. Das Bett war zwar klein, aber das störte Arie nicht, denn dort lernte er, dass Diana genauso leidenschaftlich liebte, wie sie Klavier spielte.

In den ersten Monaten ihrer Beziehung war Arie nicht der Einzige, der sein unverschämtes Glück kaum fassen konnte. Eines Freitagabends nach der Arbeit wurde er im Pub von einem bereits zum dritten Mal verheirateten Dozenten für Musiktheorie gestellt, der anzüglich eine Augenbraue hochzog und ihm verschwörerisch zuraunte: »Hast wohl besondere innere Werte, was?« Und selbst Aries bester Freund und Mitbewohner Richard stichelte ständig.

Die neidischen Kommentare von Kollegen und Freunden vermochte Arie noch an sich abperlen zu lassen, die Reaktion von Dianas Mutter war jedoch nicht ganz so leicht abzutun. Bei seiner ersten Begegnung mit Belinda Clare kam er sich vor, als wäre er bei der Musterung und ein Paradeoffizier a. D. würde ihn gleich im Befehlston anherrschen, gefälligst strammzustehen und die Brust rauszustrecken. Oder zum Friseur zu gehen. Wohl weil es keinen Vater gab, glaubte Dianas Mutter, besonders streng und herrisch auftreten zu müssen.

»Was ist eigentlich mit deinem Vater?«, fragte Arie Diana in jenen ersten Tagen, als sie einander beinahe ihr ganzes Leben erzählten.

»Der ist abwesend«, entgegnete Diana einsilbig.

Belinda, Mitte vierzig, hatte kurze hellblonde Haare, die an den Schläfen gerade silbern zu ergrauen begannen, und die erschöpfte Aura einer Frau, die sich nie den Luxus der Nachlässigkeit hatte leisten können. Sie wohnte anderthalb Stunden außerhalb der Stadt in einem schindelverkleideten Farmhaus mit weitläufigem Garten hinterm Haus, mit ungemähtem Rasen, wild wuchernden Aprikosenbäumen und Ausblick auf die dicht bewaldeten Hügel ringsum.

Nach einem leicht angespannten nachmittäglichen Teestündchen im Wohnzimmer, wo die Wände über und über mit Porträts von Diana tapeziert und die Vitrinen von einer veritablen Armee an Pokalen bevölkert waren, die Diana irgendwann einmal gewonnen hatte, führte Belinda Arie zum Schuppen ganz hinten im Garten, damit er ihr einen Karton mit leeren Marmeladengläsern von einem hohen Regalbrett holte. Die Aprikosen, sagte sie, seien reif und müssten geerntet und eingekocht werden.

Belinda beobachtete ihn mit durchdringendem, kritischem Blick, während er die Leiter aufklappte und den Pappkarton, auf den sie zeigte, vorsichtig herauszog.

»Also, was hast *ausgerechnet du*, das sie so glücklich macht?«

Arie, der gerade mit dem Karton im Arm die Leiter hinunterstieg, hatte nicht den leisesten Schimmer, was er auf diese Frage erwidern sollte, aber zum Glück schien Belinda gar keine Antwort zu erwarten.

»Du vergötterst sie?«, fragte sie.

»Natürlich«, antwortete er.

»Ich habe sie dazu erzogen, vergöttert zu werden«, sagte sie.

»Tja, das dachte ich mir fast«, meinte Arie, und Belinda nahm ihm den Karton mit den Marmeladengläsern aus der Hand, als könne man ihm nicht trauen, ihn weiter unbeschadet festzuhalten.

»Dann wird es wohl gehen«, meinte sie. »Fürs Erste.«

Vier Wochen später zog Arie zu Diana, im Gepäck sein großes Doppelbett. Den ersten Abend in ihrer nun gemeinsamen Wohnung feierten sie mit Himbeer-Gin und gingen so früh ins Bett, dass sie vor Mitternacht wieder wach waren und nackt am Klavier saßen, Diana zwischen Aries Beinen, den Rücken gegen seine Brust gelehnt, seine Arme um ihren sich wiegenden Körper geschlungen, während sie spielte.

Er wusste nicht, ob sie Mozart spielte oder Mendelssohn. Er wusste nur, dass er vollkommen vernarrt war in diese Frau, die Pizza über alles liebte und Currys, noch schärfer, als er selbst sie mochte, die sich bei gruseligen Filmen an seine Hand klammerte und für die es anstrengender war, auf einer Cocktailparty eine Stunde Smalltalk zu halten, als ein Rachmaninow-Konzert zu spielen. Mindestens fünf Stunden am Tag spielte sie Klavier, und obwohl sie danach meistens lustlos und gereizt war, waren ihre Launen doch wie ein Regenschauer im Sommer – rasch vorbei und schnell vergessen.

Ganz gleich, wie oft Arie sich auch den Kopf über diese Frage zerbrach, er hatte noch immer nicht den leisesten Schimmer, wie es sein konnte, dass Diana genauso verliebt in ihn zu sein schien wie er in sie. Und auch wenn er gerne behauptet hätte, diese Frage dürfe, wenn es nach ihm ginge, auf ewig eins der ungelösten Rätsel der Menschheit bleiben, solange sich nur nichts daran änderte, hielt sie ihn in Wahrheit doch oft nächtelang wach.

Die Musik endete mit einem herzergreifenden Akkord, und Diana ließ sich mit einem zufriedenen Seufzen gegen Aries Brust sinken. Er legte ihr das Kinn auf die nackte Schulter und drückte seine Wange in die wilden, zerzausten Haare.

»Warum?«, fragte er.

»Warum was?«

»Warum ich?«

Diesmal klang ihr Seufzen entnervt.

»Ich bin nicht auf Komplimente aus«, beeilte Arie sich hinzuzufügen. »Ich möchte bloß … ich möchte es bloß verstehen.«

»Ich kapiere nicht, warum das einer Erklärung bedarf.«

»Na ja, du bist *du*, und ich bin … so was von hundsgewöhnlich. Sieh mich an. Sogar mein Muttermal« – er wies auf seine Hüfte – »ist beige.«

Diana lächelte, während ihre Hände über die Klaviatur strichen und ein Geräusch machten, das, wie Arie immer dachte, die musikalische Entsprechung zu Kritzeleien auf einem Notizblock war.

»Diana?«

»Ich weiß nicht, was du von mir hören willst.«

»Ich verstehe nicht, warum du nicht … mit dem weltbesten Cellospieler zusammenlebst?«

»Mit einem *Musiker*?«, fragte Diana angewidert und schüttelte sich vor Entsetzen. »Igitt, nein danke.«

»Aber warum ausgerechnet ich?«

Wäre Diana wortgewandter gewesen, hätte sie sich besser ausdrücken und ihm vielleicht all die vielen Gründe erklären können. Sie hätte ihm gesagt, dass ihr, gleich als sie ihn das erste Mal gesehen hatte, gefallen hatte, wie ihm die dunkelblonden Haare in die Augen fielen, die dunkelbraun waren und warm und in denen sie etwas sah, von dem sie sich geschworen hatte, niemals ohne leben zu wollen: Güte und Freundlichkeit.

Womöglich hätte sie ihm gesagt, dass er in seinem knittrigen blauen Hemd, der billigen Bürohose und den lose geschnürten Vans, die er jeden Tag zur Arbeit trug, zwar tatsächlich ein bisschen wie ein Nerd aussah, aber dass das völlige Fehlen jedweden Egos das mehr als wieder wettmachte. Sie hätte ihm womöglich gesagt, dass sie die sanft gebräunte Haut an seinen Unterarmen mochte und einfach nicht genug bekommen konnte von seinen Händen, die lang und schmal und elegant waren und – sehr zu ihrem Ärger – mehr nach Pianistenhänden aussahen als ihre eigenen. Dass sie seine Stimme liebte, die sie an eine Violine erinnerte: nicht besonders tief, aber angenehm und voller als erwartet. Dass sie wusste, er würde sie nie betrügen und auch nie einschränken.

Hätte Diana sich besser ausdrücken können, sie hätte ihm gesagt, dass Arie für sie das Seltenste und Schönste war, was man sich nur vorstellen konnte: ein Entlein, das nicht einmal ahnte, dass es einmal ein stolzer Schwan werden würde.

Aber Worte lagen Diana nicht. Musik war ihre Welt. Während sie also über all die vielen Gründe nachdachte, weshalb sie sich in Arie verliebt hatte, wanderten ihre Finger über die Tasten des Steinways und probierten verschiedenste Akkorde aus.

»Okay«, sagte sie schließlich. »Wie wäre es damit?«

Sie nahm Aries rechte Hand in ihre und legte seinen Daumen auf eine elfenbeinweiße Taste, sodass ein einzelner Ton glockenhell durch den Raum tönte. »Das ist für dich. A wie Arie«, erklärte sie und legte seinen Ringfinger auf eine zweite Taste, »und das bin ich. D wie Diana. Spiel sie beide gleichzeitig.«

Er tat, wie ihm geheißen, und zusammen klangen sie sehr ernst. Gesetzt und feierlich.

»Okay, jetzt hör genau hin«, sagte sie und spielte drei Töne zusammen als Akkord. »Der unterste Ton ist ein D. Hör zu.«

Ihre Finger spielten einen anderen Akkord. »Jetzt ist der unterste Ton ein A.«

Dann spielte sie noch mal beide Akkorde.

»Hörst du das? Hörst du, wie diese beiden Akkorde zusammen klingen? Der Diana-Akkord und der Arie-Akkord. Wenn man beide zusammen spielt, erst den einen, dann den anderen, in diesem Fall erst den D-, dann den A-Akkord, nennt man das eine plagale Kadenz.«

»Bitte was?«

»Eine plagale Kadenz«, wiederholte sie. »Der Abstand zwischen den beiden unteren Tönen der beiden Akkorde ist eine Quarte. So. Wäre der Abstand zwischen den unteren Tönen eine *Quinte*, dann wäre es eine vollkommene Kadenz. Die ginge von E nach A. Hör hin. Vom D-Akkord zum A-Akkord, und jetzt vom E-Akkord zum A-Akkord. Hörst du den Unterschied?« Sie wartete seine Antwort gar nicht ab. »Vollkommene Kadenz, plagale Kadenz. Vollkommene Kadenz, plagale Kadenz. Mir persönlich gefällt die plagale besser. Kommst du darauf, woran sie dich erinnert?«

Sie spielte die beiden Akkorde wieder und wieder, aber Arie kam nicht darauf.

Diana half ihm auf die Sprünge: »Das kennst du aus der Kirche, wenn alle nach einem Lied ganz am Ende *Amen* singen. Hör genau hin.«

Zuerst hörte er es nicht, aber dann – als sie dazu »A-men« sang – war es nicht mehr zu überhören.

»Siehst du? Siehst du?«, fragte sie.

»Ich glaube schon.«

Diana ließ die Finger über die Tasten fliegen und entfesselte einen musikalischen Wasserfall, der schließlich mit den Tönen endete, die er nun als plagale Kadenz erkannte.

»Verstehst du, was ich meine?«, fragte sie.

»Ich bin dein *Amen*?«, fragte Arie.

»Ja, das bist du«, antwortete Diana. »Und ich bin deins.«

Und sieben Jahre lang sollte das so bleiben.

EINS

JAHRESTAG

✦

Natürlich kauften Arie und Diana ein Haus mit einem Erkerfenster. Es war ein Reihenhaus in einer schmalen Straße in der historischen Altstadt – eine Gegend mit Sandsteinhäuschen, elegant gestrichenen Schindelverkleidungen und der womöglich höchsten Pro-Kopf-Dichte uriger Bäckerei-Cafés weltweit.

Arie hatte das Haus entdeckt. Nachdem sie bei zwei vorherigen Versteigerungen überboten worden waren, hatte Arie selbst die Initiative ergriffen. Stundenlang war er an den Wochenenden durch die Straßen gestreift und hatte unermüdlich an Türen geklopft, bis er schließlich in der Tavistock Row auf ein Häuschen mit Erkerfenster gestoßen war und der dazugehörige Besitzer ihm nicht gleich ins Gesicht gelacht hatte, als er ihn fragte, ob er womöglich verkaufen wolle.

Das Häuschen war unrenoviert und mehr shabby als chic, und der Lage entsprechend war auch der Preis, aber Diana befand das Erkerfenster für perfekt, und damit war die Sache besiegelt. Das Erkerzimmer lag im oberen Stock und hatte polierte Dielen und eine Flügeltür mit Milchglasfenstern. Die Wände strich Diana selbst, in einem Beige, für das sie sich nur deshalb entschieden hatte, weil es den klingenden Namen »Grand Piano« trug, und dann stellte sie den Steinway so, dass sie das Erkerfenster im Rücken hatte und die Morgensonne ihr beim Üben auf die Tasten fiel.

In diesem Haus stand am siebten Jahrestag von Aries und Dianas erstem Kennenlernen ein gepackter Koffer abfahrbereit unten am Fuß der Treppe. Am nächsten Morgen würde Diana auf Tournee gehen. Erster Halt Singapur, dann weiter in Städte, bei denen man an glitzernde Schneekugeln denken musste: Paris und Salzburg, Prag und Sankt Petersburg. Beinahe einen Monat würde sie außer Landes sein, also kamen – wie inzwischen längst Tradition – Richard und Lenka zum Abschiedsabendessen.

Obwohl Diana und Arie ein gemütliches kleines Esszimmer hatten, schafften sie es beim Kochen mit Richard und Lenka doch nie aus der Küche. Während Arie den Belag auf seine selbstgemachten Pizzen häufte und seine kreisrunden Meisterwerke in den Ofen schob und wieder herausholte, gab Richard ihm von der Bank ungefragt Ratschläge. Diana, barfuß und in einem karierten Sommerkleid, lehnte mit einem halbleeren Glas an der Küchenspüle und beobachtete Lenka, die auf dem einzigen kleinen Hocker in der Küche saß und noch immer nicht an ihrem Wein genippt hatte, den Diana ihr vor gut einer halben Stunde eingegossen hatte. Und auch Lenkas lila Swinger-Top, das, da war Diana sich ziemlich sicher, allem Anschein nach brandneu war, warf einige Fragen auf.

»Ehrlich gesagt bin ich froh, dass du gehst, Di«, meinte Richard mit einem breiten Grinsen.

Richard war der einzige lebende Mensch, der Dianas Namen derart abkürzen durfte. Dass sie ihm das durchgehen ließ, war ein Zugeständnis an die Männerfreundschaft, die Arie und Richard seit dem achten Schuljahr verband, als Richard mit dicker Brille auf der Nase, Zahnspange im Mund und einem Akzent, der unglaublich affig und affektiert klang, aus Großbritannien hergezogen war. Zahnspange und Akzent waren längst passé, und die Brille war auch schon seit geraumer Zeit mehr Dolce & Gabbana als Glasbausteine, aber Richard und Arie waren noch immer unzertrennlich.

»Also, was soll ich sagen, danke für deine Offenheit, Richie-Poo.« Dass sie sich von ihm »Di« nennen ließ, hieß nicht, dass sie nicht gelegentlich zu Vergeltungsschlägen ansetzte.

»Er glaubt, ich arbeite mehr, wenn du nicht da bist«, erklärte Arie und belegte eine Pizza mehr als großzügig mit Jalapeño-Scheiben.

»Stimmt«, pflichtete Richard ihm bei. »Nur wenn Di nicht im Lande ist, schrubbst du mehr Stunden runter als ich. Paradiesisch! Und ich kann ausnahmsweise mal die Füße hochlegen.«

Fünf Jahre war es nun her, dass Arie seinen Job im Konservatorium gekündigt und mit Richard zusammen eine eigene Web-Entwickler-Firma gegründet hatte. Ihr kleines Unternehmen, Sonder Digital, war mit den Jahren stetig gewachsen, sodass sie mehr und mehr Mitarbeiter hatten einstellen und schließlich den ganzen ersten Stock eines alten Warenlagers in einem Mischgebiet hatten übernehmen können.

»Er nun wieder«, bemerkte Lenka mit ihrem leichten

Akzent, aber das hätte es gar nicht gebraucht. Tatsächlich machten sowohl Richard als auch Arie ungezählte Überstunden, und beiden lag das Wohl der gemeinsamen Firma sehr am Herzen. Um ihre Angestellten bei Laune zu halten, gab es tägliche Motivationsansprachen, regelmäßige Teambuilding-Maßnahmen und einmal monatlich einen Hackathon. Darüber hinaus hatten sie im Gemeinschaftsbereich eine Tischtennisplatte aufgestellt sowie einen großen Kühlschrank, in dem immer reichlich Kombucha stand.

Diana trat zu Arie und klaute ihm ein Scheibchen Mozzarella von einer der Pizzen.

»Du diebische Elster, du«, schimpfte er und drückte ihr einen Kuss auf die Haare.

»Pass ein bisschen auf ihn auf, ja?«, sagte Diana zu Lenka. »Damit er sich nicht zu Tode schuftet, während ich weg bin.«

»Keine Sorge. Ich füttere und tränke ihn. Und sorge dafür, dass er gelegentlich ein bisschen an die frische Luft kommt«, erwiderte Lenka lachend. »Versprochen.«

Nicht immer verstehen sich die Lebenspartner alter Freunde so gut, dass sie selbst gute Freunde werden, aber Diana und Lenka hatten großes Glück: Sie waren sich auf Anhieb sympathisch gewesen, auch wenn sie kaum unterschiedlicher hätten sein können. Diana beispielsweise kochte nie. Und sie faltete auch keine Wäsche, trug den Müll nicht raus, putzte nie den Ofen und schrubbte auch nicht das Bad. Lenka hingegen konnte nicht aus dem Haus gehen, ohne das Spülbecken abgewischt, die Decke auf dem tadellos gemachten Bett geradegezogen und die Sofakissen aufgeschüttelt zu haben. Diana war mit Allesfressergenen gesegnet und konnte essen, was sie wollte, ohne dabei auch nur ein Gramm zuzunehmen, während die arme Lenka strikte Diät halten musste, um nicht noch rundlicher zu werden, als sie es ohnehin schon war.

Lenka war Psychologin, und Diana konnte sich lebhaft vorstellen, wie tröstlich ihre patente, schnörkellose Art auf ihre Klienten wirken musste. Sie war kein bisschen musikalisch, dafür aber sehr sportlich, und je rauer der Sport, desto besser. Wobei Diana sich an diesem Abend fragte, wie lange das wohl noch so gehen würde. Sie beobachtete, wie Richard einen Schluck Craft-Bier trank und sich mit der Hand durch die kurzgeschorenen Haare fuhr.

»Also, ähm«, setzte er an, »es gibt Neuigkeiten. Noch ist es nicht offiziell, aber das machen wir dann, wenn du schon weg bist, Di, und … na ja, wir wollten es dir lieber persönlich sagen.«

Dianas Blick ging zu Lenka.

»Wir sind schwanger«, verkündete die.

In der kleinen, engen Küche fielen die vier sich überschwänglich in die Arme, und all die üblichen Fragen wurden gestellt. Wie weit seid ihr schon? (Beinahe in der zwölften Woche.) Wollt ihr vorher wissen, was es wird? (Auf jeden Fall.) Wie lange willst du pausieren? (So lange ich irgend kann.) Diana kippte Lenkas Wein in den Ausguss und holte ihr ein Glas Mineralwasser.

»Wir hatten gehofft«, sagte Lenka, »dass ihr beiden die Pateneltern werden wollt.«

»Aber hallo«, rief Arie mit einem Seitenblick zu Diana. In dem flüchtigen Blick, den sie sich zuwarfen, glaubte

Arie eine leichte Unsicherheit zu erkennen. Doch noch ehe er sich darüber Gedanken machen konnte und noch ehe Richard oder Lenka ihre zurückhaltende Reaktion bemerkten, sprudelte Diana schon wieder über vor Freude über das Glück ihrer Freunde.

»Heiliges Kanonenrohr«, rief sie und stieß mit Lenka, Arie und Richard an. »Ich fasse es nicht, ihr bekommt ein *Baby*!«

»Habt ihr beiden heute nicht auch was zu feiern?«, fragte Lenka, um ein bisschen von dem ganzen Rummel abzulenken.

»Haben wir«, erwiderte Diana und legte Arie den Arm um die Taille. »Sieben Jahre sind wir heute zusammen. Sieben ganze Jahre.«

»Gibt es dafür einen bestimmten Grund?«, fragte Diana.

Es war nach elf, und Arie saß nun schon seit bestimmt einer Viertelstunde ohne Hemd in der sommerlichen Wärme des Schlafzimmers gegen die Kissen gelehnt. Keine Bewegung von Diana entging ihm, die in einem blassrosa Nichts von Negligé barfuß durch das Zimmer tappte, in ihrem Handgepäck herumkramte und den Wecker stellte.

»Einen Grund wofür?«, fragte Arie.

Zwar hatte er ein aufgeschlagenes Buch im Schoß, aber Diana war sich ziemlich sicher, dass er in der ganzen Zeit, die sie gebraucht hatte, um sich erst einmal und dann noch ein zweites Mal zu vergewissern, dass sie auch wirklich alles Wichtige eingepackt hatte – Pass, Kreditkarte, Ladegerät –, keine einzige Seite umgeblättert hatte. Sie setzte sich zu ihm aufs Bett.

»Für das Gewitterwölkchen über deinem Kopf.«

»Da ist keine Gewitterwolke«, entgegnete er, ohne von der Buchseite aufzuschauen.

»Arie, ich sehe sie doch ganz genau«, widersprach Diana und pikste mit dem Finger in die leere Luft über seinem Kopf. »Da ist sie.«

»Das bildest du dir bloß ein.«

»Ich glaube kaum.«

Nun sah er doch auf. Er klappte das Buch zu und seufzte. »Willst du das wirklich? Jetzt? Heute?«

Diana wunderte sich über seinen gereizten Tonfall. »Na ja, wie es scheint, hast du mir etwas zu sagen.« Sie reckte das Kinn. »Na los, raus damit.«

»Also gut. Schau dir deine Hand an. Die linke.«

Diana tat, wie ihr geheißen.

»Was siehst du?«

Sie sah Sommersprossen, zwei feine parallele Streifen von einem Kaninchenkratzer, die sie schon seit Kindertagen hatte, und kurze, schlanke Finger, die jetzt gerade die Hälfte von Prokofjews *Concerto No. 2* gespeichert hatten, das sie bald mit dem Orchestre de Paris zusammen spielen sollte.

»Ich sehe nichts.«

»Ganz genau«, sagte Arie.

»O-o-oh. Verstehe. Du meinst, ich trage meinen Verlobungsring nicht.« Die Sache war die, Diana trug nie Ringe. Oder Armbänder. Oder Uhren. Die störten sie bloß beim Spielen. »Ich kann es nicht ausstehen, Ringe zu tragen. Das weißt du doch.«

Arie setzte sich auf, und Diana konnte jedes kleinste Detail der glatten, olivbraunen Haut an seiner Brust erkennen, die empfindliche Kuhle unter den Schlüsselbeinen, die sanfte Rundung der Schultern. Wie sie wünschte, sie hätte seinen Köder nicht geschluckt. Hätte sie ihm doch bloß das Buch aus der Hand genommen, die Lampe ausgeknipst und wäre zu ihm ins Bett geschlüpft, dann würden sie sich jetzt lieben, so wie immer, ehe sie wegmusste – mit einem Hauch von Traurigkeit, der dem Ganzen einen köstlich bittersüßen Beigeschmack verlieh.

»Wie lange hast du diesen Verlobungsring, den zu tragen du nicht ausstehen kannst, jetzt schon?«, fragte er.

»Das müssen jetzt … wie viele Jahre sein? Drei?«

Arie hatte Diana den Antrag in New York gemacht, an einem himmelblauen Tag im August, in einem Ruderboot im Central Park. Mit den festgenieteten Rudern war das kleine rundnasige Boot nicht leicht zu manövrieren gewesen, aber irgendwie hatte Arie es geschafft, quer über den gut besuchten See zu rudern, bis dahin, wo ein Jazz-Trio unter einer Pergola spielte, die über das Wasser hinausragte. Er hatte große Hoffnungen in den kleinen Ring gesetzt, nachdem er den Juwelier eigens gebeten hatte, ihn besonders klein und zart zu machen, so klein und zart, dass er eine Pianistin nicht beim Klavierspielen stören würde. Aber obwohl Diana ihn – und den dazugehörigen Heiratsantrag – überglücklich angenommen hatte, hatte der Ring beinahe seine ganze bisherige Existenz in einer dunklen Samtschachtel verbracht. Und eine Hochzeit hatte es bisher auch noch nicht gegeben.

»Wir sind jetzt seit beinahe viereinhalb Jahren miteinander verlobt«, sagte Arie.

»Nicht schlecht, findest du nicht?«, entgegnete Diana mit einem zögerlichen Grinsen, in der Hoffnung, ihm ein Lächeln zu entlocken. Das aber blieb aus.

»Warum sind wir nicht verheiratet?«

Diana seufzte. »Du weißt, *warum*. Wir sind einfach noch nicht dazu gekommen. Wir wissen nie, wann ich …«

»Genau genommen bestimmst du selbst deinen Terminkalender. Also, *warum* sind wir nicht verheiratet?«

»Warum muss das denn unbedingt sein?«

»Ich hasse es, wenn du Fragen mit Gegenfragen beantwortest.«

»Ich bin gerne Diana Clare«, brummte sie. Der schmollende Unterton in ihrer eigenen Stimme entging ihr dabei nicht.

»Wer sagt denn, dass du deinen Namen ändern musst?«

»Ich bin gerne *Miss* Clare. Mrs mag ich nicht. Das ist so schwerfällig.«

»Als du damals Ja gesagt hast, hattest du da jemals vor, mich zu heiraten?«

»Ja«, antwortete Diana nicht sehr überzeugend.

»Und, wirst du mich jemals heiraten?«

»Ich werde dich nie verlassen«, erwiderte Diana.

»Danach habe ich nicht gefragt.«

»Ach, Arie. Ich weiß es nicht.«

Arie hörte ihr an, wie entnervt sie war, und wünschte, er hätte es einfach gut sein lassen. Nach sieben Jahren hätte er es besser wissen müssen, als sich mit Diana wegen eines solchen Themas anzulegen. Wenn man sie in die Ecke drängte, wurde sie nur umso bockiger.

»Nun, dann denk doch bitte mal darüber nach. Während du weg bist. Wenn du nach Hause zurückkommst, dann mit einer Entscheidung.«

Diana lief es eiskalt den Rücken hinunter. »*Sonst?*«

»Das soll kein Ultimatum sein.«

»Kommt mir aber so vor.«

»Es wird Zeit, Diana. Es wird Zeit für den nächsten Schritt.«

»Hochzeiten sind kitschig«, meinte Diana in einem Ton, der zugleich abfällig klang und wie eine Einladung für Arie, ihr zu widersprechen.

»Wir könnten es genau so machen, wie du es möchtest«, erwiderte er sanft.

»Aber warum muss das denn unbedingt sein? Du weißt, dass ich dich liebe. Tue ich nämlich. Ich *liebe* dich. Ich habe dir schon gesagt, dass ich für immer bei dir bleiben will. Wir haben zusammen ein Haus gekauft. Ich will nirgendwo anders sein als bei dir.«

»Nur, dass du das bald wieder bist«, wendete Arie ein.

Es wurde still, und Diana spürte jede Meile ihrer anstehenden Reise und jede Minute der vielen Stunden, die vergehen würden, bevor sie sich wiedersahen.

»Und, was war das vorhin? Als Richard und Lenka uns gefragt haben, ob wir die Pateneltern werden wollen?«, fragte Arie.

»Was denn?«

»Du weißt schon. Dieser Blick.«

Diana seufzte tief. »Das ist eine gewaltige Verantwortung, und du hast einfach Ja gesagt, ohne überhaupt darüber nachzudenken. Pateneltern zu sein ist eine große Ver*pflicht*ung.«

»Na und? Die beiden sind unsere besten Freunde.«

»Ich sage nicht gerne Ja, ohne mir ganz sicher zu sein, dass ich es auch richtig machen kann. So richtig, wie es sich gehört.«

Da zeigte sich wieder einmal ihr Perfektionismus, der sie zu der Pianistin gemacht hatte, die sie war.

»Diana, wo ich auch hinschaue, überall um mich herum geht das Leben weiter«, sagte er. »Alles verändert sich, nur wir nicht.«

Sie kniff die Augen zusammen. »Geht es hier ums Kinderkriegen? Geht es eigentlich *darum*?«

»Ich weiß es nicht«, gestand Arie kleinlaut. »Das ist ein ganz anderes Thema. Aber ich möchte gerne heiraten. Ich möchte … den nächsten Schritt gehen. Aber du … mir kommt es so vor, als würdest du am liebsten alles so lassen, wie es ist, für immer und ewig.«

»Was ist denn daran so schlimm?«

»Hast du vielleicht mal daran gedacht, dass es nicht das ist, was ich möchte?«

Diana war es nicht gewohnt, dass Arie ihr sagte, was er wollte. Denn eigentlich, und das wusste Diana ganz genau, wollte er immer nur, dass *sie* glücklich war.

Sie sprang auf.

»Wo willst du hin?«, fragte Arie, dabei wusste er es längst, noch ehe sie aus dem Schlafzimmer gestürmt war. Einen Augenblick später hörte er, wie sie den Steinway aufklappte. Und dann klangen die Tonleitern durch die Wand herüber – aufgebracht, aber präzise.

Wenn das Liebeslied, in gewisser Weise, sieben Jahre zuvor mit einem Klopfen an der Tür begonnen hatte, so begann es, in anderer Hinsicht, in jener Nacht im Klavierzimmer. Es war fast Mitternacht, als Diana endlich genug Tonleitern gespielt hatte, um sich wieder ein wenig zu beruhigen. Wobei sie gar nicht so genau hätte sagen können, was sie so aufgebracht hatte. Ihr Verhältnis zu Hochzeiten vielleicht. Das war nämlich kompliziert. Allein die Vorstellung, sich aufzubrezeln, sich zu kostümieren mit Kleid und Schleier und dem ganzen Chichi, und dann auch noch so einen blöden Spruch aufsagen zu müssen … lächerlich war das, schnulzig und gespielt. Es widerstrebte ihr, öffentlich ein Versprechen abzugeben, das eigentlich nur zwei Menschen anging. Aber ein bisschen, ein *klitzekleines* bisschen gefiel ihr die Vorstellung auch. Aber so kompliziert diese ganze Geschichte auch war, ihre Gefühle für Arie waren alles andere als kompliziert. Hätte sie ihre Gefühle besser in Worte fassen können, dann hätte sie es ihm vielleicht erklären können.

Sie saß am Klavier, einen leichten Schweißfilm auf der Haut, und die Oberschenkel klebten am Lederbezug des Hockers. Durch das offene Erkerfenster, durch das eine leichte, kühle Brise hereinwehte, kam der Duft von wildem Jasmin, der draußen am Haus wucherte. Diana betrachtete das vertraute Muster aus weißen und schwarzen Tasten und spürte, wie das Lied in ihr Form annahm. Wie jedes gute Liebeslied hatte es zwei Stimmen. Während ihre Finger über die Tasten spazierten, erzählten sie zuerst den tieferen Teil, das Fundament, das aus einer Reihe Akkorden bestand, in Dreiergrüppchen, aufsteigend und abfallend. Dann tanzten sie die Melodie dazu, die über den tieferen Tönen ansetzte, süß und leicht, verschnörkelt wie die Zuckerschrift auf einer Torte.

Irgendwann schlug Diana ein Notenheft auf, in schwarzes Leder gebunden, und griff zu dem Bleistift, der immer auf dem Notenpult des Klaviers lag. Sie spielte, unterbrach sich, kritzelte ein paar Noten ins Heft, die sie gerade entdeckt hatte, und spielte weiter. Manche Noten bearbeitete sie mit dem Radiergummi, malte andere darüber, spielte wieder.

Als er irgendwann in der Tür stand und ins Licht blinzelte, war das Lied fast fertig. Es brauchte nur noch drei oder vier Takte, viel war es nicht mehr, aber gerade hier durfte man nicht schludern, nicht am Ende. Diana mochte es nicht, wenn Lieder einfach so verklangen. Für sie gab es kaum etwas Schöneres, als ein vorzüglich aufgelöstes Ende, wenn der letzte Ton oder der letzte Akkord in der Luft hing und in ihrer Brust widerhallte, bis sie glaubte, weinen zu müssen. Nicht vor Traurigkeit, sondern vor Ergriffenheit.

Sie sah ihn an – die nackte Brust, die blassblauen Boxershorts, die tief auf der Hüfte saßen. Alles an ihm kannte und liebte sie: Die Stelle oben rechts an seiner Brust, auf die sie immer den Kopf legte, morgens im Halbschlaf, wenn sie sich an ihn schmiegte und sich in seine Arme kuschelte; die Füße mit dem absurd hohen Spann; der vollkommen flache verwirbelte Bauchnabel; die Barthaare, die – wenn er sie denn mal wachsen ließ – ein bis zwei Farbtöne dunkler waren als die Haare auf seinem Kopf; die geschwungenen Lippen.

»Komm ins Bett«, murmelte er und streckte die Hand nach ihr aus. »Sonst bist du morgen todmüde.«

Diana klappte das Notenheft auf dem Pult zusammen, stand auf und streckte sich. Sie ging zur Tür, nahm seine Hand und lehnte die Stirn gegen seine Brust.

»Es tut mir leid«, flüsterte sie, den Blick auf den Boden geheftet.

»Was hast du da gespielt?«, fragte er.

Sie schaute zu ihm auf und zuckte die Achseln. »Ach … bloß ein Lied.«

»Das war wunderschön.«

Er hatte recht. Es war wunderschön, aber auch als Diana aufstand und ihm ins Schlafzimmer folgte, wusste sie noch immer nicht so recht, wie es eigentlich enden sollte.

WIE MAN EIN LIEBESLIED BEENDET

✦

Zwei Nächte später lag Diana schlaflos in ihrem großen Doppelbett im sechsundzwanzigsten Stock eines Glaskastenhotels in Singapur zwischen den gestärkten weißen Laken. Dicke Monsunregentropfen klatschten gegen die deckenhohen Fenster, zerbarsten und formten kleine Rinnsale an den Scheiben. Die Stadt dahinter war eine grelle Matrix aus Licht und glitzernden schwarzen Wasserstrichen.

Dianas berühmtes rotes Kleid war über einen luxuriösen Polstersessel drapiert, und auf dem Teppich lag ein weggeschleudertes Paar High Heels. Diana hasste es, in hohen Schuhen aufzutreten. Viel lieber trug sie ihre heißgeliebten alten Converse, aber wie der Kulturkolumnist einer Tageszeitung neulich angedeutet hatte, wurde es langsam – Diana war zweiunddreißig – Zeit, »die Überbleibsel ihrer Wunderkindzeit« hinter sich zu lassen. Erwachsensein, dachte Diana, konnte manchmal ganz schön schmerzhaft sein.

Die Nachttischuhr zeigte die Ortszeit an, kurz nach Mitternacht, was hieß, dass es zu Hause jetzt gerade kurz nach drei war. Trotzdem war Diana hellwach. Auf einer Bank am Fußende des Bettes, und gedoppelt in einem übergroßen Spiegel, stand der gigantische Blumenstrauß, den man ihr nach ihrem Auftritt heute Abend überreicht hatte. Sattgrünes Laub und rosa Orchideen, die Nationalblumen Singapurs, wucherten in dem tropischen Gebinde. Aber genau wie Flügel und Klaviere ließen sich Blumensträuße nur schwer unter den Arm klemmen und auf Reisen mitnehmen. Schon morgen, wenn die Blüten nicht einmal angefangen hatten zu welken, würde sie die Blumen im Eiskübel des Hotels zurücklassen müssen und hoffen, dass irgendwer sich vielleicht noch an ihnen erfreute, während sie längst auf dem Weg nach Paris war.

Diana wünschte, sie wäre nicht so wach. Nicht jetzt. Sie brauchte ihren Schlaf, denn schon kurz nach ihrer Ankunft in der französischen Hauptstadt sollten die mehrtägigen, anstrengenden Orchesterproben für das Prokofjew-Concerto beginnen. Eine weitere halbe Stunde versuchte sie sich etwas vorzumachen, lag mit geschlossenen Augen da und tat, als schliefe sie. Aber es nützte alles nichts.

Seufzend knipste sie das Licht an und musste sich eingestehen, dass das Hotelzimmer durch und durch dianafiziert worden war. Ihr Koffer hatte drei Viertel seines Inhalts auf den Boden gespuckt, wo sich nun ein Berg Kleider und Schuhe, Toilettenartikel und Notenblätter in wildem Durcheinander türmte. Aus diesem Chaos angelte Diana ein leichtes Kleidchen und ein Paar Sandalen, ihr Notenheft und einen Bleistift, der reichen musste, auch wenn er dringend angespitzt gehörte. Dann trat sie hinaus auf den Flur und machte sich auf die Suche nach dem Hotelklavier.

Bei der Unterbringung während ihrer Tourneen gab es für Diana nur ein Kriterium, bei dem sie nicht mit sich reden ließ: Sie brauchte unbedingt ein Piano. Manchmal erwies sich das Instrument als nichts weiter als ein winziges Klavier, verschämt in der Ecke eines Salons, in dem die Gäste abends vor dem Schlafengehen noch eine heiße Schokolade als Schlummertrunk nahmen. Manchmal war es ein prachtvoller Konzertflügel, der unübersehbar mitten in einer hallenden, marmorverkleideten Hotellobby prangte. Hier in Singapur stieß sie nach einigem Suchen schließlich auf einen glänzend schwarzen Kawai-Flügel, fast brandneu, der einen Logenplatz auf einer Galerie mit Blick auf die mit Rattanmöbeln ausgestattete Lobby des Hotels darunter gefunden hatte. Der Zugang war mit roter, zwischen verchromten Pollern gespannter Samtkordel abgesperrt, aber der geschwungene Deckel war einladend geöffnet.

Von unten hörte Diana das Klirren dickwandiger Bechergläser, angeregtes Geplauder und lautes Gelächter. Jenseits der Brüstung sah sie Männer in Segelschuhen und offenen Hemden, die einander mit zitronenscheibchengarnierten Bierflaschen zuprosteten. Frauen mit der Attitüde losgelassener Stewardessen in grellbunten Flatterkleidchen, die makellose gebräunte Knöchel und Schultern zeigten, bei deren Anblick Diana immer ein bisschen neidisch wurde, nippten an bunten Cocktails.

Samtkordel und Poller, entschied Diana, galten für sie nicht. Vorsichtig machte sie einen großen Schritt über das Seil und setzte sich ans Klavier. Mit einigen einleitenden Tonleitern machte sie sich dann mit dem

Instrument vertraut, das auf ihre Berührung mit einem tröstlich warmen, harmonischen Klang reagierte. Ein gutes Klavier war in Dianas Welt eins, bei dem sie sich vorstellen konnte, wie sein Klang in einer wunderschön schillernden runden Blase aufstieg. Und das hier war ein gutes Klavier – so gut sogar, dass sie kurz überlegte, sich durch das Prokofjew-Concerto zu ackern. Aber nein. So würde sie nie in den Schlaf finden.

Heute war die Nacht für ihr fast fertiges Liebeslied. Sie legte die Finger auf die Tasten, setzte sachte an und hoffte, die Musik werde sie wie eine sanfte Woge weitertragen bis zum letzten, perfekten Ton.

Beim Spielen dachte sie an Arie, wie es sich anfühlte, ihn zu lieben und von ihm geliebt zu werden. Sie dachte an all das, was die Leute, und manchmal sogar Arie selbst, nicht sehen konnten oder nicht verstanden.

Diana hatte sich nie einen großen Mann gewünscht, oder einen mit markantem Kinn oder mit einer verheißungsvollen Zukunft in diesem oder jenem gutbezahlten Job. Nein, was sie sich gewünscht hatte, war so unendlich viel kostbarer – eine ganz bestimmte Architektur des Herzens. Im ersten Augenblick, als sie Arie kennengelernt hatte, hatte sie es gespürt – ein Herz wie ein Palast, aus hellem Marmor und mit offenen Wänden. Massiv, aber zerbrechlich, solide, aber luftig und leicht. Vom ersten Moment an hatte sie gewusst, dass sie in ihm einen Ort gefunden hatte, wo sie ganz fraglos vertrauen, wo sie sich ausruhen konnte und wo sie immer frei sein würde.

Irgendwie musste ihr Lied all das erzählen, und auch, wie umsorgt sie sich fühlte, wenn er ihr jeden Morgen eine Tasse Tee ans Bett brachte, und wie sie seine Stimme liebte, die sanft war und weich und sexy, und wie dankbar sie jedes Mal war, wenn er sich auf größtmögliche diplomatische Weise weigerte, sich von ihrer Mutter in einen Wortwechsel verwickeln zu lassen; und auch, wie es sich anfühlte, wenn sie von einer Tournee nach Hause kam und am Flughafen im Ankunftsterminal sein Gesicht in der Menge suchte und fand.

Sie musste daran denken, wie es sein würde, am Ende dieser Reise mit ihm ins Klavierzimmer zu gehen und ihr Lied für ihn zu spielen, und was für ein wunderbares Gefühl es wäre, wenn er dann verstand, dass sie sich entschieden hatte.

Habe ich das?, fragte sie sich.

Ja, dachte sie, *ja.* Sie würde ihn heiraten. Auch wenn es ihr Angst machte, auch wenn sie sich nicht sicher war, ob sie immer alles richtig machen würde. Wenn es ihm wirklich so wichtig war, dann würde sie es tun. Und damit fanden ihre Finger ihren Weg durch den letzten Teil der Melodie. E-Akkord zu A-Akkord. Eine authentische Kadenz. Eigentlich lag es auf der Hand, dachte sie, während ihr angesichts der Vollkommenheit dieser Akkordfolge Tränen in die Augen traten.

»Ja«, murmelte Diana leise. »So ist es richtig.«

Sie nahm die Hände von den Tasten und lächelte, während die letzten Töne ihres Liebesliedes in der stickigen Luft über der Hotelgalerie verklangen.

Wenn Diana zu Hause war, war auch immer Musik in Aries Leben. Diana mochte sie am liebsten laut und hatte Arie einmal erklärt, es gebe so etwas wie die perfekte

Lautstärke. So wie sie es beschrieb, war es, als würde ihr die Musik mit einem Trichter in den Schädel geflößt, und je lauter sie wurde, desto mehr Raum nahm sie ein, bis zu dem Moment, in dem ein Equilibrium herrschte und der Klang sich so um ihre Knochen legte und alles ausfüllte, dass er jeden anderen Gedanken verdrängte.

Für Diana, so hatte Arie gelernt, war Musik ein Allheilmittel. Schwungvolle Musik motivierte sie, sentimentale Musik tröstete sie, brachiale Musik war ihr Ventil für Wut und Frust, und bittersüße Musik rührte sie zu Tränen.

Wenn Arie sonntagmorgens aufwachte, war Dianas Bettseite meistens schon leer, und von irgendwo aus dem Haus ertönte Musik. Ob sie im Badezimmer herumträllerte, den Steinway hinter den verschlossenen Milchglasscheiben des Klavierzimmers spielte, in der Küche Radio hörte oder die Anlage aufdrehte, bis es in jeden Winkel des Hauses schallte, die Musik verriet Arie alles, was er über Dianas Stimmung wissen musste.

An diesem Sonntagmorgen allerdings war es still im Haus. Die einzige Begleitung zu Aries einsamem Morgenritual – Kaffee kochen, rasieren, duschen, runter zur Bäckerei gehen und ein *pain au chocolat* holen, auf der Küchenbank die Zeitung lesen – war eine Melodie, die er, irgendwie unbefriedigend, vor sich hin summte. Eine Melodie, die sie mitten in der Nacht gespielt hatte, als er ins Klavierzimmer gegangen war, um sie endlich ins Bett zu holen. Er nahm sich vor, sie noch mal zu fragen, was für ein Lied das war. Sobald sie wieder zu Hause war.

Auf Reisen bekam Diana immer dieses eigenartig losgelöste Gefühl, fast als hinge sie in der Luft, genau wie jetzt, als sie in der Boarding-Schlange von Air Pleiades Flug PQ108 von Singapur nach Paris stand. Ganz gleich, wie oft oder wie weit sie auch reiste, Reisen vermittelten ihr nie das Gefühl, dass die Welt kleiner wurde. Ganz im Gegenteil, es erinnerte sie vielmehr daran, wie unermesslich groß und unüberschaubar dieser Planet doch war – wie viele verschiedene Menschen in ihren eigenen kleinen Orbits lebten, ihre gewohnten Straßen entlanggingen, in ihren gewohnten Läden einkauften, ihr gewohntes Essen aßen, ihre eine gewohnte Sprache, oder auch viele, sprachen.

Beim Gedanken an Arie zog sie das Handy heraus. Die Nachricht, die sie tippte, bestand nur aus einem Wort: *Sonder*.

Diana war es, die sich den Namen für Aries und Richards Firma ausgedacht hatte. Sonder – ein Wort aus einem Internetphänomen namens *Dictionary of Obscure Sorrows*, das »Wörterbuch der obskuren Kümmernisse« – beschrieb den Zustand, wenn einem plötzlich aufging, dass alle anderen um einen herum eine Realität erlebten, die genauso tief und komplex war wie die eigene. Das konnte einem auf einer belebten Straße passieren oder in der U-Bahn oder – wie es Diana oft erging – am Flughafen. All diese vielen Menschen, und alle hatten eine Vergangenheit und eine Zukunft, Hoffnungen und Ängste, Freunde und Feinde, Liebe und Leiden.

Sie setzte ein Emoticon hinter ihre Nachricht, das strahlende Gesicht mit den roten Wangen, aber dann fiel ihr ein, dass es zu Hause beinahe Mitternacht war und Arie sicher schon schlief, und sie verschickte sie lieber doch nicht. Sie wollte nicht, dass er aus dem Schlaf gerissen wurde, im Bett hochfuhr und hektisch nach dem Handy tastete. Sie wollte nicht, dass er sich Sorgen machte. Sie konnte ihm die Nachricht auch später noch schicken, dachte sie, denn in diesem Augenblick war Diana Clare eine Frau, die glaubte, noch mehr als genug Zeit zu haben.

Sie steckte das Handy wieder ein und beobachtete die Menschen um sich herum. Ein kleines Mädchen fiel ihr auf, mit großen braunen Augen und unglaublich langen schwarzen Haaren, das stolz den Griff seines funkelnagelneuen Marienkäferkoffers ganz fest umklammerte. Sie sah ein hübsches, skandinavisch aussehendes Paar, das in der Schlange stand, beide mit einer Baby-Björn-Trage vor der Brust, in der je ein winziges, weißblondes Baby schlummerte. Die beiden frischgebackenen Eltern waren sichtlich übermüdet, aber anscheinend auch entschlossen, trotz aller Erschöpfung die Zähne zusammenzubeißen.

Diana bewunderte die Flugbegleiter hinter dem Schalter, alle mit silbernen Pleiaden-Sternen-Ansteckern am tadellosen marineblauen Revers. Sie konnte ja nicht ahnen, dass die Crew schon eine ganze Woche unterwegs war und dass dies der letzte Flug auf ihrem Dienstplan war. Sie konnte auch nicht wissen, dass sie viel zu spät am Flughafen angekommen waren, weil ihr Crew-Bus wegen des Zusammenpralls eines Motorrads mit einem Lieferwagen auf der regennassen Autobahn im Stau gestanden hatte. Mit den untadelig gebügelten Hemden und

Blusen, den auf Hochglanz polierten schwarzen Schuhen, die Frauen mit sorgfältig frisierten, festgesprühten Dutts, die Männer mit frisch rasiertem Kinn, merkte man ihnen nichts an von der Hektik, mit der sie nun die Passagiere abfertigen mussten, um ihre anvisierte Abflugzeit um 10 : 35 Uhr einhalten zu können.

Diana zeigte im Vorbeigehen Pass und Boardingkarte, dann ging sie die Fluggastbrücke hinunter und stieg in den Flieger. Die Luft drinnen schmeckte noch nach der Hitze und Feuchtigkeit draußen. Diana konnte sich kaum vorstellen, im Morgengrauen am Flughafen Charles de Gaulle auszusteigen und dort Mantel, Mütze und Handschuhe zu brauchen. Zu ihrer Freude hatte sie einen Fenstersitz und den Luxus, dass der Platz neben ihr frei blieb. Und was noch besser war, die Dame am Gang, die gerade einen teuren Kopfhörer mit Geräuschunterdrückung aufsetzte, machte keinerlei Anstalten, sich mit ihr unterhalten zu wollen.

Jenseits des Bullaugenfensters, am anderen Ende der nassen geteerten Startbahn, zuckten Blitze grell über den dunklen Himmel. Diana schaltete weder den Fernseher ein, noch schlug sie ein Buch auf, um darin zu lesen. Stattdessen wickelte sie sich in die dünne blaue Airline-Decke, stopfte das Kissen zwischen sich und die Armlehne, damit ihre Hüfte ein bisschen gepolstert war, und schloss dann die Augen. Als das Flugzeug sich schließlich schwerfällig vom Boden löste und in den Himmel schwang, war sie schon fast eingeschlafen.

Ein umgelegter Schalter.

Mehr war es eigentlich nicht – ein in die falsche Richtung umgelegter Schalter, der der Crew vermutlich aufgefallen wäre, hätten die Flugvorbereitungen nicht so überhastet stattfinden müssen. Aber all das würde Diana nie erfahren. Sie würde nie erfahren, dass ihr Flugzeug kurz zuvor aus Peking kommend gelandet war und die Crew eine eingefrorene Dichtung an der hinteren Tür gemeldet hatte. Sie würde nie erfahren, dass ein Bodenmechaniker die Kabinendruckregelung zur Wartung auf »manuell« umgestellt und anschließend vergessen hatte, den Schalter wieder auf »auto« umzulegen. Und sie würde auch nicht erfahren, dass, weil das System auf manuell stand, die Ventile, die die Luftzufuhr in der Kabine regelten, genau in der Stellung blieben, in der sie waren, nämlich ganz leicht geöffnet, sodass, als das Flugzeug langsam in den Nachthimmel stieg, immer mehr Luft unerkannt aus der Kabine nach draußen strömen konnte.

Es gab viele Gründe für »hätte, hätte«. Im Cockpit schrillte ein Alarm, als der Flieger weiter stieg, um den Kapitän und seinen Co-Piloten vor dem zu niedrigen Kabinendruck zu warnen. Hätte der Warnton doch nur nicht genauso geklungen wie die Start- und Landekonfigurationswarnung, die die Piloten routinemäßig vor jedem Start überprüften. Hätten die Piloten doch nur nicht wertvolle Minuten im Cockpit mit diesem ohrenbetäubenden Tuten im Ohr verschwendet. Hätten sie doch nur erkannt, was wirklich geschah, statt Anfragen an die Wartungsleitstelle zu schicken, wie sich der vermeintliche Fehlalarm wieder abstelle ließe. Hätten sie doch nur ihre allmählich einsetzende Desorientierung bemerkt und die Sauerstoffmasken angelegt.

Grausame Ironie des Sauerstoffmangels ist, dass er die Fähigkeit des Gehirns herabsetzt, die fraglichen Symptome zu erkennen. Und während die Piloten immer benommener wurden, erwachte Diana aus ihrem Schlummer, weil sie das wachsende Unbehagen der Passagiere ringsum bemerkte. Außerdem war ihr eigenartig warm. Ihre Zehen kribbelten, und … wo sie jetzt so darüber nachdachte, fiel ihr das Atmen irgendwie schwer. Sie verstand nicht, dass sie und alle anderen im Flieger sich gerade in einem unbeschreiblich engen Zeitfenster befanden, das man – im Zusammenhang mit extremem Sauerstoffmangel – als TUC – Time of Useful Consciousness oder »den Zeitraum bei vollem Bewusstsein« – bezeichnete.

Doch so grausam und tödlich Hypoxie auch ist, so ist es doch auch ein Segen, dass sie gleichzeitig eine eigenartige, dissoziierte Euphorie auslöst. Während also das Flugzeug weiter stieg, fiel die Temperatur in der Kabine. Die Luft im Inneren kondensierte und füllte den Flieger mit geisterhaftem Nebel, der Diana von eigenartiger Schönheit zu sein schien. Sie hob die Hand, um ihn zu berühren, und staunte fast, am Ende des Arms vier blasse Finger und einen Daumen zu entdecken. Als dann eine Sauerstoffmaske aus der Decke fiel, blieben Diana nur noch wenige Sekunden, bis sie das Bewusstsein verlor, und da sie nichts hätte tun können, um sich zu retten, war es wohl eine Gnade, dass der einzige Gedanke, der ihr bei der eigentümlichen Plastik-Qualle, die ihr da urplötzlich vor dem Gesicht baumelte, kam, *gelb* war.

HALTEN

✦

In der musikalischen Notation gibt es das Fermate-Symbol – 𝄐

Halten wir also den Gedanken an Flug PQ108, wie er auf Autopilot durch den kalten, schwarzen Nachthimmel fliegt, kein einziger der vielen Passagiere an Bord noch am Leben.

Nachdem Funkspruch um Funkspruch der malaiischen und indischen Flugsicherung keine Antwort aus dem Cockpit ergeben haben, steigen zwei Abfangjäger der indischen Luftwaffe auf. Sie kommen bis auf knapp sechzig Meter heran, sodass die Pilotin einer der beiden Flanker sich mittels ihres Nachtsichtgeräts vergewissern kann, dass sich beide Piloten angeschnallt in ihren Sitzen befinden, jedoch vornübergebeugt in sich zusammengesackt.

Halten wir den Gedanken an die Flanker, die unseren Flug begleiten und dem Passagierflugzeug nach Westen folgen, um schließlich dort, wo der indische Luftraum endet, abzudrehen, nach einer knappen, professionellen Übergabe an die pakistanischen Piloten, die mit ihren schlanken F-16-Kampfjets die Totenwache übernehmen. Die Streifen am Rumpf der Begleitflugzeuge sollen noch einige Male wechseln, während das Passagierflugzeug über den Mittleren und Nahen Osten bis nach Europa fliegt, quer über das Kaspische Meer, und den nördlichen Rand des Asowschen Meeres streift.

Inzwischen macht die Nachricht vom Geisterflug überall auf der Welt Schlagzeilen, nachdem Planespotter aus aller Herren Länder ungewöhnliche militärische Flugbewegungen am Himmel gesichtet hatten. In den Botschaften klingeln die Telefone, hohe Offizielle werden aus Konferenzen oder aus dem Tiefschlaf geholt, während das Flugzeug unbeirrt seiner elliptischen Flugbahn über die Ukraine, Polen und Deutschland folgt und stundenlang in einer sich ins Unendliche dehnenden Dämmerung dahinfliegt, dem ersten Morgenlicht stets ein kleines Stückchen voraus. Als nach fünfzehnstündigem Flug die Benzinreserven schließlich ausgehen, trudelt Flug PQ108 ungefähr 300 nautische Meilen hinter der französischen Küste in den Atlantik und zerschellt.

Halten wir den Gedanken an Arie Johnson, wie er am späten Montagnachmittag an seinem Schreibtisch bei Sonder Digital sitzt, als Richard nach einem Meeting mit ernster Miene ins Büro zurückkommt und zwei Fragen stellt, die jede für sich vollkommen belanglos wären – »Hast du die Nachrichten schon gesehen?« und »Ist Diana schon in Paris?« –, aber bei denen Arie das Herz plötzlich bis zum Hals schlägt. Ein furchtbares Unglück mache gerade Schlagzeilen, erklärt Richard. Ein Flugzeug sei abgestürzt, sagt er. Er hat den Satz noch nicht ganz zu Ende gesprochen, da beginnt Aries Handy, dessen Nummer als Notfallkontakt in Dianas Reiseunterlagen vermerkt ist, zu klingeln.

Nach dem Telefonat ist es Arie, als sei die Erde unter ihm ins Wanken geraten, als würden die Deckenbalken über ihm einstürzen und die Wände in sich zusammenbrechen. Jemand, vermutlich Richard, redet auf ihn ein und stellt Fragen, aber Arie hört ihn kaum. Die Welt ist aus den Fugen geraten, doch eins weiß er ganz genau: Belinda Clare darf diese Nachricht unter keinen Umständen auf die gleiche Weise erfahren wie er gerade, über das Telefon.

Arie greift nach seinem Autoschlüssel.

Richard sagt: »Alter, du kannst jetzt auf keinen Fall …«

Doch da ist Arie schon an der Tür.

Halten wir den Gedanken an Arie, wie er aus der Stadt hinausfährt, in der vergeblichen Hoffnung, bei seiner Schwiegermutter anzukommen, bevor sie den Fernseher einschaltet. Er fährt, so schnell er irgend kann, und doch muss er immer wieder anhalten, weil ihn die Trauer überkommt wie eine gewaltige, krachende Woge.

Halten wir den Gedanken daran, wie Belinda Clare die Tür öffnet, wie Arie die Worte sagt. Halten wir den Gedanken daran, wie er versucht sie aufzufangen, als sie auf dem Teppich zusammensackt.

Überall im Land, auf der ganzen Welt, schauen die Menschen die Nachrichten. Manche schaudert es beim Gedanken an das Flugzeug, das da führerlos durch den Nachthimmel fliegt, alle Passagiere an Bord tot; ein fliegendes Geisterschiff. Andere haben unwillkürlich das Bild der leblosen Flugzeugkabine vor Augen. Wieder andere sind in Gedanken bei den Menschen, die auf ein Flugzeug warten, das nie ankommen wird. Reporter erklären, das Flugzeug sei beim Aufprall zerschellt, weshalb es keine Leichen zu bergen, keine sterblichen Überreste in die Heimat zu überführen gebe.

Halten wir den Gedanken an Richard, wie er zu Lenka nach Hause kommt. Halten wir ihn, so wie er sie in ihrer Küche hält, während ihr ganzer Körper vom hemmungslosen Schluchzen geschüttelt wird.

Zehn Tage später sitzen sie – Arie und Belinda, Richard und Lenka – in sanftes Licht von Rundbogenfenstern getaucht in einem Raum. Durchdringender Maiglöckchenduft hängt süß in der Luft. Vorne steht kein offener Sarg, nur ein großes Porträt von Diana. Belinda klammert sich so fest an Aries Arm, dass es ihm wehgetan hätte, hätte er den körperlichen Schmerz neben dem anderen noch spüren können. Dem, der beinahe unerträglich wird, als das erste Lied zu Ende ist und die Gemeinde »*Amen*« singt.

Sie war Diana Clare, Konzertpianistin und die große Liebe von Arie Johnson. Komponistin eines Liebesliedes, das sie nun nie für ihn spielen sollte.

INTERMEZZO

✦

Bene Romero stieg in Heathrow aus dem Flieger und zog sich rasch einen Mantel über den dünnen Pulli. Der war in Singapur noch angenehm leicht und luftig gewesen, aber in der Londoner Januarkälte fror Bene darin erbärmlich. Dann marschierte er durch das Terminal zur Gepäckausgabe und beobachtete amüsiert, wie eine ganze Flugzeugladung Passagiere um die besten Plätze am Gepäckkarussell rangelte, obschon das sich noch nicht einmal in Bewegung gesetzt hatte.

Bene stellte seine Uhr auf Londoner Zeit, halb sechs morgens, und spürte den Druck in der Brust, der stetig schlimmer wurde. Er wollte nicht hier sein, nicht untätig herumstehen und auf seinen Koffer warten. Er wollte so schnell wie möglich nach Hause, nach Winchmore Hill, zu Beatrix. Frustrierend langsam vertickten die Minuten, bis Bene irgendwann bemerkte, dass die Menschen ringsum sich um die Säulen der Gepäckhalle zu scharen schienen und auf die dort hängenden Fernsehbildschirme starrten, die stummgeschaltet die Nachrichten zeigten, während die Worte des Sprechers als automatisch umgewandelter Text durchs Bild liefen.

Unbestätigte Berichte, las Bene da, während er hinter die

nächste Menschentraube trat, *eines Geisterflugs über Europa*. Er ging noch einen Schritt näher und las die Worte *auf dem Weg nach Paris* und *Militäreskorte*. Es gab einen kurzen Einspieler einer Air-Pleiades-Maschine auf einer Startbahn, aber ansonsten sah man nur die ernsten Gesichter der Nachrichtensprecher und eines ehemaligen Luftfahrtingenieurs, der aus Seattle ins Studio gebeamt worden war, mit Lake Washington im Hintergrund.

Auf den Gesichtern der Menschen ringsum sah Bene Schock und ungläubiges Entsetzen, morbide Neugier und noch etwas anderes. Erleichterung, ja, tatsächlich. Denn jeder einzelne der Passagiere in der Gepäckhalle, einschließlich Bene, hatte teilgehabt an dem alltäglichen Wunder, irgendwo auf dem Globus aufgegabelt und Stunden später ganz woanders, weit, weit weg, heil und unversehrt wieder abgesetzt worden zu sein.

»Hätte uns auch erwischen können«, murmelte eine Frau neben ihm.

Dann endlich war Bene raus aus dem Flughafen und marschierte rasch zu seinem wartenden Uber – ein kleiner Kombi, dessen schweigsamer Fahrer unter der hochgezogenen Kapuze seines schwarzen Hoodies kaum zu erkennen war. Noch dämmerte es nicht, und wie ihn das Auto so durch die winterlichen Straßen fuhr, war es Bene fast, als sei die Stadt eine gewaltige Honigwabe, hinter deren verschlossenen Türen und verhängten Fenstern die träumenden Menschen langsam wieder in der Wirklichkeit aufwachten.

Im Radio liefen die ersten offiziellen Bestätigungen, dass ein Passagierflugzeug westlich von Frankreich über dem Atlantik abgestürzt war, und Bene – der an all die vielen Menschen überall auf der Welt denken musste, die gerade erfuhren, dass ihr Leben eine entsetzliche, unerwartete Wendung genommen hatte – wollte nur umso dringender nach Hause zu seiner Tochter. Er ertappte sich dabei, wie er, hinten auf dem Rücksitz des Wagens sitzend, den rechten Fuß fest gegen die Matte stemmte, wie um aufs Gaspedal zu treten. Als würde ihn das irgendwie schneller ans Ziel bringen.

Bene war beruflich in Singapur gewesen, der Chef seiner kleinen, aber feinen Londoner PR-Agentur hatte ihn zu einem Meeting mit einem ihrer wichtigsten Kunden geschickt. Bene war nicht unbedingt stolz darauf, für eine Firma zu arbeiten, die sich auf das Greenwashing von Unternehmen mit nicht gerade vorzeigbaren Umweltstandards spezialisiert hatte. Aber es freute ihn trotzdem, dass der Chef ihm – mit seiner umgänglichen Art und dem Talent für Geschäftsabschlüsse, für die er nie offen auf Konfrontation gehen musste – nach und nach immer größere Projekte übertrug und ihn sogar mit der Repräsentation des Unternehmens auf dem asiatischen Markt betraute.

Gerade einmal drei Tage war er unterwegs gewesen, aber jeder einzelne davon hatte sich gezogen wie Kaugummi, weil er Beatrix nicht hatte erreichen können. Und daran war einzig und allein nur er selbst schuld.

»Wenn du noch einmal so mit mir redest, dann kannst du dich von deinem Handy verabschieden«, hatte er im Eifer des Gefechtes gedroht, bei einem Streit, der, mal wieder typisch, unmittelbar vor seiner Abreise eskaliert war.

Er hatte den Satz noch nicht zu Ende gebracht, da

wusste Bene schon, dass die Wahrscheinlichkeit, Beatrix damit in die Knie zwingen zu können, gegen null ging. Sie war schließlich seine Tochter.

»Du willst mein Handy konfiszieren? Oh Mann, wie originell.« Beatrix war vierzehn. »Fällt dir echt nichts Besseres ein?«

Bene Romero, professioneller Verhandler, kühler Stratege. Das war er. Außer, er ließ sich in Machtspielchen mit einem Teenie verwickeln, der ihm mit einem Fingerschnippen das Herz brechen konnte.

»Na ja, ich könnte dein Handy *und* den Laptop konfiszieren.«

Beatrix gähnte demonstrativ gelangweilt, und in diesem Augenblick stieg die Wut in Bene auf wie eine rote Wolke, durch die er die Belanglosigkeit dieses kleinen Streits vollkommen aus den Augen verlor. (Er hatte Beatrix gesagt, sie solle das schmutzige Geschirr in die Spülmaschine räumen; sie hatte gesagt, nach dem Film, den sie gerade schaute; er hatte gesagt, erst die Arbeit, dann das Vergnügen, und vorgeschlagen, sie solle zuerst die Spülmaschine einräumen und dann den Film zu Ende schauen; sie hatte gesagt: »Juanita ist sowieso gleich da«; und er hatte gesagt, darum gehe es nicht, er wolle nicht, dass sie eine dieser durch und durch verzogenen, verhätschelten Gören werde, die erwarteten, dass andere die Drecksarbeit für sie machten; und Beatrix, die eigentlich überhaupt nicht verzogen war – zumindest nicht durch und durch –, meinte: »Also gut, dann mache ich es nachher«; worauf Bene gesagt hatte: »Du sagst immer, dass du es später machst, und dann vergisst du es wieder, also mach es *jetzt*«; und sie hatte nur gesagt: »Geh mir nicht auf den Zeiger, okay?«; und er sagte: »Wenn ich dir nicht auf den Zeiger gehe, gammelst du den ganzen Abend hier rum wie ein hirntotes Faultier«; und wo er gerade dabei war, äffte er sie auch noch nach, wie sie mit leerem Blick in den Fernseher glotzte; und sie zischte: »Du kannst mich mal.«)

»Also gut«, knurrte Bene. »Jetzt reicht's. Handy und Laptop her. Sofort, Bea.«

Worauf sie nur die Augen verdrehte, und als Bene sich dann auf den Weg zum Flughafen machte, steckten Beatrix' Handy, ihr Laptop und das Netzkabel ihres Rechners in seiner Reisetasche und außerdem, man konnte ja nie wissen, auch das hauseigene Modem. Das würde ihr eine Lehre sein, dachte Bene grimmig und kam sich den ganzen Weg nach Heathrow über sehr mächtig und gerecht vor. Aber dieses Gefühl sollte nicht lange anhalten. Er schaffte es gerade einmal zur Club Lounge der Fluggesellschaft, bis ihm das Ganze beschämend albern und grotesk kleinlich vorkam.

In der Zeit, die er brauchte, ein, zwei Whiskey zu trinken, war Benes rechtschaffene Wut zu einem Häuflein beklemmender Schuldgefühle verdampft. Er wollte sie um Entschuldigung bitten, alles wiedergutmachen, aber er konnte Beatrix nicht anrufen, weil er ja ihr Handy mitgenommen hatte. Und er konnte ihr auch keine E-Mail schreiben, weil er ja auch den Laptop eingepackt hatte. Den Rechner hatte er unbrauchbar gemacht und den Zugang zum WLAN im ganzen Haus blockiert. Jetzt blieb ihm, seiner eigenen holzköpfigen Gründlichkeit wegen, nur Juanita als allerletzte Rettung, wenn er Beatrix irgendwie erreichen wollte.

Juanita war früher Beatrix' Babysitterin gewesen, aber mit dreizehn hatte Beatrix nachdrücklich darauf beharrt, inzwischen viel zu alt für solchen Kinderkram zu sein.

»Und wenn wir dem Ganzen einfach einen anderen Namen geben?«, hatte Juanita, schlau wie sie war, vorgeschlagen. »Du weißt schon, irgendeinen Euphemismus?«

»Was ist denn ein Euphemismus?«, hatte Beatrix gefragt.

»Ein hübsches Ersatzwort oder eine nette Umschreibung. Wie ›bespielt‹ für ein ramponiertes Stofftier.«

»Okay, von mir aus. Das ist perfekt.«

»Was denn?«, fragte Juanita verdattert.

»Euphemismus. Das ist Juanita, mein freundlicher Euphemismus.«

Sie mussten beide lachen, und Juanita hatte ihren Spitznamen weg.

Ehe Bene in den Flieger nach Singapur stieg, rief er Juanita auf dem Handy an.

»Euphemismus am Apparat.«

»Hey. Könnte ich kurz mit Bea reden?«

»Warum rufst du sie nicht auf *ihrem* Handy an?«, fragte Juanita trocken.

»Ach, wie witzig. Bitte. Nicht jetzt.«

»Du kannst jetzt nicht mit ihr reden. Sie schläft.«

»Wirklich?«

»Ich weiß es nicht, Bene. Sie *sagt*, sie schläft, okay?«

»Verdammt. Also … Kannst du ihr einfach sagen, dass es mir leidtut?«

»Was hast du jetzt wieder angestellt, hm? Warst du ein kleines bisschen … arschig?«

Bene bekam weiche Knie. Anrufen und um Entschuldigung bitten zu müssen gab ihm das Gefühl, vor einer gewissenlosen Terroristin zu kapitulieren, und Juanita war ihm keine große Hilfe. Aber noch größer als seine Angst davor, Schwäche zu zeigen, war seine Angst, Beatrix könne ins Bett gehen, ohne dass sie sich wieder miteinander vertragen hatten. Als Tess noch lebte, war es zwischen ihnen ein ungeschriebenes Gesetz gewesen, dass sie sich spätestens vor dem Schlafengehen wieder versöhnten. Mit dem Ergebnis, dass er und Tess sich oft nächtelang – ach, wenn er nur daran dachte! –, manchmal sogar bis zum Morgengrauen in den Haaren gehabt und sich schier endlos im Kreis gedreht hatten, gefangen in einem unentrinnbaren Labyrinth aus gegenseitigen Vorwürfen und Schuldzuweisungen, bis irgendwann, aus Erschöpfung oder echter Einsicht, eine Entschuldigung möglich wurde. Und Sex. Der auch.

Er und Tess, zusammen hatten sie Beatrix gemacht. Was hatte er also erwartet, bei den Genen? Bene wusste, ohne Mutter, die ihr in dieser turbulenten Lebensphase zur Seite stand, konnte Beatrix gar nicht anders, als ihm bei jeder sich bietenden Gelegenheit eine doppelte Portion Aufsässigkeit, garniert mit jeder Menge Attitüde, auf den Teller zu klatschen. Und er wusste auch, dass er es besser machen musste.

Am nächsten Tag rief Bene wieder an, kurz vor einem Meeting in seinem Hotel in Singapur.

»Sie ist raus, eine Runde laufen«, sagte Juanita.

»Beatrix läuft nicht. *Du* läufst.«

»Wir haben für heute die Hobbys getauscht. Ich

hänge auf dem Sofa ab und zerbreche mir den Kopf, wie ich meinen Vater am besten auf die Palme bringe.«

Am nächsten Tag rief er wieder an.

»Sie ist bei Jamie«, sagte Juanita.

»Du hast ihr erlaubt, zu *Jamie* zu gehen?«

»Bleib cool, ja, Papa Bär? Jamies Mutter ist zu Hause. Ich habe nachgefragt. Und nur damit du es weißt, sie hat ungefähr sechstausend Pfund an Überwachungstechnik allein in Jamies Schlafzimmer verbaut.«

Alleinerziehender Vater einer vierzehnjährigen Tochter. Eine Aufgabe, die in Benes Augen seine Fähigkeiten weit überstieg. Da war nicht nur die leichte Peinlichkeit, wenn sie beim Einkaufen im Tesco eine Packung Tampons zu der Milch und den Keksen in seinem Einkaufskorb schmuggelte. Oder wie komisch er sich vorkam, im Topshop vor der Umkleide zu stehen und auf sie zu warten, den Arm voller aussortierter B-Körbchen-BHs wie ein perverser Lustmolch. Nein, es war auch die Angst, an der Herkulesaufgabe zu scheitern, Beatrix genug Liebe für zwei Elternteile mitzugeben, wo er doch ganz allein war und nicht einmal den einen Teil richtig hinbekam, sondern jeden zweiten Tag formidablen Bockmist baute.

Nach einem weiteren vergeblichen Versuch, Beatrix gleich frühmorgens zu erwischen (»Sie hat gerade eine Maske im Gesicht. Sie will nicht alles vollschmieren«, hatte Juanita ihm gesagt), ging Bene in die Cocktaillounge. Es war schon spät, weit nach Mitternacht, aber es waren immer noch recht viele Menschen hier, die sich auf den bequemen Rattansofas lümmelten, mit einem Drink in der Hand und aufgekratzter Urlaubslaune. Bene bestellte sich einen Whisky, ignorierte die vielsagenden Blicke einer Dame, die allein vor einem komplizierten Cocktail an der Bar saß, und suchte sich einen Platz, wo er in Ruhe über Beatrix nachdenken konnte.

Es hatte eine Zeit gegeben, da war Beatrix so klein gewesen, dass sie auf dem Bauch auf seinem Unterarm hatte schlafen können, lang ausgestreckt, das winzige Köpfchen in seine Hand geschmiegt. Später dann hatte er sie mühelos in die Luft werfen, sich auf die Schultern setzen und stundenlang mit ihr herumlaufen können. Inzwischen war sie beinahe genauso groß wie er, und irgendwann im Laufe der letzten Jahre war sie ein wenig weicher, weiblicher geworden, was ihm das Gefühl gab, dass sie – zumindest körperlich – längst erwachsen war.

Gefühlsmäßig spürte er, wie sie sich immer weiter von ihm zu entfernen drohte, wie ein Boot im Sturm. Die Taue knirschten, und es gab Tage, da war die Vorstellung, einfach loszulassen, so verlockend, dass es ihm manchmal sogar wie das einzig Richtige vorkam. Doch dann schaute er etwas genauer hin, besah sich den Sturm am Horizont, und er wusste, er durfte sie um keinen Preis loslassen, ganz gleich, was auch passierte – selbst wenn sie mit aller Macht gegen ihn schlug, selbst wenn sie ihn dabei zerschmettern sollte.

Als Bene irgendwann aufging, dass er von irgendwo leise Klaviermusik hörte, kam es ihm fast vor wie die Musik zu seinen Gedanken, und es dauerte einen Moment, bis er begriff, dass sie nicht in seinem Kopf spielte, sondern auf einer Galerie oberhalb der Lobby. Er lauschte auf die Melodie, und eine ganze Weile versuchte er, sie durch das lebhafte Geplapper und Gelächter ringsum auszumachen. Dann, wie magisch angezogen und weil er das Lied unbedingt aus der Nähe hören wollte, stieg er die geschwungene Treppe hinauf.

Am Klavier saß eine Frau mit langen, rotblonden Haaren, die ihr in einem dicken, ausfransenden Flechtzopf über die Schulter fielen. Bene sah auf den ersten Blick, dass sie nicht irgendeine Hobbymusikerin war. Wie sie die Augen schloss, während ihre Hände über die Klaviatur flogen, und ihr Gesicht dabei ... Auch wenn man ihm die Ohren mit Wachs verstopft hätte, Bene hätte trotzdem gewusst, dass es ein Liebeslied war.

Bene blieb hinter ihr stehen, ein bisschen seitlich versetzt, lehnte sich, das Whisky-Glas in der Hand, an die Brüstung und lauschte verzückt. Als das Lied zu Ende war, hob die Frau die Hände von den Tasten und verharrte dann so, bis auch der letzte Ton verklungen war und die Klaviersaiten aufgehört hatten zu schwingen.

Sie nickte, und dann lächelte sie. *Zufrieden mit sich und ihrem Lied*, dachte Bene. Aber auch, so glaubte er, mit etwas anderem darüber hinaus.

Bene hielt den Atem an, fast erwartete er, sie würde sich umdrehen und ihn sehen, ihr Ein-Mann-Publikum. Dann würde er applaudieren, überlegte er. Aber sie drehte sich nicht um. Stattdessen spielte sie das Lied noch einmal von vorne. Und danach spielte sie es noch ein paar Mal, wie um es zu vervollkommnen, und auch als Bene längst wieder auf sein Zimmer gegangen war, ging ihm das Lied nicht mehr aus dem Kopf.

Am nächsten Morgen checkte Bene aus dem Hotel aus, ließ das Gepäck in der Verwahrung und machte einen kleinen Einkaufsbummel: neue Kopfhörer für Beatrix und ein Pailletten-T-Shirt, das sie hoffentlich nicht als kompletten modischen Fehlgriff betrachten würde.

Als er nachmittags ins Hotel zurückkehrte, Stunden bevor er zum Flughafen musste, zog es Bene unwillkürlich wieder zu dem Flügel auf der Galerie. Betont beiläufig schob er einen silbernen Poller beiseite und setzte sich an die Tasten. Von unten hörte er eine Kaffeemaschine zischen, Besteck auf Geschirr quietschen, lebhafte Gespräche, ein Baby weinen.

Bei Tageslicht waren in der hauchdünnen Staubschicht, die sich über die glänzende schwarze Oberfläche gelegt hatte, Fingerabdrücke zu erkennen. Bene hatte zwar schon als kleiner Junge Klavierspielen gelernt, aber er spielte nicht einmal annähernd so gut wie die Frau, die gestern Abend hier gesessen hatte. Um die Gäste, die unten gerade aßen, nicht zu stören, fuhr er mit den Fingern nur ganz sachte über die Tasten, ohne sie herunterzudrücken.

Und dann sah er es. Ein Notenheft. Es lag oben auf dem Klavier, und der schwarze Ledereinband verschmolz fast mit dem schwarzen Hintergrund. Etwas kleiner als A4 war es und hatte sepiafarbene Seiten mit leeren Notenlinien und einem schmalen blutroten Satinband als Lesezeichen. Innen ganz vorne stand eine Adresse. *Australien,* las er.

Die ersten Seiten waren Notationen für einige komplizierte Fingerübungen. Aber dann, auf den folgenden Seiten, fand er es. Das Lied. Bis er es auf dem Blatt vor sich sah, die bleistiftgeschriebenen Noten an einigen Stellen dunkler und klarer als an anderen, hatte er gar nicht gewusst, wie sehnlich gerne er es noch einmal hören wollte. Sachte, leise, ein bisschen zögerlich, fing er an zu spielen. Das Lied begann in A-Dur, aber wandelte sich dann wunderschön über eine Abfolge anderer Tonarten, bis Bene das Gefühl hatte, vollkommen erfüllt zu sein von der Musik und von Heimweh und schlechtem Gewissen.

Und dann, ganz unerwartet, brach die Notation plötzlich ab. Das wunderschöne Ende, das Bene die Pianistin am Abend zuvor hatte spielen hören … es stand nicht da. Er konzentrierte sich, versuchte sich daran zu erinnern, wie es geklungen und wie die Frau das Lied zu Ende gebracht hatte. Er probierte es mal so und mal so, bis seine Finger schließlich die richtigen Töne trafen. Es führte ihn zu einem E-Akkord und von da zu einem A-Akkord ganz zum Schluss.

»Ja«, murmelte er zufrieden, während die letzten Töne der Musik noch in der Luft um seine Ohren verhallten.

Als Bene schließlich das Notenheft zusammenklappte und vom Notenpult nahm, war er hin- und hergerissen. Am liebsten hätte er das kleine Büchlein behalten, aber genauso dringend wollte er es seiner rechtmäßigen Besitzerin zurückgeben. Am Ende führte ihn sein Pflichtgefühl zum Empfangsschalter.

»Ich würde gerne eine Nachricht für einen Ihrer Gäste hinterlassen«, sagte Bene zu dem adretten jungen Mann hinter dem Schalter. »Sie hat rotblonde Haare, sehr lang. Womöglich Australierin? Wissen Sie zufällig, wen ich meine?«

Der junge Mann nickte entschuldigend und erklärte, die fragliche Dame sei bedauerlicherweise bereits abgereist. Bene überlegte kurz. Wenn er das Büchlein jetzt an der Rezeption abgab, und selbst wenn der Rezeptionist hoch und heilig versprach, es seiner Besitzerin zukommen zu lassen, würde es vermutlich schlussendlich in der Kiste mit den Fundsachen landen. Aber wenn er es mitnahm, konnte er es ihr persönlich zusenden. Das Notenheft fest in der Hand, guckte er den Concierge bedröppelt an und sagte: »Danke, schade, da kann man wohl nichts machen.«

Während seines Flugs zurück nach London spielte Bene das Lied auf den imaginären Tasten seines Klapptischs. Mit einem Hotel-Kuli notierte er die letzten Takte des Liedes in den leeren Notenzeilen. Es war wie eine Botschaft – ein Ausdruck der Bewunderung, des tiefen Verständnisses – von ihm an sie. Er spielte das Lied wieder und wieder, auch jetzt im Uber, und griff mit den Händen die letzte authentische Kadenz auf dem Knie, während das kleine schwarze Auto die Straße, in der er wohnte, entlangfuhr.

»Sie können hier irgendwo halten, danke«, sagte Bene zum Fahrer.

Vor der Haustür holte Bene tief Luft und ermahnte sich streng, nicht zu vergessen, was er sich vorgenommen hatte. Er wollte ein besserer Vater sein. Sich nicht so oft provozieren lassen. Weiser sein. Gelassener. Liebevoller. Verlässlicher. Und ganz gleich, was auch kommen sollte, er würde nicht loslassen. Vielleicht würde er Beatrix Pancakes zum Frühstück machen. Oder vielleicht konnte er ihr eine Entschuldigung für die Schule schreiben, und sie könnten einen kleinen Ausflug unternehmen. Nur sie beide.

Noch bevor Bene die Tür aufschließen konnte, wurde sie von innen aufgerissen. Drinnen, im Flur, stand Juanita, geradezu unverschämt durchtrainiert, in ihren Laufsachen. Dunkel und zierlich war sie und die einzige Frau, die Bene je gesehen hatte, bei der ein Septum-Piercing wirklich cool aussah. Obwohl er ihr den feinen Silberring trotzdem am liebsten aus der Nase gerissen hätte, nur damit Beatrix nicht auf dumme Gedanken kam.

»Willkommen zu Hause, oh Hüter der Technik«, begrüßte sie ihn.

Bene trat aus der Kälte ins gemütlich warme Haus und sah Juanitas gepackte Taschen im Flur stehen. »Du siehst aus, als wolltest du Hals über Kopf flüchten. War sie so ein Monster?«

»Nein! Sie ist doch immer ein Herzchen … bei mir zumindest.«

»Ja, danke auch.«

»Während ich mich um unser Prinzesschen gekümmert habe, bin ich nicht dazu gekommen, mich zu bewegen. Ich will heute Morgen unbedingt eine Runde laufen. Wenn du den Staffelstab übernehmen könntest?«

»Sicher, sicher. Danke, dass du da warst«, murmelte Bene. »Ich weiß echt nicht, was ich ohne dich machen würde. Und, wie war sie wirklich?«

»Ach, du weißt schon. Kurz nachdem du gefahren bist, hatte sie einen intergalaktischen Wutanfall, aber am nächsten Tag war es schon nur noch weißglühender, schäumender Zorn. Gestern Abend haben wir uns noch ein bisschen weiter abgeregt, bis bloß noch etwas giftige Gereiztheit übrig war. Inzwischen dürften wir also bei stillschweigender Feindseligkeit angekommen sein. Sie ist da drin«, sagte Juanita und wies aufs Wohnzimmer.

»Ist sie wach?«

»Sie liegt auf der Couch und schläft.«

»Echt?«

»Sie würde das nie im Leben zugeben, aber ich bin mir ziemlich sicher, dass sie dich sehen wollte, sobald du nach Hause kommst. Um ihrem Ärger endlich ein bisschen Luft zu machen.«

Und während Juanita durchs Haus ging, ihre restlichen Siebensachen einsammelte und in der Küche klar Schiff machte, stand Bene da und betrachtete seine schlafende Tochter, die unter einer zerwühlten Decke auf dem Sofa lag. Er strich die Decke glatt, zog sie Beatrix bis ans Kinn, und die ganze Zeit spielte dabei das Lied in seinem Kopf.

Als kleiner Junge hatte Bene jeden Samstagmorgen in einem Haus in Seven Sisters Klavierunterricht bekommen. Seine Klavierlehrerin war jung und unkonventionell, mit Zöpfen und Jeans-Latzhose, und sie hatte ein Vorratsglas voller Jammy-Dodgers-Marmeladenkekse, das sie – wenn Bene brav gespielt hatte – am Ende der Stunde aufschraubte. Bene hatte die Jammy Dodgers lieber gemocht als das Üben, aber Jahre später, als einer seiner Gitarre spielenden Kumpels ihn fragte, ob er in ihrer Indie-Rock-Band mitspielen wolle, war er seiner jungen Klavierlehrerin im Nachhinein sehr dankbar.

Die Musikalität schien Beatrix von ihren Eltern geerbt zu haben. Je kürzer ihre Röcke und je dicker das Makeup geworden waren, umso vehementer hatte sie alle

Überbleibsel ihrer Kindheit abzustreifen versucht. Nur der Musik war sie treu geblieben. Wie Tess spielte sie Flöte, und nie würde Bene den Tag vergessen, als Mutter und Tochter mit Beatrix' erstem eigenen Instrument nach Hause gekommen waren.

»Sie hat drei Teile, Daddy«, hatte die damals sechsjährige Beatrix stolz verkündet. »Drei Teile, genau wie unsere Familie.«

Ungefähr zur selben Zeit war bei Tess das erste Mal Brustkrebs diagnostiziert worden. Sie hatte eine ansehnliche Sammlung an Seidentüchern und Angoramützen gehabt, die sie anstelle der dicken strohblonden Locken trug, die ihr büschelweise ausgefallen waren. Nun waren die Locken wieder da, auf Beatrix' Kopf, und gerade lagen sie ausgebreitet auf dem Sofakissen, ein Gewirr aus Kringeln.

In eine Ecke des Wohnzimmers gepackt stand alles, was von Benes Musikerleben übrig war. Ein Keyboard, teure Kopfhörer, ein mickriges Regal mit Aufnahmetechnik, ein paar Notenstapel und eine kleine Sammlung verstaubter CDs.

Bene schaltete das Keyboard ein, stellte es aber leise, um Beatrix nicht zu wecken. Vollkommen in das Lied vertieft, merkte er erst gar nicht, dass Beatrix aufgewacht war. Erst als sie direkt vor ihm stand, mit schlafverquollenen Augen, die verwuschelten Haare ein malerisches Durcheinander, schaute er auf.

»Was ist das?«, fragte sie, und Bene war erleichtert, in ihrem Gesicht keine Spur der angekündigten Feindseligkeit entdecken zu können.

»Das ist … ein Liebeslied«, antwortete Bene.

»Es ist schön.«

Der Vater sah seine Tochter an. Die Tochter sah den Vater ebenso eindringlich an.

»Und, hasst du mich noch?«, fragte Bene.

»Ich hasse dich nie«, erwiderte sie. »Nicht mal, wenn ich dich hasse.«

Bene rückte auf dem Klavierhocker ein wenig beiseite, um ihr Platz zu machen. Beatrix setzte sich neben ihn und lehnte den Kopf an seine Schulter. Sie roch nach Kaugummi und Schlaf. Und er spielte noch einmal das Liebeslied.

»Ist das von *dir*?«, fragte sie.

»Warum so ungläubig?«

»Nein, nein, so war das nicht gemeint. Ich meine … na ja … du komponierst sonst … du hast … schon so lange nichts mehr komponiert.«

»Es ist nicht von mir«, gestand Bene. »Man könnte sagen, ich habe es gefunden.«

»Es ist wunderschön.«

»Weißt du was, wir könnten es doch vielleicht als Duett arrangieren? Und die Flöte spielt die Melodie?«

Beatrix zuckte mit den Schultern, aber Bene freute sich so sehr, sie zu sehen, dass er sich nicht daran störte.

»Willst du deine Flöte holen?«

»Müde«, brummte sie, gähnte und streckte sich.

»Ach, komm schon«, drängte er.

Beatrix grummelte, stand dann aber auf und drückte ihrem Vater, bevor sie nach oben ging, einen flüchtigen Kuss auf die Wange.

Während Bene auf seine Tochter wartete, dachte er weiter nach und musste sich eingestehen, dass es gut sein konnte, dass es schon heute Abend, oder sogar noch früher, wieder irgendein Theater geben würde, ob wegen der Spülmaschine oder der Tatsache, dass Beatrix den Fußboden ihres Schlafzimmers als Kleiderschrank gebrauchte, wegen der Frage, ob ihre neueste Netflix-Obsession altersgerecht war oder nicht, oder wegen der Einladung zu einer, wie Bene fand, fragwürdigen Party. Er wusste, dass er es – vielleicht sogar heute noch – wieder mal versemmeln würde. Aber er wusste auch, dass er mit aller Kraft versuchen würde, es besser zu machen. Versemmeln und wieder versuchen; versemmeln und wieder versuchen.

EVIE

✦

Gut dreißig Kilometer südlich von Benes und Beatrix' Zuhause in Winchmore Hill beleuchtete ein vollkommen unspektakulärer Sonnenaufgang die historische Fassade eines Pubs am Ufer der Themse. Es hieß The Noble Swan, nach den großen weißen Wasservögeln, die auf dem Gewässer schwammen und am Strand der nahen, winzig kleinen Insel Isleworth Eyot träge die Flügel streckten.

Als Evie Greenlees, die junge Barfrau, mit dem Schlüssel kam, wurde sie schon sehnsüchtig erwartet. Vor der Tür standen Gordon Philpott und sein altersschwacher Cocker Spaniel Betty, dabei war es nicht einmal zwanzig vor elf.

»Morgen, Evie«, begrüßte Gordon sie, und als Mann und Hund sie aus wässrigen Augen flehentlich anschauten, wusste sie nicht, wie um alles auf der Welt sie ernsthaft darauf bestehen sollte, dass die beiden bis zur offiziellen Öffnungszeit draußen in der Kälte warteten.

»Morgen, Gordon. Hey, Betty«, sagte Evie. Sie schloss die Tür auf und ließ die beiden hinein. Im Vorbeigehen stieg ihr der Geruch von nassem Hund und ungewaschenem Menschen in die Nase, und sie fragte sich, wie viele Jahre es wohl her sein mochte, dass Gordon seinen Tweedmantel das letzte Mal in die Reinigung gegeben hatte.

Gordon und Betty machten es sich auf ihrem Stammplatz gemütlich, auf halbem Weg zwischen dem Kamin, in dem Evie gleich ein munteres Feuerchen entzünden würde, und dem Fernseher, den sie sofort einschaltete. Sie reichte Gordon die Fernbedienung, damit er in Ruhe Darts oder Snooker gucken konnte, zumindest bis ein anderer Gast kam und sie auf Fußball umschalten mussten.

An diesem Morgen allerdings, während Evie vor dem Kamin kniete und darauf wartete, dass der Feueranzünder den Widerstand der Kienspäne brach, und Betty sich zufrieden auf den Holzdielen ausstreckte und leise zu schnarchen anfing, schaltete Gordon ganz unerwartet die Nachrichten ein.

»Air Pleiades, das ist doch deine Fluglinie, oder?«, fragte er.

Evie, ganz aufs Feuermachen konzentriert, hörte kaum, was er sagte. »Was meinst du, Gordon?«

»Air Pleiades. Die Fluggesellschaft«, sagte er.

»Was ist damit?«

»Die sind doch von da unten, wo du auch herkommst, oder? Australien?«

Es verging kaum ein Tag im Noble Swan, an dem es keine kleinen Sticheleien über Evies Heimatland gab. Die Stammgäste überboten sich mit Witzen auf ihre Kosten, und gerade vor ein paar Wochen noch hatten sie sich beinahe schlappgelacht, als Evie ihr Weihnachtsgeschenk ausgepackt hatte, eine überkandidelte Dame-Edna-Everage-Brille.

»Air Pleiades? Ja, soviel ich weiß schon.«

»Tja, mit denen würde ich an deiner Stelle nicht nach Hause fliegen«, bemerkte Gordon. »Schlimme Sache.«

»Was denn?«, fragte Evie.

»Das«, sagte Gordon und wedelte mit der Fernbedienung in der Luft herum. »Furchtbar, das.«

Ein paar dünne Rauchfähnchen stiegen aus den Kienspänen, als Evie sich aufrichtete und auf den Fernseher schaute. Dort war eine Europakarte zu sehen, mit einer gebogenen gepunkteten Linie, die sich über Frankreich bis in den Atlantik zog und dort in einem großen roten X endete. Unter dem Bild stand: ABSTURZSTELLE VON AIR PLEIADES FLUG PQ108 – 312 TOTE.

»Oh«, rief Evie und legte sich entsetzt die Hand auf die Brust. »Das ist ja schrecklich!«

Bei ihrer ersten Auslandsreise war Evie mit Air Pleiades geflogen. Damals war sie siebzehn gewesen und zum Schüleraustausch in Japan. Und auch als sie mit einundzwanzig mit einem einfachen Flugticket, einem Rucksack, einer auf kurz vor fünf stehengebliebenen Armbanduhr und der verrückten Idee, Dichterin zu werden, Melbourne verlassen hatte, war sie mit Air Pleiades geflogen. Vier Jahre war das inzwischen her, und bisher hatte Evie nach all ihren Reisen nichts weiter vorzuweisen als einen Stapel Kladden voller unveröffentlichter Gedichte.

Zuerst war sie nach Los Angeles geflogen und von dort weiter nach San Francisco, wo sie einen Job als Croupière auf einem Kreuzfahrtschiff angenommen hatte, das die mexikanische Riviera entlangschipperte. Nach achtzehn Monaten an Bord hatte sie die Nase voll gehabt und war weiter nach Kanada gezogen, wo sie als Zimmermädchen in einem Skiresort anheuerte und schon bald munter von Resort zu Resort wanderte, bis sie irgendwann in Quebec landete, wo sie dann in einen Flieger nach London stieg. Der Anspruch auf ein fünfjähriges Visum für das Vereinigte Königreich – inzwischen zu einem Fünftel abgelaufen – war, neben ihrem Leben, das einzige brauchbare Geschenk, das sie je von ihrem Vater bekommen hatte.

»Ich hatte es ja nie so mit dem Reisen«, brummte Gordon. »Aber ihr Australier, ihr seid ein reiselustiges Völkchen, stimmt's? Muss man wohl sein, wenn einem das Leben so übel mitspielt, dass man in einem Land geboren wird, in dem es nur so wimmelt vor Mördern und Dieben.«

Evie sagte kein Wort. Sie hatte längst gelernt, sich von solch kleinen Sticheleien nicht provozieren zu lassen. Sie hielt den Blick auf den Fernseher geheftet, wo Aufnahmen vom Flughafen Charles de Gaulle die Anzeigetafel und Menschen in Mantel, Schal und Mütze zeigten, die einander weinend in den Armen hielten, haltlos schluchzend vor Schock und Trauer.

Evie bekam – wie wohl jeder andere Mensch auf der Welt, vermutete sie – Todesangst beim Gedanken an einen Flugzeugabsturz. Immer wenn sie sich im Flieger auf ihren Platz setzte, musste sie unwillkürlich daran denken, wie das wohl wäre. Was würde sie tun? Wenn sie wüsste, dass die Maschine, die sie in der Luft hielt, aus dem Himmel fallen würde, würde sie sich dann an den Menschen neben ihr wenden und etwas Tiefgründiges sagen? Oder würde sie nur kopflos herumkreischen, auch wenn es nicht das Geringste nützte? Oder würde sie die Augen zusammenkneifen und versuchen, sich unsichtbar zu machen? Wann genau würde sie sterben? Und würde es sehr wehtun?

Aber das alles, dachte Evie, hatten die Passagiere und die Crew von Flug PQ108 nun hinter sich. Das Leid der Menschen jedoch, die sie liebten, hatte gerade erst begonnen. Beim Gedanken daran schnürte es Evie die Kehle zu.

»Wir sollten wohl auf die armen Teufel trinken, meinst du nicht?«, brummte Gordon und strahlte plötzlich wie ein kleines Kind übers ganze Gesicht.

Evie wischte sich mit einer Hand über die Augen und schnaubte kurz auf. »Du grässlicher alter Stinker.«

»Ach, komm schon, Kindchen. Es ist beinahe elf. Was sind schon zehn Minuten unter Freunden?«

Die Fernsehnachrichten liefen im Hintergrund weiter, während Evie nur den Kopf schüttelte und hinter der klappbaren Abtrennung der Theke verschwand. Sie holte den Glenfiddich aus dem Regal, und während sie Gordon das erste Schlückchen Whisky des Tages einschenkte, sah sie den atlantischen Ozean vor sich, wie er sich aufbäumte und in den Himmel türmte, sich auftat wie ein riesenhaftes, tiefblaues Maul – um dann gequält aufzuschreien vor Gram, bevor er das Flugzeug im Ganzen verschluckte. Das, dachte sie, musste sie unbedingt aufschreiben.

ZWEI

zwei Jahre später

DREI SILBEN

✦

Im Sommer nach Dianas Tod pflückte niemand die Aprikosen in den Bäumen hinten im Garten ihrer Mutter. Sie blieben an den Zweigen hängen, wurden schwerer und schwerer, süßer und süßer, immer weicher und tief orange, bis sie schließlich von den Zweigen fielen.

Den Bäumen schien das nichts auszumachen, im Herbst warfen sie die Blätter ab und harrten den Winter hindurch aus, bis sie im Frühling wieder neue Blüten trieben, aus denen irgendwann die kleinen harten Nüsse der jungen Früchte wuchsen. Als die schließlich reif waren, die rosa-orange Haut rotgetüpfelt, dort, wo die Sonne sie geküsst hatte, war es schon wieder Hochsommer, und Diana war seit beinahe zwei Jahren nicht mehr da.

Am Silvestervormittag fuhr Arie vor dem schindelverkleideten Farmhaus von Dianas Mutter vor, und obwohl sein Klopfen an der Haustür unbeantwortet blieb, ging er hinein. Er wusste, Belinda würde hinter dem Haus sein und hatte vermutlich schon mit der Arbeit begonnen. Er ging den langen, schattig kühlen Flur hinunter, und dann, kurz bevor er zur Hintertür kam, konnte er der Versuchung nicht widerstehen, kurz in die rund ums Haus laufende Veranda zu spähen, von der vor langer Zeit einmal ein Teil abgetrennt und in ein Schlafzimmer umgewandelt worden war.

Der Raum steckte so voller Erinnerungen, dass Arie fast glaubte, sie durch die Luft wirbeln zu sehen wie flimmernde Staubpartikel. Es war ein schmales Zimmer, und das wackelige Doppelbett in der Mitte nahm es fast ganz ein. Arie konnte sich noch gut daran erinnern, wie es sich angefühlt hatte, morgens wie ausgedörrt aufzuwachen, weil die Sonne sengend heiß durch die dünnen Baumwollgardinen hereinbrannte. Und er wusste noch, wie die Kissen nach altem Gummi gerochen hatten und wie behutsam er und Diana sein mussten, wenn sie zusammen im Bett lagen, damit das blöde Ding nicht quietschte.

Er wendete sich ab, nahm einen sonnengebleichten Akubra-Hut vom Haken an der Hintertür und trat hinaus auf die Veranda. Er sah Belinda hinten im Garten, wie sie auf halber Höhe auf der Trittleiter stand, einen Eimer unter dem Arm. In T-Shirt und Shorts wirkte sie noch dünner und zerbrechlicher als sonst.

»Morgen«, rief er, und sie winkte ihm zu.

Die erste Aufgabe, die Belinda und ihm bevorstand, war die peinliche Begrüßung hinter sich zu bringen. Selbst heute noch, nach allem, was sie gemeinsam durchgestanden hatten, waren diese unangenehmen Momente unvermeidlich.

Am Tag von Dianas Trauerfeier hatten sie sich umarmt, und dann noch einmal – aber wirklich nur einmal –, als er und Belinda an Dianas leerem Grab auf dem Friedhof gestanden hatten, zehn Minuten von Belindas Farmhaus entfernt an einer gewundenen Landstraße.

Dort gab es, auf der Windseite eines Rosengartens, eine Backsteinmauer mit Aussparungen für kleine Metallschubladen mit der Asche der Verstorbenen. Die Stirnseite der Schubladen war mit Namen und Lebensdaten versehen, aber wenn Arie seine Rosen oder Tulpen oder Sonnenblumen unten an den Fuß der sonnenbeschienenen Mauer stellte, konnte er an nichts anderes denken, als dass Dianas Mauernische leer war und dass sie ihre letzte Ruhestätte weit weg von hier gefunden hatte, im kalten, nassen, dunklen Ozean.

Arie ging über den mit Gänseblümchen gesprenkelten Rasen zu dem kleinen Obstgarten am anderen Ende und blieb dann abwartend stehen, falls Belinda die Leiter heruntersteigen und ihn in die Arme schließen wollte. Wollte sie aber nicht.

Das Pflücken ging langsam und sehr bedächtig vonstatten. Arie legte jede einzelne Aprikose behutsam wie ein rohes Ei in den Korb – nur keine davon zerdrücken. Wie er so ganz vorsichtig die samtigen Früchte von den Zweigen pflückte, konnte er sich fast vorstellen, dass Diana dort bei ihnen war, die kleine Trittleiter hinauf und hinunter stieg und sang und die blasse Haut in der Nachmittagssonne langsam rosarot wurde, ganz gleich, wie breit die Krempe ihres Sonnenhutes auch war.

»Wieder ein Jahr vorbei«, seufzte Belinda in die Äste um ihr Gesicht. Arie glaubte, einen Vorwurf herauszuhören, und gleich fühlte er sich unerklärlicherweise wieder schuldig, obwohl er doch nun wirklich nichts dafürkonnte, dass die Erde sich wieder einmal um die Sonne gedreht hatte.

»Hast du irgendwelche guten Vorsätze fürs neue Jahr?«, erkundigte sich Arie. Er hatte sich angewöhnt, mit Belinda immer nur Smalltalk zu machen, um möglichst sämtliche heiklen Gesprächsthemen zu umschiffen, dabei wusste er nur zu gut, dass er damit meist dieselben schnippischen Antworten provozierte.

»Ha«, brummte sie trocken. »*Du* etwa?«

»Habe ich. Mein guter Vorsatz fürs nächste Jahr ist es, sämtliche Auflaufformen ihren rechtmäßigen Besitzern zurückzugeben.«

Nach Dianas Tod war er regelrecht überschüttet worden mit Aufläufen – in Geschirrtücher gewickelt vor die Haustür gestellt oder ihm noch warm in die Hand gedrückt. Nach ein, zwei Monaten hatte der stete Strom ein wenig nachgelassen, aber die Chili con Carne und die Schinken-Hühnchen-Spargel-Aufläufe hatten in seinem Gefrierschrank noch lange ein scheinbar endloses Nachleben gefristet. Erst vor kurzem hatte Arie das letzte dieser Beileidsessen halb aufgetaut und die noch steinharten Brocken in den Mülleimer geworfen. Nun blieb nur noch die kniffelige Aufgabe herauszubekommen, wem die gelbe Auflaufform gehörte und von wem die Keramikform mit den kleinen blauen Blümchen war.

Belinda lachte ein wenig bitter auf. »*Du* hast wenigstens Aufläufe bekommen. Die Leute haben wohl gedacht, du als Mann hast es nötiger als ich.«

»Eigenartig, oder?«, meinte Arie nachdenklich. »Wäre es andersherum gewesen, Diana hätte die Aufläufe viel nötiger gebraucht.«

»Wie meinst du das?«, fragte Belinda mit brüchiger Stimme.

Arie wusste auf der Stelle, dass er in ein Fettnäpfchen getreten war und am besten die Klappe halten sollte, aber unerklärlicherweise hörte er sich sagen: »Na ja, Kochen war nicht gerade Dianas Stärke.«

»Diana konnte kochen. Ich habe es ihr selbst beigebracht.«

»Diana konnte alles, was sie sich in den Kopf gesetzt hatte«, sagte Arie, um Belinda zu beschwichtigen, dabei wusste er ganz genau, dass Dianas Kochkünste in einer zermatschten Avocado auf einer Scheibe Toast gegipfelt hatten.

»Diana konnte alles.«

Diana.

Dieses Wort. Drei Silben, eine eigene kleine Melodie.

Im Winter kam Arie und hackte Kaminholz für Belinda, und im Frühling machte er die Regenrinnen sauber. Dafür schickte sie ihn dann mit selbstgemachtem Chutney aus grünen Tomaten und in Alufolie gewickelten Scheiben Früchtebrot nach Hause. Aber warum es ihn wirklich immer wieder hierherzog und warum Belinda ihn immer wieder zu sich einlud, war ganz einfach: Weil sie diese drei Silben untereinander so oft sagen konnten, wie sie wollten. *Diana, Diana, Diana.*

In Belindas gemütlich unordentlicher Küche stand bunt zusammengewürfelte Keramik in den offenen Regalen, an der Stange des altmodischen Holzofens hing ein fadenscheiniges Geschirrtuch, und der geflickte Linoleumboden rollte sich an den Ecken auf. Der ganze Raum war vollgestopft mit Dingen, die Diana berührt, benutzt, geliebt hatte. Neben dem Wasserkocher stand der Humpty-Dumpty-Eierbecher aus Kindertagen. Irgendwie passend, dass er einmal heruntergefallen, zerbrochen und von Belinda wieder zusammengeklebt worden war. Die Reparatur war wahrlich kein Meisterwerk, die Teile wollten nicht so recht zusammenpassen, und so war die Stirn von Humpty Dumptys Mondgesicht mit einer dicken Klebstoffnaht verunziert.

Es dauerte nicht lange, bis eine ordentliche Portion Aprikosen von der vormittäglichen Ernte entsteint und geviertelt auf einem dicken Holzbrett lag. Eine Glasschüssel mit Zucker stand zum Erwärmen im Ofen, und Arie wusste, würde er den Gefrierschrank aufmachen, fände er darin eine Untertasse mit einem halben Dutzend Teelöffel. Auf der Arbeitsplatte warteten eine Küchenwaage, mehrere Tüten Zucker, eine Schüssel Zitronen, etliche hölzerne Kochlöffel sowie eine Blechbüchse, die ihr sonstiges Dasein versteckt in der Vorratskammer fristete und nur zum Marmeladekochen hervorgeholt wurde.

Die Aprikosenmarmelade der Clare-Sippe war berühmt. Sie war immer perfekt, nie angebrannt, nicht zu flüssig, nicht zu fest, und im Glas bewahrte sie ihre leuchtende Farbe und die frische Süße der Früchte monatelang.

Die perfekte Marmelade hatte viele Geheimnisse, angefangen bei der idealen Menge (klein) bis hin zur Topfform (relativ flach mit schrägen Seiten), vom Frucht-Zucker-Verhältnis (es war kompliziert) bis hin zur besten Zitronensorte für den nötigen Schuss Säure (Meyer). Zu der blubbernden Masse wurden keine Aprikosenkerne hinzugefügt; das galt bei den Clares seit Generationen als Ketzerei. Das Einzige, was in die Marmelade kam, war – außer frischen Früchten, Zucker, Zitronensaft und Sorgfalt – der Inhalt der geheimnisvollen Blechbüchse. Wobei, wäre Diana dabei gewesen, sie hätte auf eine weitere unverzichtbare Zutat bestanden. Musik.

»Wonach ist dir? Was wollen wir hören?«, fragte Arie, als der erste Topf auf dem Herd blubberte.

»Such du was aus.«

Die Stereoanlage stand im Wohnzimmer, genau wie Dianas erstes Klavier – aus geflammtem Holz und mit zwei winzigen, identischen Messing-Kerzenhaltern vorne, an denen noch das Wachs klebte. Überbleibsel einer vergangenen Zeit. Arie bemerkte, dass um die gerahmten Bilder oben auf dem Klavier kaum ein Stäubchen lag. Diana in weißen Shorts bei einem Schul-Geländelauf mit einer grünen Schleife in der Hand. Diana mit einem riesengroßen Stallhasen auf dem Arm. Diana mit einem Haarschnitt von Mama und übergroßen Zähnen. Diana mit einer Prinzessinnen-Geburtstagstorte. Diana in Talar und Barett.

In Belindas CD-Sammlung trafen Midnight Oil auf eine Aufnahme von Diana mit den Londoner Philharmonikern, die Indigo Girls auf eine Aufnahme von Diana mit dem Sydneyer Sinfonieorchester; Tori Amos auf eine Aufnahme von Diana mit der Staatskapelle Dresden. Arie entschied sich für Clara Schumanns *Klavierkonzert in a-Moll.* Oder genauer gesagt, für Clara Schumanns *Klavierkonzert in a-Moll,* gespielt von Diana Clare und den Berliner Philharmonikern.

»Schumann«, sagte Belinda, als Arie zu den ersten

Klängen der Musik in die Küche zurückkam. »Diana hat immer gesagt, das sei gute Marmeladenmusik.«

»Rührend«, erwiderte Arie, und Belinda rang sich, um des alten Scherzes willen, ein gequältes Lächeln ab.

»Ich glaube, wir wären so weit«, sagte Belinda und spähte in den Topf.

»Willst du es machen?«

»Mach du es lieber«, entgegnete Belinda und reichte Arie die Büchse. Auf dem Deckel eine Szene in einem Salon: Damen mit altmodischen Frisuren und Kleidern in blassen Regenbogenfarben.

»Den Teil mochte Diana immer am liebsten«, murmelte Arie.

In der Büchse lagen vier Silbergabeln, alle identisch, alle mit einer Lilie am Griff. Gleich würden sie in der blubbernden Marmelade versinken, wo sie verhindern sollten, dass die heiße Mischung am Topf anklebte oder gar anbrannte. Wenn man Belinda glauben wollte, war dieses Besteck – das einmal ihrer Urgroßmutter gehört hatte – das einzige auf der ganzen Welt, auf das man sich diesbezüglich blind verlassen konnte.

»Die wollte ich Diana später mal vererben. Was soll ich denn jetzt damit machen?«, fragte Belinda, und Arie hörte in ihrer Stimme einen Anflug von jenem kummervollen Masochismus, dem er sich auch gelegentlich selbst hingab.

»Du könntest sie mit ins Grab nehmen«, schlug Arie vor. »Und damit auch das Geheimnis deiner Marmelade.«

Woraufhin Belinda ihn mit einer der Gabeln in die Rippen piekte, ziemlich feste sogar, und wieder einmal spürte er die Wut, die in ihr brodelte, gar nicht so tief unter der Oberfläche.

»Au«, quiekte er.

»Weichei«, schnaubte sie und reichte ihm die Gabel, die er dann zusammen mit den anderen drei in die Marmelade gab, wo sie versanken.

Von nun an war es Aries Aufgabe, stetig umzurühren – nicht zu viel, nicht zu wenig –, während Belinda den Herstellungsprozess überwachte. Auch wenn Diana nicht mehr da war, so war sie doch überall in der Musik, die sie umgab, so süß und überwältigend wie der Aprikosenduft, der aus dem Topf stieg.

Irgendwann nahm Belinda einen Teelöffel aus dem Gefrierschrank und tauchte ihn in die Marmelade. Dann drehte und wendete sie den Löffel und beobachtete mit Argusaugen, wie rasch die zähe Flüssigkeit über den Löffel lief.

»Noch ein bisschen«, verkündete sie.

Also rührte Arie brav weiter, während die Marmelade leise vor sich hin blubberte. Während Diana das Klavierkonzert auf der CD zu einem mitreißenden Ende brachte, beobachtete Arie, wie Belinda sich mit den Fingerspitzen unter den Augen entlangfuhr und die Wimperntusche verschmierte. Diese blassen Wimpern. Genau wie Dianas.

»Alles gut?«, fragte er behutsam.

»Sie sollte hier bei uns sein. Das war immer einer ihrer liebsten Tage im ganzen Jahr.«

»Das stimmt«, bestätigte Arie.

Belinda zog ein zerknülltes Taschentuch aus der Tasche ihrer Shorts und tupfte sich damit die Augen.

»Weißt du, meine Friseurin hat neulich zu mir gesagt, sie hätte gedacht, ich müsste doch längst *über den Berg* sein.«

Arie zog die Augenbrauen hoch. »*Über den Berg*, ja? Tja. Ich sollte inzwischen *das Schlimmste hinter mir haben*.« Er malte mit den Fingern Gänsefüßchen in die Luft. »Zitat von meinem Hausarzt.«

»Ach was? Meiner meinte, ich müsse doch *allmählich darüber hinwegkommen*.«

»Meine Schwester hat gesagt, ich solle *so langsam wieder auf die Beine kommen*«, konterte Arie.

»Ich müsste jetzt allmählich so weit sein …«

»Lass mich raten … *dein Leben weiterzuleben*?«

Belinda schnaubte abfällig. Dann erklärte sie nachdrücklich: »Das ist ja alles schön und gut, aber es ist leichter gesagt als getan. Die Leute verstehen einfach nicht, dass Diana *mein Leben* war. Ich hatte meine Chance, und das habe ich damit gemacht. Ich habe sie bekommen.«

Arie wusste, wie solche Gespräche eigentlich verlaufen sollten. Seine Aufgabe war es zu widersprechen, Belinda zu versichern, sie habe doch noch mehr als genug Zeit, sie sei noch jung, man könne unmöglich wissen, was das Leben noch für sie bereithielt. Er wusste, dass er all das sagen sollte, was die Leute sonst immer zu ihm sagten. Stattdessen hörte er sich bloß seufzen: »Ich weiß genau, was du meinst.«

»Nein, weißt du *nicht*«, widersprach Belinda heftig, und wäre sie eine Katze gewesen, sie hätte fauchend einen Buckel gemacht. »Du kannst, du kannst … noch mal ganz von vorne anfangen.«

»Wie denn?«

»Bei dir ist das was ganz anderes. Ich kann nicht einfach noch mal eine Tochter bekommen. Aber du, du bist wie alt? Fünfunddreißig? Du hast dein …«

»Ganzes Leben noch vor mir. Ja, ja. Bla, bla.«

»Du wirst bestimmt eine andere finden«, sagte sie fast vorwurfsvoll.

Nun war es an Arie, verbittert aufzulachen. Er konnte genauso wenig eine neue Diana herbeizaubern wie Belinda.

»Wie denn?«, fragte Arie ein bisschen aufgebrachter als beabsichtigt. *»Wo denn?«*

Aber Belinda zuckte nur die Achseln, und danach war in der Küche eine ganze Weile nur das *blub, blub, blub* der köchelnden Marmelade zu hören.

UND WAS IST MIT LIEBE?

✦

Wenn Evie Greenlees sich ausmalte, wie sie endlich ihren ersten Gedichtband veröffentlichte, und das machte sie beinahe jeden Tag, dann überlegte sie manchmal, ihn *Löwenzahntage* zu nennen. Sie fühlte sich ganz unerklärlich hingezogen zu Pusteblumen, deren Samen mit dem Wind reisten, landeten, wo auch immer es sie hintrug, und wuchsen, wo sie Wurzeln schlagen konnten. In den Gedichten, die Evie über ihr eigenes Leben schrieb, sprossen sie überall.

Auch in dem Umschlag, den sie am Nachmittag dieses letzten Tags des Jahres in den behandschuhten Händen hielt, während sie vor einem alten, achteckigen Briefkasten auf der Royal Mile in Edinburgh stand, steckte ein Löwenzahngedicht. Unverkennbar in glänzendem Kirschrot lackiert, hätte dieser Briefkasten auch aus viktorianischen Zeiten stammen können, oder vielleicht aus der Zeit von König Edward VII. Evie wusste es nicht so genau, aber sie war eigens hierhergekommen, weil dieses spezielle Portal der Royal Mail außergewöhnlich und sehr hübsch anzusehen war und weil sie hoffte, der Briefkasten werde ihr Glück bringen.

Inzwischen drückte sie sich schon eine ganze Weile

davor herum und versuchte, die eisige Kälte zu ignorieren, die selbst durch die dicke Strickmütze sickerte, die sie tief über den dunklen Bob gezogen hatte, und die durch die Nähte ihres dünnen Mantels zog, den sie bis unters Kinn zugeknöpft hatte. Sie wünschte, sie hätte etwas wärmere Schuhe angezogen statt der dünnen Ballerinas, in denen ihr langsam die Zehen abfroren.

In den vergangenen beiden Jahren war Evie immer weiter gen Norden gedriftet. Als sie genug von London und dem Pub an der Themse mit seiner betagten Stammkundschaft gehabt hatte, suchte sie sich einen Job in einem Café in einem mittelalterlichen Städtchen an der Küste von Suffolk, wo sie als Haussitterin in einem winzigen Cottage am Rand des Dorfplatzes residierte. Als die Besitzer des Häuschens von ihrer Auslandsreise zurückkamen, hatte Evie sich vom Wind nach York wehen lassen, wo sie als Barfrau in einem alten Pub anheuerte, bei freier Logis. Irgendwie hatten die halsbrecherisch steile Treppe, die zu ihrem Mansardenzimmer unter dem Dach hinaufführte, die schrägen Decken, unter denen sie sich den Hals verrenken musste, wenn sie sich nachts im Bett aufsetzen wollte, und die nackte Glühlampe, die von der Decke baumelte und so düster war, dass sie nicht heller brannte als eine Kerze, in Evies Augen etwas sehr Poetisches.

Evie wusste nicht so genau, woher sie die Gewissheit nahm, wann es Zeit war, irgendwo weg und woandershin zu gehen. Manchmal schlich sich der Wunsch umzuziehen, im Laufe vieler Wochen heimlich, still und leise von hinten an, manchmal sprang er sie an wie jemand, der sich bei einer Überraschungsparty hinter dem Sofa versteckt hat, und kreischte ihr ins Ohr: *Es wird Zeeeit!* So war es, als sie aus York weggegangen war und gerade noch rechtzeitig zum Edinburgh Fringe Festival die schottische Grenze überquert hatte. In einem Second-Hand-Laden hatte sie sich ein gebrauchtes Zelt gekauft und auf dem überfüllten Campingplatz aufgeschlagen. Dann war das Festival zu Ende gegangen, und der Sommer genauso, aber Evie war geblieben, während die Tage immer kürzer wurden und die Temperaturen merklich sanken.

Mit durchgefrorenen Füßen stampfte sie auf dem Bürgersteig neben dem Briefkasten herum.

Du musst das nicht jetzt gleich machen, sagte sie sich. *Du könntest auch bis morgen warten.*

Der Umschlag war an einen renommierten Verlag adressiert. Evie war dessen Aufruf gefolgt, Gedichte zur Veröffentlichung in einer Anthologie mit dem Titel *Zehn Zeilen* einzureichen. Jedes eingereichte Gedicht musste genau das sein: zehn Zeilen lang. Das, was Evie ausgesucht hatte, hieß »Pusteblumen«. Sie wusste nicht so recht, ob es gut war oder nicht, aber eins wusste sie ganz genau: Wollte man irgendwann einmal veröffentlicht werden, musste man immer wieder kleine Partikel seiner Seele in den Kosmos schleudern, bis eines davon eines Tages irgendwo hängen blieb.

Sie kannte die Geschichten über Schriftsteller, die die Wände ihrer Arbeitszimmer mit Absagen tapezieren konnten, wobei die drei Absagen, die Evie bisher erhalten hatte, allesamt elektronisch eingetroffen waren. Ein E-Mail-Ordner voller »Wir bedauern sehr, Ihnen mitteilen zu müssen …« und »Vielen Dank für Ihre Einsendung, aber …« schien bei weitem nicht so romantisch und anschaulich wie eine ganze Wand in Papier-und-Tinte-Korrespondenz, aber letztendlich lief es auf dasselbe hinaus – bisher hatte keins ihrer Gedichte, die sie in die weite Welt hinausgeschickt hatte, irgendwo ein neues Zuhause gefunden.

Das hier allerdings … bei dem hatte sie so ein Gefühl. Den Umschlag fest umklammert, rezitierte sie stumm die Zeilen.

Pusteblumen

Akkurat.
Aufgezogen von der Sprache
Des Windes
Und dem eifrigen Pusten
Von Kindern, die Stunden
Anders zählen,
Schweben flauschige Fallschirme
Einer Zukunft entgegen,
Die nichts will,
Als wieder gelb zu sein.

Du könntest auch bis morgen warten. Vielleicht bringt dir der Neujahrstag mehr Glück.

Doch dann sagte sie sich streng: *Jetzt!*

Noch ehe sie es sich wieder anders überlegen konnte, drückte Evie rasch einen Kuss auf den Umschlag und schob ihn durch den Schlitz. Sie atmete hörbar aus, nickte dem Briefkasten zum Abschied zu, steckte die Hände in die Manteltaschen und marschierte los.

Edinburgh, überlegte Evie, war die steinigste Stadt, die sie je gesehen hatte. Straßen und Plätze waren aus Stein und eingefasst mit Steinmauern und Steinbögen, und hoch über allem thronte eine steinerne Burg, die förmlich aus dem schroffen Felsen, auf dem sie stand, herausgeschlagen schien. Als Evie so die Royal Mile entlangstiefelte und auf die North Bridge abbog, kam es ihr fast vor, als sei die kalte, mineralische Luft gesättigt von der steinernen Architektur ringsum. Nach einem langen Tag hinter dem Starbucks-Tresen taten ihr die Füße weh.

Mit zwei Arbeitstagen die Woche bei Starbucks und fünf Abenden verteilt auf zwei Wochen im Thorn and Thistle schaffte Evie es gerade so, über die Runden zu kommen. Natürlich musste sie heute Abend im Pub arbeiten – schließlich war Silvester –, aber ihre Schicht begann erst um neun. Bis dahin war noch genug Zeit, um nach Hause zu gehen, einen Happen zu essen und die schwarzen Klamotten (auf denen man die Kaffeeflecken nicht so sah) gegen andere (auf denen man die Bierflecken nicht so sah) zu wechseln.

Seit der Frühstückszeit hatte sie heute hinter dem Tresen gestanden, Cappuccinos gebrüht und Cookies ausgegeben, Rechnungen auseinanderdividiert und mit einem weißen Filzstift unleserliche Runen auf die schwarzen Plastikdeckel der To-go-Becher gekritzelt. Den Job bei Starbucks machte sie nicht aus Leidenschaft für Pumpkin-Spice-Frappuccinos, sondern weil die Filiale günstig an der Canongate gelegen war, gleich in der Nähe von Crichton's Close … und Crichton's Close war die Adresse der Scottish Library of Poetry, der schottischen Lyrik-Bibliothek. Dort verbrachte Evie dann auch ihre Mittagspausen und durchstöberte die langen Regalreihen schmaler Bände, jeder einzelne das Herzfragment eines Dichters. Oder einer Dichterin. Die Mittagspausen gingen immer viel zu schnell vorbei.

Ihre Bushaltestelle kam in Sicht, und Evie wurde empfangen vom Duft und Lärm der Verkaufsstände des Mittwintermarkts in den East Princess Street Gardens mit den Kirmesgeschäften, den Trödelständen und den Fressbuden. Heute war einer der umsatzstärksten Tage der Saison für die Verkäufer, und in ein paar Stunden würde »Auld Lang Syne« durch alle Gassen der Stadt hallen.

Evie schnippte einem Dudelsackspieler, der vermutlich schon seit Stunden nonstop »Scotland the Brave« und »Amazing Grace« spielte, 50 Pence zu und wich einem jungen Mann aus, der augenscheinlich bereits einen beträchtlichen Vorsprung auf den unvermeidlichen Neujahrskater herausgearbeitet hatte. Im Weitergehen grübelte sie über etwas nach, das ihr an diesem Tag bei der Arbeit passiert war.

Kurz nach Mittag hatte sie einen Kaffee für einen Kunden gemacht. Was erst mal nicht weiter ungewöhnlich war, nur war der Kunde der Dichter Slim Lorain. Ein paar Abende zuvor hatte sie ihn bei einer Lesung in der Lyrik-Bibliothek gesehen. Slim hatte ein sonnengebräuntes Gesicht und einen weißen Walross-Schnäuzer, hinter dem sein ganzer Mund verschwand. Die langen schlohweißen Haare trug er im Nacken zu einem dicken Pferdeschwanz zusammengebunden. Evie hatte neben Dave auf dem Boden der Bibliothek gehockt und auf Slim Lorains sanfte Stimme mit dem unmerklichen Akzent gelauscht, die Bilder von großen Städten und wilden Tieren, von gebrochenen Herzen und der unsichtbaren Berührung von Engeln heraufbeschwor. Hinterher hatte sie still und stumm dagestanden, am Wein genippt und Käse gemümmelt und Dave – der auch ein richtiger, echter Dichter war – das Reden überlassen. Er hatte sich Slim vorgestellt und ihm versichert, wie grandios die Lesung gewesen sei.

Heute, bei Tageslicht besehen, dort am Tresen des Cafés, hatte Slim ein bisschen älter gewirkt, ein bisschen kleiner, ein bisschen nahbarer. Als Evie ihn sah, wurde aus ihrem aufgesetzten Starbucks-Grinsen ein echtes Lächeln.

»Was darf's denn sein?«

»Caffè Misto, bitte«, sagte er mit seiner rohseidenen Stimme.

»Wie groß?«

»Was habe ich denn zur Auswahl?«

»Short, Tall, Grande, Venti.« Evie hatte dabei auf die Beispielbecher auf dem Tresen gewiesen, und der Dichter hatte etwas verdattert geguckt.

»Komische Welt, was, in der ›tall‹ nicht groß, sondern eher klein geraten ist? Was würden Sie denn empfehlen?«

»Vielleicht nehmen Sie das, was Sie gerne wären«, hatte Evie vorgeschlagen. Wieder hatte sie mit den Fingern auf die Becher getippt, während sie die verschiedenen Auswahlmöglichkeiten durchging. »Mögen Sie es eher kurz? Oder lang? Möchten Sie etwas Grandioses sein? Oder lieber« – sie tippte auf den Venti – »zwanzig und Italiener?«

Der Dichter lachte. »So gesehen gibt es natürlich nur eine mögliche Antwort, stimmt's?«

Als Evie dann an den Tresen zurückkam und den Deckel auf den To-go-Venti des Poeten stülpte, hatte er sie scharf angeguckt und fragend den Kopf schiefgelegt. »Ich glaube, ich kenne Sie.«

»Ach, das bezweifele ich.«

»Doch. Doch, ich kenne Sie«, sagte er nachdrücklich und nickte. »Sind Sie nicht die Freundin von Dave Wright?«

Evie blinzelte.

Löwenzahntage mochte zwar der heißeste Kandidat für den Titel von Evies bisher imaginärem Gedichtband sein, aber es gab Tage, da glaubte sie, ein weitaus treffenderer Titel dafür wäre *Ein Katalog unnützer Talente*. Davon hatte Evie viele, angefangen bei ihrem bemerkenswert zuverlässigen Hang, sich nicht wettergerecht anzuziehen, bis hin zu ihrer Fähigkeit, einen Kirschstängel nur mit Hilfe von Zunge und Zähnen im Mund zu verknoten. Und auch das zählte dazu: Ihr Gesicht verriet einfach immer, was sie gerade dachte oder fühlte. Und nun stand sie da, glotzte Slim Lorain mit offenem Mund an wie ein Goldfisch im Glas und hatte keinen Schimmer, was sie auf diese Frage antworten sollte.

Sekunden vergingen.

»Entschuldigung, ich ... wie aufdringlich von mir«, hatte der Dichter gestammelt, um das unbehagliche Schweigen zu brechen. »Ich habe Sie beide zusammen gesehen, neulich Abend ... und da dachte ich mir ... ich muss mich entschuldigen.«

»Nicht nötig«, hatte Evie gesagt und dabei gemerkt, wie sie rot wurde. »Möchten Sie den Beleg?«

Slim hatte den Kopf geschüttelt, seinen Kaffee genommen und war mit verwirrter Miene hinaus auf die Straße gegangen.

Die Freundin von Dave Wright, dachte sie und kam gerade noch rechtzeitig an die Bushaltestelle, um zuzusehen, wie die Linie sieben vom Bordstein losfuhr. *Mist.* Ihr war jetzt schon so kalt, dass es ihr vorkam, als schlängen sich Eiszapfen wie arktische Tentakeln um ihre Unterschenkel.

Die Freundin von Dave Wright, dachte sie erneut. Na, wenn das mal kein Titel für eine Gedichtsammlung war. Nur eher nicht für ihre.

Was Evie und ihre Beziehung zu Dave Wright anging, wusste sie nur eins ganz sicher, nämlich, dass sie ihren Anfang im Thorn and Thistle genommen hatte.

Für schottische Verhältnisse war es einfach nur ein ganz gewöhnlicher Feld-Wald-und-Wiesen-Pub, aber in Evies australischen Augen war es ein Pub wie aus dem Bilderbuch. Drinnen gab es Polstersessel, staubige Teppiche, eine alte Holztheke und den traditionellen »Snug« – einen winzigen Raum im Raum – mit Bleiglasfenstern und einer Sitzecke mit dunkelroten Lederbezügen.

Evies liebste Abende waren die Freitage einmal im Monat, wenn auf der kleinen Bühne in einer Ecke des Schankraums die Poesie-im-Pub-Abende stattfanden. Selbst wenn sie nicht arbeiten musste, war sie immer da, bestellte ein Radler und ein Schälchen Salz-und-Essig-

Chips, setzte sich mit ihrem Höckerchen in eine dunkle Ecke und lauschte hingerissen. Da hatte sie auch gesessen, als sie Dave das erste Mal gesehen hatte. Er hatte auf der Bühne gestanden mit einem Stapel eselsohriger Blätter in der Hand und versucht, den Mikrofonständer richtig einzustellen. Niedriger, sehr zur lautstarken Belustigung der anderen Dichter vor der Bühne.

Es stimmte, Dave war nicht besonders groß. Er war klein und feingliedrig, mit verstrubbelten Haaren und einer Eindringlichkeit – sein Blick, seine Art zu reden –, bei der es einem schwerfiel, nicht mit ihm zu schäkern. Irgendwann in der Zeit, als sie einander besser kennenlernten, hatte Dave ihr mit seinem schottischen Akzent, den Evie so unwiderstehlich fand, den Spitznamen »M'lady Greensleeves« verpasst, nach einem schwermütigen alten Liebeslied. Eines Tages hatte er mit klecksendem Füller ein Gedicht für sie aufs Papier geworfen, die Seite aus der Kladde gerissen und es ihr mit einer theatralischen Verbeugung überreicht, als sei er Sir Walter Raleigh, der für die Königin von England seinen Mantel über eine Pfütze breitete.

Das Gedicht selbst war ein trubeliger Vokabel-Bazar und strotzte nur so vor Großbuchstaben, Anzüglichkeiten und halb fallengelassenen Gedanken, und obwohl Evie sehr wohl wusste, dass es rein gar nichts zu bedeuten hatte, dass er ihr ein Gedicht geschrieben hatte – ähnliche Ergüsse hatte er schon für sämtliche Mädels verfasst, die im Thorn and Thistle hinter dem Tresen standen –, hob sie es trotzdem auf.

Und dann war er eines Abends zu ihr an den Tresen gekommen, schnurstracks von der Bühne. War einfach an den Händeschüttlern und Schulterklopfern vorbeimarschiert und hatte sich über die Theke gebeugt. In seinen grauen Augen hatte Evie … ja, was eigentlich? Eine Einladung? Spott? Eine Herausforderung? … aufblitzen sehen. Bei Dave konnte man sich da nie so sicher sein.

»Toller Auftritt heute, Dave«, hatte Evie gesagt und ihn dabei nur ein ganz kleines bisschen angehimmelt. »Was bekommst du?«

Bei den Poesie-im-Pub-Abenden ging das erste Getränk für die Künstler aufs Haus. Aber immer nur das erste.

»*Wein kommt durch den Mund herein*«, hatte er gesagt, »*und Liebe durch das Auge; mehr wissen wir nie ganz gewiss, uns bleibt allein der Glaube*. Sagt zumindest William Butler Yeats.«

»Womit er natürlich irrt«, erklärte Evie entschieden, wischte die Theke vor Dave ab und wich dabei geflissentlich seinen zweideutigen Blicken aus.

»Tut er das?«

»Liebe kommt durch das *Auge*?« Sie richtete sich auf und sah ihn an, die Arme vor der Brust verschränkt. »Müsste einem Dichter das Ohr nicht viel näher sein?«

»Was weiß ich. Aber ich könnte mir sehr gut vorstellen, dass man dir auf den ersten Blick rettungslos verfallen könnte, M'lady Greensleeves.«

Evie war alles andere als grün hinter den Ohren, was die Arbeit hinter der Kneipentheke anging. »Tja, dafür kannst du dir jedenfalls nichts zu trinken kaufen. Wein, sagtest du?«

»Nein, Whisky«, erklärte er. »Den besten, wenn ich bitten darf.«

Evie entkorkte einen besonders teuren Tropfen, goss ihm einen großzügigen Schluck ein und sah zu, wie Dave die bernsteinfarbene Flüssigkeit im Glas schwenkte, bis sie sich im Kreis drehte wie ein Strudel.

»Also, ich habe läuten hören«, setzte Dave an, »dass du eine neue Bleibe suchst.«

Evie zog die Augenbrauen hoch. Das stimmte. Das Zelt auf dem Campingplatz war während der Festivaltage schön und gut gewesen, aber sie war es recht bald leid geworden, ständig ihre sämtlichen Habseligkeiten mit sich herumschleppen zu müssen, wenn sie irgendetwas sicherer verwahren wollte als bloß hinter dem Reißverschluss des Zelteingangs. Die Wohnung, in der sie momentan mit einem Haufen Beinahe-Fremder wohnte, würden sie bald wieder dem eigentlichen Besitzer übergeben müssen, und da Evie ganz neu war in Edinburgh, hatte sie noch nicht genug Leute kennengelernt, um Freunde mit freien Gästebetten oder Sofas zu haben.

»Wie der Zufall es so will, habe ich gerade ein Zimmer zu vermieten«, hatte Dave zu ihr gesagt.

Evie wollte sich nichts vormachen. Sie wusste, wie dumm es war, sich zu einem Mann hingezogen zu fühlen, der nach durchzechten Nächten roch, nach schottischem Whisky und einem empfindlichen Ego, und sie wusste auch, dass es noch dümmer wäre, bei einem solchen Mann einzuziehen, vor allem dann, wenn dieses Arrangement diverse Fragen offen ließ. Doch als Dave dann auf die Bühne ging – und obwohl Evie nicht jedes Wort von dem verstand, was er ausspie, gurrte, flüsterte, ins Mikrofon brüllte –, hatte seine Art, die Wörter aneinanderzureihen, doch etwas so Besonderes, dass sie einfach nicht anders konnte.

Daves Bude, ein verrußtes Stadthäuschen irgendwo in Leith, nur eine kurze Busfahrt von der Altstadt entfernt, gehörte einer älteren Dame, die keine Verwendung mehr dafür hatte.

»Das versteht sie wohl unter Kunstförderung, Gott segne ihre lila Fliederhaare: ihr Haus einem jungen Poeten zu überlassen, der es mit wohlwollendem Nichtstun verkommen lässt«, hatte Dave erläutert, und Evie hatte vermutet, dass ihr Gesicht sie beim Wörtchen »jung« womöglich verraten hatte. Dave war das, was dabei herauskäme, wenn man so grausam wäre, Peter Pans innere Uhr wieder in Gang zu setzen und ihn im Eiltempo auf Anfang vierzig altern zu lassen.

Was Dave unerwähnt ließ, Evie sich aber denken konnte, war, dass die Mieteinnahmen für ihn ein praktisches, zusätzliches Unter-der-Hand-Einkommen waren – ansonsten finanzierte er sich durch Arbeitslosenunterstützung und immer spärlicher werdende Kunststipendien, Schecks für die Rezensionen, die er gelegentlich schrieb, und hin und wieder ein mickriges Honorar, wenn eins seiner Gedichte in einer Zeitung oder einer Literaturzeitschrift veröffentlicht wurde.

Das Zimmer, das er Evie zeigte und das allem Anschein nach zuletzt in den 1970er Jahren renoviert worden war, bestach durch eine geschmacklose Blümchentapete, wild zusammengewürfelte Blumengardinen und einen Teppich, der seine wilde Partyvergangenheit nicht leugnen konnte. Das Zimmer lag auf der Straßenseite des Hauses und bot einen Blick auf die dicht an dicht stehenden Reihenhäuschen gegenüber, nur hier und da unterbrochen von lauten, flippigen Restaurants, einem Nagelstudio und einem Laden für Billighandys. Die Straße war so schmal, dass Evie, wenn die großen Doppeldeckerbusse an ihrem Fenster vorbeibrummten, glaubte, sie bräuchte nur einen großen Schritt zu machen und stünde mitten auf dem Dach.

Am ersten Abend in der neuen Wohnung hatte Dave neben ihr an der Spüle gestanden und das Geschirr ihres ersten gemeinsamen Abendessens abgetrocknet. Danach hatte er Evies Hand genommen und seine Lippen fest darauf gepresst, aber wie er sie dabei anschaute, das war keine Neckerei mehr. In diesem Augenblick hatte er verletzlich gewirkt, und auch wenn Evie genau wusste, was für eine blöde Idee es war, sich auf ihren Mitbewohner einzulassen, hatte sie doch von Anfang an gewusst, dass sie es trotzdem tun würde.

In den vier Monaten, die sie nun schon mit Dave zusammenlebte, waren die beiden zu einem eigenartigen Arrangement gekommen. Manchmal schliefen sie miteinander, meistens in Evies Bett, und danach stand Dave dann immer irgendwann auf und ging in sein eigenes Zimmer. Er und Evie hatten nicht nur getrennte Schlafzimmer, sondern auch getrennte Leben und getrennte Freundeskreise. Wenn sie abends beide zu Hause waren, kochte einer für den anderen, einkaufen gingen sie aber nur aufs Geratewohl und immer allein. Sie zankten selten und stritten nie, aber manchmal zog er sich tagelang zurück, schlief allein in seinem Bett und schloss sich mit Flasche, Stift und Papier im Wohnzimmer ein. Evie hatte gelernt, damit zu leben, dass Dave, ein bisschen wie eine Katze, nur dann zu ihr kam, wenn ihm danach war, und sonst nicht.

Dave und Evie redeten eigentlich nie über andere Lyrik als über Daves. Gelegentlich überlegte Evie, Dave zu gestehen, dass sie selbst auch Gedichte schrieb, ihn vielleicht sogar zu bitten, etwas von ihr zu lesen, aber wenn sie ganz ehrlich war, wusste sie, das würde kein gutes Ende nehmen. Einmal hatte er angemerkt, zwei Dichter in einer Beziehung seien wie zwei ertrinkende Schwimmer, die sich verzweifelt aneinanderklammerten und sich gegenseitig den Hals zuhielten, um nicht unterzugehen. Wieder und wieder hatte sie diese Bemerkung im Kopf gedreht und gewendet, versucht, seinen Tonfall zu analysieren, und sich den Kopf darüber zerbrochen, ob das nun ein hinreichender Beweis dafür war, dass sie eine Beziehung miteinander hatten.

Manchmal glaubte Evie fast, dass Dave sie tatsächlich als seine Freundin betrachtete. Gingen sie gemeinsam aus, ins Theater oder zu einer Büchervorstellung, nahm Dave Evie an die Hand, wenn sie die Straße entlanggingen, und immer wenn er auf einen Drink ins Thorn and Thistle kam, beugte er sich über die Theke und gab ihr einen Kuss. Aber dann gab es wieder Zeiten, da war sie sich ziemlich sicher, dass er das ganz anders sah. Wenn er sie einem seiner Bekannten vorstellte, sagte er immer bloß: »Das ist Greensleeves.« Inzwischen war es eine Weile her, seit er sich die Mühe gemacht hatte, »M'lady« davorzusetzen.

Evie schloss die Tür auf und ging ins Haus, aber den Mantel ließ sie an. Dave saß im Halbdunkel des Wohnzimmers, die Füße auf dem Couchtisch, eine Dose Guinness in der Hand und einen Schal mehrfach um den Hals geschlungen. Seit dem Schreck der letzten Abrechnung hatte er sich angewöhnt, die Heizung, so weit es irgend ging, herunterzudrehen.

»Was mag *jeder*, Greensleeves?«, fragte er und schaute zu ihr auf, wie sie im Türrahmen stand.

Oh, danke, mein Tag war ganz großartig, danke der Nachfrage. Ein Guinness? Ja, gerne, das wäre wunderbar.

»Warum fragst du?«

»Ich muss was Populäres schreiben«, meinte Dave. Auf dem Couchtisch stapelten sich Zeitungen und Zeitschriften, Flyer, Broschüren und Post, geöffnet wie ungeöffnet.

»Wofür?«

»Dafür«, sagte er, rappelte sich halb auf und wedelte mit einem Flyer, der ihr bekannt vorkam. Es war der von *Zehn Zeilen*, genau dasselbe Merkblättchen, das sie schon vor Wochen aus der Bibliothek mitgenommen hatte.

Evie bekam ein schlechtes Gewissen beim Gedanken an ihre »Pusteblumen«, die unten im Bauch des roten Briefkastens lagen, und fragte sich, was Dave wohl denken würde, wenn er wüsste, dass sie bereits ein Gedicht für just diese Anthologie eingereicht hatte.

Wobei sie natürlich überhaupt kein schlechtes Gewissen zu haben brauchte. Es war ihr gutes Recht, ein Gedicht einzuschicken, wohin auch immer sie wollte. Sie brauchte Dave nicht um Erlaubnis zu bitten. Aber trotzdem … Es kam ihr irgendwie komisch vor, dass sie ihm ihre Gedichte mehr oder weniger verheimlicht hatte. Wenn man mit jemandem Haus, Tisch und gelegentlich auch Bett teilte, sollte man dann nicht auch Träume und Hoffnungen teilen?

»*Zehn Zeilen*«, schnaubte Dave. »Mit so einem blöden Kinderkram würde ich mich sonst gar nicht abgeben, aber die bezahlen gutes Geld. Wie soll man als Dichter seinen Lebensunterhalt verdienen, wenn man sich nicht für so einen Firlefanz hergibt?«

Evie dachte, verkniff sich aber, es laut auszusprechen, dass es der Welt schnurzegal war, was ein Dichter oder sonst irgendwer »sollte« und was nicht.

»Also, was sagt der Zeitgeist, Greensleeves?«, fragte Dave und schnippte den Flyer in Richtung Couchtisch. »Worüber denken die Leute nach, worüber reden sie?«

»Den Klimawandel?«, schlug Evie vor.

»Wer will denn was über *den* Mist lesen? *Den* Mist wollen doch alle so gut es irgend geht ignorieren. Sonst könnten wir doch nicht weitermachen wie gewohnt. Der Gedanke an den Klimawandel ist wie der Gedanke an den eigenen Tod. Ein totaler Abturner. Also, was noch?«

Tolle Einstellung.

»Tja dann, wie wäre es mit Liebe?«, meinte Evie. »Jeder liebt die Liebe.«

»Greensleeves, ich suche *interessante* Vorschläge«, knurrte Dave, und Evie wusste nur zu gut, wenn er so eine Laune hatte, brauchte man erst gar nicht zu versuchen, ihn irgendwie aufzuheitern.

»Tja dann«, sagte sie. »Dir fällt schon was ein.«

Oben war es auch nicht wärmer als unten. Zitternd stand Evie in ihrem Schlafzimmer und wünschte sich, sie hätte sich schon umgezogen und könnte den Teil überspringen, wo sie frierend auf einem Bein herumhopste und mit Gänsehaut an den nackten Beinen versuchte, möglichst rasch in die Strumpfhose zu schlüpfen.

Zwischen den halboffenen Gardinen sah sie das Licht im Schaufenster des Handyladens auf der anderen Straßenseite blinken und hörte die festlichen Stimmen der Menschen, die einander kreuz und quer über die Straße fröhlich etwas zuriefen. Das alte Jahr neigte sich dem Ende zu, und das neue stand vor der Tür. Da draußen in den Gassen der Stadt wurden gute Vorsätze gefasst, neue Kapitel aufgeschlagen.

Das Jahresende erschien Evie immer als eine eigenartige, seltsam fragile Zeit. Sie schien zu verlangen, dass man in den Spiegel schaute und sich selbst in die Augen sah, dass man Bilanz zog, dass man sich fragte, ob man die war, die man sein wollte, oder zumindest auf einem guten Weg dorthin. In letzter Zeit hatte sie häufiger von einem Haus voller Frösche geträumt, das sich wie ihr eigenes angefühlt hatte, wo sie mit einem Mann zusammenlebte, dessen Gesicht sie nie ganz erkennen konnte, und einigen nebelhaften Gestalten, die womöglich Kinder sein könnten. Aber immer wenn sie versuchte, sie sich genauer anzuschauen, sie zu berühren, wurden sie davongeweht – Mann, Kinder, Haus, alles –, als seien sie nicht mehr als Wolken an einem windigen Himmel.

Wenn sie dann aufwachte, wurde sie unsanft in die Realität zurückgeholt und fand sich allein in ihrem hässlichen Schlafzimmer wieder, wo die Blumensträuße an der Wand im Halbdunkel aussahen wie Trollgesichter.

Im nicht so richtig warmen Bett musste sie dann daran denken, dass sie achtundzwanzig war und weit weg von Zuhause und dass die Jahre nur allzu schnell und unbemerkt verflogen.

Nie hatte sie vorgehabt, ewig auf Reisen zu sein. Als sie aus Australien weggegangen war, hatte sie sich vorgestellt, ein Jahr unterwegs zu sein, oder zwei vielleicht, und auch wenn sie sich inzwischen danach sehnte, irgendwo anzukommen und Wurzeln zu schlagen, wusste sie doch nicht so recht, wie sie das anstellen sollte. Was sie sehr wohl wusste, in jenen seelenentblößenden Augenblicken im Zwielicht, war, dass sie womöglich unbemerkt an allem im Leben vorbeitreiben könnte, von dem sie einst angenommen hatte, sie würde es einmal haben.

In Australien war jetzt Sommer. In Melbourne, wo sie gewohnt hatte, ehe sie weggegangen war, schien die Sonne manchmal so heiß, dass sich die Straßenbahnschienen auf der Straße verzogen und Asphaltflecken aufweichten, während in Perth, wo ein Teil von Evies versprengter Familie lebte, der Himmel viele sonnendurchglühte Wochen lang in einem makellosen Kobaltblau strahlen konnte. Evie war in Tasmanien aufgewachsen, wo ihre Halbschwester Stella, mit der sie sich von all ihren Geschwistern am besten verstand, auch heute noch lebte. Dort konnte ein Sommertag mild und freundlich sein oder grimmig kalt mit eisigen Sturmböen. Oder beides zusammen.

Sechs Jahre war sie nun schon fort, und doch hatte sie nichts weiter vorzuweisen als einen Stapel Kladden mit unveröffentlichten Gedichten. Sie hockte sich vors Bett und öffnete die Schublade der Kommode, in der sie die Büchlein versteckte. Manche waren groß, manche klein, manche billig, manche teuer. Wenn Evie in letzter Zeit mal wieder ihre Sachen gepackt hatte und weitergezogen war, hatten die Notizheftchen einen Großteil ihres Gepäcks ausgemacht. Nicht mehr lange, dann würden ihre eigenen Gedanken ihr zu schwer zum Tragen werden.

Das Notizbuch, das sie willkürlich herauszog, war ausnehmend hübsch. Sie hatte es sich gegönnt, als sie in London im Victoria and Albert Museum gewesen war. Der Einband war üppig mit Tauben und Rosen bestickt. Sie klappte es auf, und sofort schlug ihr der Duft aus dieser Zeit ihres Lebens entgegen: der beißende Schlammgeruch der Themse bei Ebbe, die kalte Asche im Schankraum des Noble Swan an kalten Wintermorgen, der hefige Mief der Spültücher, mit denen sie das verschüttete Ale aufwischten, der unverkennbare Geruch nach nassen Hunden – Spaniel, Terrier, Bracken –, die unter den Tischen zu Füßen ihrer Herren lagen.

Noch im Mantel setzte sie sich mit dem Notizbuch aufs Bett und blätterte in den Seiten. Zwei Nachrichten fand sie darin und konnte sich kaum noch daran erinnern, sie sich selbst hinterlassen zu haben, und Gedichte, die sie so oft umgeschrieben hatte, bis sie sich anfühlten wie zu lang gekneteter Teig. Aber an eins erinnerte sie sich ganz genau: die Beschreibung eines Flugzeugs, das vom Himmel fällt, und die See darunter, die aufschreit, sich auftut wie ein Haifischmaul, und wie der silberne Flieger hineinstürzt in diesen bodenlosen Schlund und verschwindet. Der Absturz der Air-Pleiades-Maschine. War das wirklich schon zwei Jahre her?

Das Gedicht war grottenschlecht – das sah Evie jetzt überdeutlich –, aber ein oder zwei Zeilen waren ganz brauchbar. Sie nahm einen Bleistift oben aus dem Schränkchen und unterstrich die Stellen, die noch zu retten waren. Sie war so in Gedanken, dass sie es zuerst gar nicht mitbekam, als Dave zu ihr ins Zimmer trat.

»Arbeitest du heute Abend?«, fragte er, kam zu ihr ans Bett und rempelte sie kumpelhaft an. »Oder hast du Lust, mit mir zusammen das neue Jahr einzuläuten?«

Beschämt legte Evie eine Hand auf die offenen Seiten des Notizhefts. »Ich muss um neun im Pub sein.«

Trottel. Hätte sie die Hand nicht auf die aufgeschlagene Seite gelegt, er hätte sie keines Blickes gewürdigt.

»Was machst du denn da?«, fragte er belustigt.

Evie merkte, wie ihr die Wangen brannten, als Dave ihre Hand beiseiteschob und die geschriebenen Worte darunter zum Vorschein kamen.

»Sieht ernst aus«, meinte Dave mit einem Lachen in der Stimme. »Ach! Poesie sogar. Wirklich?«

»Dave, bitte nicht …«, setzte Evie an.

»Was steht da? *Eine wogende Totenklage?* Potzblitz! Vorsicht, dass du damit keinen Schiffbruch erleidest.«

Es war ein präziser Stich. Zielgenau hatte er sich jene Formulierung herausgepickt, die ihr am besten gefiel, und obwohl ihr gesunder Menschenverstand ihr eindringlich riet, nicht darauf zu hören, was Dave sagte, wartete ihre entblößte Seele nackt wie eine Schnecke ohne Haus auf den zermalmenden Stiefeltritt.

»Halb so wild, Greensleeves. Gedichte schreiben kann halt nicht jeder.«

FAHRSTUHLMUSIK

Es war nach dem Abendessen, aber noch hell draußen, als Arie mit sechs Gläsern Aprikosenmarmelade im Gepäck von Belindas Haus in die Stadt zurückfuhr, ein Silvester-Special im Radio als Begleitung. Aber auch wenn er zu »1999« von Prince mit den Fingern auf dem Lenkrad herumtrommelte, reichte das nicht, um ihn in Feierlaune zu versetzen für die Party am Abend, die Richard und Lenka bei sich zu Hause veranstalteten.

Am Vortag hatte Arie Richard eine Nachricht geschickt, er werde wohl leider passen müssen, doch kaum hatte Richard sie gelesen, kam postwendend zurück: *Entschuldigung abgelehnt. Wir erwarten dich um neun, spätestens. Wenn du erst mal hier bist, wird es bestimmt lustig.*

Bei jeder anderen Party wäre Arie standhaft geblieben und hätte sich durch nichts umstimmen lassen, sondern hätte es sich mit der teuren Flasche Scotch, die seine mittlere Schwester Lotte ihm, sehr zum Missfallen seiner Mutter und seiner beiden anderen Schwestern, zu Weihnachten geschenkt hatte, auf dem Sofa gemütlich gemacht. Doch sosehr sich Aries Freunde nach Dianas Tod allesamt rührend um ihn gekümmert hatten, es waren Richard und Lenka gewesen, auf die immer

Verlass gewesen war und die sich mehr als jeder andere um ihn bemüht hatten. Noch immer bestanden sie darauf, dass er einmal die Woche zum Essen zu ihnen kam, und der einzige Mittwoch, den sie bisher hatten ausfallen lassen, war der, an dem Lenka nach der Geburt von Klein Marek im Krankenhaus gelegen hatte.

Wie man sich eigentlich hatte denken können, entpuppte Lenka sich als eine dieser aberwitzig patenten Frauen, die in ihrer Mutterrolle aufgingen, als hätten sie ihr Leben lang nichts anderes getan, als Windeln zu wechseln und schreiende Säuglinge zu beruhigen. Und genauso unverkrampft wie ihr Umgang mit ihrem Kind war auch ihr Umgang mit Aries Trauer. Wann immer Arie die Beherrschung verlor und am Esstisch schluchzend in Tränen ausbrach, strich sie ihm beruhigend über den Rücken und sagte: »Es ist schrecklich, Arie, einfach schrecklich. Mehr gibt es dazu nicht zu sagen. Einfach nur schrecklich.«

Ganz anders als seine ältere Schwester Sara und seine jüngere Schwester Heidi, die ihn mit Binsenweisheiten und Kalendersprüchen aufzumuntern versuchten und ihm Visitenkarten von Trauerberatern, Masseuren, Bowen-Therapeuten und Aura-Heilern zusteckten, tat Lenka nie, als gäbe es ein schnelles Allheilmittel.

»Aufstehen, ein- und ausatmen, ins Bett gehen und morgen wieder von vorn«, sagte sie manchmal. Geduldig hörte sie sich auch sein selbstzerstörerischstes Gesabbel an, ohne eine Miene zu verziehen, zwang ihn gelegentlich zu einer gemeinsamen Tennispartie, und wenn er sich am Mittwochabend versehentlich ein drittes Glas Wein einschenkte, fuhr sie ihn anschließend nach Hause.

Nach Hause. Wo Arie einen Fernseher ins Schlafzimmer gestellt hatte, damit er abends zu uralten Folgen von *Doctor Who* einschlafen konnte, die stumm am Fußende des Bettes vorbeiflimmerten. Nach Hause, wo Arie das Auto vor dem Haus abstellte und hineinging, die Marmelade in die beinahe leere Speisekammer räumte und dann nach oben ging, um sich umzuziehen. Was trug man zu einer Silvesterparty? Genauer gesagt, was trug man zu einer Silvesterparty, auf die man eigentlich gar keine Lust hatte?

Bevor er nach dem Knauf des Kleiderschranks griff, holte Arie kurz und heftig Luft. Aber sosehr er sich auch zu wappnen versuchte, nie schützte ihn das vor dem stechenden Schmerz, der ihm jedes Mal durchs Herz fuhr wie ein Dolch, wenn er die Tür aufmachte und Dianas Sachen vor sich sah, die dort noch genau so hingen, wie sie sie hinterlassen hatte – ihre berühmten roten Abendkleider, ein paar schwarze Kleider, Wintermäntel, flattrige Sommerröcke und bodenlange Maxikleider mit Volants. All diesen Kleider, so dachte Arie oft, hatten einmal ihren Körper umhüllt.

Das Problem bei den Partys von Richard und Lenka war, dass sich dort fast ausschließlich Menschen wie Richard und Lenka selbst tummelten – und das waren mittlerweile Paare Mitte dreißig mit kleinen Kindern. Arie ging erst um neun hin und ersparte sich damit jenen anstrengenden Teil des Abends, wenn es auf der Terrasse hinter dem Haus noch von Daddys mit Babys auf der Hüfte und Mamis, die auf kleine Grillwürstchenstücke pusteten, nur so wimmelte. So war er nicht gezwungen, sich mit Lenka zu unterhalten, während sie gleichzeitig den kleinen Marek im Auge behalten musste, der inzwischen fünfzehn Monate alt war und, sobald seine Mutter auch nur eine Nanosekunde woanders hinschaute, zu Kamikaze-Expeditionen rund um die Gartenmöbel aufbrach. Und er musste auch nicht mit offenem Mund bestaunen, wie schön eines der lieben Kleinen schon »winke-winke« machen konnte.

Als er ankam, waren die Kinder bereits von den Babysittern nach drinnen verfrachtet worden. Leichtbier und Mineralwasser flossen in Strömen, während im Hintergrund gefällige Lounge-Musik durch die warme Sommerluft waberte. Im flackernden Schein der Hightech-Gartenfackeln, und mit einem richtigen Bier in der Hand, sah Arie sich nach jemandem um, mit dem er sich ein bisschen unterhalten konnte, vorzugsweise jemand, der ihm nicht mit Erziehungsmethoden oder den neuesten neurowissenschaftlichen Erkenntnissen bezüglich Kleinkindern in den Ohren liegen würde oder der alle paar Minuten ins Haus verschwinden musste, um nach den Kindern zu sehen.

»Arie?«, fragte eine Frauenstimme.

Er drehte sich um, und vor ihm stand eine Frau, etwas kleiner als er, mit fedrigen hellbraunen Haaren, viel zu grellem Lippenstift und nervösem Lächeln. Irgendwo hinter den weichen Gesichtszügen vermutete Arie eine Frau, die er einmal flüchtig gekannt, aber seit Jahren nicht mehr gesehen hatte. Er erinnerte sich noch, wie Diana einmal, ein bisschen gemein, bemerkt hatte, diese Freundin von Lenka habe einen derart verhaltenen

Charme, dass er einem glatt entgehen könne. Wie hieß sie noch mal? Sally oder Sophie oder so ähnlich.

»Sylvie«, half sie ihm auf die Sprünge.

»Ach ja, natürlich, hallo.«

»Schön, dich wiederzusehen.«

Ach, tatsächlich?

»Also«, setzte sie an, »ich wollte dir nur sagen, wie leid mir das tut, das mit Diana. Ich habe dich im Fernsehen gesehen. Du warst … lieber Himmel. Weißt du, ich bin noch nie gerne geflogen. Ich muss mir immer vorstellen, wie es wohl wäre … Egal, ich kann mir nicht vorstellen, wie das für dich gewesen sein muss. Aber im Fernsehen, wie du über sie gesprochen hast? Ich musste schrecklich weinen.«

Zum ersten Jahrestag des Absturzes hatte Arie ein Interview in einem Fernsehmagazin gegeben, und manchmal kam es ihm vor, als hätte halb Australien ihm damals dabei zugesehen, wie er live im Fernsehen Rotz und Wasser heulte.

»Es tut mir so leid«, sagte Sylvie.

Arie wusste nie so recht, was er darauf antworten sollte, wenn die Leute sagten, dass es ihnen *leidtat.* In den vergangenen zwei Jahren hatte er gelernt, dass Ablenkung meist die beste Strategie war. Also fragte er: »Und … wie geht es dir?«

»Na ja, ich war verheiratet«, gestand Sylvie vertraulich. »Aber es sollte wohl nicht sein. Ich habe einen dreijährigen Sohn. Er ist unbeschreiblich. Als alleinerziehende Mutter hat man es nicht leicht. Aber meine Eltern sind toll. Sie helfen mir, wo sie können. Du und Diana, ihr hattet keine Kinder, oder?«

Arie schüttelte den Kopf.

»Hör zu, Arie, falls du mal auf einen Kaffee vorbeikommen willst oder vielleicht, ich weiß auch nicht, jemanden zum Reden brauchst?«, bot sie an und gestikulierte dabei linkisch mit ihrem Weinglas.

Arie war baff. Würde er eine Rangliste aller Menschen aufstellen, mit denen er gerne über Diana reden wollte, Sylvie würde es nicht einmal in die Top 500 schaffen. Er war sehr erleichtert, als Richard sich zu ihnen gesellte.

»Sylvie, *hi*«, sagte er. »Sei mir nicht böse, aber darf ich dir Arie ganz kurz entführen?«

»Aber natürlich«, säuselte sie.

Kaum außer Hörweite, wisperte Richard: »Also, Regel Nummer eins als begehrtester Junggeselle der Party: Nie zu früh festlegen, lieber erst einen guten Überblick über das verfügbare Angebot verschaffen. Erst mal alle Möglichkeiten offenhalten.«

Begehrtester Junggeselle? Was zum Teufel?

»Erinnerst du dich noch an Grace McLean?«, fuhr Richard fort.

»*Die* Grace McLean? Aus unserer Schule?«

»Mhm.«

»Grace McLean, die Schulsprecherin?«

»Genau die.«

»Hat die dich nicht immer ausgelacht, wenn sie dich wieder mit dem Kopf ins Klo gesteckt und abgezogen haben?«, fragte Arie verdattert.

Richard wedelte mit der Hand, als wolle er eine lästige Fliege verscheuchen. »Sie ist in derselben Yoga-Gruppe wie Lenka. Die beiden haben sich ein bisschen angefreundet. Und sie ist … allein hier.«

Und ehe er sichs versah, wurde Arie auch schon von Richard mit leichtem Druck einer Hand quer über die Terrasse dirigiert.

»Da ist er«, verkündete Richard. Grace drehte sich zu ihnen um, um ihn zu begrüßen, sehr viel herzlicher, dachte Arie, als damals in der Schule. Als Mädchen war sie hübsch gewesen, aber als erwachsene Frau war sie wirklich schön, mit Sommersprossen auf der sanft gebräunten Haut und ernsten, dunklen Augen. Das bronzefarbene Kleid stand ihr ausnehmend gut und hatte einen tiefen Ausschnitt, der das ohnehin schon unübersehbare Dekolleté noch betonte.

»Arie«, sagte sie und drückte ihm einen Kuss auf die Wange. »Alles Gute fürs neue Jahr.«

In der Schule hätte Grace McLean lieber ein Frosch-Sandwich gegessen, als ihm einen Kuss auf die Wange zu geben.

»Und, was machst du so?«, fragte er.

»Ich habe ein kleines Import-Unternehmen und ein paar Geschenkeläden, wobei wir den meisten Umsatz inzwischen online machen. Richard meinte gerade, ich soll euch beide unbedingt mal einen Blick auf meine Website werfen lassen.«

»Sollte sie, meinst du nicht?«, fragte Richard.

»Natürlich. Wir können uns das gerne mal anschauen.«

Jetzt, wo er sie miteinander bekanntgemacht und sie durch die ersten Sätze des Gesprächs begleitet hatte, entschuldigte Richard sich, um sich, wie er sagte, um die anderen Gäste zu kümmern.

»Lächele ein bisschen«, murmelte Grace, als Richard

im Weggehen über die Schulter zurückguckte. »Wie herzig. Spielt für uns den Amor. Er konnte es kaum erwarten, uns beide zu verkuppeln.«

»Wie bitte?«

»Leukämie-Witwe«, meinte Grace, als wolle sie sich vorstellen. »Zweieinhalb Jahre.«

Es dauerte einen Moment, bis Arie verstand.

»Verstehe«, sagte er und lachte hell auf. »Also dann, ähm … Flugzeugabsturz-Witwer. Knapp zwei Jahre.«

»Ja, ich weiß. Ich meine, Richard hat mir alles erzählt, aber ich habe dich vorher schon im Fernsehen gesehen.«

»Ach.«

»Nein, das war wirklich gut. Toll. Berührend.«

»Danke. Oder so.«

»Gern geschehen«, sagte sie. Arie erkannte in ihr dieselbe Zerbrechlichkeit, mit der Belinda durch die Welt ging, diese erzwungene, aufgesetzte Heiterkeit, die jederzeit Risse zu bekommen drohte. Vielleicht, dachte er bei sich, sollte man in der Öffentlichkeit so trauern.

»Also«, sagte er und beschloss, es gleich selbst einmal auszuprobieren, »die sechs Monate Vorsprung … machen die was aus?«

»Hm, was soll ich sagen? Also, wie du dir vermutlich schon denken kannst, wird man dich bei jedem gesellschaftlichen Anlass unauffällig mit jemandem zu verkuppeln versuchen, der zufälligerweise auch Single ist. Deine Freunde fangen an, dich willkürlich mit anderen einsamen Seelen zum Essen einzuladen. Und zwar immer öfter. Das legt sich dann aber rasch wieder, weil deine Freunde stinksauer werden, wenn du nicht gleich auf das erstbeste Angebot anspringst.«

»Aha, danke, gut zu wissen«, erwiderte er und versuchte, ihren heiteren Plauderton nachzuahmen. »Sehr hilfreiche Informationen.«

»Was noch? Mal sehen. Ach, genau. Vor ungefähr einem Monat gab es einen Tag, an dem mir plötzlich aufgegangen ist, dass ich ganze vierundzwanzig Stunden lang nicht geheult habe. Das war ein Riesending.«

Er konnte ihren Schmerz spüren. Er ähnelte seinem, nur dass er vielleicht eine andere Farbe hatte.

»Tja«, brummte er. »Glückwunsch.«

»Danke«, lächelte sie und machte einen angedeuteten Knicks. »Wie sieht's bei dir mit der Heulerei aus?«

»Heulen ist nicht so meins. Das passiert mir anscheinend nur im Fernsehen. Nein, ich verliere irgendwie ständig das Zeitgefühl. Ich mache irgendwas, und plötzlich läuft alles wie in Zeitlupe. Als schaute man sich einen Film in Einzelbildern an. Und dann gucke ich auf die Uhr, und inzwischen ist eine ganze Stunde vergangen, und ich kann mich beim besten Willen nicht daran erinnern, was ich in der Zwischenzeit gemacht habe.«

»Solltest du es bis zu deinem nächsten Geburtstag nicht geschafft haben, dir eine neue Freundin anzulachen, bekommst du nicht nur von einer, nein, gleich von mehreren deiner Freundinnen Sex-Spielzeug geschenkt.«

»Na toll«, brummte Arie und versuchte, ganz nonchalant zu tun.

»Na ja, dir wird das vielleicht nicht passieren«, meinte Grace. »Kurz und gut, ich würde sagen … es gibt immer noch gute Tage und schlechte Tage, aber der allgemeine

Trend zeigt eindeutig nach oben. Ich klinge schon wie der Börsen-Bericht.«

Danach unterhielten sie sich noch eine ganze Weile, darüber, woran sie sich aus der Schulzeit noch erinnerten, und von da kamen sie darauf, wie es war, die einzigen Kinderlosen auf einer Party voller junger Eltern zu sein. Irgendwann gesellten sich Lenka und eine weitere Yoga-Freundin dazu, und schließlich endete das Gespräch – wie so oft bei Partys – aufgrund widriger Umstände, nicht weil es sich leergelaufen hätte.

Als Richard schließlich in die Runde rief, alle sollten sich ein Sektglas holen, um das neue Jahr gebührend zu begrüßen, wehte eine kühle Brise durch den Garten und raschelte in den jungen Bäumen, die in Reih und Glied entlang des Zauns gepflanzt waren. Arie sah, wie der nahende Jahreswechsel die ganze Party durcheinanderwirbelte, Grüppchen auflöste und Paare wie durch unsichtbaren Magnetismus wieder zusammenführte. Während er sich nach einem dunklen Eckchen umschaute, in dem er sich verkriechen konnte, trat Grace zu ihm, ein leichtes Tuch gegen die kühle Nachtluft um die Schultern gelegt. Angetrunken war sie nicht, nur ein wenig angeheitert.

Sie stellte sich zu ihm, Schulter an Schulter, und gemeinsam betrachteten sie das Geschehen wie unbeteiligte Zuschauer.

»In zweieinhalb Minuten«, murmelte sie und wies mit dem Weinglas auf die Umstehenden, »werden die alle knutschen.«

»Ich weiß«, seufzte Arie und trank einen großen Schluck Bier.

»Wollen wir ihnen was zum Gucken geben?«, fragte sie, ohne ihn anzuschauen.

Es dauerte einen Moment, bis Arie verstand, was sie damit meinte. Sie wollte ihn aus dieser unangenehmen Situation retten und dabei selbst gerettet werden. Ein durchaus faires Angebot. Nur dass der Gedanke, eine Wildfremde zu küssen, Arie in Panik verfallen ließ. So viele Jahre hatte er Diana geküsst, und nur Diana. Was, wenn er gar nicht mehr wusste, wie das mit einer anderen Frau ging? Was, wenn er und Diana eine ganz eigene Art zu küssen gehabt hatten wie sonst niemand? Was, wenn er etwas falsch machte? Und was den Sex anging …

»Ich habe noch nicht wieder …«, setzte er an.

»Eine andere geküsst?«, vollendete sie seinen Satz.

»Nicht seit Diana«, gestand er. »Du?«

»Ja.«

»Und, wie war es?«

»Ein bisschen so, als versuchte man, im Radio einen Sender vom Mars einzustellen. Aber vielleicht habe ich auch nur keine Antennen mehr.«

Arie, der sich gelegentlich fragte, ob sein Herz womöglich nicht mehr über die ganze Bandbreite an Gefühlen verfügte, so wie man sich nach einer Amputation nicht mehr so bewegen konnte wie früher, wusste ganz genau, was sie meinte.

»Keine Sorge«, versicherte sie. »Ich erwarte nichts Weltbewegendes.«

Während Richard im Hintergrund anfing, die Sekunden bis Mitternacht herunterzuzählen – »FÜNF! VIER! DREI! ZWEI!« –, fing Aries Puls an zu rasen.

»EINS. Frohes neues Jahr allerseits!«, rief Richard mit Lenka im Arm, die lachte und ganz entspannt schien, in ihrer Haut und mit ihm an ihrer Seite. Arie erinnerte sich vage an dieses Gefühl, aber wusste nicht mehr, wie es ging. Überall im Garten dasselbe Bild: küssende Paare, eng umschlungen, als sei es das Selbstverständlichste der Welt.

Er drehte sich um und sah Grace an, und sie legte ihm die braunen, sommersprossigen Arme um den Hals.

»Alles wird gut«, flüsterte sie, und für einen Augenblick wich alles Neckische aus ihrem Blick, und er sah etwas zutiefst Echtes, Wahres in ihren dunkelbraunen Augen schimmern.

Arie legte den Arm um ihre Taille, schloss die Augen und küsste sie. Irgendwie bekamen sie etwas mehr als bloß ein Küsschen hin, auch wenn es am Ende nicht viel mehr war als Lippen, die sich aufeinanderpressten. Dann lösten sie sich voneinander.

»Frohes neues Jahr«, sagte Grace mit einem traurigen Lächeln.

»Frohes neues Jahr«, sagte Arie. Und obwohl sie beide nicht dort waren, wo sie gerne sein wollten, hatten sie doch gerade einen besonderen Moment miteinander geteilt, und dafür war er dankbar.

Als Arie kurz nach Mitternacht nach Hause kam, tobte nebenan im Nachbarhaus eine lautstarke Party. Er ging gerade den kleinen Pfad durch seinen Garten zur Haustür, als einer der Feiernden sich mit einem Bier in der Hand über den Zaun beugte und rief: »Hallihallo, Herr Nachbar! Sagen Sie doch einfach Bescheid, wenn wir

Ihnen zu laut sind, ja? Oder noch besser, kommen Sie rüber und feiern Sie mit, okay? Je später der Abend, desto schöner die Gäste! Ist doch so, oder?«

Statt einer Antwort zeigte Arie nur zwei gereckte Daumen.

Bei ihrem Umzug hierher waren Arie und Diana für die Nachbarn fast so etwas wie ein Kuriosum gewesen zwischen all den Rentnern und Pärchen Ende vierzig mit längst ausgeflogenem Nachwuchs. Heute wohnten die meisten Eigentümer nicht mehr hier, sondern in einer anderen Stadt oder einem anderen Bundesstaat oder sogar einem anderen Land. Arie wusste nicht so recht, wie es dazu gekommen war, aber die meisten anderen Häuschen in der Straße hatten sich beinahe unbemerkt in Airbnbs verwandelt, und Mietwagen waren in der Tavistock Row ein alltäglicher Anblick, genauso wie verirrte Menschen mit Rollkoffern, die auf der Suche nach der richtigen Hausnummer herumliefen wie Hans Guck-in-die-Luft.

Die Eigentümer des Nachbarhauses kannte Arie nicht mehr, aber er hatte sich die Online-Beschreibung angesehen. In den Hausregeln stand zwar ausdrücklich »Keine Partys«, aber Arie wusste aus leidvoller Erfahrung als Airbnb-Nachbar, dass die Liste mit den Hausregeln nicht die Elektrizität wert war, die es brauchte, um die Pixel zu generieren, in denen sie geschrieben standen.

Er war zwar nicht betrunken, aber vermutlich wäre es besser gewesen, nicht mehr selbst nach Hause zu fahren. Aber wo er jetzt zu Hause war, konnte er sich wohl noch ein Bierchen genehmigen. Er ging zum Kühlschrank, an dem noch die unzähligen Motivmagnete hingen, die Diana von ihren ausgedehnten Reisen mitgebracht hatte – eine Windmühle aus Amsterdam, ein Kaninchen im Kimono aus Kyoto, ein Tango tanzendes Lama aus Buenos Aires.

Mit einem Plastik-Eiffelturm an die Tür gepinnt hing ein Foto von Arie mit dem kleinen Marek im Taufkleid. Das war acht Monate nach dem Flugzeugabsturz entstanden, und obwohl Arie überzeugt gewesen war, sich an diesem Tag sehr wacker geschlagen zu haben, war dieses Foto der unumstößliche Beweis, dass er diesem freudigen Ereignis als hohläugiger Zombie-Patenonkel der Apokalypse beigewohnt hatte. Unter dem Foto, mit einem blauen Polizei-Handschellen-Magneten festgepinnt, hing – handgeschrieben auf handgeschöpftem Papier – die Einladung zur Hochzeit seiner jüngsten Schwester.

Hochzeiten, Taufen, die Welt drehte sich einfach ohne ihn weiter. Mit einem Mal überkam Arie eine Woge aus Schmerz, so heftig, dass er die kalte Bierflasche in den Kühlschrank zurückstellte und stattdessen zur halbleeren Flasche Scotch auf der Arbeitsplatte griff. Dann holte er ein Schnapsglas aus dem Schrank und ging nach oben.

Auf dem Treppenabsatz blieb er vor den offenen Glastüren zum Klavierzimmer stehen, in dem, gerahmt vom Erkerfenster, Dianas Steinway stand. Zum ersten Mal seit Monaten ging er hinein. Whisky-Flasche und Glas stellte er auf eine Ecke des breiten Instrumentendeckels und sank selbst auf den Klavierhocker. Im Zimmer war es totenstill, aber durch das Fenster drang gedämpft der Partylärm von nebenan.

Arie klappte den Deckel auf, unter dem die Tasten zum Vorschein kamen. Er legte den Daumen auf das A unterhalb des mittleren Cs und den vierten Finger auf das D gleich darunter. A für Arie, D für Diana. Aber abgesehen davon wollte ihm partout nicht mehr einfallen, welche Töne sonst noch dazugehörten zu der plagalen Kadenz, die *Amen* sang. Und er konnte sich auch nicht mehr daran erinnern, was sie ihm über die anderen Töne gesagt hatte, die zu einer vollkommenen Kadenz gehörten.

Könnte er doch nur spielen, dann hätte das Klavier womöglich sein Transmitter sein können, Sender und Empfänger zugleich, um mit Diana zu kommunizieren, wo immer sie nun sein mochte. Wenn er doch nur mit ihr reden könnte, dann könnte er sie fragen: *Was jetzt? Wer bin ich, ohne dich? Was tun ohne dich? Wie ganz alleine weitermachen?*

Könnte er doch bloß wie im Film eine Sequenz einbauen, in der alles viel schneller ablief als in Wirklichkeit und an deren Ende er dann Klavier spielen und dem Instrument all seine Erinnerungen entlocken könnte. In der Nacht vor ihrer Abreise hatte Diana ein Lied gespielt, aber er konnte sich beim besten Willen nicht mehr daran erinnern, es war ihm entfallen wie ein Wort aus einer fremden Sprache. Er konnte es nicht spielen auf diesen Tasten, er konnte es nicht singen, nein, er konnte es nicht einmal summen. Alles, was ihm geblieben war von diesem Lied, war das Gefühl, das es ausdrückte. Liebe, ja, aber Liebe wie ein Seidengewebe, das schillerte und changierte, je nachdem, von welcher Seite man es betrachtete.

Es war stickig im Zimmer nach einem Tag drückender Sommerhitze. Arie stand vom Klavier auf, um eins der schrägen Erkerfensterchen zu öffnen. Zuckersüßer Jasminduft und noch mehr Party-Dezibel wehten herein. Die nächtliche Luft war so mild, dass er den Windhauch auf der Haut gar nicht spürte. Von dort, wo er stand, hatte Arie freie Sicht auf den hübsch angelegten Nachbargarten. Ganz anders als der Garten vor seinem eigenen Haus, der nur aus durstigem Gras, einem hässlichen Weg und einem einzelnen Eukalyptus bestand, wartete der Garten nebenan mit einer kreisförmig angelegten Terrasse aus altem Backsteinpflaster auf, umgeben von Kräuterbeeten und sattgrünem, gepflegtem Rasen. In den Maracuja-Ranken, die üppig über den Gitterzaun auf der abgewandten Seite wucherten, blitzten die Birnchen funkelnder Lichterketten.

Die Partygänger standen in kleinen Grüppchen zusammen, saßen auf der niedrigen Backsteineinfassung des Kräutergartens und lümmelten sich auf den Holzliegen. Wo er auch hinschaute, Arie sah überall Pärchen: eingehakt, umschlungen, Händchen haltend, Köpfchen an der Schulter, auf dem Schoß sitzend.

Du wirst bestimmt eine andere finden, hatte Belinda gesagt, aber Arie konnte sich beim besten Willen nicht vorstellen, wie er sich je wieder verlieben sollte.

Arie wandte sich vom Fenster ab und goss sich einen Whisky ein. Er war fünfunddreißig Jahre alt, und das Wunder seines Lebens war schon vorbei. Er sah keinerlei Anlass zu der Hoffnung, das Universum könne ihm noch ein weiteres schicken.

INTERMEZZO

✦

In einem frühmorgendlichen Schnellzug von London nach Edinburgh wendete sich Beatrix Romero, sechzehn Jahre alt, die bis eben bestimmt eine halbe Stunde lang still die vorbeiziehende Januarlandschaft beobachtet hatte, an ihre Freundin Olivia und sagte: »Hoffentlich sind diesmal nicht wieder nur Blindgänger dabei.«

Olivia zuckte die Achseln. »Ich würde ja gerne sagen, schlimmer als letztes Mal kann es nicht werden, aber dann müsste ich lügen.«

»Nur ein einziger cooler Kerl. Ist das denn zu viel verlangt?«

»Vielleicht ist das wie mit dem perfekten Parkplatz. Wenn man ihn finden will, muss man ihn sich bildlich vorstellen. Du weißt schon, ihn *visualisieren*.« Olivia schloss die Augen und legte die Finger an die Schläfen. »Ich stelle mir einen leckeren Schotten im Rock vor, mit einem schönen … Dudelsack.«

»Igitt«, quiekte Beatrix angeekelt.

Schon seit ihrem zwölften Lebensjahr fuhren Beatrix und Olivia zwei- bis dreimal im Jahr gemeinsam zu Musikcamps. Diesmal sollten – für drei Tage und zwei Nächte – Musikschüler aus drei Schulen für darstellende Künste zusammenkommen: das Londoner Privatcollege, das Beatrix und Olivia besuchten, eine Schule aus Vancouver in Kanada und die Gastgeberschule in Edinburgh. Die Hälfte der Passagiere im Zugabteil waren Mitschüler von Beatrix' Schule, und die Gepäcknetze waren vollgestopft mit Instrumentenkoffern in allen erdenklichen Farben und Formen.

Für gewöhnlich teilten Beatrix und Olivia sich ein Zimmer, und vor zwei Jahren hatten sie eine Abmachung getroffen: Sollte eine von ihnen Glück haben und jemanden aufreißen, würde die andere ihr für ein paar Stunden das Zimmer überlassen. Bisher hatte allerdings nur Olivia dieses Arrangement in Anspruch genommen.

Olivia – mit rabenschwarzen Haaren und makelloser Haut, die sie von ihrem Vater geerbt hatte, und den strahlend blauen Augen ihrer Mutter – war ein echter Hingucker. Sie spielte Geige und konnte dabei mit einem weiteren ihrer Vorzüge punkten, denn sie hatte die wohl schönsten Handgelenke der Welt. Neben Olivia schämte Beatrix sich fast für ihr etwas weiches Bäuchlein, die flaumigen Härchen auf den Unterarmen und ihre unbändige Mähne.

»Du wirst es immer schwerer haben als ich«, bemerkte Olivia nicht ohne einen Anflug selbstgefälliger Genugtuung. »Musiker sind halt einfach sonderbar.«

»Aber warum nur, warum muss das so sein?«, jammerte Beatrix.

Olivia begutachtete ihre Fingernägel und zuckte ungerührt die Achseln. »Naturgesetz, vermute ich.«

Beatrix hatte nicht die geringste Ahnung, wie Olivia das immer schaffte, aber bei jedem Camp hatte sie, schlau wie ein Fuchs, im Handumdrehen heraus, wer wer war. Es dauerte keine zwei Tage, da hatte sie irgendein Mädel um den Finger gewickelt, mit dem sie in den Pausen flirtete und das sie abends mit auf ihr Doppelzimmer nahm, während Beatrix sich diskret verkrümelte und sich irgendwo in einem ungeheizten Gemeinschaftszimmer in einen Sessel kuschelte, fernsah oder ein Buch las und geduldig abwartete, bis das Handy die verabredete Zeit anzeigte. Dann endlich konnte sie anklopfen, ohne zu stören, um wieder auf ihr Zimmer gelassen zu werden.

Wie immer hatte sie das Packen bis zum allerletzten Moment vor sich hergeschoben. Am Abend vor ihrer Abreise hatte ihr Vater Überstunden machen müssen, aber er hatte Juanita angerufen, damit sie herkam und – wie er sich ausdrückte – »einfach da war«. Während Juanita also die langen, schlanken Glieder in die verschiedensten Yoga-Positionen verbog, las sie Beatrix die einzelnen Punkte auf der Packliste vor und scheuchte sie durchs ganze Haus, um die gesuchten Gegenstände zu holen. Fast am Ende der Liste angekommen, las sie: »*Kissenhülle.*«

»Was noch?«

»*Instrumente nicht vergessen.* Ach nee. *Sowie sämtliches Zubehör … Blätter, Ventilöl, Ersatzsaiten, Picks,* bla, bla. Und … *ein Notenheft oder lose Notenblätter.*«

Beatrix ging abermals nach oben und kam mit leeren Händen zurück. »Ich habe mein Notenheft in der Schule vergessen.«

»Zu spät, der Schreibwarenladen ist schon zu, aber vielleicht findest du da drüben was«, meinte Juanita und wies auf das Regal hinter Benes Keyboard mit seiner schwarzen Staubschutzhülle.

Die Hände in die Hüften gestemmt, stand Beatrix vor dem Regal.

»Aha«, rief sie und riss das Büchlein heraus, in schwarzes Leder gebunden und mit einem scharlachroten Satinband als Lesezeichen. Sie blätterte es von hinten durch und sah, dass die meisten Seiten noch unbeschrieben waren. Das Büchlein gehörte zwar ihrem Vater, aber sie brauchte es. Was sollte sie machen? Nun, es würde ihn sicher nicht stören.

»Notenheft: Check«, sagte sie zu Juanita. »Was noch?«

»Was auf der Liste steht? Nichts mehr. Nada«, erwiderte Juanita und stand auf. »Aber hier, nimm das noch mit.«

Aus einem Seitenfach ihrer Handtasche zog Juanita eine Handvoll Kondome, knallbunt wie Bonbons in knisternder Folienverpackung. Beatrix errötete tief.

»Ich weiß, dein Vater würde dir lieber einen hübschen kleinen rasierklingenbestückten Keuschheitsgürtel mitgeben. Aber die waren bei Sainsbury's leider gerade aus, also habe ich dir die hier mitgebracht. Lieber haben und nicht brauchen als brauchen und nicht haben. Ich bin früher auch zu Musikcamps gefahren, weißt du.«

Der erste Nachmittag verlief genau so, wie erste Nachmittage in Musikcamps meistens verlaufen: Man brachte das Gepäck ins »Hotel«, in dem es einen Speiseraum mit Kantinencharme gab und zwei plastikbezogene Betten pro Zimmer. Von dort fuhr die Gruppe dann geschlossen zur Aula der Gastgeberschule. Man ließ

Reden über sich ergehen, von denen immer mindestens eine ein schnulziges Willkommen war, während sich die anderen, genauso vorhersehbar, ausschließlich um Regeln und Sicherheitsbestimmungen drehten, inklusive unterschwelliger Androhungen harscher Konsequenzen für den Fall der Nichtbeachtung.

Wie alle anderen hatte auch Beatrix kaum ein Wort von dem mitbekommen, was die Lehrer vorne sagten. Denn direkt in Sichtweite saß ein Junge, nicht von ihrer Schule, mit blonden Haaren, markanten Wangenknochen und einem Waldhornkoffer zu seinen Füßen. Allerdings dauerte es nicht lange, bis sie das Regenbogenarmband an seinem Handgelenk bemerkte und feststellen musste, dass sein umherschweifender Blick an genau denselben Jungs hängenblieb wie ihr eigener.

Als die Ansprachen vorüber waren, bereitete Beatrix sich innerlich schon auf die üblichen Kennenlernspielchen vor. Immer wenn sie gezwungen war, sich in solchen Situationen vor wildfremden Menschen vorzustellen, bekam sie panische Angst, mit einem Mal ihren eigenen Namen nicht mehr aussprechen zu können.

»Also, willkommen, alle zusammen«, rief die gutgelaunte Lehrerin, die eben die Willkommensrede gehalten hatte, »sucht euch bitte jemanden aus, den ihr noch nicht kennt, und sagt hallo …«

Mit ihrem schottischen Akzent klang das mehr wie *hullooo.*

»… und dann möchte ich, dass ihr ein kleines Spiel miteinander spielt. Vielleicht kennt ihr es schon. Es heißt *Zwei Wahrheiten, eine Lüge.* Die Regeln sind ganz einfach. Jeder sagt drei Dinge über sich, von denen zwei stimmen und eins … nicht. Der andere muss raten, welches davon die Lüge ist. Also dann. Los geht's.«

Beatrix drehte sich zu Olivia um und wollte gerade ob dieser oberpeinlichen Aktion ein bisschen ablästern, da hatte ihre Freundin schon einem Mädchen in der Reihe vor ihnen auf die Schulter getippt. Seufzend wendete Beatrix sich ab und schaute sich suchend nach einem Partner für diese saudämliche Aktion um.

Und da war er.

Selbst im Sitzen war nicht zu übersehen, wie groß er war. Die roten Haare waren weder besonders stylish geschnitten, noch sahen sie aus, als hätte er sie morgens auch nur gekämmt – es war einfach bloß ein ganz normaler Kurzhaarschnitt, der inzwischen so herausgewachsen war, dass er ihm über den Hemdkragen ging. Seine Augen waren groß und braungrün, mehr braun als grün, und so tiefgründig sie auch wirkten, schienen sie doch zu lächeln. Um den Hals trug er die zarteste Goldkette, die sie je gesehen hatte – die perfekte Rundung nur unterbrochen von den Kuhlen am Schlüsselbein. An seinem Stuhl lehnte ein Cellokasten. Natürlich. Ein Cellist. Was sollte er auch sonst sein, mit diesen Händen? Sie sahen aus wie die übergroßen Pfoten eines tapsigen Welpen. Eines Welpen, der einmal eine Dänische Dogge werden wollte, vermutlich. Nein, nicht so schnittig, dachte sie bei sich, während sie zusah, wie er sich mit den Fingern durch die Haare fuhr, was er, den Furchen darin nach zu urteilen, wohl öfter machte. Ein Wolfshund vielleicht.

»Na dann, *hullooo* erst mal«, grinste er.

Er ging nicht auf ihre Schule, und das war kein echter schottischer Akzent. Kanadier also.

»Hallo«, antwortete Beatrix, die sich nicht traute, den Akzent ebenfalls nachzumachen – das würde mit Sicherheit schiefgehen.

»Felix.« Er reichte ihr eine seiner Cellospielerhände.

»Beatrix«, erwiderte sie, und ihr wurde ein bisschen schwindelig, als er ihre Hand in die seine nahm, die warm und trocken und kein bisschen schwitzig und ekelig war, wie Jungenhände es sonst gerne waren.

»Beatrix«, wiederholte er und nickte, wie es schien, zufrieden. »Würden wir eine Band gründen, müssten wir sie wohl *The X Factor* nennen oder so.«

Beatrix wünschte, sie hätte so ein gelassenes Selbstbewusstsein. Wie kam es nur, dass manche Menschen das anscheinend schon bei der Geburt mitbekamen?

»Oder Satz mit X?«, warf Beatrix ein und versuchte sich nicht anmerken zu lassen, dass sie ihre Antwort eigentlich ziemlich clever fand.

»Ni-i-ice«, bemerkte Felix und sah Beatrix dabei so unverwandt an, dass sie errötete. »Also, willst du anfangen mit dieser Wahrheit-oder-Lüge-Geschichte, oder soll ich?«

Noch nie in ihrem ganzen Leben hatte Beatrix sich inständig gewünscht, irgendwie faszinierend und außergewöhnlich zu wirken, aber wie sie so in der Rumpelkammer ihres Hirns herumkramte, waren sämtliche Fächer leer. Zwei wahre Dinge sollte sie ihm sagen, aber was? *Ich habe eine Schwäche für rote Haare? Ich frage mich die ganze Zeit, wie es wäre, dich zu küssen? Wenn du mir jetzt sagst, dass du eine Freundin hast, würde es mir das Herz brechen.* Irgendwie musste sie Zeit gewinnen.

»Internationale Besucher haben natürlich Vortritt«, erklärte sie.

Felix lehnte sich auf dem Stuhl zurück, verschränkte die Arme und überlegte kurz.

»Also«, setzte er an und machte ein ernstes Gesicht. »Meine erste Aussage über mich selbst ist, ich wurde im Jahr 1512 geboren.«

Okay, wenn er es mir so leicht macht, die Lüge herauszupicken, was für ein Spiel spielen wir dann eigentlich?

»Die zweite ist, ich habe kein Handy.«

Wie bitte? Echt jetzt?

»Uuund die dritte lautet: Alle aus unserer Schule werden heute Abend für ein paar Stunden in die Stadt entlassen, und da habe ich mich gefragt, ob du wohl auch unterwegs sein wirst.«

Und dann bedachte er sie mit einem Lächeln, so groß und strahlend wie die Morgensonne, und in diesem Moment – wenn nicht schon viel früher – war es um Beatrix Romero geschehen.

Am zwölften Weihnachtstag würden die Festlichkeiten in den East Princes Street Gardens zu Ende gehen. Doch noch buken übermüdete Budenbetreiber weiter heiße Waffeln, um sie anschließend in Schokosoße zu ertränken, und schöpften heißen Cider und Glühwein in geriffelte Pappbecher. Derweil die Preise für Stechpalmenkränze, Strümpfe für den Kaminsims und mundgeblasene Christbaumkugeln stetig gesenkt wurden.

Gemeinsam bahnten Beatrix und Olivia sich in der früh einsetzenden winterlichen Dunkelheit einen Weg durch die schmalen Gassen und Kopfsteinpflasterstraßen der Stadt in Richtung Marktplatz.

»Herrje, kannst du bitte mal ein bisschen langsamer machen?«, schimpfte Olivia.

»Ich darf auf keinen Fall zu spät kommen«, rief Beatrix und marschierte in ihren kniehohen, fleecegefütterten Stiefeln zügig eine steile Treppe hinauf.

»Herrgott noch eins«, brummte Olivia und legte in ihren hochhackigen Schuhen einen kleinen Trab ein, um sie wieder einzuholen. »Kannst du ihm nicht einfach schreiben? Ein paar Minuten sind es nicht wert, sich deswegen zu Tode zu hetzen.«

»Er hat kein Handy, also alles ganz *oldschool*«, erklärte Beatrix. »Um acht vor dem Sir-Walter-Scott-Denkmal. Ich darf mich nicht verspäten.«

»Er hat kein *Handy*? Was stimmt denn nicht mit dem?«

»Gar nichts stimmt nicht mit ihm.«

»Aber … wieso? Sind seine Eltern Amish?«

»Er mag bloß keine Handys. Er meinte, bisher ist er auch ohne ganz gut zurechtgekommen.«

»Was zum Kuckuck?«

»Liv, können wir das bitte später diskutieren? Und einen Zahn zulegen? Bitte?«

»Echt jetzt«, knurrte Olivia, »du musst dringend ein bisschen runterkommen.«

»Geht nicht, Liv. Er ist einfach perfekt.«

Olivia zog eine ihrer wunderschön geschwungenen Augenbrauen hoch, bis sie unter dem Rand ihrer Strickmütze verschwand. »Das ist mal 'ne Ansage. Vor allem, wenn man bedenkt, dass ihr euch, wie lange?, vielleicht eine Viertelstunde kennt?«

»Ist er aber. Einfach perfekt.«

Von der kleinen Anhöhe, auf der sie standen, schaute Beatrix hinunter auf den Marktplatz. Daneben sah man den gotischen Spitzturm des Scott-Denkmals in den tiefblauen Himmel ragen, ein historischer Kontrapunkt zum Star Flyer daneben, einem gigantischen Kettenkarussell, an dem sich Kunststoffsitze in luftiger Höhe um die mit Millionen Neonlichtern blinkende Säule schraubten.

Auf die Minute pünktlich waren die Mädchen am verabredeten Treffpunkt, weshalb Beatrix dastand und nach Felix Ausschau halten musste, ohne nach außen hin den Anschein zu machen, dass sie auf ihn wartete. Damit es nicht so auffiel, tat sie, als schaute sie sich die Auslage der Klamottenstände rund um das Denkmal an. Sie nahm die Wollmütze vom Kopf und probierte zum Zeitvertreib ein paar Schottenmützen. Gerade hatte sie sich eine fesche Tweed-Mütze kess ein bisschen schief auf den Kopf gesetzt und zog für Olivias Handykamera eine Schnute, da legten sich ihr von hinten zwei behandschuhte Hände über die Augen.

In der plötzlich einsetzenden Dunkelheit umwehte sie der unverwechselbare Geruch von Teenie-Deo.

»*Hullooo*«, raunte Felix, und allein die unvermittelte Nähe ließ in Beatrix' Bauch einen Schwarm flatternder Schmetterlinge aufsteigen. Er nahm die Hände von ihren Augen, stibitzte ihr die Mütze vom Kopf und setzte sie sich selbst auf.

»Noch ein bisschen näher zusammen, bitte«, wies Olivia sie an und richtete das Handy auf die beiden. Das war das erste Foto von Beatrix Romero und Felix Carter. Es sollten noch weitere folgen – sehr viele weitere, über sehr viele Jahre –, aber das konnte in diesem Augenblick keiner ahnen. Beatrix machte Felix und Olivia miteinander bekannt, und Felix stellte seinen Freund Charlie vor, und Olivia und Charlie verkrümelten sich dann taktvoll, und am Ende standen Beatrix und Felix allein da, linkisch und sprachlos, zumindest für den Moment.

»Also«, brach Felix schließlich das verlegene Schweigen, »heiße Schokolade?«

Mit den dampfenden Bechern in der Hand schlenderten sie gemeinsam über den Markt und hatten einander viel zu erzählen. Beatrix erfuhr, dass Felix mit seinen Eltern und einer Russisch-Blau-Katze namens Killmauski zusammenwohnte und faktisch Einzelkind war, obwohl er einen wesentlich älteren Halbbruder hatte, der gerade einmal sechzehn Jahre jünger war als seine Mutter.

»Sechzehn«, murmelte Beatrix und pfiff durch die Zähne. »*Ich* bin sechzehn.«

»Ich auch«, sagte Felix. »Im April werde ich siebzehn.«

»Ich im August.«

Sie erfuhr auch, dass Felix sein Akustik-Cello mit ins Camp gebracht hatte, obwohl er zu Hause meistens ein E-Cello spielte. An den Wochenenden spielte er oft auf der Straße, und inzwischen verdiente er damit gar nicht so schlecht.

»Angesichts meines neuerworbenen Reichtums«, sagte er und wies grinsend auf den Star Flyer, »würde ich dich gerne einladen.«

Beatrix' Blick ging hinauf zu den Karussellsitzen, die durch den Nachthimmel wirbelten.

Er reichte ihr die Hand. »Also, wollen wir?«

Sie lächelte, zögerte für den Bruchteil einer Sekunde und nahm dann seine Hand. »Unbedingt.«

Von unten sah der Star Flyer recht harmlos aus, eben wie ein einfach nur etwas zu groß geratenes Kettenkarussell. Erst als die Sitze mit ihnen darin vom Boden abhoben und sich zu drehen begannen, während die Lichter zum dröhnenden Bass-Beat blinkten, ging Beatrix auf, wie gigantisch groß dieses Ding eigentlich war. Stück für Stück ging es immer weiter hinauf, und das Karussell drehte sich immer schneller. Die Leute in den anderen Sitzen warfen ausgelassen die Arme in die Luft und kreischten laut vor Vergnügen, aber jedes Mal, wenn es wieder ein Stückchen weiter nach oben ging, klammerte Beatrix sich noch fester an Felix' Hand. Je höher es ging, desto kälter wurde es, und zusammen mit dem schneidenden Fahrtwind war es oben angekommen so eisig, dass Wangen und Nase sich im Handumdrehen in Eiszapfen verwandelten. Je schneller das Karussell sich drehte, desto steiler legten die fliegenden Sitze sich in die Kurve, und während sie und Felix sich schneller und immer schneller um die Säule drehten, war Beatrix sich irgendwann sicher, sie müssten geradewegs in den Himmel geschleudert werden.

»Hey, alles okay?«, fragte Felix besorgt.

»Na ja«, piepste Beatrix. »Ist schlimmer, als ich dachte.«

»Versuch am besten, immer geradeaus zu gucken, ja?«, meinte Felix. »Schau auf die Burg, nur nicht nach unten.«

Sie tat, was er sagte, und heftete den Blick fest auf die Festung ganz oben auf dem Berg, aber gleich wurde sie schon wieder herumgewirbelt, und die Burg verschwand vor ihren Augen.

»Okay, dann … musst du halt mich anschauen«, schlug Felix vor.

Für den Rest der Fahrt ging ihr Blick kein einziges Mal mehr nach unten, auf die Stadt und ihre Lichter. Unverwandt starrte sie in Felix' große, grünbraune Augen, während er Grimassen schnitt, um sie zum Lachen zu bringen. Und obwohl ihr Gesicht ganz starr war vor Kälte und Angst, gab sie sich alle Mühe, es ihm gleichzutun. In seinen Augen sah sie die feste Entschlossenheit, sie zu beschützen und alle ihre Ängste zu vertreiben. Oder es wenigstens zu versuchen.

»Fühlt sich an, als ginge es wieder nach unten«, bemerkte Beatrix irgendwann, ohne den Blick von Felix' Augen zu wenden.

»Ich finde dich wunderschön«, stellte Felix über die laute Musik und den Fahrtwind fest.

»Echt?«

»Du hast Flötistinnenlippen.«

»Ist das was Gutes?«

»Das Allerbeste. Darf ich dich küssen?«

Und so kam es, dass Felix Beatrix zum allerersten Mal küsste, und seine Lippen waren – für sie – ganz genau richtig: nicht zu warm und nicht zu kalt, nicht zu fordernd und nicht zu zaghaft. Und seine Zungenspitze berührte ihre nur ganz sanft. Nicht zu wenig, nicht zu viel. So wie er sie küsste, kam es ihr vor, als hätte sie kleine Lichterketten unter der Haut, die überall auf ihrem Körper blitzende Leuchtspuren hinterließen, und als das Karussell sie schließlich wieder auf der Erde absetzte, hatte Beatrix längst vergessen, dass die Fahrt mit dem Star Flyer eigentlich alles andere als perfekt gewesen war.

Der zweite Tag im Musikcamp verlief, wie zweite Tage in Musikcamps meistens verliefen. Die Schüler teilten sich den Instrumenten entsprechend in verschiedene Gruppen auf. Weil die Gruppen zu unterschiedlichen Zeiten Pause machten, sah Beatrix Felix weder in der Frühstückspause noch beim Mittagessen, was sie dazu trieb, ihre Kindheitsentscheidung zu verfluchen, Flöte spielen zu lernen.

Körperlich war Beatrix zwar im Probenraum anwesend, und auch wenn sie vordergründig betrachtet gerade ein fröhliches kleines Scherzo für Holzbläser spielte, Herz und Seele schwebten noch immer sechzig Meter über dem Erdboden und drehten sich über der nächtlichen Stadt unaufhörlich im Kreis. Ihre Lippen lagen zwar auf dem Mundstück ihrer Flöte, aber eigentlich pressten sie sich immer noch auf Felix Carters Mund.

Ihre Spielkünste waren heute nicht gerade berauschend, aber irgendwie lavierte sie sich ohne allzu offensichtliche Schnitzer durch das Scherzo, und als ihr Handy in der Hosentasche vibrierte, brachte sie das kein bisschen aus der Ruhe. Felix hatte schließlich kein Handy. Beatrix ließ das Telefon brav bis zum Ende der Übungsstunde in der Tasche. Erst dann zog sie es heraus und las die Nachricht von Olivia. *Also, F und ich haben geredet. Ihr zwei Turteltäubchen könnt unser Zimmer von Mitternacht bis 2 Uhr morgens haben, wenn du willst. J oder N?*

Um Mitternacht war Olivia – die ein Date mit einer schottischen Violinistin hatte, die ganz in der Nähe der Schule wohnte – längst weg.

Allein in ihrem Zimmer, sanft beleuchtet von der Nachttischlampe, eins von Olivias Seidentüchern über dem Schirm drapiert, konnte Beatrix nicht einmal fünf Sekunden lang still sitzen oder stehen. Sie setzte sich, stand auf, strich die Bettdecke glatt. Was natürlich total bescheuert war. Sie wickelte sich eine Haarsträhne um den Finger, lief von einem Ende des kleinen Raums zum anderen und wieder zurück, um schließlich – zum x-ten Mal – ins Badezimmer zu gehen und sich zu vergewissern, dass ihr Lippenstift nicht verschmiert war. Was natürlich auch total bescheuert war.

Im Spiegel des kleinen Badezimmerschränkchens betrachtete Beatrix ihr Gesicht so eingehend, als wolle sie es sich ganz genau einprägen. Während die Sekunden bis Mitternacht vertickten, fragte sie sich, ob ihr Spiegelbild morgen früh wohl anders aussehen würde. Ob etwas Neues hinzugekommen wäre. Oder etwas Altes verschwunden. Oder keins von beiden. Oder beides.

Um Schlag Mitternacht hörte Beatrix ein sachtes Klopfen an der Tür. Sie atmete tief durch und ging aus dem Bad, während ihr Spiegel-Ich seitlich aus dem Bild verschwand.

Sie machte die Tür gerade nur so weit auf wie nötig,

und Felix schlüpfte durch den schmalen Spalt, groß, dünn und beinahe unaussprechlich hübsch. Er hatte es nicht weit gehabt, nur ein Stockwerk tiefer schliefen die Jungs, auch zu zweit auf einem Zimmer, die Lehrer jeweils auf Zimmern an beiden Enden des Flurs. Er trug eine weite Hose und ein T-Shirt. Es war das erste Mal, dass Beatrix ihn so sah, und es hatte so etwas Unangezogenes, dass Beatrix immer wieder auf die spitzen Knochen an Ellbogen, Handgelenken und Schlüsselbeinen gucken musste.

»*Hullooo*«, flüsterte er, kaum dass die Tür hinter ihm zuging.

»*Hullooo*«, flüsterte sie zurück.

Alle Leichtigkeit des gestrigen Abends war verflogen. So beiläufig sie miteinander geflirtet hatten, so unbefangen sie miteinander geredet hatten, während sie gemeinsam über den Markt schlenderten, das alles war wie weggeblasen. Das, was womöglich gleich zwischen ihnen geschehen würde, schien so gewaltig, dass es das ganze Zimmer einzunehmen drohte, und war so erdrückend, dass kaum noch Platz für anderes blieb. Wie Worte. Oder Atmen. Oder Bewegungen irgendeiner Art. Noch immer standen sie einander, fast wie gelähmt, unmittelbar hinter der Tür gegenüber.

Felix war es, der schließlich den Bann brach und eine seiner Cellistenhände ausstreckte, seine Finger in Beatrix' wilden Locken vergrub und ihr mit dem Daumen ganz sachte über die Wange strich. Beatrix schmolz förmlich dahin und schloss die Augen.

Und dann küssten sie sich. Sie küssten sich erst im Stehen, dann im Sitzen auf dem Bett. Dann küssten sie sich im Liegen, und schließlich lag Felix auf Beatrix, und allein von seinem Gewicht auf ihrem Körper wurde ihr schwindelig. Ungeschickt entledigten sie sich diverser Kleidungsstücke, nach und nach, Stück für Stück, und dann waren erst seine Hände auf ihren Brüsten, und dann sein Mund. Es dauerte nicht lange, da trennten sie nur noch ihre Unterhosen, und eine einzelne Socke, die Beatrix nicht mit den nackten Zehen des anderen Fußes hatte abstreifen können.

Beatrix zupfte am Gummibund von Felix' Boxershorts.

»Warte, warte, warte«, bremste er sie. »Das geht nicht.«

»Was geht nicht?«

Felix, die Nase nur Zentimeter über der von Beatrix, schüttelte den Kopf.

»Eigentlich hatte ich mich nach dem Abendessen abseilen und noch schnell in eine Drogerie gehen wollen, aber unsere Lehrer haben Stress gemacht, weil sie ein paar von uns beim Rauchen erwischt haben. Ich hab's nicht geschafft, also habe ich keine …«

»Schon okay. Ich, ähm. Ich habe welche«, murmelte Beatrix und zog eine kleine rote Packung aus dem Schubladenschränkchen neben dem Bett. »Oh Gott, jetzt denkst du bestimmt …«

»Dass du in Wahrheit eine Göttin bist«, flüsterte Felix und küsste sie wieder.

Und so kam es, dass, nach nur ganz wenig peinlichem Gefummel – währenddessen Beatrix Juanita und der Kondomüberstreifübung mit der überreifen Banane im Geiste auf Knien dankte –, Beatrix und Felix das erste Mal miteinander schliefen. Unvergesslich, süß und klebrig, nur ein kleines bisschen schmerzhaft und absolut berauschend.

Schon am nächsten Tag wurden die englischen und kanadischen Schüler wieder zur Waverley Station gebracht. Aber die Liebe ist flink, wenn sie frisch und neu ist, und keine Kette kann sie binden. Als Beatrix und Felix also unter dem gewölbten Tonnendach der Bahnhofshalle saßen, hatten sie bereits Adressen und Versprechen ausgetauscht und tausend Pläne geschmiedet, wie und wann sie sich wiedersehen würden.

»Hier, das sollst du haben«, sagte Felix und nahm die hauchdünne Goldkette um seinen Hals ab. Sie war so zart, dass sie, zusammengerollt in Beatrix' Handfläche, nicht größer war als ein Penny. »Die hat mir meine Mutter geschenkt, als ich noch ganz klein war. Ich habe sie schon mein ganzes Leben lang.«

Beatrix schloss die Hand um die Kette und hielt das kostbare Geschenk ganz fest.

»Und es macht ihr auch nichts aus, dass du sie weggibst?«

Felix zuckte die Achseln. »Wenn ich ihr sage, warum, wird sie es sicher verstehen. Soll ich dir helfen, sie umzulegen?«

Beatrix nahm die Haare im Nacken zusammen und hielt sie hoch, während er ihr die Kette um den Hals legte und sie einhakte. Sie spürte seinen warmen Atem im Nacken und wie er sich konzentrierte. Als er fertig war, ließ sie die Haare wieder fallen und drehte sich zu ihm um und küsste ihn. »Ich werde sie immer tragen«, versprach sie.

Durch die Lautsprecher tönte die Ansage, dass wegen Überflutung einiger Gleise die Züge der schottischen Bahn, mit der Felix und seine Klassenkameraden nach Aberdeen fahren sollten, mehr als eine Stunde Verspätung hatten. Während sämtliche anderen Wartenden entnervt aufstöhnten, war es für Beatrix und Felix, als hätten sie in letzter Minute vor ihrer Hinrichtung noch einen Aufschub bekommen, und sie küssten sich so leidenschaftlich, dass Miss Kay – die am anderen Ende der Sitzreihe saß – von ihrer Zeitschrift aufschaute und sich vernehmlich räusperte.

»Sie ist wunderschön«, wisperte Beatrix und legte die Hand an die Kette um ihren Hals. »Ich wünschte nur, ich könnte dir auch was mitgeben.«

Fieberhaft ging sie in Gedanken den Inhalt ihrer Reisetasche durch, und ihr fiel ein, wie gut ihm ihre Socken gefallen hatten, die mit den kleinen Pizzastücken drauf, aber das war eine bescheuerte Idee. Er hatte ihr eine Goldkette geschenkt, die er schon beinahe sein ganzes Leben lang hatte, und sie überlegte allen Ernstes, ihm ein Paar getragener Socken zu geben, die ganz bestimmt müffelten und dringend in die Wäsche müssten?

»Warte«, rief sie, denn gerade fiel ihr etwas ein. »Warte, warte.«

Sie hatte es während der morgendlichen Workshops gesehen, als die Holzbläser eine Kompositionsaufgabe bekommen hatten, wofür alle ihre Notenhefte herausnehmen mussten – dieses Lied, dieses Liebeslied. Eine Zeit lang hatten sie und ihr Vater es oft zusammen gespielt, sie auf der Flöte und er auf dem Keyboard. Inzwischen war es bestimmt ein Jahr her oder sogar noch länger, seit sie das letzte Mal zusammen musiziert hatten, doch diese Melodie war Teil der Musikbibliothek in ihrem Kopf geworden, und hin und wieder ertappte sie sich dabei, wie sie sie leise vor sich hin summte.

Beatrix zerrte das Notenbüchlein aus der kleineren ihrer beiden Reisetaschen.

»Hier«, sagte sie und schlug das Heft auf der richtigen Seite auf. »Was Besseres habe ich nicht.«

Felix küsste sie. »Spielst du es mir vor?«

»Es hat zwei Stimmen«, erklärte Beatrix.

»Dann nur die Melodie?«

Beatrix nahm die Flöte heraus und setzte sie zusammen. Während sie die Noten im Violinschlüssel spielte, wanderte Felix' Blick von Beatrix zum Notenblatt und wieder zurück. Als sie schließlich fertig war, hatte er sein Cello aus dem Koffer genommen und angefangen, die Noten im Bassschlüssel zu spielen, wobei er ein wenig improvisieren musste, um die Klaviernoten auf seinem Instrument zu spielen.

In genau siebenundzwanzig Minuten würde der letzte Aufruf durch die Bahnhofshalle schallen, und Beatrix würde in den Zug nach London steigen müssen. Weinend würde sie Felix einen allerletzten Abschiedskuss geben, und es würden nicht nur ein paar Tränchen sein, die da kullerten, nein, es wären herzzerreißende Schluchzer, die ihren ganzen Körper schüttelten. Und dann würden die Türen zugehen, und Felix würde draußen stehen, mit nichts in den Händen als einem ledergebundenen Notenheft, und er würde dem Zug hinterherschauen, der seine Wagen aus dem Bahnhof zog, hinaus, hinfort, und es würde sein, als risse er ihm das Herz aus der Brust und schleife es an einer Kordel hinter sich her, ein trauriges kleines rotes Ding, das hilflos über die Gleise wirbelte.

Aber bis dahin waren es noch siebenundzwanzig Minuten. Und jetzt fing Beatrix noch einmal von vorne an, spielte das Stück noch mal, und Felix stimmte mit ein. Für Beatrix war das Lied lieb und vertraut, aber Felix spielte die Musik vom Blatt – *prima vista* –, und doch passten die beiden Stimmen des Liedes zueinander, als seien sie eigens dafür geschrieben worden, von Flöte und Cello gespielt zu werden, in der Wartehalle eines kalten Bahnhofs, wo Pärchen ihre schwerbeladenen Trekkingrucksäcke absetzten und sich die schmerzenden Schultern rieben und Männer mit Blumensträußen aus Marks & Spencer kamen, die Entschuldigung waren oder Verführungshilfe, wo Geschäftsleute adrette kleine Rollköfferchen hinter sich herzogen, während sie eilig durch den Bahnhof marschierten, und eine ältere Dame mit ihrem Dackel auf dem Schoß auf einer Bank saß, der Hundemantel aus demselben Schottenkaro wie ihre Einkaufstasche.

DREI

EINFACH SO

✦

Beim Aufwachen hatte Evie noch keinen Schimmer, dass dieser Tag ganz anders werden sollte als der vorherige oder der davor. Der Morgenhimmel war noch dunkel, als sie die hässlichen Blümchengardinen öffnete, und schon jetzt wusste sie, der Tag würde kaum heller werden und sich in schmutzig-scheckiges Grau hüllen, wie alle Tage seit endlosen Wochen schon. Vor ihrem Bett lagen zwar achtlos verstreut ein paar Anziehsachen, aber es waren – wie gewöhnlich – nur ihre eigenen. Kein einziger greifbarer Beweis, dass Dave am Abend zuvor bei ihr gewesen war.

So war das meistens, und tatsächlich hatte Evie sich schon daran gewöhnt, morgens mit der Frage aufzuwachen, ob sie sich das alles nur eingebildet hatte. Manchmal kam es ihr fast vor, als sei der Dave, der sie im Dunkeln besuchte – so zärtlich und verletzlich –, eine Traumgestalt und gar kein echter Mann aus Fleisch und Blut.

Evie duschte und zog ihre schwarze Café-Uniform an. Unten am Küchentisch saß Dave, einen Stift in der Hand, eine aufgeschlagene Kladde vor der Nase, umweht von einer leicht aufgekratzten Aura, wie jemand, der gerade den gesamten Inhalt der French Press, die leer vor ihm auf dem Tisch stand, ausgetrunken hatte.

»Morgen«, sagte sie.

»Am Arbeiten«, entgegnete er.

Wie ich geschlafen habe? Nicht schlecht, danke. Und selbst?, dachte Evie und knipste den Wasserkocher an.

»Die Milch ist sauer«, brummte Dave, ohne von seinem Büchlein aufzuschauen.

Evie sah den Karton in der Ecke stehen. Ohne Milch war Kaffee für sie ungenießbar, also nahm sie sich bloß eine Klementine aus der Obstschale. Mit dem Daumen bohrte sie oben an der weichen Stelle nahe des Blütenansatzes ein kleines Löchlein in die Schale, zog sie dann ab und aß die Klementine Stückchen für Stückchen. Dave sagte noch immer kein Wort, schrieb aber auch nichts auf die leere Seite seines Büchleins.

Sollte Dave *wirklich* eine Art Märchengestalt sein, dachte Evie, dann vermutlich eine von denen, die tagsüber in einem stacheligen Pelz herumliefen, den sie nur im Dunklen abwarfen. Wären er und sie sich in einem Märchen begegnet, dann könnte sie ihn womöglich von diesem Fluch erlösen. Vielleicht könnte sie seine abgestreifte Haut suchen und ins Feuer werfen und verbrennen. Oder so was in der Art.

Dave rutschte auf seinem Stuhl herum und lehnte sich dann zu einer Seite, um einen Furz unter einer Pobacke entweichen zu lassen, und Evies Märchenträumereien verflüchtigten sich schlagartig.

Der Morgen bei Starbucks verlief wie jeder andere auch, und Evies mittäglicher Abstecher in die Lyrik-

Bibliothek war nett, aber ereignislos. Nachmittags hatte sie ordentlich zu tun und schenkte denen, die daran gedacht hatten, eine eigene Kaffeetasse mitzubringen, ein herzliches Lächeln. Als sie schließlich fertig war, trottete sie hinüber zur Bushaltestelle. Sie stand schon einige Minuten in der Kälte und wartete, als ihr mit einem Mal ein Gedanke kam. *Milch.*

Zwar konnte man sich stets darauf verlassen, dass Dave die heimischen Vorräte an Bier und Whisky wieder auffüllte, aber man durfte nicht annehmen, er würde in den Supermarkt marschieren und Milch besorgen. Wenn Evie ihren Kaffee am nächsten Morgen mit Milch trinken wollte, würde sie sich also wohl oder übel selbst darum kümmern müssen. Der nächstgelegene Supermarkt war der M&S in Waverley Station.

Die eisige Januarkälte schien Evie zu verfolgen, als sie die steile Rolltreppe ins Herz der Haltestelle hinunterfuhr. Als sie endlich nach langer Suche im verwirrenden, unüberschaubaren Angebot fettarmer und fettfreier Milch die Vollmilch gefunden hatte, bezahlte sie ihren Einkauf an einer der beiden Selbstbedienungskassen. Sie ging weiter in die Wartehalle, und da hörte sie es.

Hätte man sie gefragt, Evie hätte nicht sagen können, ob sie zuerst das Cello gehört hatte oder die Flöte oder beides zusammen, aber das Bild, das ihr Kopf aus den Tönen spann, war das von zwei hellen Satinbändern, die sich schwerelos schwebend um die dunklen Zweige eines Baumes wanden. Rasch suchte ihr Blick den Ursprung dessen, was ihre Ohren längst hörten, und da waren sie. Zwei Teenager, ein Pärchen, er am Cello, sie an der Flöte.

Die beiden saßen beim Musizieren auf den Standard-Plastik-Bahnhofssitzen so eng beieinander, wie ihre Instrumente es zuließen, einander zugewandt und ein Notenheft aufgeschlagen zwischen ihnen. Der junge Mann sah fast unverschämt gut aus, mit herausgewachsenen flammend roten Haaren und langen, schlaksigen Gliedern, die sich beim Cellospielen als erstaunlich geschickt erwiesen. Und sie war genauso bildhübsch mit ihren dicken, strohblonden Locken und wie sie dasaß – Schultern gestrafft, Brust raus –, so selbstverständlich, dass es fast schien, als fließe die Musik durch sie hindurch, in ihre Flöte hinein und aus ihr heraus und immer weiter durch die ganze Bahnhofshalle.

Evie trat ein bisschen näher, und wie im Takt der Musik schien ihr das Herz aufzugehen und sich wieder zusammenzuziehen. Das Cello schwang sich in die Höhe und kehrte dann wieder zurück zur Erde, während die Flöte wie ein Vögelchen lieblich darüber hinweghuschte. Das Lied berührte etwas in Evie, es traf sie mitten ins Herz. Hätte sie das Gefühl beschreiben müssen, sie hätte gesagt, es sei ein wenig wie das bittersüße Verlangen, vor Freude zu weinen.

Aber Evie war ganz ehrlich, und wenn sie sich die beiden so anschaute, war da auch ein fieser grüner Neidstachel. Evie sah es daran, wie sie einander zugewandt waren, sie hörte es in ihrer Musik: Cellist und Flötistin waren bis über beide Ohren verliebt. Und das war nicht bloß irgendeine kleine kindliche Verliebtheit. Was diese beiden füreinander empfanden, was sie da spielten, das war keine lauwarme Liebe, keine platonische Liebe, keine praktische Liebe, keine mitleidige

Liebe und keine bequeme Liebe. Nein, das zwischen diesen beiden da, das war leidenschaftliche Liebe, Alles-oder-nichts-Liebe, Ein-bisschen-schwindelig-im-Kopf-Liebe. Liebe, wie Evie sie bisher nur vom Zuschauen kannte. Es tat fast weh, sich einzugestehen, wie sehr sie sich wünschte, sie am eigenen Leib zu erfahren.

Wie kam es nur, fragte Evie sich, dass manche Menschen für eine solche Liebe geschaffen waren, während andere nur davon träumen konnten? Passierte einem das nur, solange man noch jung und furchtlos war? Und wenn ja, war Evie dann schon zu alt und zu ängstlich, um so etwas zu erleben? Hatte sie die Gelegenheit verpasst? Oder blieb ihr noch ein wenig Zeit?

Als das Lied zu Ende war, sah Evie zu, wie der Cellist sich nach vorne beugte und die Flötistin küsste: ein Kuss, so leidenschaftlich und hingebungsvoll, dass eine Dame, die bis eben in ihre Zeitschrift vertieft gewesen war, pikiert aufschaute und sich vernehmlich räusperte. Die beiden Musiker rückten zwar ein wenig voneinander ab, die Verbindung zwischen ihnen aber blieb bestehen, und die unsichtbaren Funken der Musik tanzten noch eine ganze Weile zwischen ihnen und um sie herum.

Das, dachte sie. *Das will ich.*

Mit dem Milchkarton unter dem Arm ging sie zurück zur Bushaltestelle und war sich dabei schmerzlich des gähnenden Abgrunds bewusst, der zwischen dem, was sie gerade mit angesehen hatte, und dem traurigen, entkoffeinierten Ding, das in ihrem Leben mit Dave als Liebe durchging, klaffte. Ihr Bus kam, und noch ehe er sie nach Leith gebracht hatte, stand Evies Entschluss fest. Es war Zeit. Nicht bloß Zeit zu gehen, sondern – diesmal – Zeit, nach Hause zu gehen.

Gut einen Monat brauchte Evie, um alle Brücken abzubrechen. Mit einem weinenden Auge kündigte sie ihren Job im Thorn and Thistle und mit einem lachenden den bei Starbucks.

Auf all ihren Reisen hatte Evie immer einen gewissen Geldbetrag auf ihrem Bankkonto gehabt, den sie als Normalnull betrachtete. Eine eiserne Reserve – gerade genug, um damit nach Hause zu kommen und dort ein, zwei Monate ohne Einkommen zu überbrücken – für Notfälle. Und obwohl sie das Geld jahrelang nicht angerührt hatte, machte es ihr überhaupt nichts aus, es jetzt mit vollen Händen auszugeben.

Ein bisschen Wischen und Klicken, und schon hatte sie sich ein günstiges Zugticket nach London und eine Nacht in einem billigen Hotel nicht weit vom Flughafen Heathrow gebucht. Es war kinderleicht. Im Februar waren die Flugtickets nach Australien zum Glück einigermaßen erschwinglich, was man von den Sommerunterkünften in Melbourne allerdings nicht unbedingt behaupten konnte.

Ein, zwei Wochen würde sie dableiben müssen: lange genug, um ihre Sachen, die sie dort eingelagert hatte, abzuholen und alles durchzusehen und sich dann zu überlegen, wo sie als Nächstes hingehen sollte.

Als Evie damals aus Australien weggegangen war, hatte sie es nicht über sich gebracht, ihren hellblauen 1960er VW Käfer zu verkaufen, also hatte sie ihn einfach mit ihren Habseligkeiten vollgestopft wie einen übergroßen Koffer und ihn dann in der baufälligen Garage eines alten Freundes ihres Schwagers abgestellt. Dort stand er noch heute, abgemeldet und vermutlich längst nicht mehr fahrbereit. Evie konnte sich kaum erinnern, was sie damals alles in dem kleinen Auto verstaut hatte, bevor sie aufgebrochen war, die Welt zu erobern.

Während ihrer letzten Woche in Edinburgh besuchte Evie noch einmal all ihre Lieblingsorte – die Library Bar im Teviot Row House, das Autorenmuseum, Calton Hill und natürlich die Lyrik-Bibliothek. Sie brachte alle geliehenen Bücher zurück und trug mehrere Einkaufstüten voller Wintersachen in ein Sozialkaufhaus. Irgendwann blieb ihr nur noch, sich von Dave zu verabschieden.

Das schob sie so lange wie irgend möglich vor sich her. Am Morgen des letzten Tages, kurz bevor sie nach London abreiste, ging sie fast andächtig durch die kleinen, düsteren Zimmer von Daves Haus und sammelte ihre verbliebenen Siebensachen ein. Alles, was sie tat, kam ihr bedeutsam vor, weil sie es zum letzten Mal machte. Zum letzten Mal ging sie die Treppe hinauf, zum letzten Mal öffnete sie die Tür zum Badezimmer, zum letzten Mal ging ihr Blick zu der grauslichen Tapete.

Ihre Notizbücher wanderten zuerst in den großen dunklen Bauch ihres Trekking-Rucksacks, die wenigen verbliebenen Anziehsachen füllten gerade so den Raum dazwischen. Evie wuchtete sich den Rucksack auf die Schultern, schloss die Schnallen und ging mit dem Schlüssel in der Hand nach unten. Dave saß in der Küche, vorhin erst aus dem Schnapsladen zurückgekommen. Auf dem Tisch stand eine Flasche noch in der braunen Papiertüte, und sein Mantel verströmte den vertrauten Straßengeruch nach moosiger Kälte. Er schaute auf, sah Evie an, verdutzt, erstaunt, ein ungläubiger Blick, umgeben von einem Heiligenschein ungekämmter Haare.

»Ich bin versucht zu sagen, du siehst aus, als wolltest du wohin«, bemerkte er.

»Tja, ja. Ich gehe wieder nach Hause«, sagte Evie.

»Nach Hause? Wie meinst du das, *nach Hause*?«

»Ich meine zu mir nach Hause.« Sie legte den Hausschlüssel auf den Tisch.

»Nach Hause in Australien?«

»Ja.«

»Wie? *Jetzt?*«

»Sozusagen«, erwiderte Evie.

»Wow, ich … ähm. Damit habe ich jetzt gar nicht gerechnet. Wollen wir *reden*?«

Evie, der schon die Schultern wehtaten von dem schweren Rucksack, lächelte bloß traurig. »Was hätten wir uns denn schon zu sagen, Dave?«

»Und was ist mit deinen Jobs … im Café? Im Pub?«

»Die habe ich gekündigt.«

»Einfach so.«

»Die werden mich nicht vermissen. Zumindest nicht länger als fünf Minuten.«

Evie konnte Dave ansehen, dass ihre Worte ihn zu treffen schienen.

»Und, wie jetzt, du meinst, mir ginge es genauso?«

»Ist es denn nicht so?«, fragte Evie sanft.

»Du bist sauer auf mich, stimmt's?«

Evie schüttelte den Kopf und antwortete wahrheitsgemäß: »Nein.«

Auf Dave sauer zu sein war sinnlos. Er war nun mal, wer er war.

Ein kleiner Junge, der geliebt, gelobt und verhätschelt aufgewachsen war. Dann war er allmählich erwachsen geworden, und irgendwann hatte die Wunderkindgeschichte sich totgelaufen. Doch statt sich etwas Neues einfallen zu lassen, hatte er einfach weiter ganz unten auf dem Boden zahlloser Flaschen nach seinem verlorenen Lebensweg gesucht, dem, der ihm versprochen worden war.

»Es wird Zeit für mich, nach Hause zu gehen, Dave. Ich muss endlich mein Leben leben«, erklärte sie. »Mehr nicht.«

»Scheiße, Greensleeves«, brummte er und griff nach ihren Händen. Seine waren kalt, und sie legte die Finger darum, um sie ein wenig zu wärmen. »Scheiße, Scheiße, Scheiße«, wiederholte er.

»Ja«, stimmte sie ihm zu.

»Das haut mich echt um. Australien? Alter.« Verdattert fügte er hinzu: »Habe ich was falsch gemacht? Ist es wegen Silvester? Wegen dem, was ich gesagt habe, über deine Gedichte? Hör zu, ich war ein Arschloch, ich gebe es zu. Es tut mir leid. Aber du weißt doch, dass du nichts von dem, was ich sage, zu …«

Evie beugte sich zu ihm vor und drückte ihm einen Kuss auf die Wange.

»Dave? Willst du wissen, was als Nächstes in meinem Leben passieren wird? Ich verrate es dir. Ich werde jemanden kennenlernen. Jemand Nettes. Und er wird mich wollen. Wirklich, richtig, echt wollen, nicht bloß irgendwie. So einfach wird das sein.«

Dave guckte auf seine Füße. »Es tut mir leid, dass es nicht besser gewesen ist, als es war.«

»Nicht schlimm«, versicherte sie.

Er machte ihr die Haustür auf, und sie trat hinaus auf die Straße, ein bisschen wackelig unter der schweren Last auf ihrem Rücken.

NACHTMODUS

✦

Arie saß an diesem Samstagnachmittag allein im Büro von Sonder Digital und war völlig in die Feinheiten der Website einer Craft-Brauerei namens Humulus vertieft.

»Ich möchte etwas ganz Besonderes«, hatte der Brauer erklärt, und Richard und Arie hatten zustimmend genickt, wohl wissend, dass die Kunden oft etwas »ganz Besonderes« wollten, aber nicht bereit waren, den entsprechenden Preis dafür zu zahlen. Was Richard ihm dann schonend beizubringen versucht hatte.

»Nein, nein – ich möchte *wirklich* etwas ganz Besonderes«, hatte der Inhaber daraufhin glaubhaft versichert. »Und ich bin auch gerne dazu bereit, dafür zu zahlen.«

Kurz nach Beginn ihrer Firmengründung hätte Arie sich wohl um den Aufbau der Seite gekümmert, während Richard Interaktionsdesign und Benutzeroberflächengestaltung übernommen hätte. Mit Aries Genauigkeit und Richards Flair hatten sie es weit gebracht. Aber Arie lag auch die kreative Arbeit, und Richard hatte oft alle Hände voll zu tun mit Kundenbetreuung und Mitarbeiterorganisation, weshalb ihm nicht mehr genügend Zeit blieb zum Spinnen und Herumprobieren. Also hatte Arie Humulus als sein ganz besonderes Herzensprojekt übernommen.

Sonder hatte zwar ein ordentliches Wachstum vorzuweisen, war aber, im Vergleich zur Konkurrenz, immer noch ein kleines Unternehmen. Die Büroräume waren nicht hip renoviert, und selbst die unzähligen Duftstäbchen, die bei vielen ihrer Mitarbeiter auf dem Schreibtisch standen – und eine eigenartige Melange aus Limette, Basilikum, Grapefruit und Gardenien verbreiteten –, konnten den durchdringenden Geruch nach Motorenöl und Tinte nicht überdecken – der Geruch ein Erbe jener Tage, als in dem alten Gebäude noch die Druckerpressen standen.

Vor beinahe einem Jahr waren einige ihrer Mitarbeiter auf die Schnapsidee gekommen, Sonders Gemeinschaftsbüro dauerhaft in den Nachtmodus zu versetzen, indem sie die normalen Glühlampen kurzerhand gegen lila LEDs ausgetauscht hatten, mit dem Ergebnis, dass man sich vorkam wie in einer schummerigen Bar oder einem zwielichtigen Nachtclub. Hätte man Arie gefragt, er wäre nie auf so einen Gedanken gekommen, aber in einem musste er seinen Mitarbeitern Recht geben – im Schein der lila Leuchtkugeln fielen der bröckelnde Putz an den Wänden und der verschlissene Teppichboden kaum noch auf, und bisher hatte noch jeder Kunde, der zu einem Meeting ins Sonder-Hauptquartier gekommen war, eine Bemerkung darüber gemacht.

Allerdings gefiel es nicht jedem. Richard war einer der schärfsten Kritiker des neuen Beleuchtungskonzepts. Arie hingegen hatte sich im Laufe der Zeit damit angefreundet und es sich sogar gewissermaßen zu eigen gemacht: An einer ansonsten kahlen Wand hatte er eine riesengroße Lightbox installiert und seinen Mitarbeitern ausdrücklich die Erlaubnis erteilt, sich darauf auszutoben, was hieß, dass meist irgendwelche zusammenhanglosen Wörter oder verdrehten Sinnsprüche darauf zu lesen waren. Einem Running Gag zwischen zwei der Junior-Entwickler geschuldet, verkündete die Leuchtschrift derzeit: ERBEBET VOR DEM SPAGHETTI-KODIERER DER APOKALYPSE.

Früher war Arie samstags eigentlich nie allein im Büro gewesen, aber seit der kleine Marek auf die Welt gekommen war, stand Richards Leben kopf, und sein Verhältnis zu Überstunden hatte sich grundlegend gewandelt. Inzwischen achtete er penibel darauf, dass seine Angestellten pünktlich Schluss machten. Um Schlag fünf stand er vom Schreibtisch auf, verkündete laut, es sei Feierabend, und machte sich dann daran, alle zur Tür hinauszukomplimentieren. Nicht einmal Arie war vor Richards beharrlicher Quengelei gefeit, aber als sein Partner konnte er es sich erlauben, ihn zu ignorieren.

Im Laufe der letzten beiden Jahre hatten die anderen Mitarbeiter sich einen eigenartigen Umgang mit Arie angewöhnt. Manchmal kam es ihm fast vor, als stünde er inmitten eines Kraftfelds von ein, zwei Metern Durchmesser, und sobald einer seiner Angestellten dort hineingeriet, glaubte er oder sie plötzlich, auf Zehenspitzen gehen, sich langsamer bewegen, leiser reden zu müssen.

Aus den Tischtennisrunden hatte er sich ausgeklinkt, weil er dahintergekommen war, dass alle ihn gewinnen ließen und dass das normale Hintergrundrauschen aus Gequatsche, Lachen und gutmütigen Sticheleien nur halb so laut war wie sonst, wenn er mit von der Partie war. Er wusste auch, dass er fluchen konnte wie ein Bierkutscher, ohne dass man ihn dafür schief anguckte. Lee, eine der Designerinnen, wachte wie ein Zerberus über die prompte Ahndung sämtlicher Schmutzige-Wörter-Verstöße. Für die büroeigene Fluchdose berechnete sie je fünfzig Cent pro »Scheiße«, einen Dollar pro »Fuck« und zwei Dollar für Blasphemien jeglicher Art, ganz gleich, gegen welche Gottheit sie sich richteten. Aber auch wenn sie sonst Ohren hatte wie ein Luchs, schien sie es nie mitzubekommen, wenn Arie ein Schimpfwort über die Lippen kam.

Am Schreibtisch neben Arie saß Jenavive, eine Junior-Designerin, von ihren Eltern dazu verflucht, auf ewig ihren Vornamen buchstabieren zu müssen. Jenavive war talentiert und bienenfleißig, hatte aber die enervierende Angewohnheit, Arie ständig ungenießbaren Tee aufzudrängen. Nie ließ sie den Teebeutel lange genug im Wasser ziehen. Im Halbdunkel des Nachtmodus konnte Arie den kalten Tee immerhin ungesehen in den Topf eines sehr nachsichtigen Schildblattes kippen.

Arie arbeitete am liebsten an den Wochenenden. Samstags und sonntags war kein Richard da, der nörgelte, es gab keinen Katzenpipitee von Jenavive, und niemand redete in gesetztem »Bloß nicht dem trauernden Witwer auf den Schlips treten«-Ton mit ihm. Er konnte einfach in Ruhe arbeiten, so lange und so spät, wie er wollte, konnte sich ganz in alternative Kodierungsuniversen vertiefen und Stunde um Stunde damit zubringen, jene einzigartigen Websites zu gestalten, derentwegen die Dienste von Sonder Digitals so kostspielig, aber auch so begehrt waren.

Arie hatte längst jegliches Zeitgefühl verloren, als er hörte, wie im Foyer gleich neben dem Büro, in dem er arbeitete, die Türklinke heruntergedrückt wurde. Das musste Richard sein, keine Frage. Arie schaute vom Monitor auf und streckte sich. Die ganze linke Seite tat ihm weh, er musste also mal wieder schief und krumm an seinem Stehpult gestanden haben.

Arie staunte nicht schlecht, als er sah, dass es nicht Richard war, der hereinkam, sondern Lenka. Mit legerem Rock und T-Shirt, die Haare zu einem Pferdeschwanz hochgebunden, sah sie lässig wochenendlich aus. Sie hatte einen Korb unter dem Arm und eine grimmige Entschlossenheit im Blick.

»Hey«, rief Arie.

Sie stellte den Korb auf Richards Schreibtisch.

»Dachte ich es mir doch, dass ich dich hier finde«, sagte Lenka und musterte missbilligend die lila Glühbirnen. »Ich verstehe nicht, wie man hier arbeiten kann. Wann hast du zum letzten Mal das Tageslicht gesehen?«

»So lange bin ich noch gar nicht hier«, schwindelte Arie. »Ich hatte eine Idee für eine Seite, dieses Humulus-Ding. Und da dachte ich mir, ich kümmere mich lieber gleich selbst darum, ehe ich es wieder vergesse.«

Dann ging ihm auf, dass er sich gerade vor Lenka zu rechtfertigen versuchte und das eigentlich gar nicht nötig hatte, also hielt er inne und wartete auf eine Erklärung, was sie im Büro verloren hatte.

Sie setzte sich an Jenavives Schreibtisch.

»Ich bin hier«, erklärte sie, »weil ich wissen will, warum *du* hier bist.«

»Das habe ich dir doch schon gesagt, ich …«

»Nein, Arie. Warum bist du hier? Draußen scheint die Sonne. Es ist ein wunderschöner Tag.«

Sie redete mit ihm, ging Arie in dem Moment auf, wie sie mit Marek redete. Langsam, überdeutlich und der leichte osteuropäische Akzent ausgeprägter als sonst.

»Hat Richard dich geschickt, damit du herkommst und mich nach Hause schickst?«

»Richard macht sich Sorgen um dich, allerdings. Aber ich bin nicht seinetwegen hier. Ich habe etwas versprochen, schon vergessen?«

Er hatte es nicht vergessen. Wie oft hatte Lenka ihn schon an das Versprechen erinnert, das sie Diana am Abend vor ihrer Abreise gegeben hatte. *Ich füttere und tränke ihn. Und sorge dafür, dass er gelegentlich ein bisschen an die frische Luft kommt,* hatte sie gesagt. *Versprochen.*

»Lenka, es geht mir gut. Ich …«

»Geht es nicht. Red keinen Käse.«

Er sah seine liebe alte Freundin an und sah die stählerne Entschlossenheit in ihren grünbraunen Augen. Diesen Blick hatte er manchmal in Auseinandersetzungen mit Richard aufblitzen gesehen, aber noch nie hatte er sich gegen ihn gerichtet.

»Du kannst nicht ewig nur auf Bildschirme starren. Du wirst noch ganz krank dabei.«

Da war sie wieder, diese langsame, überdeutliche Art zu sprechen, als sei er ein kleines Kind von höchstens anderthalb.

»Ich habe wirklich viel zu tun …«

»Blödsinn. Du arbeitest viel zu viel. Und das weißt du selbst. Also, *warum* bist du hier?«

»Ich bin … an den Wochenenden nicht gerne zu Hause«, gestand er.

»Und warum nicht?«

»Es ist so still.«

»Dann musst du ein bisschen Krach machen«, erwiderte sie unverblümt.

»Es ist nicht nur das. Es …«

»Nein, ich weiß. Aber du hast mich immer noch nicht angerufen«, sagte sie.

»Nein, ich bin noch nicht …«

»Arie, es ist Februar.«

Was sie damit sagen wollte, und was Arie sehr wohl wusste, war, dass inzwischen über einen Monat vergangen war seit Dianas zweitem Todestag. Lenka und Richard und auch der kleine Marek hatten ihn an diesem Tag bei seinem Besuch auf dem Friedhof begleitet. An dem Tag hatte Lenka Arie angeboten, ihm zu helfen, Dianas Sachen auszusortieren – Kleider, Schmuck, Toilettenartikel. Lenka, so erklärte sie ihm, würde Kartons und Tüten mitbringen und zu ihm nach Hause kommen, und dann könnten sie gemeinsam alles durchsehen, und am Ende würde sie alles mitnehmen, was er nicht behalten wollte, damit er sich keine Gedanken mehr darüber zu machen brauchte. Er solle sie einfach nur anrufen und ihr sagen, wann sie da sein solle.

»Ich habe dich schrecklich lieb, Arie, aber ich glaube, ich werde meinem Versprechen nicht gerecht, wenn ich immer nur *Ist ja schon gut, ist ja schon gut* sage. Es stimmt – sie war unglaublich, und du hast sie geliebt.

Aber es stimmt auch, dass sie nicht mehr da ist. Das ist traurig und unfair und einfach nur scheiße, Arie. Totale Scheiße. Aber du hast dich lange genug in Selbstmitleid gesuhlt. Es wird Zeit.«

»Zeit für was genau? Dass ich mich mit anderen Frauen verabrede?«

»Ist mir egal, ob du dich mit Frauen verabredest oder nach Timbuktu tingelst. Ich werde dir ganz bestimmt nicht vorschreiben, was du zu tun hast, ich sage dir nur das eine.« Sie beugte sich zu ihm vor und legte eine Hand an sein Gesicht, wie seine Mutter es gemacht hatte, als er noch ein kleiner Junge war, und schaute ihn lange durchdringend an. »Lebe jetzt.«

Und dann stand sie auf und ging ein paar Schritte, fast als sei sie selbst überrascht von ihrem Ausbruch. Sie packte den Korb aus, den sie mitgebracht hatte, und stapelte Schachteln auf Richards Schreibtisch. Darin, wie Arie sehen konnte, Glühbirnen.

»Ach ja, und eins noch«, brummte Lenka. »Schmeiß diese bescheuerten lila Lampen raus. Ihr braucht mehr Licht.«

An diesem Nachmittag ging Arie früher nach Hause als sonst. In den verhältnismäßig stillen Straßen ließ er andere Autofahrer vor, die vor Cafés und Boutiquen umständlich rückwärts einparkten. Lenka hatte recht, es war ein wunderschöner Tag.

Beim Abbiegen in die Tavistock Row bemerkte er eine junge Frau, die langsam die Straße entlanglief. Sie schien fast zu verschwinden unter dem gigantischen Rucksack, den sie mit sich herumschleppte, und in der

Hand hielt sie einen Zettel, auf den sie immer wieder fragend guckte, wie Reisende überall auf der Welt es so gerne tun, um sich dann suchend nach einer Hausnummer oder einem Hinweisschild umzusehen.

Sie hatte beinahe rabenschwarze Haare, zu einem akkuraten Bob geschnitten, der beidseits des Kinns in einer scharfen Kante endete – ein harscher Kontrast zu der winterweißen Haut. Sie trug einen Kordrock und darunter allem Anschein nach eine Wollstrumpfhose und hatte die langen Ärmel ihres Pullis bis zu den Ellbogen hochgeschoben. Dazu trug sie schwere, klobige Wanderstiefel, und ihre Beine waren so lang und dünn, dass ihre Silhouette von weitem an die von Popeyes Freundin Olivia erinnerte.

Als Arie dann aus seinem geparkten Wagen stieg, stand sie auf der Straße und guckte sich verdattert um. Er hätte wetten können, er wusste, warum.

»Suchen Sie das Airbnb?«, fragte er sie.

»Ja«, erwiderte sie. Sie schien müde und überhitzt, und ihr Haaransatz war verschwitzt. »Ich suche Hausnummer 12, die ist *da drüben*. Aber auf der Nachricht des Gastgebers steht ausdrücklich, das Haus verfüge über eine gemauerte Terrasse, und das wäre dann wohl *das da*. Aber das ist doch 12a?«

»12a ist ganz richtig«, erklärte Arie. »Aus unerfindlichen Gründen scheint das ›a‹ immer aus der Adresse zu verschwinden. Bei mir stehen ständig irgendwelche Leute vor der Tür und wollen, dass ich sie reinlasse. Der Schlüsseltresor ist übrigens auch nicht leicht zu finden. Er ist hinter dem Blumentopf.«

Sie lächelte erleichtert. Er hatte das Gefühl, dass sie

gerade nicht mehr die Kraft hatte für unvorhergesehene Probleme und Stolpersteine. Sie ging den Fußweg hinauf zur Haustür und schob das Laub der Kletterrose beiseite.

»Gefunden?«, fragte Arie.

»Danke!«

»Gern geschehen.«

Wieder schaute sie auf den Zettel in ihrer Hand, gab die Kombination für den Schlüsseltresor ein und drückte die Tür auf. Kurz fragte Arie sich, wie lange sie wohl bleiben würde.

MACHST DU MICH GLÜCKLICH?

✦

Nicht lange nachdem Evie das Airbnb in der Tavistock Row bezogen hatte, stand sie mitten im Wohnzimmer und musste sich eingestehen, dass sie das Häuschen in nur drei Tagen bereits ordentlich verwohnt hatte.

Als sie das Zimmer zum ersten Mal betreten hatte, hatte es ausgesehen wie eine Seite aus der *Vogue Living*; Perfektion, wohin das Auge auch schaute. Die Wände strahlend weiß, vor den Fenstern weiße Jalousien, minimalistische dänische Designermöbel aus der Mitte des letzten Jahrhunderts hier und da im Raum verstreut. Auf den polierten Bodendielen war ein Kuhfellteppich drapiert, und einige angesagte Romane und Sachbücher waren auf den Regalböden eines schmalen weißen Bücherregals zu symmetrischen Pyramiden gestapelt. Draußen war es brütend heiß gewesen, als sie hier ankam, aber die Putzfrau hatte die Klimaanlage im Haus bis zum Anschlag aufgedreht, und aus dem Radio hatte leise ABC Classic FM gedudelt und eine coole, intellektuelle Ruhe verströmt.

Inzwischen sah das Wohnzimmer aus wie ein Second-Hand-Laden nach einer verheerenden Naturkatastrophe. Überall standen Pappkartons mit verblichenem, abblätterndem Klebeband, dazu noch blickdichte Plastikkisten mit eingerissenen Deckeln, ramponierte Koffer, ein rostiges Bügelbrett, ein aufgerollter Perserteppich, eine Nähmaschine und eine Gitarre, beide noch in ihren verschlossenen Koffern. All das hatte Evie aus ihrem VW Käfer gehievt und dann in einem Mietwagen in ihr Airbnb geschafft. Der Käfer selbst – verstaubt und voller Spinnweben – musste vorerst bleiben, wo er war, bis sie es sich leisten konnte, ihm neue Reifen zu spendieren, um ihn wieder anzumelden oder notfalls zu versuchen, ihn zu verkaufen.

Crosby, der Garagenbesitzer, war um die vierzig, ein Typ in viel zu engen Jeans. Früher hatte er mit Evies Schwager Reuben in einer Band gespielt. Mit Mühe hatte er das Kipptor der Garage hochgestemmt, hinter dem Evies Käfer zum Vorschein gekommen war, geparkt gleich neben einem Motorboot, das das Meer wohl schon seit vielen Jahren nicht mehr gesehen hatte.

»Ein Jahr hätte ich dir noch Zeit gelassen, dann hätte ich den Abschleppdienst gerufen und das Scheißteil verschrottet«, hatte Crosby ziemlich rüde erklärt. »Wenn Reuben und Stella sich nicht darum gekümmert hätten.«

Aber als Evie ihm dann einen Karton kaltes Crownies-Bier in die Hand gedrückt und sich wiederholt überschwänglich bei ihm für all seine Mühen bedankt hatte, schien er schließlich zufrieden und versicherte, das alles sei doch gar kein Problem.

»Wie geht es Reuben und Stella eigentlich?«, hatte er sich erkundigt. »Hab die zwei schon seit Jahren nicht mehr gesehen.«

Das ging Evie nicht anders.

»Ganz gut so weit«, sagte sie.

Crosby nickte. »Und was hast du vor, jetzt, wo du wieder hier bist?«

Evie zuckte die Achseln und lächelte. »Das weiß ich selbst noch nicht so genau. Ich … ich lasse einfach alles auf mich zukommen.«

Und nun stand sie also da, die Hände in die Hüften gestemmt, ein Tuch in den Haaren, damit sie ihr nicht ins Gesicht fielen, mitten im Chaos, das sie selbst angerichtet hatte, und fragte sich, wo sie anfangen sollte, jene Habseligkeiten auszusortieren, die ihr früheres Ich für aufbewahrenswert erachtet hatte. Aus einem Koffer hatte sie den zerknitterten Rock ausgegraben, den sie gerade trug, und die Amy-Winehouse-CD, die nun aus der Anlage dudelte, aus einem Schuhkarton geangelt. Es wurde dringend Zeit für ein bisschen Marie Kondó.

»Machst du mich glücklich?«, fragte sie stumm die alte Husqvarna.

»Tue ich«, versicherte die gute alte Nähmaschine und erinnerte Evie an all die Kleider, die sie auf ihr genäht hatte. Wie schön das wäre, wieder selbst zu nähen, wo und wann immer sie sich häuslich eingerichtet hatte. Evie trug den schweren Koffer an eine Seite des Zimmers, wo der »Behalten«-Berg hinsollte.

Als Nächstes suchte sie die Kartons mit dem geerbten Porzellanservice ihrer Mutter heraus, das diese schon von ihrer eigenen Mutter geerbt hatte. Als Evies Mutter gestorben war, hatte weder Jacinta – die älteste von Evies Halbschwestern – das Porzellan haben wollen noch Stella. Evie war damals erst acht gewesen, also hatte Stella alles sorgsam eingepackt und sicher verwahrt, nur für den Fall, dass aus Evie einmal eine junge Frau werden würde, die gerne ein Royal-Worcester-Essservice ihr Eigen nennen wollte.

Entschlossen riss Evie das Paketband ab und schob das vergilbte Zeitungspapier um die Teekanne mit dem verspielten Goldrand-Blümchenmuster beiseite. Dabei fiel ihr Blick auf ihre Armbanduhr, die, wie immer, steif und fest behauptete, es sei kurz vor fünf, obwohl die Vormittagssonne in breiten Streifen durch die Jalousiespalten ins Zimmer fiel. Evie spürte wieder die altvertraute Traurigkeit in sich hochkriechen, also atmete sie tief aus und zwang ihre Lippen zu einem Lächeln. Wenn man lächelte, fühlte man sich angeblich immer gleich viel besser, man musste es nur lange genug machen.

»Machst du mich glücklich?«, fragte sie den Karton mit dem Porzellan.

»Eigentlich nicht«, lautete die ehrliche Antwort. »Wir machen dir nur Schuldgefühle und Platzprobleme.«

Sie wollte sich nichts vormachen. Noch ehe sie mit dem Aussortieren angefangen hatte, hatte sie gewusst, sie würde schwere Entscheidungen treffen müssen, darunter auch die, was nun mit den Sachen von ihrer Mutter, die sie bis jetzt aufbewahrt hatte, geschehen sollte. Evie durchkämmte in Gedanken die verblichenen, mottenzerfressenen Erinnerungen an ihre früheste Kindheit, aber eigentlich glaubte sie, gar keine echten, wahren Erinnerungen an ihre Mutter und das Royal Worcester zu haben.

»Tut mir leid«, sagte Evie bedauernd zu den Kartons

und schob sie auf die Seite des Zimmers, wo die Sachen hinkamen, von denen sie sich trennen wollte.

Sie seufzte, nahm alle Kraft zusammen und wendete sich den vielen Kartons mit der Aufschrift BÜCHER zu. Darin, das wusste sie, ohne hineinzuschauen, stapelten sich Romane und Gedichtsammlungen, Theaterstücke und Sachbücher, alte Bücher, neue Bücher, Bücher, Bücher, Bücher …

»Macht ihr mich …«

»Wage es ja nicht, uns das zu fragen«, entgegneten die Kartons ungehalten. Rasch schob Evie sie etwas kleinlaut in die »Behalten«-Ecke.

Als Nächstes kam eine Archivbox, darauf ihre eigene Handschrift von vor sehr langer Zeit mit den Worten SENTIMENTALER KRIMSKRAMS. Evie versuchte sich zu erinnern, was sie wohl damals als solches bezeichnet hätte, und riss neugierig das Klebeband ab.

Da lagen ihre allerersten Schuhe – ein Paar winzig kleiner Mokassins aus Rehleder, liebevoll eingeschlagen in zitronengelbes Seidenpapier und in einer hübschen Pappschachtel verpackt. Und da die Ballettschläppchen aus rosa Seide. Evie selbst hatte nie getanzt, nicht das kleinste bisschen, aber mit sechzehn hatte sie die jeden Tag getragen, als Fashionstatement sozusagen, die zerschlissenen gekreuzten Bänder unter dem Knie zur Schleife gebunden.

Ihr erster Pass. Die erste Schale, die sie im Keramikkurs auf der High School getöpfert hatte – unförmig, aber mit einer wunderschönen nachtblauen Glasur. Und unter all diesen eigenartigen Schätzen lagen: ihre Tagebücher.

Genau wie die Kladden in ihrem Rucksack war es eine wilde Mischung. Die ältesten waren mit knallbunter Schutzfolie beklebt, vermutlich von Stella, während die aus ihrer Teeniezeit Eigenkreationen waren, die Einbände mit einer aufwendigen Collage aus Zeitschriftenfotos dekoriert – Schauspieler, Sänger, Rosen, Meerjungfrauen, Schwäne, kleine Paisley-Muster-Prints. Evie schlug das älteste Buch auf und fing an zu lesen.

In ihrer Kinderschrift, die ihr damals so erwachsen vorgekommen war, stand da eine Geschichte mit dem Titel »Das Mädchen mit den sechs Schwestern, das keine Geschwister hatte«. Eine andere hieß »Die sieben Prinzessinnen von Peregrine«. Buch um Buch schlug Evie auf, und langsam erkannte sie ihre eigene Schrift wieder. Statt fantastischer Geschichten ging es nun um Selbstbespiegelung *(Warum musst du immer schmollen, still sein und dich verkriechen, statt zu sagen, was du wirklich willst?)*, Träumereien *(Eines Tages will ich am Strand leben, mit einem kleinen Hund und einer großen Katze)*, Berichte von Liebeleien, die entflammten und erloschen, kleine Fetzen von Songtexten und Gitarrengriffen und einzelne Strophen grässlicher Gedichte.

Stunden vergingen. Gelegentlich stand Evie auf und ging auf die Toilette, holte sich was zu trinken oder machte sich noch einen Vegemite-Toast, wovon sie sich momentan fast ausschließlich ernährte, aber die meiste Zeit saß sie einfach im Schneidersitz auf dem Kuhfell und las. So viele Geschichten, so viele Gedanken, so viele Gefühle … aber sie konnte sich kaum noch an irgendetwas davon erinnern. Zwischen den Seiten dieser Bücher hatte sie, wie Blumen, sich selbst als verträumtes kleines Mädchen, als introvertierten Teenager, als junge Frau kurz vor dem Erwachsenwerden getrocknet und gepresst. Das achtjährige Kind, das seine Mutter zurückwollte, der vierzehnjährige Teenie, der Will Daintree küssen wollte, die zweiundzwanzigjährige Frau, die die ganze Welt sehen wollte. Jede Seite war anders, und doch war jede einzelne erfüllt von einem einzigen großen Sehnsuchtsgefühl … *ich will, ich will, ich will.*

Evie konnte sich nicht erklären, wie diese Tagebücher so voller Vorfreude, Hoffnungen und Träume von derselben Frau geschrieben worden sein konnten, die geglaubt hatte, bei Dave Wright einzuziehen sei eine gute Idee. Sie fragte sich beim Lesen, ob Erwachsenwerden womöglich bedeutete, dass man sich das Wollen abgewöhnte oder all seine Wünsche ganz tief in sich begrub, so tief, dass man sie nicht mehr sah und kaum noch spürte, bis irgendetwas passierte, das sie ganz unverhofft wieder ans Tageslicht holte. Wie ein Liebeslied an einem Bahnhof.

Auf der letzten Seite des letzten Tagebuchs angekommen – *Ich breche auf in die große weite Welt und frage mich, was mich dort wohl erwartet* –, war das Licht, das durch die Jalousien fiel, von einem warmen, abendlichen Gold. Evie war geschafft. Tagebücher neigten ihrer Natur nach dazu, die alltäglichen Dinge des Lebens auszublenden und nur die Ausschläge zu registrieren, nach oben wie nach unten. Aber sechzehn Jahre Achterbahnfahrt waren eine Menge Stoff für eine einzige Sitzung. Sie packte die Tagebücher wieder in die Archivbox und setzte den Deckel darauf.

»Machst du mich glücklich?«, fragte sie die Kiste.

»Dumme Frage«, erwiderte die. »Ich bin das Archiv deines Herzens, Evie Greenlees – deines Glücks *und* deiner Kümmernisse.«

Also stellte Evie die kleine Kiste zu den Sachen zum Behalten. Sie schaute sich um und musste feststellen, dass sie nicht besonders weit gekommen war mit dem Aussortieren. Ihr Nacken war steif, ihre Augen waren trocken, und sie hatte den ganzen Tag nur in der Bude gehockt.

Schon seit ihrer Ankunft in der Tavistock Row stellte sie sich vor, wie sie es sich draußen auf den einladenden Holzliegen auf der gepflasterten Terrasse gemütlich machte, und jetzt schien ihr ein guter Moment, es endlich zu machen. Auf dem Weg zur Tür griff sie nach ihrem Gitarrenkoffer.

»Machst du mich glücklich?«, fragte sie.

»Albernes Ding«, entgegnete die Gitarre. »Das weißt du doch.«

»War nur Spaß.«

Der Himmel draußen war graublau und durchsetzt mit gelblichen Wolkenstreifen. Die sengende Hitze des Tages war verflogen, und die Luft war angenehm mild. Jetzt, wo sie wieder zu Hause war, hatte sie wieder ein Näschen für den staubigen Minzgeruch der Eukalyptusbäume bekommen, und den roch sie auch jetzt, vermischt mit dem Duft des wilden Jasmins von nebenan, der das halbe Haus überwucherte.

Evie hockte sich auf eine Ecke der Sonnenliege und legte sich die kurvige, symmetrische Konzertgitarre in den Schoß.

Anscheinend hatte sie daran gedacht, die Saiten zu lockern, ehe sie das geliebte alte Ding eingelagert hatte, und so dauerte es nun eine ganze Weile, das gute Stück wieder zu stimmen. Seit sie weggegangen war, hatte sie kein einziges Mal mehr gespielt, aber obwohl ihre Fingerspitzen viel zu weich waren, was sich auf den Saiten ganz eigenartig anfühlte, griff ihre linke Hand auf dem Griffbrett beinahe wie von selbst die Akkorde. Ein paar einfache Zupfmuster waren noch in der Muskelerinnerung ihrer Hände gespeichert, und schnell merkte sie, dass sie all die alten Lieder, die Reuben ihr damals beigebracht hatte, noch immer spielend beherrschte – meist alte Volkslieder mit traurigen Geschichten wie »Scarborough Fair«, »Wild Mountain Thyme«, »Danny Boy« und »Barbara Allen«.

Evie war nie mehr als eine ambitionierte Hobby-Gitarristin gewesen und hatte meist allein auf ihrem Zimmer gespielt. Jetzt gerade wünschte Evie sich, wie schon als Teenager, sie beherrschte das Instrument ein bisschen besser. Dann hätte sie vielleicht das Liebeslied nachspielen können, das sie in der Waverley Station gehört hatte, gespielt von einem Cello und einer Flöte.

Seit sie es gehört hatte, gingen ihr immer wieder kleine Liedfetzen durch den Kopf. Sie konnte sich nicht mehr ganz genau an alles erinnern, bloß an ein paar Takte. Sie schloss die Augen und summte vor sich hin und versuchte dann, dieselben Töne auf der Gitarre nachzuspielen. *Fast*, dachte sie. *Nicht ganz, aber fast.* Langsam, ganz langsam näherte sich der Klang der Gitarre den Klängen in ihrem Kopf. Sie fragte sich, was das wohl für ein Lied gewesen war und ob der rothaarige Junge es geschrieben hatte oder das strohblonde Mädchen oder jemand ganz anderes.

Evie wusste nur zu gut, dass das, was sie da klimperte, nur ein blasser Abklatsch des Liedes in all seiner Lieblichkeit war. Eine leise Ahnung dessen, was es sein konnte. Und doch stieg die Musik in die laue Abendluft wie ein dünnes Rauchfähnchen, vorbei an den Sternenblüten des Jasmins, bis sie um das Erkerfenster im oberen Stock des Nachbarhauses strich.

Ein Glück, dass das Fenster gerade ganz leicht geöffnet war, denn so konnten die Töne in das Zimmer wehen, am Steinway vorbeistreichen und sich unter dem Rahmen einer der Milchglastüren hinausschleichen bis auf den Treppenabsatz. Doch weiter kamen sie nicht in der stillen Luft dieses lauen Sommerabends. Dort angekommen, konnte das Lied nur noch warten und hoffen, dass es jemand hörte.

INTERMEZZO

✦

Wenn Tom Wendale mal wieder unterwegs war und es ihn zufällig nach Vancouver verschlug und er einen Abend frei hatte, machte er sich nur selten die Mühe, sich bei seiner Mutter zu melden, die in einem schicken Haus im West End wohnte und garantiert gerne gewusst hätte, dass ihr Sohn in der Stadt war. Nein, Tom schlich sich eher heimlich, still und leise in die Stadt – kampierte für eine Nacht auf dem Sofa eines Kumpels oder machte einfach irgendwo in einer Ecke der Party oder Jamsession, die er aufgetan hatte, ein bisschen die Augen zu. Heute hatte ihn allerdings eine Melange aus Gefühlsduselei und Schuldgefühlen getrieben, und so hatte er Gitarrenkoffer und Matchsack geschultert und war den ganzen Weg von der Waterford Station bis zur Haro Street gelaufen, bis er irgendwann unvermittelt vor einem alten, traumschönen Bilderbuch-Schindelhaus mit Magnolien und Sitka-Fichten im Vorgarten stand.

Tom holte tief Luft und drückte das Gartentor auf. Er wuchtete sein Gepäck die breite Treppe hinauf, stellte alles auf der Veranda ab und klopfte. Wie er so dastand und wartete, fiel ihm auf, dass das Haus gerade frisch gestrichen worden war – die Bretter in einem eleganten Schiefergrau, die Zierleisten so strahlend weiß wie Zuckerguss. Gerüschte Gardinen hingen in den Fenstern des kastigen Erkers, der über die Veranda ragte, auf der ein weiß gestrichener schmiedeeiserner Gartentisch mit passenden Stühlen stand. Drei an der Zahl. Selbst die Fußmatte war entzückend, gemustert in einem Blau, das ganz genau zur Hausfarbe passte.

Wieder klopfte er und wartete, aber es schien wirklich niemand zu Hause zu sein. Er überlegte, einfach wieder in die Stadt zurückzumarschieren. Cassie brauchte es nie zu erfahren. Dann könnte sie einfach in Ruhe das Wochenende genießen, ohne sich zu grämen, weil er ganz in der Nähe gewesen war und sie ihn verpasst hatte. Vermutlich hatte sie ohnehin genug zu tun mit ihrem stinkreichen Ehemann und ihrem zweiten Sohn und ihrem Einkaufskorb voll mit frischem Brot und einem riesengroßen Strauß Osterglocken vom Markt oder was auch immer Cassie heutzutage samstags so machte. Der Gedanke, sich einfach aus dem Staub zu machen, war verlockend, aber der Weg vom Bahnhof hierher war lang und beschwerlich gewesen, und sein Gepäck war schwer.

Hinter den langen Trieben einer Pflanze in einem Hängetopf sah man gerade so einen Schlüsseltresor hervorlugen. Cassie liebte Schlüsseltresore. Damals, als alleinerziehende, berufstätige Mutter mit Tom als einzigem Kind – ihrem Schlüsselkind –, hatte sie immer einen draußen vor der Wohnungstür gehabt. Und wie viele Wohnungen das im Laufe seiner Kindheit gewesen waren: Wohnungen, die beim Einzug nie frisch gestrichen waren und – ganz gleich, in welcher Stadt – nie in einer Nachbarschaft lagen, in der man ungestraft eine teure, farblich abgestimmte Fußmatte auf dem Boden vor der Tür liegen lassen konnte.

Tom beäugte den Schlüsselsafe.

Konnte es sein, dass er den Code kannte?

Er drehte die kleinen Zahlenrollen, bis die Kombination 1812 anzeigte, vier Zahlen, die eine kleine Verbeugung vor Tschaikowskis *Ouvertüre 1812* waren, aber auch Toms Geburtsdatum: der 18. Dezember.

Tom hatte Gitarristenfingernägel – links ganz kurz, um die Akkorde greifen zu können, rechts lang, um besser zupfen zu können –, und mit einem dieser langen Fingernägel schob er den Schnapper des Tresors beiseite. Er ließ sich ganz leicht bewegen, und das kleine Türchen sprang auf. Für Tom der Beweis, dass er, zumindest in dieser kleinen vierstelligen Nummer, immer noch einen Platz im Leben seiner Mutter hatte.

Drinnen hingen Mützen und Mäntel und Schals an den Haken einer langen Garderobe, und zusammen wirkte alles so kunstvoll ungekünstelt und gewollt nachlässig wie eine Seite aus einer teuren Wohnzeitschrift. Wobei Tom sich dachte, dass man eigentlich nicht viel falsch machen konnte, wenn man sich bei allem, was man kaufte, auf Blau-, Grau- und Cremetöne beschränkte und jedes einzelne Teil ein kleines Vermögen kostete. Mit Blick auf den flauschigen taubenblauen Teppich zog er die Stiefel aus, und mit einem Mal kamen ihm seine schwarze Röhrenjeans, die Jeansjacke und alles andere an ihm irgendwie staubig und zerschlissen vor.

Einst in der Geschichte dieses Hauses hätte man einen wegemüden Reisenden wohl auf ein Zimmer mit einem Waschtisch geführt und ihm einen Krug warmes Wasser und ein frisches Handtuch angeboten. Tom dagegen wurde mit einem *miiii-aaaaauuuuuuhhhhh* begrüßt. Es dauerte eine ganze Weile, bis Tom dahinterkam, dass das Geräusch von der knautschgesichtigen Russisch-Blau-Katze kam, die urplötzlich im Flur aufgetaucht war, den Schwanz zu einem Fragezeichen gebogen, das rauchgraue Fell perfekt auf den Teppich abgestimmt.

»Hallo, Katze«, sagte Tom. »Du weißt hoffentlich, dass du bloß Deko bist.«

Tom tätschelte der Katze im Vorbeigehen den Kopf und ging ins Wohnzimmer. Hier war überall Kunst, Henrys Steckenpferd. Toms Stiefvater hatte ein ausgeprägtes Faible für Kunst, suchte seine Stücke aber nach einem so eigenartigen Auswahlverfahren aus, dass Tom es beim besten Willen nicht verstand. Die Wände hingen voller Bilder, aber Tom kapierte den Zusammenhang nicht zwischen den abstrakten Gemälden mit der zentimeterdick aufgetragenen Farbe und den zarten Bleistiftzeichnungen hässlicher Kinder und den übergroßen silbrigen Frauenfotografien, glamourös wie Hollywood-Sternchen, die allesamt streng asketisch schwarzweiß waren, bis auf das eine oder andere seltsam anmutende, aquarellierte Detail – wie eine lachsrosa Fischflosse statt einer Hand oder ein zitronengelber Entenschnabel statt Lippen. Henrys Musiksammlung dagegen war leichter zu durchschauen: Popmusik, ein bisschen schnulzig, ein bisschen kitschig, gefällig und alles Teil des, wie Tom es gerne nannte, »Neil-Diamond-Spektrums«.

Erst in der Küche fand Tom einen Hinweis auf seine Mutter. Die deckenhohe Korkverkleidung an den Wänden war vollgepinnt mit Farbfotos – hunderte verschiedener Bilder aus sämtlichen Lebensphasen, alle kunterbunt durcheinandergewürfelt. Da ein Bild von ihr als Kleinkind gleich neben einem von Tom als Baby, dann ein neueres Foto von ihr und ihrem Mann und ihrem kleinen Sohn in einem Blaues-Meer-blauer-Himmel-Resort gleich neben einem von ihr als Teenager in einem Halloween-Vampirkostüm. Die besten von allen waren allerdings, zumindest wenn man Tom fragte, die Bilder von ihm und ihr auf dem Rücksitz ihres alten Kombis. So wie Cassie selbst war dieses Gefährt eine der wenigen Konstanten seiner Kindheit gewesen. Immer wenn es wieder an der Zeit war, in eine andere Stadt umzuziehen, wenn wieder jemand seiner Mutter das Herz gebrochen hatte oder sie beruflich in einer unvermeidlichen Sackgasse steckte, packten sie die alte Familienkutsche voll und fuhren los. Immer in eine neue Wohnung mit immer neuen Lecks, aus denen es tropfte, und Ritzen, durch die es zog, und mit immer neuen alten Möbeln.

Erst als Tom schon erwachsen und längst ausgezogen gewesen war, hatte seine Mutter Henry kennengelernt und sich unversehens in den Seiten einer *Vogue Living* wiedergefunden. Tom war zwar schon achtzehn, aber Cassie erst vierunddreißig, als sie ihr zweites Kind bekommen hatte, und nach Felix' Geburt trieb es Tom immer weiter von zu Hause weg und immer seltener wieder heim.

Tatsache war, dass ihm das alles zu schaffen machte, obwohl er es eigentlich gar nicht an sich heranlassen wollte. Er war nicht materialistisch, zumindest wollte er sich nicht so sehen, aber der Stachel saß tief: die Einladungen zu Felix' drittem Geburtstag, die farblich zu den Servietten gepasst hatten; der Gänsedaunenparka, der Felix in den kanadischen Wintern mollig warm hielt; Felix' Markenschuhe, das dünne Goldkettchen um seinen zarten kleinen Hals, die Cello-Stunden (Tom hatte sich das Gitarrespielen mit Hilfe eines Buchs aus der Bücherei selbst beigebracht) und, vielleicht schlimmer noch als alles andere zusammen, wie seine Mutter und Henry gemeinsam mit stolz glänzenden Augen bei jedem von Felix' Konzerten saßen.

Henry war ein dünnes, kleines Männlein mit zu großem Kopf und hervorstehenden Glupschaugen, und erst als er sich irgendwann einen Bart wachsen ließ, der dicht war und buschig und leuchtend rot, sah man, woher Felix seine Haarfarbe hatte. Das war noch so eine Sache mit Felix. Irgendwie hatte dieses verflixte Balg es im Sekundenbruchteil seiner Zeugung doch glatt geschafft, sich jedes einzelne vorteilhafte Merkmal von Henry herauszupicken, und von Cassie genauso, und sie dann derart zusammenzusetzen, dass das Ergebnis weit mehr war als die Summe seiner Teile. Felix war das Baby, dem die Leute auf der Straße nachschauten, das Kindergärten für ihre Werbebroschüre fotografierten, der Junge auf der Geburtstagseinladungsliste eines jeden Grundschulmädchens, der Herzensbrecher der High School.

Das Ärgerlichste an Felix allerdings waren weder

seine Designerklamotten noch das Angeber-Cello-Gespiele oder das Tausend-Watt-Strahlen oder wie schnell und rückhaltlos er von allem gemocht wurde. Nein, es war die Tatsache, dass Felix Tom mochte, ihn vergötterte, ihn anbetete und auf ein Podest stellte, und das mit einer derartigen Hingabe, dass Tom sich dabei wie der wertloseste Kackhaufen vorkam, den es in der gesamten Ausscheidungsgeschichte der Menschheit je gegeben hatte.

Tom hatte eigentlich immer gedacht, Kinder hätten einen wundersamen siebten Sinn, der es ihnen sagte, wenn jemand sie nicht ausstehen konnte, aber Felix – obgleich sonst ein ausnehmend helles Köpfchen – schien irgendwie überhaupt nicht mitzubekommen, dass Tom Entnervtheit und Feindseligkeit verströmte, sobald Felix ihm zu nahe kam, ihn mit seinem feucht-heißen Kinderatem anhauchte und ihn und seine Sachen mit seinen klebrigen kleinen Patschehänden betatschte.

Vor allem aber hasste Tom es, wie knauserig er sich neben seinem kleinen Bruder vorkam, denn er, Tom, war kein knauseriger Mensch. Nie ging er an einem Obdachlosen vorbei, ohne ihm etwas zuzustecken – eine Münze, ein Sandwich. Unter Freunden drückte er sich nie davor, im Pub die nächste Runde zu holen. Bei Auftritten mit der Band drängte er sich nie in den Vordergrund. Tom wusste, dass er ein Mensch mit einem großen Herzen war, großzügig und freigiebig. Er gab aus übervollem Herzen, Dinge und sich selbst, aber was seinen Bruder anging, da mutierte er unversehens zum Geizkragen. Wenn er auf Reisen war, schickte er Felix gelegentlich eine Postkarte von irgendwo im Nirgendwo oder warf eine CD für ihn in den Briefkasten. Aber eigentlich machte er das nicht für Felix. Er machte es für Cassie, die sich nichts sehnlicher wünschte, als dass Tom Felix genauso gernhatte wie Felix ihn.

Cassie.

Sie war so viel jünger gewesen als die anderen Mütter. Als Tom noch klein war, hatte sie nie mit ihm geschimpft, wenn er mal Schimpfwörter benutzt hatte, und sie hatte ihm auch nie vor anderen Leuten die Haare aus dem Gesicht gestrichen. Sie zwang ihn nicht, das Hemd in die Hose zu stecken, und wischte ihm auch nicht mit angelecktem Taschentuch Dreck aus dem Gesicht. Sie ließ ihn in ihrem Bett schlafen, wenn er krank war, und sonst auch, und samstags morgens durfte er Zeichentrickfilme schauen, solange er wollte. Und nicht selten servierte sie ihm zum Abendessen eine Schüssel Frühstücksflocken.

Wenn es diese Cassie wäre, die er besuchen könnte, dachte Tom, dann würde er auf der Durchreise immer einen Abstecher nach Hause machen. *Die* Cassie würde er zu gerne wiedersehen, ein bisschen Zeit mit ihr allein verbringen, viel mehr als mit der Cassie, deren Schlüssel er jetzt im Schloss der Haustür hörte. Er sah sie gleich vor sich, wie sie aussehen würde, einundfünfzig, rank und schlank in ihrer engen Jeans, die Haare irgendwie unnatürlich geglättet und tief weinrot gefärbt, damit man den grauen Ansatz nicht sah.

»Hey, Cassie«, rief er.

So nannte er sie immer – Cassie –, und zwar schon seit damals, mit achtzehn, als er dahintergekommen war, dass ihr das schrecklich gegen den Strich ging. Es war seine Art, ihr zu sagen: Du bist nicht mehr meine Mom. Warum war er damals nur so gemein zu ihr gewesen?

»*Tom?* Bist du das, Schatz?«, rief sie und kam mit einem Weidenkorb voller reifer Tomaten und einem riesengroßen Strauß weißer Rosen herein.

»Der verlorene Sohn«, brummte er, wohl wissend, was für eine gebeugte, armselige Gestalt er da vor der Fotowand abgab.

Cassie stellte den Korb ab und kam mit ausgebreiteten Armen auf ihn zu. Als seine Mutter ihn dann umarmte, ihn ganz feste drückte, wie sie es immer tat, spürte er ihr unmerkliches Zittern beim Luftholen, das sich anfühlte, als sei sie den Tränen nahe, und Tom war, wie immer in diesen Momenten, hin- und hergerissen zwischen dem Wunsch, ihr um den Hals zu fallen und haltlos zu flennen, und dem Drang, sich auf der Stelle loszureißen.

»Wie geht es dir, Liebling? Wie lange bist du in der Stadt? Bleibst du ein bisschen? Kann ich dir einen Kaffee kochen? Ich habe auch noch Bananenbrot. Willst du ein Stück? Bist du müde? Du siehst ein bisschen müde aus. Nicht dass du denkst, du sähst schlecht aus. Du siehst nicht schlecht aus, du siehst großartig aus. Eine wahre Augenweide! Bist du gerade wieder unterwegs? Wo kommst du her? Ach, was plappere ich denn da …«

»Ein Kaffee wäre super«, erwiderte Tom mit einem schiefen Lächeln.

»Nur Kaffee?«

»Schwarz.«

»Nichts zu essen? Kann ich dir gar nichts anbieten?«

Tom schüttelte den Kopf. »Wo sind denn alle hin heute?«

»Henry ist *segeln*«, erklärte Cassie mit lieblichem *Ist-das-nicht-süß*-Ton. Tom wusste, dass sein Stiefvater kürzlich zusammen mit drei anderen, ebenfalls kunstsammelnden Medikussen eine Rennyacht gekauft hatte.

»Und wie geht's Felix?«

»Felix geht es hervorragend«, erwiderte Cassie mit einem Seufzen und verdrehte die Augen.

»Ach?«

»Verliebt.«

»Verstehe«, murmelte Tom, der nicht verliebt war. »Und, wer ist die Glückliche?«

»Sie ist Engländerin. Er hat sie in Edinburgh kennengelernt.«

»Edinburgh?« Tom zog die Augenbrauen hoch.

»Ja. Im Musikcamp.«

»Im Musikcamp hat schon so mancher seine Jungfräulichkeit verloren«, sagte Tom und nahm grinsend die dampfende Kaffeetasse in Empfang, die seine Mutter ihm reichte. »Habe ich mir zumindest sagen lassen.«

Es wurde kurz still.

»Ich weiß, mein Herz. Ich weiß es. Ich wünschte, ich hätte … als du noch jünger warst. Ich wünschte, ich hätte dir all das bieten können, was für Felix ganz selbstverständlich ist«, sagte sie seufzend, und ihrer entwaffnenden Ehrlichkeit gelang es tausend Mal besser, ihm ein schlechtes Gewissen zu machen, als jeder Verteidigungsstrategie.

Tom wusste, er hätte das nicht sagen sollen. *Habe ich mir zumindest sagen lassen*. Warum war er bloß ständig so fies zu ihr? Auch wenn er noch immer vor Eifersucht auf seinen kleinen Bruder nur so schäumte, war das noch lange kein Grund, die arme Cassie anzugiften.

»Hey«, sagte er. »Du warst eine tolle Mom. Bist es immer noch.«

Cassie lächelte dünn.

»Und wo steckt der junge Romeo?«, fragte Tom.

»Unten auf Granville Island. Er macht da Straßenmusik. Damit verbringt er neuerdings seine gesamten Wochenenden. Er spart auf ein Flugticket nach London, weißt du. Hey, du könntest doch mal runtergehen. Ihn dir anschauen? Er ist echt spitze.«

Tom zuckte die Achseln. Schnöselige Cellomusik war so gar nicht sein Ding, aber der flehende Blick seiner Mutter reichte, um sein Achselzucken in ein widerstrebendes Nicken zu verwandeln.

Nachdem er den Kaffee ausgetrunken und ein Stückchen Bananenbrot verdrückt hatte – seine Mutter hatte eine Scheibe getoastet, und der Duft war ihm in die Nase gestiegen, und er hatte sich doch ein Stück aufschwatzen lassen –, spazierten Tom und Cassie in der frischen Frühlingssonne gemeinsam die Anhöhe hinauf und dann wieder hinunter zur Uferpromenade. Die einzigen anderen Passagiere auf der Fähre waren ein mittelaltes Touristenpärchen, sehr ernst, in brandneuen Outdoor-Klamotten und brandneuen Canuck-Schals, die ihre auseinandergefalteten Karten studierten, als müssten sie gleich eine Prüfung über Vancouvers Wasserwege ablegen. Tom und Cassie wechselten leicht amüsierte Blicke, mehr brauchten sie zu diesem Thema nicht zu sagen, und Tom fiel wieder ein, dass es mit Cassie immer so gewesen war – sie konnten einander vieles sagen, ohne auch nur den Mund aufzumachen.

Der marode Charme von Granville Island, das wusste Tom nur zu gut, war bloß Fassade, genau wie die Verkaufsstände auf dem Marktplatz, aber trotzdem liebte er die Insel mit ihrem Flickenteppich aus verwitterten Eisenbuden in Tiefrot und Türkis, Umbra und Silbergrau. Mittendrin war der perfekte Platz für Straßenmusiker, ein gepflasterter Halbkreis, gesäumt von rustikalen Holzbänken. Und genau da saß Tom Wendales kleiner Bruder Felix Carter mit seinem elektrischen Cello zwischen den schlaksigen Knien. Er hockte auf einem dicken Baumstamm, die Spitze des Cellos in eine Lücke zwischen den Pflastersteinen gestemmt, einen batteriebetriebenen Verstärker zu seinen Füßen.

Aber das war nicht der Felix, wie Tom ihn in Erinnerung hatte. Dieser hoch aufgeschossene, rothaarige junge Mann in grünen Armeestiefeln, zerrissener Hose und etwas angeranztem Parka hatte so gar nichts Schnöseliges. Er sah auch nicht mehr aus, als würde seine Mutter ihm morgens die Anziehsachen rauslegen. Oder darauf bestehen, dass er sich die fusselige rote Gesichtsbehaarung abrasierte, die Tom seitlich der Wangen und ums Kinn ausmachen konnte. Sein Bruder. Sein *kleiner* Bruder. *Da brat mir einer einen Storch.* Felix war fast ein Mann.

Und auch die Musik klang kein bisschen schnöselig. Das Elektro-Cello war ein eigenartiges Ding – eine stromlinienförmige, gefährliche schwarze Skelett-Version seines akustischen Cousins. Tom musste unwillkürlich an einen Stachelrochen denken. Irgendwo unter dem Griffbrett des Cellos pulsierte ein winzig kleines rotes Licht wie ein Herzschlag. Felix spielte ein Klassik-Mash-up, während sein Verstärker einen Beat dazu stampfte, der ihn umwaberte wie eine dicke, dunkle, aber durchaus freundliche Wolke und die Passanten magisch anzog. Ringsherum standen Paare und Familien, Touristen und Einheimische und klopften mit den Füßen den Takt und griffen mit den Händen in die Taschen. Felix' Cellokasten war, wie Tom sehen konnte, schon recht ansehnlich mit Papiergeld und Münzen gesprenkelt.

Tom merkte, wie die Hand seiner Mutter sich in seine schob. Als er noch ein kleiner Junge gewesen war, hatte sie immer zweimal ganz schnell seine Hand gedrückt, und das hieß »Ich habe dich lieb«. Das machte sie auch jetzt, und Tom erwiderte ihr Geheimzeichen.

Felix wiegte sich beim Spielen sachte von einer Seite zur anderen, die Augen geschlossen, als sähe ihm niemand zu. Nach einer Weile hörte Tom, wie sich langsam etwas Neues in den Back Beat schlich: leise, asiatisch anmutende Glockentöne – *gong, gong, gong* –, wodurch die Musik eine ganz andere Textur bekam. Eine, wie er zugeben musste, ziemlich coole Idee. Ein Mann mit vollgepackten Markttaschen schlenderte vorbei und warf einen Fünf-Dollar-Schein in den Cello-Kasten. Und Tom sah, wie Felix kurz die Augen aufmachte, intuitiv aufschaute und den Mann statt eines Dankeschöns nicht etwa anlächelte, sondern vielmehr *anstrahlte*. Als das Mash-up schließlich zu Ende war, applaudierte die versammelte Menge – einschließlich Tom und Cassie – begeistert.

»Er ist ganz gut, oder?«, fragte Cassie.

»Er ist ganz gut«, stimmte Tom ihr, noch immer klatschend, zu.

»Hey, ich habe zu Hause noch einiges zu tun. Möchtest du noch ein bisschen bleiben? Und dann nachher mit Felix zurückkommen, wenn er fertig ist?« Tom sah seiner Mutter die Unsicherheit an. »Du weißt, dass du bei uns immer willkommen bist. Bleib, solange du willst. Eine Nacht, eine Woche, egal. Das weißt du doch, oder?«

Tom beobachtete, wie Felix an seinem Handy und dem Verstärker herumhantierte, um gleich einen neuen Song zu spielen. Dorthin zu schauen war einfacher, als seiner Mutter ins Gesicht zu sehen. *Dreck,* dachte Tom. Hatte sie etwa Tränen in den Augen?

»Ich weiß, Mom«, sagte er leise. »Das weiß ich.«

»Also gut. Sehen wir uns dann später zu Hause?«

Zuhause.

Felix trat auf ein Effektpedal, und ein satter Techno-Backingtrack wummerte durch die Luft. Der junge Cellist ließ diesen Klang für einen Augenblick den ganzen Kreis um sich herum ausfüllen, und erst dann fing er wieder an zu spielen und zupfte die Töne einer bittersüßen Melodie.

Einen Augenblick später trat er mit dem schweren Stiefel abermals auf das Pedal und schaltete von *Pizzicato* um auf Bogen. Nun lag mehr Hall auf dem Technotrack, und auch die Lautstärke ging nach oben.

Der Beat legte an Tempo zu, und Felix spielte schneller und immer schneller, als kritzelte er Klänge in die Luft wie jemand, der mit einer Wunderkerze Buchstaben in die Dunkelheit malt, und als das letzte Stück zu

Ende war, verzog Felix das Gesicht zu einer Grimasse, die Tom nicht ganz zu deuten wusste. Das letzte Mal, als Tom Felix gesehen hatte, war der vielleicht vierzehn gewesen, aber der schlaksige Teenager von damals war verschwunden.

Felix schlug die Augen auf und sah Tom. Sofort legte er das Cello beiseite, so hastig, dass Tom sich fragte, ob das für ein so teures Instrument gut sein konnte. Cello und Koffer unbeaufsichtigt zurücklassend, lief er schnurstracks zu seinem Bruder, und Tom – der schon überall auf der Welt auf der Straße Musik gemacht hatte – wollte ihm am liebsten gründlich den Kopf waschen für diesen Leichtsinn, aber als er in Felix' strahlende Augen sah, während der mit einem großen Schritt mühelos über die Holzbank stieg, kam Tom sich ... wie sollte er sagen ... wie der *Erwählte* vor.

Felix umarmte ihn nicht, sondern packte Toms ganzen Unterarm.

»Hey, Mann. Was hat dich denn hierher verschlagen?«, fragte er freudestrahlend.

Tom zuckte die Achseln. »Spiele für ein paar Kumpels die Slide auf einigen ihrer Tracks. Kein großes Ding. Und da dachte ich mir, ich schaue mal eben vorbei und sage dir und Mom Hallo. Und Henry.«

»Hey, hast du Zeit, ein bisschen hierzubleiben? Ich kann schnell zusammenpacken?«

Der große Bruder musterte den kleinen Bruder. Felix war groß geworden. Er würde bestimmt für neunzehn durchgehen.

»Dann nichts wie los. Ich spendiere uns ein Bier.«

Tom bemerkte einen winzigen Wackler in Felix' noch

frischem Erwachsensein, doch der versuchte sich nichts anmerken zu lassen und rief nur: »Cool!«

Vor der inseleigenen Brauerei angekommen, setzte sich Felix – vorsorglich – ganz hinten in eine Ecke des Schankraums, während Tom zum Bestellen nach vorne an die Theke ging. Dann stießen sie mit ihren zum Überlaufen vollen Gläsern an.

»Also, Mom hat mir erzählt, es gibt da ein Mädchen. Eine kleine Engländerin.«

»Halb Spanierin.«

»Wow! Heiß.«

Felix wurde rot. »Sie heißt Beatrix. Sie wohnt in London.«

»Alter, London ist aber verdammt weit weg.«

»Ich spare auf ein Flugticket. Im Sommer fliege ich wieder hin.«

»Dann ist es also was Ernstes?«

»Ich liebe sie«, erklärte Felix.

Seine naive Offenherzigkeit erschien Tom irgendwie wild und gefährlich, wie ein Raubtier, vor dem er Felix warnen sollte. *Du wirst dir eine blutige Nase holen, kleiner Bruder.* Doch stattdessen sagte er nur: »Krass.«

»Und, hast du eine Freundin oder so?«

»Oder so?«, wiederholte Tom. »Wie meinst du das?«

»Man sollte nicht vorschnell mutmaßen«, erklärte Felix etwas zu ernst.

»Mann, die Zeiten haben sich echt geändert«, brummte Tom.

»Also? Freundin?«

»Nein, Kleiner. Ich glaube, ich bin zu alt für die Liebe.«

»Das glaube ich nicht«, entgegnete Felix und klopfte dazu auf dem Knie einen Rhythmus.

»Hey«, sagte Tom, »das letzte Stück, das du da gespielt hast?«

»Hat es dir gefallen?«

»Hast du das geschrieben?«

»Schön wär's, was? Ich habe es geschenkt bekommen. Von Beatrix.«

»Hat sie es geschrieben?«

»Nein. Ihr Dad hat es irgendwann irgendwo aufgeschnappt.«

»Das war der Hammer.«

»Na siehst du«, erwiderte Felix grinsend. »Du bist noch nicht zu alt für die Liebe.«

»Wie meinen?«

»Das Stück? Der Titel des Stücks?«

»Was ist damit?«

Felix grinste. »Es heißt ›Love Song‹.«

Später am selben Nachmittag stand Cassie Carter an ihrer Küchenarbeitsplatte, umgeben von allem, was sie brauchte, um einen herzhaften, deftigen Eintopf zu kochen. Killmauski strich ihr um die Beine, um sich ein paar Rindfleischhappen zu erbetteln, und durch die offene Tür zum Wohnzimmer hörte sie Tom und Felix zusammen jammen. Cassie wollte einfach nicht einfallen, was das für ein Lied war, das die beiden da spielten; sie wusste nur, dass sie Tränen in den Augen hatte und dass sie noch nie so dankbar gewesen war für ein paar Zwiebeln, denn derentwegen hatte sie einen guten

Grund zu weinen, außer dass es sie so unbeschreiblich glücklich machte, ihren großen Sohn und ihren kleinen Sohn zusammen musizieren zu sehen, Tom mit der Gitarre auf dem Schoß, Felix mit dem Cello daneben. Cassie kannte die Melodie zwar nicht, aber sie kannte das Gefühl, das sie beschrieb, und ihr übervolles Herz sang leise mit.

VIER

WAS WIR ALS LETZTES VERGESSEN

✦

Als das Lied an jenem warmen Februarabend auf dem Treppenabsatz von Aries Haus ankam, war ansonsten alles ruhig und still. In den Milchglasscheiben zum Klavierzimmer spiegelte sich das Licht der Straßenlaternen und wurde zu einem warmen Leuchten, das sich auf das Holzgeländer, die halboffenen Türen zu den anderen Zimmern und die gerahmten Fotos an der Wand im Treppenhaus legte.

Dort hing auch ein Bild von Diana – nachdenklich, die Hände hinter dem Rücken gefaltet – in ihrem berühmten roten Kleid draußen vor der Carnegie Hall. Und eins von Arie, mit Sonnenbrille auf der Nase, auf die Ruder eines Bötchens im Central Park gestützt, im Hintergrund blühende Bäume und Wolkenkratzer. Und eins von Diana und Arie zusammen, wie sie sich küssten, so nahe herangezoomt, dass der weltberühmte Dom von Florenz zu einem toskanischen Farbklecks im Hintergrund verwischte.

Die Treppe, die von oben herunterführte, verschwand in den Schatten des leeren Flurs, der von geschlossenen Türen gesäumt war, und hinter einer davon saß Arie, auf einem Hocker vor der Küchenanrichte. Ein offenes

Bier vor sich, die Hochzeitseinladung seiner Schwester aufgeklappt gegen den Laptop-Monitor gelehnt.

Arie konnte sich seine Schwester Heidi genau vorstellen, an ihrem Tisch in den Blue Mountains außerhalb von Sidney, wie sie dasaß mit einem Stoß handgeschöpften Papiers und den Füller in ein Tintenfässchen tauchte. Bestimmt hatte sie dabei ein Trägerkleid getragen, irgendetwas Selbstgewebtes, und dazu Hausschuhe, die sie selbst aus recycelten Strickjacken und einem Fahrradreifen gebastelt hatte. Oder zumindest was in der Art. Ihr Vater nannte Heidi immer die »Mungbohne« der Familie, und in Greg, seines Zeichens Park Ranger, mit einem ganzen Schopf erstaunlich gepflegter Dreadlocks auf dem Kopf, hatte sie ihren Seelenverwandten gefunden.

Die Trauung sollte in einem Obstgarten stattfinden, nicht weit von ihrem Zuhause entfernt und damit gut neunhundert Kilometer nördlich von Melbourne. Arie hatte zwar irgendwie gewusst, dass es allmählich Zeit wurde, sich um Reise und Unterkunft zu kümmern, aber erst als er heute Abend noch mal in die Einladung geschaut hatte, war ihm siedend heiß aufgegangen, dass das große Ereignis in gerade einmal zwei Wochen stattfinden sollte. Er hatte nicht erst in den Kalender schauen müssen, um zu wissen, dass dazwischen noch ein veritables Minenfeld lag. Der 4. März. Dianas Geburtstag. In diesem Jahr wäre sie fünfunddreißig geworden.

Arie fragte sich, ob er und Diana wohl inzwischen verheiratet gewesen wären. Nach allem, was er ihr am Abend vor ihrer Abreise gesagt hatte, wäre sie mit einer

Antwort auf seine Frage nach Hause gekommen? Und hätte die Antwort *Ja* gelautet?

Er stellte sich ihr Gesicht vor, ganz nah, wie in Großaufnahme. Er konnte sich glücklich schätzen, dass ihm so viel Zeit mit ihr geschenkt worden war, um sich jedes Detail ganz genau einzuprägen – die winzige Kerbe vorne auf der sommersprossigen Nase, die wild in alle Richtungen wachsenden, blassroten Härchen der Augenbrauen und die vielen verschiedenen Farbtöne zwischen Bernstein und Grün, die sich in ihrer Iris mischten. Es wäre schön gewesen zu sehen, was ihr Kind von ihr mitbekommen hätte und was von ihm, aber Arie wusste nur zu gut, dass diese Gedanken nichts brachten. Nichts als Schmerz jedenfalls. Er versuchte, sich auf etwas anderes zu konzentrieren: auf Heidis Hochzeit, auf die praktischen Dinge des Lebens.

Die übrigen Johnsons hatten natürlich längst ihre Flüge gebucht und Mietwagen reserviert, und Arie wusste, dass sich seine Eltern und seine älteren Schwestern, zusammen mit Partnern und Kindern, alle in einem weitläufigen Gästehaus eingemietet hatten, wo die Horden von Cousins und Cousinen ungestört durch Flure und Gärten marodieren konnten.

Seine Mutter und seine älteren Schwestern hatten ihm in den letzten Wochen keine Ruhe gelassen, ihn gedrängt, endlich seine Anreise zu planen, aber immer wenn sie ihn gefragt hatten, wie er zur Hochzeit zu kommen gedenke und wo er sich einquartieren wolle, war Arie ihren Fragen geflissentlich ausgewichen und eine Antwort schuldig geblieben. Würde er seiner Mutter erzählen, dass er vorhatte, mit dem Auto zu kommen, käme sie sonst womöglich auf die Idee, irgendetwas einzufädeln, damit er die zehnstündige Fahrt nicht ganz alleine zurücklegen musste, und wenn seine Schwestern davon Wind bekämen, würden sie womöglich versuchen, ihn gemeinschaftlich davon zu überzeugen, dass es allmählich an der Zeit war, wieder in einen Flieger zu steigen.

Wobei er eigentlich gar keine Angst vor dem Fliegen an sich hatte. Nein, vielmehr ließ alles, was auch nur im Entferntesten mit dem Fliegen zu tun hatte – Werbung auf Plakatwänden oder in Spam-Mails, Kondensstreifen am Himmel –, allzu oft seinen eigenen privaten Film mit den letzten Minuten in Dianas Leben ablaufen. Soweit es eben ging, vermied er es, auch nur in die Nähe des Flughafens zu kommen, weil ihn das an den Morgen erinnerte, an dem er Diana dorthin gebracht und sie einfach … einfach hatte gehen lassen.

Auf dem Laptop suchte Arie das Gästehaus heraus, dessen Name seine Mutter ihm gemailt hatte. Mehrmals. Ein freies Zimmer schien es noch zu geben – ein Einzelzimmer im obersten Stock –, aber als Arie kurz nachdachte und sich die geballte Macht vorstellte, mit der seine Neffen und Nichten alles plattwalzten, was sich ihnen in den Weg stellte, klickte er auf ein neues Browserfenster und machte sich auf die Suche nach ruhigeren Alternativen in der Nähe. Am Ende entschied er sich für ein gemütliches kleines Cottage, eine umgebaute alte Scheune. Die Online-Bilder zeigten rustikales Holz-Interieur, einen offenen Kamin und Gänse, die idyllisch auf dem sattgrünen Rasen vor den Fenstern grasten. Zu dieser Jahreszeit würde er den Kamin wohl nicht brauchen, und das zweite Schlafzimmer sowieso nicht, aber es sah so behaglich aus, und es war – viel wichtiger noch – weit genug entfernt von der Hochzeits-Location.

Bei der Bezahlweise angekommen, musste er seine Kreditkartendaten eingeben, also griff Arie nach dem Portemonnaie in seiner Gesäßtasche. Da war es nicht, aber er wusste, wo es war: auf dem Nachttischchen im Schlafzimmer. Er ging den dunklen Flur hinunter und lief zwei Stufen auf einmal nehmend die Treppe hinauf.

Die Musik umfing ihn, noch ehe er oben auf dem Treppenabsatz angekommen war, und obwohl sie aus dem Klavierzimmer zu kommen schien, waren es keine Klavierklänge. Es war ein anderes Saiteninstrument … womöglich eine Gitarre. Er hörte nicht mehr als ein paar aneinandergereihte Töne, zögerlich gezupft, aber selbst die ließen ihn wie angewurzelt stehen bleiben. Wie versteinert stand er da, mit bloßen Füßen auf dem Teppich, das Hemd halb aus der Hose. Er lauschte, während die Musik abermals entschlossen einsetzte, um gleich darauf wieder unschlüssig zu verklingen … und erneut einzusetzen.

Er schob die Glastüren zum Klavierzimmer auf. Dort stand der Steinway, der dunkle Deckel schimmernd wie ein nächtlicher Teich. Eins der schrägen Erkerfenster stand ein wenig offen, und durch den schmalen Spalt zwischen Rahmen und Sims schwebte wieder dieses Fitzelchen Musik herein – zart und zögerlich und eigenartig vertraut.

Im Halb-Sechseck des Fensters stehend, schaute Arie hinaus in den Garten und zum Nachbarhaus. Die Frau, die er in dicken Wintersachen mit schwerem Rucksack auf dem Rücken hatte ankommen sehen, wirkte nun ganz verändert, wie sie da auf einer der Gartenliegen saß, eine Gitarre auf dem Schoß, in einem leichten Sommerrock mit hellem Spaghettiträgertop, die dunklen Haare mit einem Tuch zurückgebunden. Die nackten Beine hatte sie an den Knöcheln gekreuzt und den Kopf hochkonzentriert über die Gitarre gebeugt, und während er ihr so beim Spielen zusah, war es ihm, als verströmte sie eine Aura vollkommener Selbstgenügsamkeit, vermischt mit einem leisen Anflug von Einsamkeit.

Sie spielte, bis das Lied irgendwann wieder verklang, als sei sie, soweit es irgend ging, einem Faden gefolgt und nun an dessen ausgefranstes Ende angelangt, wo nur noch gespannte Stille wartete. Arie hatte das Gefühl, das Lied zu kennen und zu wissen, wie es weiterging, aber er konnte es irgendwie nicht fassen, es nicht mitsingen oder weitersummen. Immer wieder entwand es sich seinem Zugriff. Es war, als spielte man Verstecken mit einem Geist oder versuchte, mit einem Schmetterlingsnetz eine Wolke einzufangen.

Kannte er dieses Lied wirklich, oder spielte ihm seine Fantasie einen Streich und gaukelte ihm bloß vor, es klinge wie das Stück, das Diana in der Nacht, bevor sie fortging, gespielt hatte, hier in diesem Zimmer? War es wirklich dasselbe Lied, oder lag es nur daran, dass er in diesem Raum stand, an einem lauen Sommerabend, und deswegen glaubte, das könne es sein? Arie hätte es beim besten Willen nicht sagen können, aber er wollte es unbedingt herausfinden.

Wenn draußen vor dem Haus in der Tavistock Row 12a das Licht brannte, so wie heute Abend, fiel es in einem hellen Halbkreis vom Säulengang vor der Haustür auf das Grundstück. Der Lichtkreis flutete die Terrasse mit den beiden Holzliegen, den gepflegten Kräuterbeeten und dem Rasen und endete vor einem niedrigen Mäuerchen, das den Garten vom Fußpfad trennte. In der Mauer klaffte eine Lücke, in der man eigentlich ein weißes Holztor erwartet hätte, doch da war keins.

Evie schaute von der Gitarre auf und sah jemanden in der Mauerlücke stehen, knapp außerhalb des Lichts, und es dauerte einen Augenblick, bis sie erkannte, dass es der Nachbar von nebenan war. Wie er so dastand – ein bisschen linkisch, eine Hand am Kinn –, hatte es für Evie den Anschein, als wisse er nicht genau, was er jetzt machen solle. Er sah aus, als hätte er gerne irgendwo angeklopft, aber stattdessen stand er einfach nur unschlüssig da, auf dieser unsichtbaren Schwelle aus nichts als lauer Sommerluft.

Als sie sich an Evies erstem Tag hier begegnet waren, war ihr erster flüchtiger Eindruck gewesen, dass er zu diesen Männern gehörte, die einfach zufällig gut aussahen. Er war schlank, hatte leicht herausgewachsene dunkelblonde Haare, braune Augen und ein freundliches Gesicht – so ganz anders als diese geschniegelten und gebügelten Typen mit den gewienerten Schuhen und den modisch geschnittenen Hosen, die es krampfhaft darauf anlegten, Eindruck zu schinden.

Sie legte eine Hand auf das Schallloch der Gitarre und brachte die Saiten zum Schweigen, dann lächelte sie ihn neugierig an.

»Hallo?«, sagte sie, Frage und Begrüßung in einem.

Er lächelte zurück, aber der Zug um seine Augen war angespannt, als hätte er ihr etwas Schwieriges oder Unangenehmes zu sagen.

»Ich, ähm … Sie haben Gitarre gespielt«, setzte er stammelnd an.

»Ach«, sagte Evie und errötete, weil sie nun verstand, worum es ging. Er wollte ihr möglichst taktvoll sagen, dass der Lärm ihn störte. »Entschuldigen Sie bitte vielmals. Ich dachte, ich spiele ganz leise, aber ich höre sofort auf, wenn es Sie stört.«

Evie wollte die Gitarre schon wegstellen, als er rasch sagte: »Nein, nein. Das … das habe ich nicht gemeint.«

»Entschuldigen Sie«, fuhr er fort, »aber … wissen Sie, wie das ist, wenn man ein Lied hört und einfach nicht darauf kommt, woher man es kennt? Ich habe Sie spielen gehört, und irgendwie hatte ich das Gefühl, ich kenne das Lied, aber … ich war mir nicht sicher. Ich bin eigentlich nur hier, weil ich Sie fragen wollte, was für ein Lied das war.«

Völlig verdattert sah Evie ihn an und fragte: »Das Lied, das ich gerade eben gespielt habe? Dieses?«

Sie spielte ein paar Takte, nun noch zögerlicher, weil sie einen Zuhörer hatte.

»Ja«, erwiderte er und machte einen Schritt auf das Nachbargrundstück, hinein in den Halbkreis aus hellem Licht.

»Sie *kennen* es?«, fragte Evie hoffnungsvoll. »Wie *heißt* es?«

»Keine Ahnung. Ich dachte bloß, ich hätte es schon

mal gehört. Mehr nicht. Ich hatte gehofft, Sie … Sie könnten es mir vielleicht sagen.«

»Ah, verstehe«, sagte Evie. »Ich wünschte, ich wüsste es.«

»Woher kennen Sie es denn?«

»Aus einer Bahnhofshalle«, erklärte sie. »Komisch, nicht? Ich habe gehört, wie zwei Jugendliche es zusammen spielten. Er hat Cello gespielt und sie Flöte. Es war so wunderschön, und seitdem versuche ich, es wieder zusammenzubekommen, aber schaffe es nicht mal ansatzweise. Eigentlich hat das Lied zwei Stimmen, aber das hier ist das Einzige, woran ich mich von der Melodie noch erinnern kann.«

Wieder spielte sie den kleinen Erinnerungsfetzen und ließ dann die Hand sinken. »Tut mir leid. Weiter weiß ich nicht.«

»Bahnhofshalle?«, fragte er.

»In Edinburgh.«

Er nickte, wobei er mehr in Gedanken als in der Gegenwart zu sein schien. Jetzt, wo die Nervosität aus seinem Gesicht gewichen war, sah Evie noch etwas. Tief eingegrabene Furchen um die Mundwinkel und ganz leicht eingefallene Augen. Sie kannte diesen Gesichtsausdruck – sie hatte ihn in ihrem eigenen Spiegelbild gesehen. Trauer. Sie fragte sich, was oder wer ihm die wohl ins Gesicht gemalt hatte.

»Tut mir leid, dass ich Ihnen nicht weiterhelfen kann«, sagte sie.

»Es wird vermutlich auf immer eines der ungelösten Rätsel der Menschheit bleiben.«

»Vermutlich.«

Ein tiefes Schweigen legte sich über sie. Doch statt es schnellstmöglich zu füllen, ermahnte Evie sich, still zu sein und abzuwarten, was er als Nächstes tun würde – das Gespräch wiederaufnehmen oder es ins Wasser fallen lassen wie ein loses Tau.

»Tja, ich gehe dann mal besser«, murmelte er.

Evie winkte matt zum Abschied, und irgendwo in ihrer Vorstellung machte ein Tauende leise *platsch.*

LEERE SEITEN

✦

In den darauffolgenden Tagen und Nächten lauschte Arie auf Gitarrenklänge aus dem Nachbarhaus, aber es blieb alles still. Trotzdem ging ihm das Lied wieder und wieder und wieder durch den Kopf, unter der Dusche, beim Schlangestehen für den Kaffee und während er die Treppe zu den Büroräumen von Sonder Digital hinaufging. Das Lied war wie eine nagende Frage, und er wollte die Antwort darauf finden, das Geheimnis lüften.

Während das Lied ihm immer wieder durch die Finger rann, kreiste die Frau von nebenan ständig in seinen Gedanken. Dabei wagte er es nicht einmal, nach ihr Ausschau zu halten, aber irgendwie war sie trotzdem ständig da, gleich da drüben, just außer Sicht.

Am Mittwochmorgen bemerkte er, dass sie daran gedacht hatte, die Mülltonne am richtigen Tag an die Straße zu stellen, und auch, dass sie gewissenhaft die Werbebriefchen aus dem Rachen des Briefkastens gezogen hatte. Am selben Abend – er war nach dem Essen mit Richard und Lenka spät nach Hause gekommen – sah er, dass vor dem Nachbarhaus das Licht brannte und sie in der milden, spätsommerlichen Abendluft auf einer der Liegen saß. Diesmal ohne Gitarre, dafür aber mit einer Kladde, in die sie fieberhaft zu schreiben schien. Arie musste sich eingestehen, dass er sich liebend gerne noch ein bisschen mit ihr unterhalten hätte. Aber obwohl er sein Gartentor so geräuschvoll wie möglich aufstieß, war sie so in ihre Kladde vertieft, dass sie nicht einmal von deren Seiten aufschaute.

Am nächsten Morgen sah er sie auf der niedrigen Backsteinmauer sitzen, in einem zerknitterten Kleid und mit einem breitkrempigen Hut auf dem Kopf, das Gesicht von den dunklen Haaren gerahmt. Ihre Arme und Beine waren nicht mehr ganz so weiß wie vor ein paar Tagen noch, und unter den Spaghettiträgern ihres Kleidchens hatte sie einen zartrosa Sonnenbrand auf den Schultern. Arie winkte ihr zu, und sie winkte zurück, und während er sich hinter das Lenkrad seines Autos klemmte, überlegte er, ob er sie fragen sollte, ob er sie vielleicht irgendwohin mitnehmen konnte. Er war immer noch hin- und hergerissen, ob das so eine gute Idee wäre, als ein Auto am Bordstein vor dem Haus anhielt und sie in den Wagen stieg.

Am Freitagmorgen war keine Spur von ihr zu sehen, und Arie dachte schon, sie sei womöglich wieder abgereist. Auch abends, als Arie aus dem Auto stieg und ins Haus ging, war nichts von ihr zu sehen, und es schien immer wahrscheinlicher, dass sie schon längst nicht mehr da war.

Aber dann – er war noch keine zehn Minuten zu Hause und gerade oben im Schlafzimmer, wo er seine Arbeitsklamotten ausgezogen hatte und eben seine Jeans zuknöpfte – klopfte es unten an der Haustür. Rasch zog er sich im Hinuntergehen ein T-Shirt über den Kopf und dachte bei sich, sie könnte es sein, schalt sich aber dann einen Dummkopf, weil das doch sehr unwahrscheinlich war. Aber unwahrscheinlich hin oder her, als er die Tür aufmachte, stand sie da mit einem Päckchen in der Hand.

»Das ist für Sie«, sagte sie. »Der Zusteller war gegen Mittag da. Ich war gerade draußen, und weil Sie nicht da waren, habe ich für Sie unterschrieben.«

Arie nahm die Versandtasche entgegen und fühlte die Luftpolsterfolie unter der Plastiktüte rascheln, aber erst als er den Zettel in der Klarsichthülle vorne drauf sah, fiel ihm der Spontankauf vom Vorabend wieder ein, ein Geschenk für den kleinen Marek, das er im Internet bestellt hatte.

»Danke, das war …«

»Ich hoffe, das war nicht zu übergriffig«, fiel sie ihm ins Wort, wohl um sich zu erklären. »Vermutlich hätte er mir das Päckchen strenggenommen gar nicht geben dürfen. Ich hätte Gott weiß wer sein können, aber ich hatte den Eindruck, es ist ihm schnurzpiepegal, solange er nur seine Unterschrift bekommt.«

Zum ersten Mal sah Arie sie so aus der Nähe, und nun fiel ihm auch auf, dass sie beinahe genauso groß war wie er selbst. Sie wirkte so frisch und proper, als hätte sie gerade geduscht, der Teint strahlend, die Lippen leicht glänzend. Sie trug Jeansshorts, die ihre langen Beine betonten, und ihre Haare verströmten einen Hauch von Minzduft.

»Nein, das ist toll. Danke.«

»Gern geschehen«, sagte sie und wandte sich zum Gehen.

Sie war erst ein paar Schritte den Weg zu seinem Gartentor hinuntergegangen, als er ihr nachrief: »Ich hätte *Danke* sagen sollen.«

Sie schaute über die Schulter nach hinten und lächelte. »Haben Sie doch.«

»Aber vielleicht habe ich es nicht richtig gesagt. Das war wirklich sehr nett von Ihnen.«

Sie machte einen zögerlichen Schritt auf ihn zu, und er konnte ihr fast zusehen beim Überlegen, denn in ihrem Gesicht spiegelten sich die Gedanken wie in einem klaren Teich.

»Nicht dass ich geschnüffelt hätte oder so«, versicherte sie. »Und nicht dass ich versehentlich gelesen hätte, was auf dem Päckchen steht. Sie sollten nur wissen, dass ich ganz bestimmt nicht nebenan sitzen und mir vorstellen werde, wie Sie mit Ihrem … Dalek-Plüschie spielen.«

Er sah es in ihren blaugrünen Augen schelmisch blitzen. Beinahe hätte er gesagt: *Der ist für mein Patenkind,* aber er konnte sich schon denken, was sie darauf geantwortet hätte. *Ja, schon klar.*

»Das ist nicht bloß ein Dalek-Plüschie«, entgegnete Arie also mit gespielter Empörung. »Das ist ein sprechendes Dalek-Plüschie.«

»Lassen Sie mich raten. *Vernichten?*«

»Nur, damit Sie es wissen, das ist ein neues, verbessertes sprechendes Dalek-Plüschie. Es kann nicht weniger als drei Sätze.«

»Was denn noch?«, fragte sie mit einem Lachen in der Stimme.

»Das weiß ich ehrlich gesagt nicht mehr«, gestand

Arie kleinlaut. »Es war schon spät, und ich hatte ein bisschen Whisky getrunken. Eigentlich habe ich eine K9-Spardose gesucht, aber keine gefunden, und dann habe ich mich von diesem 10-Prozent-auf-alles-Deal ködern lassen. Und jetzt habe ich ein neues, verbessertes, sprechendes Dalek-Plüschie.«

Und das stimmte sogar. Arie hatte sich überlegt, eine Spardose wäre doch ein schönes, verantwortungsvolles Geschenk von einem Patenonkel. Damit konnte der Kleine einiges lernen: Sparsamkeit, Voraussicht, Belohnungsaufschub. All so was.

»Vielleicht hilft es Ihnen ja«, sagte sie mit hochgezogener Augenbraue, »dass ich eine kleine Schwäche für die TARDIS habe. Kennen Sie diese Leute, die immer so furchtbar vorausschauend sind und alles genau planen und Lebensversicherungen abschließen und all so was? Tja, so eine bin ich *nicht,* aber schon als kleines Mädchen wusste ich ganz genau, wie wichtig es ist, mir all meine Wünsche genauestens zurechtzulegen, nur für den Fall, dass ich versehentlich an einer Lampe reibe und einen Flaschengeist heraufbeschwöre. Das ist zwar bisher noch nicht passiert, aber wenn, dann bin ich auf alles vorbereitet. Und … und als Allererstes würde ich mir eine TARDIS wünschen.«

»Klingt nach einem guten Plan. Daran gibt es nichts auszusetzen.«

»Und als Zweites einen Babelfisch.«

»Ah, wie in *Per Anhalter durch die Galaxis*?«

»Genau.«

»Man steckt ihn sich ins Ohr und versteht alle Sprachen der Welt?«

»Richtig.«

Arie überlegte. »Wissen Sie, da könnten Sie womöglich einen Wunsch verschwenden. Die TARDIS hat einen eingebauten Übersetzer. Bestimmt genauso gut.«

»Kann man sich aber nicht so gut ins Ohr stecken«, konterte sie. »Nicht gerade diskret, wenn man unauffällig jemanden belauschen will.«

Arie lachte. »Da sagen Sie was. Und der dritte?«

»Ich finde, man sollte so anständig sein und den letzten Wunsch zur Befreiung des Flaschengeists aufheben. Man lernt so viel aus Fernsehen und Filmen, finden Sie nicht?«

Witzig war sie, diese Frau, und süß, und während Arie so mit ihr scherzte, ging ihm auf, wie lang es her war, dass er jemand vollkommen Neues kennengelernt hatte.

»Wie lange bleiben Sie noch?«, fragte Arie, weil er die Unterhaltung noch nicht beenden wollte. »Hier im Haus, meine ich?«

»Noch gut eine Woche.«

Neulich Abend hatte sie Edinburgh erwähnt, aber aus Schottland war sie nicht. Sie hatte einen australischen Akzent. »Woher kommen Sie eigentlich, wenn ich fragen darf?«

»Schwer zu sagen, eigentlich. Ich war sechs Jahre im Ausland, deshalb bin ich mir da gar nicht mehr so sicher.«

Doch bevor Arie noch irgendwelche weiterführenden Fragen stellen konnte, um sie unverfänglich in ein Gespräch zu verwickeln, hörte er den Klingelton des Festnetztelefons in der Küche. Die Einzige, die ihn je über das Festnetz anrief, war Belinda Clare, und Belinda durfte er einfach nicht ignorieren.

»Da sollte ich rangehen«, murmelte Arie entschuldigend.

»Klar.«

Sie wollte sich schon umdrehen und gehen, da rief Arie, ohne nachzudenken: »Ich weiß nicht mal, wie Sie heißen.«

»Evie.«

»Arie«, erwiderte er.

Sie wies auf das Päckchen in seiner Hand und grinste schelmisch. »Ich weiß.«

Das Telefon klingelte und klingelte, viel länger, als die meisten Menschen es klingeln lassen würden, weshalb sich Arie, noch ehe er den Hörer abgenommen hatte, denken konnte, dass es dringend sein musste. Dianas nahender Geburtstag gehörte – genau wie die Wochen vor Weihnachten und vor dem Jahrestag des Absturzes – zu den Zeiten, in denen Belinda ganz besonders labil war.

»Tut mir leid, aber es ist einer *dieser* Anrufe«, keuchte Belinda, und Arie merkte ihrem mühsam beherrschten Ton an, dass sie krampfhaft versuchte, nicht in Panik auszubrechen. Noch nicht.

»Der Rechner?«

»Er ist abgestürzt, Arie. Auf dem Bildschirm waren erst nur noch diese schmalen vertikalen Linien, und dann ist alles schwarz geworden. Ich kann ihn nicht neu starten. Ich verstehe das einfach nicht.«

Das klang nicht gut, aber aus seiner Erfahrung als

langjähriger Technik-Entstörer wusste er, was zu tun war. Arie atmete tief durch und versuchte, durch die Leitung Ruhe auszustrahlen.

»Hast du schon versucht …«

»Die Fotos, Arie. Meine Fotos. Ich habe Angst um meine Fotos.«

Vermutlich wäre jeder panisch geworden, der berechtigten Grund zur Sorge gehabt hätte, sein gesamtes fotografisches Archiv verloren zu haben, aber Belindas Angst überstieg die der meisten anderen Menschen um ein Vielfaches. So wenig war ihr von Diana geblieben, dass sie sich umso mehr an die wenigen Relikte klammerte, die sie noch hatte.

»Selbst wenn wir den Rechner nicht mehr retten können«, sagte Arie, »die Fotos sind gesichert. Weißt du noch, wir haben sie doch alle in der Cloud gespeichert?«

»Ich mag dieses Cloud-Dings nicht. Ich traue ihm nicht.«

Arie seufzte lautlos; er hörte das alles nicht zum ersten Mal. Belinda hatte all ihre Fotos ausgedruckt, doch die Angst, ihre hochauflösenden digitalen Vorlagen zu verlieren, konnte ihr nichts und niemand nehmen, und dass sie dazu noch so technophob war, half auch nicht unbedingt.

»Ich weiß ja nicht mal, was diese verdammte ›Cloud‹ eigentlich sein soll«, zeterte sie weiter und wurde dabei zunehmend schriller. »Ich meine, was, wenn sie kaputtgeht? Diese Fotos … die kann mir niemand ersetzen!«

»Wir haben sie zusätzlich auch noch auf einer externen Festplatte gesichert – weißt du noch?«

Tatsächlich hatte Arie Belindas Fotos sogar auf zwei

verschiedenen externen Festplatten gespeichert. Eine hatte er bei ihr gelassen und die andere mit zu sich nach Hause genommen.

»Ich habe irgendwo mal gelesen, dass diese Dinger auch einfach abrauchen können, aber ich kann nicht mal nachschauen. Ich komme nicht an die Festplatte, weil ich außer dem Computer nichts habe, um sie einzustöpseln«, jammerte sie, und Arie befürchtete, sie könnte jeden Augenblick in Tränen ausbrechen. »Oh Gott, ich wünschte, wir würden noch auf Negativen fotografieren. Die könnte ich wenigstens in einen feuerfesten Safe stecken oder was weiß ich. Ich mag nicht … Ich habe einfach das Gefühl, es geht alles … Arie, wenn ich sie noch mal verliere. Wenn sie einfach verschwindet …«

»Belinda«, versuchte Arie sie zu beruhigen. »Alles wird gut. Versprochen.«

»Arie … könntest du … könntest du herkommen? Bitte. Ich weiß, ich führe mich unmöglich auf, aber ich glaube, ich werde heute Nacht kein Auge zutun, solange ich nicht weiß, dass alles in Ordnung ist. Könntest du *deinen* Computer mitbringen, damit wir die Festplatte überprüfen können? Ich will nur wissen, ob wirklich noch alles da ist. Kommst du? Bitte?«

Arie, der wusste, dass sie *komm jetzt auf der Stelle* meinte, atmete abermals unhörbar durch. Anderthalb Stunden hin, anderthalb Stunden zurück. Wenigstens war Freitag, da brauchte er am nächsten Morgen nicht so früh aufzustehen.

»Natürlich«, antwortete er. »Ich mache mich gleich auf den Weg.«

»Gott sei Dank, was würde ich nur ohne dich machen?

Danke, Arie«, sagte sie seufzend, und er hörte ihr die Erleichterung an. »Ich weiß, es ist ein weiter Weg. Ich kann dir das Gästebett zurechtmachen, wenn du hier übernachten möchtest.«

Arie packte seinen Rechner, eine Strickjacke und eine Zahnbürste in eine kleine Reisetasche. Im Wegfahren aus der Tavistock Row erhaschte er aus den Augenwinkeln einen Blick auf die Frau von nebenan – nur ihren Umriss –, oben im Erkerfenster des Schlafzimmers. Er fragte sich, was sie an diesem Freitagabend wohl vorhatte. Und musste sich eingestehen, dass er sich gerne noch ein bisschen länger mit ihr unterhalten hätte.

Eigentlich hatte jeder, mit dem er sich im Laufe der letzten beiden Jahre länger als ein paar Minuten unterhalten hatte, um seine Geschichte gewusst. Bis heute Abend war ihm allerdings nicht klar gewesen, wie leid er diese betulich-ungeschickte Art war, die Menschen so gerne im Umgang mit Trauernden an den Tag legten. Die Leute waren übervorsichtig mit ihm, und das machte alles nur noch schlimmer.

Bei der Frau von nebenan war Arie sich – zum ersten Mal seit Langem – nicht wie ein bedauernswerter Pflegefall vorgekommen. Sie kannte keinen seiner Freunde, Bekannten und Kollegen, und besser noch, sie hatte jahrelang im Ausland gelebt. Sie war wie eine leere Seite, und sie hatte Arie das Gefühl gegeben, auch eine zu sein.

DIE LANDKARTE DES WOHINJETZT

Beim Einzug in die Tavistock Row Nummer 12 hatten Arie und Diana das Erkerzimmer für den Steinway reserviert und sich ihr Schlafzimmer gegenüber auf der anderen Seite des Flurs nach hinten hinaus eingerichtet. Die Eigentümer des beinahe baugleichen Hauses mit der Nummer 12a hatten dagegen beim Herrichten des Hauses als Airbnb dieses Zimmer für ihre persönlichen Dinge auserkoren, um, wenn Gäste da waren, einfach die Tür abschließen zu können, und hatten das größere, zur Straße hinausgehende Erkerzimmer als Airbnb-Schlafzimmer reserviert.

Das Gästeschlafzimmer hatte polierte Holzdielen, einen weiß getünchten gemauerten Kamin mit dunklem Holzsims und ein breites Doppelbett mit strahlend weißen Laken. Am Samstagvormittag stieg die Quecksilbersäule bereits merklich, und das Blau des Himmels war gefärbt vom verschwommenen orangen Flirren eines heraufziehenden Hitzeschleiers. Evie kniete sich auf die Sitzpolster vor dem Erkerfenster und zog an den Plastikketten, um die Jalousien halb zu schließen, damit die Sonne nicht ungehindert ins Zimmer brannte.

Evie mochte diesen Fenstersitz, dieses Zimmer, dieses Haus, aber sie wusste nur zu gut, dass sie bald in eine etwas realistischere Wohnung umziehen musste. War ihr Erspartes erst einmal aufgebraucht, dann würde sie es sich ganz bestimmt nicht leisten können, in einem Haus wie diesem zu wohnen. Es sei denn als Haussitterin.

Heute musste sie noch mal etwas von ihrer eisernen Reserve in die Hand nehmen. Sie hatte vor, mit einem Uber zu Crosby zu fahren und auf dem Weg dorthin vier neue Reifen für den Käfer zu besorgen.

Sie hatte nur eine temporäre Zulassung für den Käfer bekommen, um ihn in die Tavistock Row zu überführen, und ehe sie ihn wieder regulär anmelden konnte, musste er noch mal von einem Mechaniker durchgecheckt werden. Evie machte sich nichts vor. Das würde eine kostspielige Angelegenheit werden. Vielleicht hätte sie das alte Schätzchen lieber verkaufen oder gar verschrotten sollen. Für das Geld, das es sie kosten würde, den Käfer wieder flott und verkehrstüchtig zu machen, könnte sie sich genauso gut auch einen günstigen Kleinwagen kaufen. Aber sie und der Käfer waren schon Jahre, bevor sie ihn schweren Herzens hatte zurücklassen müssen, eingeschworene Reisegefährten gewesen, und irgendwie glaubte sie, ihm das schuldig zu sein. Manchmal, dachte sie, musste man sich Sentimentalität auch leisten können.

Der Garten von 12a unterhalb des Fensters sah aus wie eine Landschaftsgartenskizze. Runder Backsteinpflasterplatz, rustikale Holzliegen und ein Rasenstückchen, grasgrün dank des ausgeklügelten elektronischen Bewässerungssystems, das sich jeden Tag im Morgengrauen klackernd und zischend einschaltete. Der Garten nebenan hätte unterschiedlicher kaum sein können. Mitten hindurch verlief ein gesprungener, zerfurchter Betonpfad, und bis auf einen einzelnen blühenden Eukalyptusbaum, der Blätter und Blüten auf die versengten Grasbüschel warf, spross kein grünes Hälmchen.

Wer auch immer er war, dieser Arie Johnson von nebenan, und was auch immer er mit seiner Zeit anfing, außer spätabends herumzusitzen, Whisky zu trinken und wahllos Kram zu bestellen, einen grünen Daumen hatte er allem Anschein nach nicht. Im Laufe der vergangenen Tage war Evie zu dem Schluss gekommen, dass Arie vermutlich allein lebte. Außer ihm hatte sie niemanden in Nummer 12 ein- und ausgehen oder am Steuer des schieferblauen Renault sitzen gesehen. Nach ihren beiden flüchtigen Begegnungen zu urteilen, musste er eigentlich ganz nett sein, dachte Evie. Womöglich sogar sehr nett.

Na und?, fragte sie sich streng. Nettsein allein ist auch nicht alles.

Seit sie weggegangen war aus Edinburgh, hatte Evie viel über das Scheitern romantischer Beziehungen im Allgemeinen und ihrer im Besonderen nachgedacht. Rückblickend war unschwer zu erkennen, wie oft und wie leichtfertig sie ihr Herz an Menschen verschenkt hatte, die es gar nicht hatten haben wollen. Zumindest nicht so richtig.

Vor Dave war es Michael gewesen, ein Geschichtswissenschaftler aus London, der sich per Mail von ihr getrennt hatte, obwohl er ganz in der Nähe des Pubs wohnte, in dem sie gearbeitet hatte. Vor Michael war es Ben gewesen, ein Australier, den sie auf dem Kreuzfahrtschiff kennengelernt hatte, auf dem Evie arbeitete, und der ihr glaubhaft versicherte, er und seine Frau hätten sich getrennt, nur um ihr später – als er sich von Evie verabschiedete, um zu besagter Frau zurückzukehren – zu gestehen, dass es sich mehr um eine Art »Sonderurlaub« seinerseits gehandelt habe.

Was auch immer Evie nun mit ihrem allzu offenen Herzen anstellen würde, sie nahm sich fest vor, es nicht mehr an irgendwen zu verschleudern, der es nicht ganz und gar haben wollte.

Sorgfältig machte Evie das Bett, zog das weiße Laken glatt und strich die Falten heraus. Auf dem frischgemachten Bett breitete sie dann eine Landkarte von Australien aus. Sie hatte die Landkarte in einer der Kisten gefunden, die sie aus dem Käfer geholt hatte. Sie war zwar uralt, aber für ihre Zwecke würde es reichen.

Wir könnten nach Westen ziehen, schlug Evie sich selbst vor.

Sie überflog die in hübscher runder Schrift gedruckten Ortsnamen und blieb an einem ganz am Rand der Südküste hängen. *Esperance*. Ein Wort für Hoffnung, das Erbe der französischen Entdecker. Es gab dümmere Methoden, sein Reiseziel auszuwählen, als nach dem Namen.

Evie hatte keine Landkartennadeln, aber sie hatte Ohrringe, also pikste sie dort, wo Esperance lag, einen kleinen silbernen Sternenstecker durch das Papier. Den nächsten Stecker, eine schmale Mondsichel, stach sie durch den Ort Bellingen im Hinterland von New South

Wales, ganz einfach deshalb, weil das ein besonders schönes Fleckchen Erde war – sattes Grün und Berge, so weit das Auge reichte, und doch nicht weit von der Küste entfernt – und weil sie schon ein paar Mal durchgefahren war und ihr die Atmosphäre gefallen hatte. Sie konnte sich gut vorstellen, ganz entspannt in einem kleinen Café anzuheuern und das ganze Jahr in Sandalen und luftigen Kleidchen herumzulaufen.

Wo noch?

Stella und Reuben wünschten sich, dass sie zurück nach Hobart kam. Evies Blick ging nach Tasmanien, dieser Insel, die an ein Dreieck erinnerte oder an ein Herz. Als Teenager hatte Evie nur dort weggewollt, aber das war lange her. Inzwischen fand sie die Vorstellung, am Fuß der puderzuckrig verschneiten Berge zu wohnen, deren Ausläufer sich um die kleine Hauptstadt legten, und sich wieder an das wechselhafte Wetter zu gewöhnen, mit dem auch der Fluss, der die Stadt in zwei Hälften teilte, Farbe und Fließgeschwindigkeit veränderte, gar nicht mal so übel. Und Stella hatte einen Freund, der gerade einen Haussitter suchte. Er wohnte in einem der stillgelegten Bootshäuser knapp außerhalb der Stadt, von denen die allermeisten inzwischen in kleine, aber feine Quartiere umgewandelt worden waren. Ein durchaus reizvoller Gedanke, sich im Winter einzukuscheln wie ein Bär und von einem der Holzstege, die auf die mit Yachten gesprenkelte Bucht hinausführten, den Sonnenuntergang zu beobachten.

Außerdem lockte die Insel mit einer weiteren, einmaligen Attraktion: Nicht nur Stella und Reuben lebten dort, sondern auch ihre beiden Kinder. Matilda und

Oscar waren zehn und acht, und Evie wusste, wenn sie ihnen eine gute Tante sein wollte, dann war genau jetzt die Zeit dazu. Sie könnte mithelfen, sie von Schule und Sport abzuholen, könnte mit ihnen backen oder fotografieren oder malen oder lesen oder was auch immer sonst sie gerne machten.

Sie pinnte einen dritten Ohrring, ein winzig kleines Silberherz, in die Südspitze der Insel.

Jetzt lag nur noch ein Ohrring, ein Pfeil, in ihrer offenen Hand.

Darwin? Nein, entschied sie rasch. Zu heiß.

Mooloolaba? Vielleicht. Der Name hatte einen wunderschönen Klang.

Magnetic Island? Zu klein.

Sydney? Viel zu groß.

Aber wie wäre es mit … Melbourne selbst? Evie überlegte. Sie lebte gerne hier, sie mochte die Stadt mit ihrer sportiven, künstlerischen Atmosphäre, wie schick die Frauen im Winter herumliefen, die Tram und die Cafés entlang der Degraves Street und die Athenaeum-Bibliothek, die einfach perfekt war, um dort in Ruhe zu schreiben. Aber Melbourne hatte sie schon *durch*. Oder nicht?

Vieles sprach für die Idee. Sie kannte sich hier aus, und es wäre ein Leichtes, einen neuen Job zu finden. Und sie war schon *da*. Und auch wenn sie nicht in derselben Stadt leben würde wie Stella und Reuben und die Kids, wäre sie doch nicht allzu weit von ihnen entfernt.

Durch das Erkerfenster sah Evie den blauen Renault die Tavistock Row entlang auf das Haus zuhalten. Er parkte rückwärts auf dem freien Platz vor der 12a, und Evie sah Arie auf der Fahrerseite aussteigen und dann noch mal hineingreifen und eine Tasche vom Rücksitz holen. Er trug noch T-Shirt und Jeans von gestern Abend, und die Haare waren so verstrubbelt, als sei er eben erst aufgestanden. Sie fragte sich kurz, wo er wohl übernachtet haben mochte, und machte einen Schritt vom Fenster weg, damit Arie, der schnurstracks zum Haus lief, sie nicht sah.

Dann widmete sie sich wieder ihrer Landkarte und zählte an den Fingern ab: Esperance, Bellingen, Hobart, Melbourne. Ein kleines Kribbeln überkam sie beim Gedanken an ein brandneues Abenteuer.

In einer Ecke des Wohnzimmers in ihrem Airbnb gab es eine kleine Arbeitsnische. Evie, die noch immer keine neue australische SIM-Karte für ihr Handy organisiert hatte, war heilfroh gewesen über den Festnetzanschluss und auch über den superflachen Rechner, mit dem sie auch ins Internet kam. Sie rüttelte an der Maus und weckte den Bildschirm aus seinem Dornröschenschlaf. Wenn wieder einmal ein Umzug anstand, stellte sie meist mehrere Suchanfragen: Jobs + Ort, Haussitting + Ort, Dichterszene + Ort, Ort + wie ist es wirklich. Sie öffnete ein Browser-Fenster und tippte, aber in der Google-Suchmaske erschien keine ihrer üblichen Fragen. Stattdessen stand da: Arie Johnson + Melbourne.

Was machst du da, Evie?

Nur … mal gucken, sagte sie sich.

Ihr Blick huschte über die offizielle Seite von Sonder ganz oben in der Liste und dann weiter hinunter. Was sie dort fand, erklärte auch den kummervollen Ausdruck, den sie in seinem Gesicht bemerkt hatte … *PQ108, der Geisterflug, Diana Clare.*

»Nein«, murmelte sie fassungslos.

Sie musste an das Gedicht denken, das sie geschrieben und wieder verworfen hatte, und wieder hatte sie das Bild vor Augen, das sie damals getrieben hatte, zu Bleistift und Papier zu greifen – wie das Meer seinen gewaltigen tiefblauen Rachen aufsperrte und das Flugzeug im Ganzen verschluckte.

Evie hatte aus dem britischen Fernsehen von dem Absturz erfahren, und obwohl sie sich noch daran erinnern konnte, dass die Tageszeitungen die Gesichter der britischen Opfer auf den Titelseiten gebracht hatten, hatte sie bis eben nicht gewusst, dass dabei auch eine australische Konzertpianistin ums Leben gekommen war.

Gleich darauf flimmerte sie schon über den Bildschirm – Diana Clare in einem roten Kleid mit tiefem V-Ausschnitt, wie sie, flankiert von einem Orchester, auf der Bühne eines Konzertsaals am Klavier saß und spielte. Evie kannte die Musik nicht, aber sie war gewaltig und bewegend. Diana Clares bloße Arme hoben und senkten sich, ihr ganzer Körper wiegte sich zum Takt der Musik, die langen rotblonden Haare und das rote Kleid betonten noch ihre Bewegungen und ließen sie wie ein wunderschönes, exotisches Meereswesen erscheinen. Das war also die Frau, die Arie Johnson geliebt hatte – diese dramatische, versierte, gefeierte Musikerin.

»Ach du lieber Himmel«, murmelte Evie erschrocken. Sie hatte vor ihm Musik gespielt. Er war Musik gewöhnt, wie Diana Clare sie gespielt hatte, und Evie hatte einfach nichtsahnend dagesessen und auf ihrer Gitarre herumgeklampft.

Auf der zweiten Seite der Suchergebnisse fand sie ein Interview mit Arie. Einen Ellbogen auf den geschlossenen Deckel eines Klaviers gestützt, saß er da, und von einer Seite fiel durch ein Fenster Licht auf sein Gesicht. Achtzehn Monate war es her, seit dieser Beitrag gesendet worden war, und auf dem Bildschirm wirkte Aries Gesicht hager und bleich, verglichen mit heute, aber seine Stimme klang vertraut. Er hatte eine bemerkenswerte Stimme, etwas tiefer als erwartet und gefärbt mit einem Akzent, der – obwohl eindeutig australisch – irgendwie etwas Europäisches hatte.

»Diana war immer auf Reisen«, sagte er. »Die Musik hat sie überall hingeführt, und ich hatte mir angewöhnt, mich nicht um sie zu sorgen. Immer wieder habe ich mir das alte Mantra aufgesagt – morgens ins Auto zu steigen ist das Gefährlichste, was man machen kann, weitaus gefährlicher, als in ein Flugzeug zu steigen.

Manchmal glaube ich, das Schlimmste ist, morgens mit dem vagen Gefühl aufzuwachen, dass etwas Schreckliches geschehen sein muss, aber – im Halbschlaf – nicht zu wissen, ob es wahr ist oder nur ein böser Traum. Und dann, wenn mein Hirn, meine Erinnerung oder was auch immer es ist, allmählich aufwacht, weiß ich wieder, es ist alles wirklich passiert. Es ist, als würde ich wieder und wieder die Todesnachricht erhalten.«

Man merkte ihm an, wie schwer es ihm fiel weiterzureden, dass er es nur schaffte, indem er kleine Pausen zwischen den Wörtern machte, um sich wieder zu fangen, um durchzuatmen. Er wischte sich eine Träne weg, und sie konnte sehen, dass, wie durch ein Wunder, keine Wut in ihm brodelte – nur unendlicher Schmerz.

»Oder dass ich mit ihr im Flugzeug sitze. Ich bin bei ihr, als der Sauerstoff ausgeht und sie für immer die Augen schließt. Ich halte ihre Hand. Im Traum erscheint das alles ganz real, aber dann wache ich auf, und es ist alles nicht wahr. Solche Tage … das sind die allerschlimmsten. An einem solchen Morgen beginnt der Tag für mich mit einem Sturz aus großer Höhe.«

Er schluckte hörbar, und Evie, die das mit ansah, musste auch schlucken.

Draußen war es unerträglich heiß, und am frühen Abend, als Arie sich schließlich aus dem Haus wagte, um sich im Restaurant etwas zu essen zu holen, war ihm, als käme die leichte Brise, die durch die Straßen wehte, geradewegs aus einem Hochofen. Er stieg in seinen sengend heißen Wagen und sah, dass ein fremdes Auto vor 12a parkte. Ein Käfer – ein richtig altes Original mit Rostflecken hier und da, aber auffallend neuen Reifen.

Erst als er wieder zurückkam, ging ihm auf, dass das wohl Evies Auto sein musste, denn da stand sie, draußen auf der Straße, einen Eimer Seifenlauge neben sich auf dem Boden, und wischte mit einem Spültuch an den verstaubten Blechen des Käfers herum. Sie hatte schwarze Streifen an den Unterarmen und Oberschenkeln, und der Träger des gestreiften Overalls, den sie trug, war ihr beim Arbeiten von der Schulter gerutscht.

Arie ging um den Renault zum Kofferraum, um nachzusehen, ob er irgendetwas darin vergessen hatte, das er ins Haus tragen könnte. Er sah Evie von der Bordsteinseite des Käfers nach vorne zu seiner runden Haube gehen und dabei fröhlich durch eine seifige Pfütze planschen. Wie schnell die Abdrücke ihrer nassen bloßen Füße auf dem heißen Asphalt verdunsteten.

Wieder glaubte er in allem, was sie tat, diese seltsame Mischung aus Selbstgenügsamkeit und Sehnsucht zu bemerken, gerade so, als sei sie eigentlich ganz glücklich und zufrieden mit dem, was sie gerade machte, und auch, dass sie es allein machte, aber als wartete sie zugleich auf etwas, das ihr zu ihrem Glück noch fehlte. Sie hatte etwas an sich, das ihn aus dem Konzept brachte, aber er kam nicht darauf, was es war. Vielleicht, überlegte er, kam er sich neben ihrer augenscheinlichen Eigenständigkeit einfach überflüssig vor. Aber warum ihn das stören sollte – warum er von ihr gebraucht werden wollte –, wusste er selbst nicht so recht.

Sie schaute auf und sah ihn und winkte ihm mit ihrem schmuddeligen Spültuch zu. Das reichte ihm als Einladung, um zu ihr und dem blauen Käfer hinüberzuspazieren.

»Sie haben sich ein Auto gekauft?«

»Abgeholt«, korrigierte sie. »Er war eingelagert, der Ärmste.«

Er ging einmal um das ganze Auto und begutachtete die geschwungenen Kotflügel und die kleinen dreieckigen Ausstellfenster, die sich nach außen öffnen ließen.

»Als ich meinen Führerschein gemacht habe, haben sich meine Freunde alle neue, schnittige kleine Autos gekauft, mit CD-Spieler und Klimaanlage und allem Pipapo. Ich nicht. Ich wollte lieber was Altes, mit Macken und Patina. Ich darf gar nicht dran denken, was der mich über die Jahre schon gekostet hat.«

»Ein echter Klassiker«, stellte Arie anerkennend fest.

»Hey, Sie haben nicht zufällig einen Gartenschlauch? Ich habe drüben beim Zaun einen Wasserhahn entdeckt, aber leider ohne Schlauch. Ich kann auch mit dem Eimer vorliebnehmen, aber besser wäre es, wenn ich ihn einmal gründlich abspritzen könnte.«

Arie überlegte. »Kann sein. Ich müsste eben nachsehen.«

»Ach, Sie wollten wohl eigentlich gerade essen«, sagte Evie mit Blick auf die Plastiktüte in seiner Hand. »Das hat Zeit.«

»Schon okay. Geht ja schnell«, winkte er ab.

Er ging durch das Haus und stellte sein mitgebrachtes Curry auf die Arbeitsplatte in der Küche und überlegte dabei, wann er den kleinen Blechschuppen hinten im Garten das letzte Mal betreten hatte. Wie viele Monate es auch gewesen sein mochten, es war lange genug, dass der Riegel festsaß und Arie mit aller Kraft daran ziehen musste, um ihn aufzubekommen. Drinnen schlummerte ein Rasenmäher in der Ecke unter den Regalbrettern, in denen Hoffnung in Tüten stand: Blumenerde, Dünger und Grassamen.

Den meisten Platz nahmen allerdings zwei Fahrräder ein – sein altes Mountainbike und Dianas schicker City Cruiser mit dem ausladenden Lenker und dem Körbchen vorne –, Pedale und Speichen so ineinander verkeilt, dass sich das eine nicht ohne das andere vom Fleck bewegen ließ.

»Schlauch«, murmelte er leise vor sich hin, damit er nicht auf dumme Gedanken kam. »Schlauch.«

Da hing er, aufgerollt an einem rostigen Nagel an

der Wand, steif vom langen Nichtgebrauch. Er könnte längst hin sein, ohne dass Arie es wusste, und die orangen Plastikanschlüsse an beiden Enden waren bestimmt so brüchig, dass sie unter dem Wasserdruck zerbersten würden, aber besser als nichts.

Stolz hielt er Evie sein Fundstück entgegen und machte sich dann daran, den Schlauch an den Wasserhahn im Garten von 12a anzuschließen. Arie überprüfte den Druck, dann drehte er die Düse zu. Langsam, ganz langsam taten Wasser und Wärme das ihre im quietschenden Gummi, bis der Schlauch sich schließlich entrollte und Arie das Ende auf die Straße hinauszerren und es Evie in die Hand drücken konnte.

Es war immer noch drückend heiß, und irgendwas an ihren glitschig-wassernassen Unterarmen und dem Geruch des heißen Betons und den Pfützen unter dem Auto, die schneller als man gucken konnte zu Nebel verdunsteten, weckte in Arie den Wunsch, auch barfuß durch eine Pfütze zu planschen oder durch die Fontäne eines Rasensprengers zu springen. Er wünschte, er würde Evie so gut kennen, dass er sie einfach nassspritzen und zusehen könnte, wie die Seifenblasen sich in ihren Haaren verfingen.

Sie begutachtete die Düse. »Muss man da einfach …?«

»Ja, drehen«, sagte Arie und machte es ihr vor.

Er trat zurück, bis vor die Mauer, während Evie Wasser über das gewölbte Dach des Käfers spritzen ließ, das in Strömen an den Seiten herunterlief und in den Gully gluckerte.

Es erwischte ihn eiskalt. Der Wasserstrahl klatschte ihm mit voller Wucht gegen die Brust. Verdattert guckte er hoch und starrte Evie fassungslos an, die mit einem breiten Grinsen im Gesicht neben ihrem Auto stand. Sie sah ihn wie versteinert dastehen, und ihr verging das Lachen gleich wieder.

»O Gott, es tut mir so …«

»Leid« hatte sie wohl sagen wollen, aber da war Arie – fast wie im Rausch – mit zwei großen Schritten schon am Eimer, packte ihn am Griff und hob ihn hoch.

»Also gut«, knurrte er, und Evie, der die Erleichterung anzusehen war, flitzte los und versteckte sich hinter dem Käfer, just in dem Moment, als er vorne um die Haube sprintete. Doch damit war sie am Ende des Schlauchs angekommen und konnte nicht mehr weiter weglaufen, ohne ihre einzige Waffe zurückzulassen. Sie richtete den Schlauch auf Arie, der den Eimer in ihre Richtung schwenkte, und er hatte gut gezielt – die Seifenlauge schwappte heraus, weit über den Rand, und traf Evie so präzise, dass sie bis zum Oberschenkel pitschnass war. Gleichzeitig traf ihn der Wasserstrahl aus der Düse wieder und durchweichte ihn bis auf die Knochen.

Ohne weitere Munition blieb ihm nur der geordnete Rückzug, und sobald er rückwärts den Gehweg erreicht hatte, drehte er sich um und hechtete über den niedrigen Zaun. Dann sprintete er, in klatschnassen Shorts und tropfendem T-Shirt, zum Wasserhahn und drehte ihn ab.

Evie schleuderte die nassen Haare aus dem Gesicht, während ein dünnes Rinnsal aus dem Schlauch auf den Bürgersteig sickerte und schließlich versiegte. Arie war bemüht, sie nicht anzustarren, aber der Overall klebte an ihr wie eine zweite Haut, und der nasse Stoff schmiegte sich allzu eng an ihre Brüste.

Guck nach oben, guck nach oben, ermahnte er sich streng.

»Waffenstillstand?«, fragte sie. »Ich bin noch nicht ganz fertig.«

»Wie? Glaubst du allen Ernstes, ich würde den Wasserhahn noch mal aufdrehen?«

»Ähm ... ja?«

»Wohl kaum.«

»Du kannst mir vertrauen«, versicherte sie und heuchelte mit weit aufgerissenen Augen einen Unschuldsblick.

»Vorschlag: Du gibst mir den Schlauch, und *ich* spritze eben das Auto ab.«

»Aber kann ich *dir* trauen?«, fragte sie.

»Risiko!«, rief er grinsend.

Lachend ging sie zu ihm und übergab ihm das Schlauchende. Mit erhobenen Händen schaute sie an ihren triefend nassen Sachen herunter. »Ganz ehrlich, gib alles. Nasser kann ich gar nicht mehr werden.«

Arie drehte den Hahn auf, bis das Wasser wieder lief, aber er sprühte Evie bloß ganz leicht ins Gesicht, dann spritzte er das Auto ab.

»Bitte sehr«, sagte er, als er fertig war. »Autowäsche erfolgreich abgeschlossen.«

Triefend standen sie zusammen, und Arie merkte, dass ihr Atem – genau wie seiner – ein bisschen schneller ging.

»Also, darf ich dir was zu trinken anbieten?«, fragte sie.

Evie tappte in die Küche und hinterließ im Flur ein kleines Rinnsal aus Wasser. Mit zwei Cider und einem Flaschenöffner bewaffnet, kam sie kurz darauf zurück. Sie ließ die Kronkorken ploppen und reichte dann Arie, der schon auf einer der Liegen im Hof saß, eine der beiden Flaschen.

»Die Abkühlung ist schon im Anmarsch«, stellte er fest, und sie folgte seinem Blick zum Himmel, wo sich im Süden dicke Schäfchenwolken am Horizont zusammenballten.

»Halleluja«, seufzte sie. »Ich habe heute mehrfach befürchtet, gleich einen Hitzschlag zu bekommen. So ein Wetter habe ich lange nicht mehr erlebt.«

Evie setzte sich auf die zweite Liege und lehnte sich hinten gegen die Holzlatten, und dann sah sie Arie an, forschend, neugierig, ob sie irgendetwas Neues in seinem Gesicht erkennen konnte, jetzt, wo sie so viel mehr über ihn wusste. Aber sie sah nur wieder diesen Anflug von Traurigkeit.

»Erzähl mal, was hast du eigentlich die ganze Zeit im Ausland gemacht?«

»Bloß ein bisschen herumgereist«, meinte sie achselzuckend.

»Du musst doch auch gearbeitet haben«, entgegnete er.

»Gerade genug zum Überleben. Ich habe viel Bettwäsche gewechselt. Viele Kinder gehütet. Viel Bier eingeschenkt.«

»Dachte ich mir doch, dass beim Flaschenöffnen eine gewisse fachliche Kompetenz zu erkennen war.«

»Jepp. Weltmeisterin im Flaschenöffnen, das bin ich«, sagte sie lachend.

»Und was hat dich wieder nach Hause geführt?«

Die Erinnerung an ein Lied, gespielt von Cello und Flöte, blitzte auf, aber sie sagte nur: »Ach, eigentlich nichts Bestimmtes.«

»Und was habt ihr jetzt vor? Du und dein kleiner blauer Käfer?«

»Noch habe ich nichts, das man auch nur ansatzweise als Plan bezeichnen könnte. Ich denke mal, ich entscheide mich für ein nettes Fleckchen irgendwo in Australien, und wenn ich dann erst mal da bin, überlege ich mir, wie es weitergehen soll.«

»Wo bist du denn eigentlich zu Hause?«

»Zuhause?«, wiederholte Evie. Sie wusste es gar nicht.

»Wo lebt deine Familie? Wo bist du aufgewachsen?«

»Aufgewachsen bin ich in Hobart«, sagte sie, ohne auf seine erste Frage einzugehen. Die Antwort wäre viel zu kompliziert. »Sobald ich konnte, bin ich kreuz und quer durch Australien vagabundiert. Bevor ich ins Ausland gegangen bin, habe ich eine Weile in Melbourne gewohnt. Darum bin ich auch hierher zurückgekommen. Ich wollte mein Auto abholen und die anderen Sachen, die ich hier eingelagert hatte.«

»Und jetzt suchst du dir was Neues aus, wo du dann hingehst? Einfach so?«

»Ja.« Sie musste über sein verstörtes Gesicht lachen.

»Klingt …«, setzte er an und unterbrach sich dann stirnrunzelnd, weil ihm das richtige Wort fehlte.

»Chaotisch?«, schlug Evie vor.

»Nein, ich hätte beinahe gesagt, ›exotisch‹. Ich … ich kann mir einfach nicht vorstellen, wie es wäre, so vogelfrei zu sein.«

»Na ja, eigentlich sind wir alle so frei. Wirklich und wahrhaftig«, erklärte Evie nachdrücklich und hoffte dann, dass das nicht taktlos klang.

Aber es stimmte. Wenn er es wirklich wollte, könnte er alles stehen und liegen lassen, was ihn zurückhielt – ob es nun das Haus war oder die Arbeit oder die Hypothek –, und noch mal ganz von vorne anfangen, irgendwo anders hingehen und eine ganz neue Richtung einschlagen. Wenn Evie auf ihren vielen Reisen etwas gelernt hatte, dann, dass viele Menschen sich eigenhändig in einen Käfig sperrten, hinter unsichtbare, erdachte Gitterstäbe, eingezwängt in ein Korsett aus selbstgemachten Regeln. Aber sie hatte auch lernen müssen, wie einsam man bisweilen sein konnte, wenn man einfach durch die Gitterstäbe schlüpfte und alle Regeln hinter sich ließ.

»Ich habe eine Firma hier«, sagte er.

»Was für eine?«, fragte sie.

»Tech«, erwiderte er knapp und nippte an seinem Cider. »Ich bin ein Computernerd.«

Natürlich, dachte Evie. Sie sah ganz deutlich, wer er war und wer er in der Schule gewesen sein musste – einer dieser netten, mehr oder minder unsichtbaren Jungs, die zuhörten und Fragen stellten und die sie immer viel lieber gemocht hatte als die Konkurrenten, die Charmeure und die umschwärmten Draufgänger.

»Was für einer genau?«

»Entwickler«, erklärte er. »Ein Freund und ich haben gemeinsam eine Firma aufgezogen. Sonder Digital.«

»Sonder?«, fragte sie nach.

»Ja, das ist …«

»Aus dem *Dictionary of Obscure Sorrows*. Ich weiß. Ein

Wort, das das Gefühl beschreibt, das einen überkommt, wenn man sich klarmacht, dass jeder Mensch auf dieser Welt in einer Wirklichkeit lebt, die genauso real ist wie die eigene.«

Seine Augenbrauen zuckten nach oben. »Ich glaube, das ist das erste Mal, dass jemand diesen Satz für mich vollendet hat.«

Evie zuckte zufrieden die Achseln. »Ich mag ungewöhnliche Wörter.«

»Schieß los.«

»Solivagant.«

Arie überlegte.

»Nein. Nie gehört.«

»Es heißt so viel wie allein umherwandern.«

»Schönes Wort«, sagte er nickend.

Aus einem Cider wurden zwei, und schließlich holte Arie das mitgebrachte Curry aus der Küche und verteilte es auf zwei Schalen. Als sie schließlich fertig gegessen hatten, unterhielten sie sich schon seit gut zwei Stunden, aber Arie hatte Diana noch mit keinem Wort erwähnt, obwohl er ihr einiges über Richard erzählt hatte und seine Frau und ihren Sohn, Aries Patenkind. Evie konnte ihn nur zu gut verstehen. Sie ließ auch gerne gewisse Dinge aus. In der bereinigten Version ihres Reiseberichts hatte sie weder einen Ben noch einen Michael oder einen Dave erwähnt.

Während sie so ganz ins Gespräch vertieft waren, zog eine tintenschwarze Wolkenfront über der Stadt auf. Es dauerte nicht lange, da fielen die ersten zögerlichen Tropfen – dicke, fette Wassertropfen, die auf die warmen Backsteine im Hof klatschten und zerplatzten.

»Gleich fängt es bestimmt an zu schütten«, unkte Arie mit Blick in den düsteren Himmel.

»Stimmt«, stimmte Evie ihm zu und wusste, dass sie nun vor einer Entscheidung standen. Aber sie hatte für heute genug riskiert, sie hatte ihn vorhin mit dem Schlauch nassgespritzt, und nun war Arie am Zug.

»Wie spät ist es?«, fragte er, während noch ein paar Regentropfen fielen.

Evie drehte das Handgelenk, um auf die schmale silberne Uhr zu schauen.

»Beinahe fünf«, sagte sie.

Arie schien etwas verdattert – vor über einer Stunde war die Sonne untergegangen, das wusste er, und sie wusste, dass er es wusste, und fünf Uhr war schon seit Stunden vorbei –, aber er fragte nicht nach.

»Ich sollte dich wohl … lieber nicht länger aufhalten«, murmelte er.

Ein Windstoß sprühte ihnen Regen ins Gesicht, und Evie und Arie sprangen auf.

»Danke für die Hilfe beim Autowaschen«, sagte sie.

»Ich habe zu danken. Für die spontane Dusche«, sagte er.

Sie grinste. »Gerne wieder.«

Kaum war er fort, öffnete der Himmel alle Schleusen. Der Regen trommelte auf die Stadt, spülte die stickige Schwüle aus der Luft, wusch die Hitze von den Straßen und Häusern und tränkte vertrocknetes Gras und welke Bäume. In der Tavistock Row saß derweil Evie Greenlees im Schneidersitz auf den Polstern des Erkerfensters und sah zu, wie der Regen über die Scheiben lief und wandelnde Muster darauf malte, und lauschte auf das rhythmische, gleichmäßige Trommeln der Tropfen, die auf das Dach prasselten. In ihrem Schoß lag aufgeschlagen ein Tagebuch. Über den heutigen Tag hatte sie einiges geschrieben, aber als Letztes stand da: *Er ist nett. Sehr nett.*

3:46. Eine Ziffernfolge, die Arie so vertraut war, dass sie ihm fast wie ein alter Freund erschien. Fast genauso gut kannte er 3:44 und 3:45, von 3:47 und 3:48 ganz zu schweigen. Aber als er sich an diesem Sonntagmorgen mit einem Ruck im Bett aufsetzte, leuchtete ihm mit grünlichem Schimmer die 3:46 von der Anzeige des Weckers auf dem Nachttisch entgegen.

Wie immer, wenn er wieder mit viel zu wild pochendem Herzen aus dem Schlaf geschreckt war, ging Aries Blick zum stummgeschalteten Fernseher am Fußende des Bettes, wo *Doctor Who* schon darauf wartete, ihn mitzunehmen auf die Reise.

So oft hatte Arie frühmorgens wach im Bett gelegen, dass er nur zu gut wusste, er konnte höchstens darauf hoffen, wieder einzuschlafen, aber es nicht erwarten. Heute hatte er allerdings kein Glück. Nachdem er eine Stunde lang mit geschlossenen Augen schlaflos im Bett gelegen und vergeblich versucht hatte, es sich erst auf dieser Seite, dann auf der anderen, dann platt auf dem Bauch gemütlich zu machen, gab er es schließlich auf, drehte den Ton am Fernseher laut und schaute *Doctor Who*, während draußen die Vögel zu zwitschern begannen und schließlich das erste Licht der anbrechenden Morgendämmerung ins Zimmer schien.

Einer der wenigen Vorteile, gute Freunde mit kleinen

Kindern zu haben, war, wie Arie rasch festgestellt hatte, dass sie morgens meistens genauso früh auf den Beinen waren wie er selbst. Als er sich kurz darauf auf seinem wiederentdeckten Fahrrad auf den Weg zu Richard und Lenka machte, die nur ein paar Straßen weiter wohnten, waren die Schatten auf den Rasenflächen noch lang und kühl, und die aufgerollten Sonntagszeitungen lagen noch da, wo die Zeitungsboten sie hingeworfen hatten. Sogar ein paar Pfützen waren hier und dort noch zu sehen.

»Na, schau mal einer an, wer auch nicht schlafen konnte!«, rief Lenka, als sie Arie mit Marek auf dem Arm die Haustür aufmachte. Der kleine Kerl, nur mit Windel und Unterhemdchen bekleidet, sah aus wie ein pummeliges, sich windendes Michelin-Männchen mit Grübchen an den Knien und einem vollgesabberten Stück Zwieback im Mund und strahlte Arie dabei so fröhlich an, dass der aus ganzem Herzen hoffte, dieses Lächeln eines Tages ehrlich erwidern zu können.

Bisher hatte Arie noch ein kleines bisschen Angst vor Marek, mit seiner unbeherrschten Bedürftigkeit und der Unberechenbarkeit, mit der seine Stimmung von quietschfidel zu untröstlich umschlagen konnte. Trotzdem nahm Arie sein Patenkind tapfer aus Lenkas Armen entgegen, und weil er sich geschworen hatte, niemals in dieses alberne Babygetue zu verfallen, redete er in einer sehr vernünftigen Erwachsenenstimme mit dem kleinen Jungen. »Guten Morgen, Marek. Du kommst gut voran mit dem Zwieback, wie ich sehe. Wie läuft es mit den neuen Fangzähnen?«

Arie beugte sich an dem kleinen, zappelnden Ding

vorbei nach vorne zu Lenka, um ihr einen Begrüßungskuss auf die Wange zu geben.

»Kaffee ist fertig«, sagte sie zu ihm. »Ich kann dir auch gerne Frühstück machen, wir haben nur leider nicht viel im Haus.«

Arie folgte Lenka in die Küche und bestaunte die Verwüstungen, die ein einziges Kind in diesem einst so vorbildlich aufgeräumten Haus anzurichten vermochte. Inzwischen hatte es sich in ein Labyrinth aus hüfthohen Absperrgittern verwandelt, in der Spüle stapelten sich die Schnabeltassen, und den Boden bedeckte ein Dickicht aus Holzspielzeug. Der Kühlschrank war mit zerknitterten Bildern tapeziert, die ungelenke Fingerfarbenkringel zierten.

»Richard hat sich noch mal hingelegt«, erklärte Lenka. »Ich kann dir sagen, in diesem Haus hat letzte Nacht keiner genug Schlaf gekriegt.«

Im Morgenmantel und mit Brille auf der Nase statt der Kontaktlinsen, die sie sonst trug, wirkte Lenka zwar hundemüde, aber kein Fitzelchen unglücklich darüber. Sie nahm Arie den kleinen Marek wieder ab und setzte ihn auf den Küchenboden, dann gab sie ihm einen Satz knallbunter Messbecher zum Spielen und goss Arie eine Tasse starken, heißen Kaffee ein.

»Du siehst aus, als hättest du was auf dem Herzen«, bemerkte sie, scharfsinnig wie immer.

Arie nickte. »Schon möglich.«

»Also?«

»Du musst mir sagen, was ich machen soll.«

»Schieß los.«

Arie trank einen großen Schluck Kaffee. »Ich weiß

nicht mehr, wie man sich mit Frauen verabredet. Wobei, nein, das ist gelogen. Eigentlich habe ich das nie gewusst. Bei Diana … na ja, du weißt ja, wie sie war.«

Lenka lächelte traurig. »Unsere wunderbare Diana. Ich kann mir lebhaft vorstellen, dass sie genau wusste, was sie wollte, und … *bämm!* … dein kleiner Verstand ist einfach implodiert.«

»Ziemlich genau so war das.«

»Also, gibt es eine bestimmte Frau, mit der du dich verabreden willst?«

»Die gibt es.«

»Wie schön, Arie. Und? Wer ist sie?«

»Sie wohnt nebenan.«

»Im Airbnb?«

»Ja.«

Lenka schien kurz nachzudenken, dann fiel ihr etwas ein. »Ach, ich wollte dir doch Frühstück machen. Möchtest du Weet-Bix? Ich glaube, du hast die Wahl zwischen Weet-Bix mit Milch und Mareks Reisbrei. Es ist ein bisschen Ebbe in unserem Küchenschrank.«

»Weet-Bix ist prima, aber nur, wenn noch genug Milch da ist. Sonst esse ich einfach später.«

»Nein, nein – Milch ist genug da.«

Arie sah zu, wie sie durch die Küche huschte – Schachtel aus dem Vorratsschrank, Schälchen aus dem Küchenschrank, Löffel aus der Schublade. »Also, dann ist sie nur auf der Durchreise?«, fragte Lenka.

»Eigentlich ideal, finde ich.«

»Wie viele Weet-Bix möchtest du? Zwei, drei, vier?«

»Drei.«

Lenka gab die dicken Frühstückskekse in die Schüssel, dann schaute sie Arie stirnrunzelnd an. »Wieso ist es ideal?«

»Na ja, so ist es unverfänglicher, findest du nicht?«, sagte Arie. »Wir könnten ganz unverbindlich zusammen essen gehen, uns unterhalten. Und ich bin einfach ganz … normal.«

»Was soll das heißen, ›normal‹?«

»Ich meine, ich könnte einfach mal für fünf Minuten jemand anderer sein als der arme, bemitleidenswerte Kerl, dessen Verlobte bei einem tragischen Flugzeugabsturz ums Leben gekommen ist.«

Mit hochgezogenen Augenbrauen dachte Lenka darüber nach. »Du überlegst, diese Frau zum Essen einzuladen, und willst Diana dabei mit keinem Wort erwähnen?«

»Aber das wäre doch gar nicht nötig, oder?«

»Verstehe. Du meinst also, das sei nicht nötig, weil sie nach einer Verabredung eh wieder weg ist?«

»Ich dachte, du würdest dich freuen, dass ich, du weißt schon … wieder in den Sattel steige.«

Lenka musterte ihn durchdringend. »Meinst du, irgendeine Frau möchte mit einem Kerl ausgehen, der sie als Wiedereinstiegshilfe betrachtet?«

»So war das nicht gemeint«, protestierte Arie.

»Nicht?«

»Nein. Ich mag sie. Ich mag sie wirklich. Ich meine, ich kenne sie kaum, aber …«

»Warum?«, unterbrach Lenka ihn. »Warum magst du sie wirklich?«

Also erzählte Arie ihr von der Gitarrenmusik und dem Päckchen und wie sie ihn nach einem Gartenschlauch gefragt und ihn dann pudelnass gespritzt hatte. »Sie ist witzig und hellwach. Und sie hat so ein ausdrucksvolles Gesicht. Beim Pokerspielen wäre sie bestimmt eine Niete. Ich weiß nicht … sie ist einfach … einfach nur sie selbst«, schloss er schließlich.

Lenka lächelte stolz. »Du magst sie wirklich«, stellte sie fest. »Aber wenn das so ist, warum machst du es dann nicht richtig?«

»Ach, ich bitte dich, Lenka. Das ist meine erste Verabredung … seit …«

»Wie lange bleibt sie?«

»Ungefähr eine Woche, soweit ich weiß.«

Lenka machte ein nachdenkliches Gesicht, dann ging sie zum Kühlschrank, holte die Milch heraus und goss sie über die Müsli-Kekse. »Ich finde, du solltest für alles offen sein. Öffne dein Herz. Wenn du mich fragst, solche Dinge sollte man nie anders angehen. Ach, und übrigens, am Mittwoch kommst du wohl nicht zum Abendessen, oder?«

Mittwoch war der 4. März – Dianas Geburtstag.

»Nein, stimmt, da fahre ich zu Belinda«, brummte er. *Zum zweiten Mal in einer Woche,* dachte er bei sich.

Letztes Jahr hatten er und Belinda an Dianas Geburtstag Blumen unter das leere Fach in der Gedenkmauer gelegt, dann waren sie zu ihr nach Hause gegangen und hatten dünnen Tee getrunken und Musik gehört. Er nahm an, dass es in diesem Jahr ähnlich sein würde. Er würde sie fragen, ob irgendwas im Haus zu tun sei, und dann würde er mit frisch zerschrammtem Herzen nach Hause fahren.

Wieder sagte Lenka mit Akzent und ernster Mama-

Stimme: »Du hast mir noch nicht Bescheid gesagt wegen des Schranks.«

»Du hast recht«, murmelte Arie geistesabwesend. »Diese Woche ... ist Dianas Geburtstag. Und Freitag habe ich mir freigenommen, weil ich zu Heidis Hochzeit fahre. Vielleicht ist es keine so gute Idee, Evie diese Woche zum Essen einzuladen. Vielleicht ist es einfach noch zu früh.«

»Evie? Heißt sie so?«

»Ja.«

»Aber nächste Woche ist sie weg, oder?«

»Ja.«

»Dann muss es diese Woche sein«, erklärte Lenka entschieden, als sei das damit beschlossene Sache.

»Aber wie soll ich das anstellen? Was soll ich zu ihr sagen?«

»Ich würde sagen – möchtest du vielleicht mit mir essen gehen?«

»Mehr nicht?«

»Nein, Arie. So einfach und so schwer ist das.«

WOHER MAN WEISS (WANN ES ZEIT IST)

✦

Evie machte Arie die Tür auf, und bei der Begrüßung fiel ihr gleich auf, dass er geschniegelter aussah als sonst. Sogar das Hemd hatte er in die Hose gesteckt.

»Also, ich habe mich gefragt«, setzte er an und verzog dabei das Gesicht, als könne das, was er als Nächstes zu sagen hatte, ein bisschen wehtun, »ob du vielleicht mit mir essen gehen möchtest?«

»Liebend gerne.«

Sie konnte ihm ansehen, dass er nicht gedacht hätte, es würde so leicht werden.

»O…kay. Toll«, stammelte er. »Und wann?«

»Ich habe diese Woche noch nichts vor«, erwiderte sie.

»Mittwoch kann ich nicht«, überlegte er. »Und Freitag auch nicht.«

Sie dachte kurz nach. Damit blieben nur heute, morgen oder Donnerstag. Donnerstag schien noch viel zu lange hin, aber Evie hatte auch nicht den Mumm, einfach zu sagen: *Wie wäre es mit heute? Jetzt gleich?* Also entschied sie sich für einen Kompromiss.

»Morgen Abend?«, schlug sie vor.

»Prima. Ich hole dich dann ab. Um sieben?«

Jetzt, wo alles geklärt war, schien Arie ganz dringend wieder gehen zu müssen. Womöglich, um auszuatmen, dachte Evie. Sie war sich ziemlich sicher, dass er das, während er bei ihr vor der Tür stand, kein einziges Mal gemacht hatte.

Das Restaurant, an einer Biegung des schmalen Flüsschens gelegen, das sich durch die Außenbezirke der Stadt schlängelte, hieß Chopsticks, und auf Lenkas Anregung hin hatte Arie dort einen Tisch für zwei draußen auf der nach hinten gelegenen Sonnenterrasse reservieren lassen. In der einsetzenden Abenddämmerung schimmerte das sich sachte kräuselnde Wasser in Indigo und Kupfer, und auf dem Tisch brannte eine Citronella-Kerze, um die Moskitos fernzuhalten.

Von außen betrachtet wirkte alles ganz einfach: Ein Mann Mitte dreißig führte eine gutaussehende Frau, die – seiner Schätzung nach – Ende zwanzig sein musste, zum Essen aus. Sie sah umwerfend aus in ihrem schlichten schwarzen Oberteil mit dem tiefen runden Ausschnitt und der schwarzen Hose, die ihre Taille betonte. Dazu trug sie sehr zarte, riesengroße silberne Kreolen, die unten mit den Kanten ihres akkurat geschnittenen Bobs abschlossen. Sie war stärker geschminkt als sonst, aber hauptsächlich um die Augen. Er hätte nicht behaupten können, dass er die Sache mit der Wimperntusche so richtig verstand, aber was auch immer sie angestellt hatte, ihre blaugrünen Augen wirkten nur noch größer und eindringlicher als sonst.

Arie fragte sich, was die Menschen um sie herum

wohl sahen, wenn sie die beiden anschauten. Es gab keinerlei Berührungen zwischen ihnen. Kein beiläufiges Händchenhalten auf dem Tischtuch, kein dezentes Füßeln darunter, also würde sie wohl niemand für ein Paar halten. Vermutlich sah es nach dem aus, was es war: zwei Menschen bei ihrer ersten Verabredung, im Sonntagsstaat, mit Sonntagsmanieren, ein bisschen nervös und sehr bemüht um einander.

»Also, ist Evie dein richtiger Name, oder ist es eine Abkürzung?«

»Weder noch«, antwortete sie und nippte an ihrem Weißwein.

»Dann ist es … eine Verlängerung? Von Eve?«

»Ja. Und was ist mit Arie? Nicht gerade ein geläufiger Name. Jedenfalls nicht hier.«

»Meine Mutter ist Holländerin«, sagte er.

»Aha. Das erklärt auch den leichten Akzent.«

»Akzent? Ich habe einen Akzent?«

Er hatte längst mitbekommen, dass Evie ein Mensch war, der genau hinschaute, der beobachtete und Dinge bemerkte, aber erst in diesem Augenblick ging ihm auf, dass sie ihn beobachtet und an ihm Dinge bemerkt hatte.

»Sehr unterschwellig«, sagte sie, »aber man hört ihn heraus.«

»Meine Mum wäre hocherfreut, das zu hören. Sie ist sehr holländisch, und jedes Jahr um Weihnachten wird sie *noch* ein bisschen holländischer.«

»Lass mich raten … Oliebollen?«, fragte Evie verschmitzt.

»Die gibt es an Silvester, aber ja. Bei meinen Schwestern genauso. Scheint, als hätte ich als Einziger das Gen nicht geerbt.«

»Wie viele Schwestern hast du?«

»Zwei ältere, eine jüngere. Die jüngste heiratet dieses Wochenende.«

»Hast du …«, setzte sie an und beendete nach einem kurzen Zögern den Satz, »… dieses Gen auch nicht mitbekommen?«

Arie merkte, dass sie ein bisschen herumstocherte, aber ganz behutsam.

»Ich weiß es nicht«, gestand er. »Ich … war mal kurz davor zu heiraten. Einmal. Aber es hat nicht sein sollen. Und du? Warst du schon mal verheiratet?«

Evie schüttelte den Kopf, und die schmalen silbernen Ohrreifen funkelten im Kerzenlicht. »Ich war noch nie auf einer Hochzeit.«

»Was? Noch nie?«

»Nein.«

»Hast du Geschwister?«

»In gewisser Hinsicht, ja. Jede Menge sogar. In anderer bin ich ein Einzelkind.«

»Das musst du mir erklären«, sagte Arie.

»Ich habe zwei ältere Halbschwestern, Jacinta und Stella. Die beiden sind die Kinder meiner Mutter, aber nicht meines Vaters. Dann kam ich, aber meine Eltern haben sich getrennt, als ich noch ganz klein war. Dad hat ziemlich bald danach wieder geheiratet, und von seiner Seite habe ich noch vier weitere Halbschwestern, einschließlich zweier Zwillingsschwestern.«

»Ein Einzelkind mit sechs Geschwistern?«

»Das bin ich.«

»Sieben Mädchen? Klingt wie ein Märchen«, meinte Arie.

»Lustig, dass du das sagst. Als ich meine alten Sachen ausgepackt habe, die ich hier in Melbourne eingelagert hatte, habe ich eine alte Geschichte gefunden, die ich als Kind geschrieben hatte. Ein bisschen peinlich, ehrlich gesagt. Sie heißt ›Die sieben Prinzessinnen von Peregrine‹. Jede hat eine besondere Gabe«, gestand sie und musste über sich selber lachen.

»Und mit ›jede‹ meinst du ›wir‹?«

»Selbstredend.«

»Und was war deine?«

»Ach. Meine war ganz besonders.«

»Verrätst du es mir?«

Er konnte ihr ansehen, dass sie hin- und hergerissen war, ob sie es ihm erzählen sollte oder lieber nicht.

»Meine Gabe war, an der Uhr zu drehen. Die Zeit zurückdrehen, Geschichten ein anderes Ende geben zu können.«

Die Worte trafen Arie mitten ins Herz, und er sah, dass auch Evie es gemerkt hatte. Besorgt runzelte sie die Stirn, aber er lächelte ihr zu. »Noch Wein?«

»Danke, gern«, sagte sie, und er goss ihr nach.

»Und«, setzte er an und überlegte, wie er das Gespräch wieder auf ein unverfänglicheres Terrain bringen könnte. Dann fiel ihm wieder ein, wie er sie neulich Abend hochkonzentriert mit Notizbuch und Stift gesehen hatte. »Schreibst du immer noch?«

Das, bemerkte Arie, ließ ihre Augen noch ein bisschen heller leuchten.

»Tue ich«, antwortete sie.

»Und was schreibst du so? Belletristik? Sachbücher?«

»Nichts dergleichen«, gestand sie. »Ich schreibe Gedichte.«

»Ich habe noch nie eine Dichterin kennengelernt.«

»Tja«, sagte sie schmunzelnd, »freu dich nicht zu früh.«

Nach dem Essen schlug Arie einen kleinen Spaziergang entlang des schmalen Fußpfads vor, der vom Restaurant zum Ufer hinunterführte. Es war eine laue Nacht, und bis auf ein, zwei andere Pärchen, die händchenhaltend vorbeischlenderten, und den gelegentlichen Radfahrern, war der Pfad menschenleer.

Sie ließen das dunstige Licht der Restaurantterrasse hinter sich, und jetzt, wo sie einfach nebeneinander herliefen, statt sich ständig in die Augen sehen zu müssen, fiel ein bisschen von dem unangenehmen Druck von Evie ab.

»Wie spät ist es?«, fragte Arie.

Evie schaute nicht einmal auf die Uhr. »Immer noch kurz vor fünf.«

»Was natürlich immer noch nicht stimmt«, sagte er.

»Hier natürlich nicht«, sagte Evie. »Zumindest nicht jetzt.«

»Ich wage mal zu vermuten, es steckt eine Geschichte hinter der Uhr.«

Wäre Arie Archäologe, hätte er in diesem Moment angefangen, eine neue Schicht freizulegen, dachte Evie. Und erwiderte: »Das stimmt.«

»Eine Geschichte, die du oft erzählst?«

»Fast nie.«

»Fast nie. Aber nicht niemals nie.«

»Richtig.«

»Erzählst du sie mir?«

Hier sollte es also sein, dachte Evie. Hier, mit dem dunklen Fluss zu ihren Füßen und den Lichtern der Stadt, die knapp oberhalb des sich kräuselnden Wassers tanzten – hier würde sie ihre Geschichte gegen seine tauschen. Hier würde sie ihm erzählen, warum sie eine Uhr trug, die nicht mehr ging, und er würde ihr erzählen, warum er nie geheiratet hatte. Evie holte tief Luft.

»Die Uhr hat meiner Mutter gehört. Sie ist gestorben.«

»Was ist passiert?«

»Ein Unfall.«

»Wie alt warst du da?«

»Acht.«

»Das ist verdammt jung. Was für ein Unfall?«

»Sie war als Krankenschwester für Ärzte ohne Grenzen im Einsatz. Im Sudan.«

»Warte mal. Sagtest du nicht eben, du warst *acht*? Wo warst du denn, als das passiert ist?«

Evie wurde ganz warm ums Herz angesichts seines ungläubigen Erstaunens, aber sie wollte auch nicht, dass er schlecht über ihre Mutter dachte.

»Meine Mum … sie war irgendwie längst durch mit dem Muttersein, als sie mich bekommen hat. Meine großen Schwestern sind um einiges älter als ich, und mich gibt es eigentlich nur, weil mein Dad mich unbedingt wollte. Aber der hat dann kurz darauf seine Sachen gepackt und eine eigene Familie gegründet, also stand meine Mutter plötzlich allein da mit einem kleinen Kind. Dabei wollte sie eigentlich« – *viel mehr, als sie mich je wollte* – »ins Ausland gehen und anderen Menschen helfen. Sie hat gewartet, bis ich acht war. Eigentlich sollte sie nur ein Jahr weg sein. Nur ein Jahr.«

»Muss eine mutige Frau gewesen sein.«

»War sie«, erwiderte Evie seufzend. Genau wie Arie konnte sie nur Mutmaßungen anstellen. Die Erinnerungen an ihre Mutter waren allesamt zwanzig Jahre alt oder noch älter. Nur eine Handvoll davon waren noch frisch und anschaulich. Die anderen waren formlose Schatten, farblos und matt, oder sie erinnerten verdächtig an die Fotos, die es aus den ersten sieben Jahren ihres Lebens noch gab.

»Und was ist passiert?«

»Eine Landmine. Sie saß mit zwei Kollegen in einem Jeep. Sie fuhren in einem Konvoi, und das Auto, in dem meine Mutter saß … das fuhr ganz vorne. Sie wurden zerrissen, alle drei. Es war der Fahrer des Wagens hinter ihnen. Er hat die Uhr gefunden und hat sie zusammen mit ihren anderen Sachen nach Hause geschickt. Aber sie war stehengeblieben.«

»Um kurz vor fünf?«

Sie nickte und musste ihre Gedanken mit aller Gewalt davon abhalten, blind loszugaloppieren. Manchmal, wenn sie schlecht träumte, gab es für sie kein Entrinnen vor den schrecklichen Bildern, die zur Geschichte der Uhr ihrer Mutter gehörten.

Einen halben Herzschlag ehe Arie die Hand nach ihrer Hand ausstreckte, wussten sie beide, dass er es tun würde, und Evie wünschte sich nichts sehnlicher. In seiner Hand war ihre ganz klein, und sie wärmte ihre kühlen Finger.

Es war das erste Mal, dass sie einander berührten. Und doch gingen sie einfach weiter, als sei nichts geschehen, und der Moment verging, ohne dass jemand etwas dazu sagte. »Wie war das für dich, deine Mutter zu verlieren?«, fragte Arie vorsichtig.

Evie seufzte. Auf diese Frage gab es keine einfache Antwort. Eine Weile gingen sie schweigend nebeneinanderher, während sie überlegte, was sie darauf erwidern sollte.

»Hast du mal was vom Mandela-Effekt gehört?«, fragte sie ihn.

»Nach Nelson Mandela?«

»Ja.«

»Er hat einen eigenen Effekt?«

»Hat er. So nennt man Fälle kollektiver Fehlerinnerungen. Der Name kommt daher, dass unzählige Menschen sich daran *zu erinnern glaubten*, in den 1980er Jahren gehört zu haben, Nelson Mandela sei im Gefängnis gestorben. Was natürlich nicht der Fall war. Aber es gibt Menschen, die sind sich da ganz sicher. Todsicher, sozusagen. Sie sind sogar davon überzeugt, seine Beerdigung im Fernsehen verfolgt zu haben.«

»Und was hat das mit deiner Mutter zu tun?«, fragte er – neugierig, nicht ungeduldig.

»Der Tod von Nelson Mandela ist nur ein Beispiel. Es gibt Dutzende weitere. Kennst du das Kinderbuch *Der Grüffelo*? Viele Leute würden Stein und Bein schwören, dass es *Das Grüffelo* heißt. Oder das Ford-Logo? Es gibt Menschen, die schwören, das Ford-Logo sei *falsch*, weil es anders aussieht als in ihrer Erinnerung. Die Sache ist die: Viele Menschen sehen den Mandela-Effekt als

Beweis eines … eines … wie würde dein Doctor Who noch gleich sagen? Als eines Risses im Raum-Zeit-Gefüge? Sie behaupten, es könne der Beweis für die tatsächliche Existenz des Multiversums sein. Vielleicht gibt es den Mandela-Effekt, weil sich verschiedene Welten kreuzen – eine, in der Nelson Mandela weiterlebte und aus der Haft entlassen wurde und schließlich Südafrika regierte … und eine andere, in der er im Gefängnis gestorben ist. Oder es könnte der Beweis dafür sein, dass Menschen Zeitreisen unternehmen und den Verlauf der Geschichte verändern – du weißt schon, Mandela das Leben retten, ohne dabei die Erinnerung an seinen Tod auszulöschen. Oder einfach Kinkerlitzchen und Kleinkram, wie das Ford-Logo oder ›der‹ Grüffelo. Aber für mich bedeutet es, dass ich zumindest träumen kann. Mir vorzustellen, dass irgendwo … irgendwo da draußen, in einer anderen Wirklichkeit, auf einer anderen Erde, meine Mutter im zweiten Jeep gesessen hat, nicht im ersten. Dass es in einer anderen Wirklichkeit ein Ich gibt, das eine Mutter hat. Ein Zuhause. Manchmal denke ich an dieses Ich.«

»Eine andere Version desselben Lebens«, murmelte Arie.

Evie nickte. Und wartete darauf, dass Arie ihr von Diana erzählte.

Sie waren an einen breiten Holzsteg gekommen, der über das Flussufer hinausführte und auf dem zwei Parkbänke zum Sitzen und Verweilen einluden. Arie und Evie setzten sich nicht, sondern blieben, sich noch immer an den Händen haltend, gegen das Geländer gelehnt stehen. Draußen auf dem Fluss tuckerte ein nächtliches Wassertaxi vorbei und hinterließ in seinem Kielwasser sich kreuzende Wellen.

Arie schaute in den Stadthimmel, verhangen hinter Smog und all dem diffusen Licht, das er einfing. Es war lange her, dachte er, seit er einen richtig schönen Nachthimmel gesehen hatte, klar und schwarz und funkelnd vor Sternen. Konnte es sein, dass irgendwo da draußen, jenseits des Dunstes, jenseits der Sterne sogar, ein Abbild dieser Erde um ein Abbild der Sonne dieser Erde kreiste?

Das hier, dachte Arie, wäre der perfekte Moment, um Evie von Diana zu erzählen.

Aber Arie wollte nicht. Noch nicht.

»Und was denkst du?«, fragte er.

»Worüber?«

»Über das Multiversum? Alternative Welten? Glaubst du an so was?«

»Eher nicht«, gestand Evie. »Aber ich denke gerne darüber nach. Ich denke gerne an mein anderes Ich, da draußen auf dieser anderen Erde.«

»Ein tröstlicher Gedanke?«

»Auf jeden Fall.«

Arie wusste nicht so recht, ob er das genauso sah. Beim Gedanken daran, dass er und Diana in einer anderen Wirklichkeit zusammen waren, beschlich ihn das grässliche Gefühl, ganz allein zurückgelassen worden zu sein auf dieser einen trostlosen, gottverlassenen Erde, während sein wirkliches Leben ganz woanders stattfand.

»Hast du dabei nicht irgendwie das Gefühl, dass dein

wahres Ich woanders ist und hier nur eine leere Hülle zurückgeblieben ist wie ein abgestreifter Kokon?«

Er sah Evie von der Seite an, und sie lächelte.

»Oh nein. Ich stelle mir vor, dass sie beide ganz echt und wahr sind«, erklärte sie, den Blick noch immer über den Fluss gerichtet. Dann drehte sie sich zu ihm um und stützte nur noch einen Ellbogen auf das Geländer. »Die andere Evie? Die ist da draußen und macht ihr eigenes Ding. Und ich bin hier und mache meins. Das Leben hat uns einfach andere Karten ausgeteilt, ihr und mir, mehr nicht.«

»Aber es gibt gute Karten und schlechte Karten, oder nicht?«

»Ich weiß, dass es beim Kartenspielen immer ums Gewinnen geht. Aber vielleicht ist im *Leben* etwas ganz anderes ja viel wichtiger.«

»Und worin unterscheidet ihr euch, ihr beide?«

Evie überlegte. »Sie ist selbstbewusster als ich. Stärker.«

»Weil?«

»Weil ihre Mutter nicht für immer gegangen ist, sondern nur für eine Weile. Weil ihre Mutter getan hat, was sie tun musste, und dann wieder nach Hause zurückgekommen ist.«

»Und *dieses* Ich?«

»Dieses Ich?«

»Ja, das hier vor mir. Was ist mit ihr?«

»Ich? Ach, ich lasse mich einfach treiben, hierhin und dorthin.«

Und dabei war ihr Blick so wehmütig, dass Arie nicht anders konnte. Ohne nachzudenken, streckte er die Hand nach ihr aus und strich Evie sachte über die

Wange und das feine Kinn, und ihre Ohrringe streiften ganz leicht seinen Handrücken. Sie wich nicht zurück, sondern schloss die Augen und atmete aus. Er spürte die unmerkliche Schwere, als sie sich in seine Hand schmiegte. Mit dem Daumen streichelte er ihre Wange, und sie schlug die Augen auf und lächelte.

»Ist das okay?«, fragte er.

»Es ist wunderschön«, sagte sie.

Und dann küsste er sie, und es war ganz anders als der Kuss mit Grace an Silvester. Das hier, das war echt.

Die Augen geschlossen und mit klopfendem Herzen, schmeckte er zuerst Minze und dann den Duft des Eukalyptus, der seine Zweige ins Wasser hängen ließ. Er spürte ihren warmen, weichen Körper, der sich sachte gegen seine Brust schmiegte. Und als er ihr mit einer Hand unter die Haare fuhr und die andere auf ihre Hüfte legte und sie sanft an sich zog, da merkte er zu seiner großen Überraschung, dass er noch ganz genau wusste, wie es ging.

Willst du wissen, was als Nächstes in meinem Leben passieren wird? Ich verrate es dir. Ich werde jemanden kennenlernen. Jemand Nettes. Und er wird mich wollen. Wirklich, richtig, echt wollen, nicht bloß irgendwie. So einfach wird das sein.

Und Arie wollte sie. Evie merkte es daran, wie er sie küsste. Seine Geschichte, ihre Geschichte … das alles war in diesem Augenblick vergessen. Der Kuss wurde immer tiefer, leidenschaftlicher, und Evie wusste, dass sie recht gehabt hatte. Er wollte sie, wirklich und wahrhaftig. Und so einfach würde das sein.

NACHTSICHT

Auf der Fahrt vom Restaurantparkplatz in die Tavistock Row war es still im Renault, aber in Aries Kopf toste ein Sturm. Er wollte den Ereignissen nicht vorgreifen, aber er hatte gespürt, was dieser Kuss in sich barg, und seine Gedanken fuhren Achterbahn.

Er schaute geradeaus auf die Straße, aber Evie auf dem Beifahrersitz ging ihm nicht aus dem Kopf. Sie saß da und spielte an ihrem Mondsteinring, den sie am Mittelfinger der linken Hand trug. Er wusste nicht so genau, was als Nächstes passieren würde – vielleicht wollte sie gar nicht, dass das mit ihnen weiterging, vielleicht entschied sie sich, Nein zu sagen. Oder sie wollte es wirklich. Er hatte gewusst, wie er sie küssen musste, aber das war ja auch eine der leichtesten Übungen. Neun Jahre war es her, seit er das erste Mal mit einer Frau geschlafen hatte, und über zwei Jahre seit dem letzten Mal.

Ob sie nun miteinander ins Bett gingen oder nicht, Arie war sich jedenfalls ziemlich sicher, dass sie sich nicht einfach mit einem Handschlag verabschieden würden. Krampfhaft überlegte er, wie er es anstellen sollte, dass sie zu ihr hinübergingen statt zu ihm. Bei ihm zu Hause hingen und standen überall Fotos von Diana, und ein ganzes Zimmer war für einen Flügel reserviert, den er nicht einmal spielen konnte. Dianas Wintermäntel, ihre Mützen, ihr Regenschirm … alles hing noch an der Garderobe gleich hinter der Haustür.

Er bog ab in die Tavistock Row und merkte, dass er so wach war wie schon lange nicht mehr – wach auf eine frische, lebendige Art. Es war das genaue Gegenteil der erschöpften, bleischweren Wachheit in den frühen Morgenstunden.

Doch dann, im Näherkommen, sah er plötzlich, dass vor seinem Haus ein Auto parkte, und schlagartig war seine Vorfreude verpufft und schierer nackter Angst gewichen. Das Auto war klein und weiß und sehr vertraut. Die Innenbeleuchtung brannte, und in deren Schein konnte er gerade so den Umriss der Person auf dem Fahrersitz ausmachen. Belinda Clare.

Auch Evie sah das Auto. Es hatte so gar nichts Bemerkenswertes, aber sie sah, wie Arie bei seinem Anblick zusammenzuckte, als hätte er einen elektrischen Schlag abbekommen. Aus den Augenwinkeln linste sie zu ihm hinüber und sah, wie er die Zähne zusammenbiss.

Vor der Hausnummer 12 war noch genügend Platz, um den Wagen dort abzustellen. Evie erhaschte im Rückspiegel einen Blick in das Innere des Wagens und war sich ziemlich sicher, eine Frau mit kurzen, hellen Haaren erkannt zu haben. Eigentlich erwartete sie, Arie würde anhalten und dann rückwärts einparken, doch stattdessen trat er unvermittelt auf die Bremse, knüppelte den Rückwärtsgang rein und rauschte rückwärts in die Einfahrt des nächsten Hauses, um dann die Tavistock Row in dieselbe Richtung, aus der sie gerade gekommen waren, zurückzurasen.

»Alles okay?«, fragte Evie verdattert.

»Nicht … unbedingt«, murmelte Arie.

»Was ist denn los? Stimmt irgendwas nicht?«

Er lenkte den Wagen aus der Tavistock Row und bog, das Lenkrad fest umklammert, links in die nächste Seitenstraße ein. Dort hielt er am Bordstein und sah Evie mit gequältem Gesicht an.

»Es tut mir schrecklich leid. Das ist nicht … hör zu, ich kann dir das alles jetzt nicht erklären. Im Auto vor meinem Haus sitzt eine Frau. Sie ist … wie soll ich sagen, sie ist nicht … es ist nicht das, wonach es aussieht, aber sie darf dich nicht sehen. Nicht jetzt. Nicht ausgerechnet heute Abend.«

Evie war es, als hätte sie in einer wohlig warmen Badewanne gelegen und mit einem Mal sei das ganze Wasser abgelaufen, wie von einem Wal mit einem Schluck leergetrunken. Arme und Beine wurden ihr bleischwer, und ihr war kalt.

»Im Auto vor deinem Haus sitzt eine Frau«, wiederholte sie, »und sie … darf mich nicht sehen?«

»Nicht heute Abend, nein. Irgendwann anders, vielleicht. Evie, kannst du mir bitte einfach vertrauen? Ich muss mich um sie kümmern, okay? Gib mir fünf Minuten.«

Evie versuchte, ganz ruhig zu bleiben und Verständnis zu zeigen, aber ihr Hirn hatte Schwierigkeiten zu begreifen, was zum Teufel hier vor sich ging.

»Ich verstehe nicht. Was genau verlangst du von mir?«

»Es tut mir leid. Ich muss dich bitten, aus dem Auto zu steigen und mir fünf Minuten Vorsprung zu geben. Warte einfach fünf Minuten, bis ich mit ihr im Haus bin. Mehr nicht. Nur fünf Minuten. Dann kannst du in Ruhe nach Hause gehen.«

»Ich kann *in Ruhe nach Hause gehen*?«, fragte Evie entgeistert, und so langsam wurde das Gefühl der Demütigung mächtiger als der Drang zu verstehen. »Darf ich das? Mit deiner Erlaubnis? Tausend Dank auch.«

»Bitte, Evie. Ich kann dir das alles erklären, aber nicht jetzt. Wenn sie hier ist, muss es ihr wirklich schlecht gehen. Es tut mir so leid. Bitte?«

Evie nickte, denn was hätte sie sonst tun sollen? Ihre Hand ging zum Türgriff.

»Danke für das nette Abendessen«, sagte sie spitz.

»Es tut mir leid, Evie.«

»Das sagtest du schon.«

Evie trat auf die Straße und schloss die Autotür hinter sich, ganz vorsichtig, damit sie nicht zuknallte. Sie warf sich die kleine Handtasche – darin nur der Hausschlüssel, ihr Portemonnaie und ein Lippenstift – über die Schulter und verschränkte die Arme vor der Brust.

Die spätabendliche Brise, die durch die Querstraße blies, fuhr durch den dünnen Stoff ihres Baumwolltops, und ihr ging auf, dass sie mutterseelenallein auf der Straße stand, während der Mann, mit dem sie gerade um ein Haar nach Hause gegangen wäre, eine enge Kehrtwende machte und ohne einen Blick zurück davonfuhr.

Evies Uhr sagte, es sei erst ein paar Minuten vor fünf. Ihre Zeiger würden in den nächsten fünf Minuten nicht vorrücken, jetzt nicht und auch sonst nie wieder, und ohne Handy blieb Evie nur, die Minuten selbst zu zählen.

Sie ging die Querstraße entlang, aber ganz gleich, wie zügig sie auch marschierte, ihr wurde nur an einer Stelle warm, und das war ihr Gesicht. Ihre Wangen brannten vor Scham. Das zu ihrer Prophezeiung. So einfach war es dann doch nicht. Gar nichts daran war einfach.

Evie ging eine ganze Weile, bis sie irgendwann einen großen Bogen geschlagen hatte, der sie wieder zur Bäckerei an der Ecke der Tavistock Row führte. Von dort konnte man die Straße vor Nummer 12 und 12a sehen. Keine Spur von Arie oder der Frau. Das weiße Auto stand immer noch vor dem Haus, aber die Innenbeleuchtung war ausgeschaltet. Der Renault parkte gleich dahinter. Auf leisen Sohlen näherte Evie sich. Alles blieb ruhig, still und friedlich, und fast schien es ihr in diesem Augenblick, als sei alles an seinem Platz und genau da, wo es hingehörte. Bis auf sie selbst. Wie schon so oft in ihrem Leben war sie das falsche Teil. Das Teil, das übrig blieb, das nirgendwohin passte.

FÜNF

SPIEGEL IM SPIEGEL

✦

In der Nummer 12 Tavistock Row saß Belinda Clare in einem Sessel, den schmalen Körper in eine Pose gezwungen, die sie noch zerbrechlicher erscheinen ließ – Füße zusammen, Schultern hochgezogen, Ellbogen auf den Knien, Kinn in die Hände gestützt. Ihre Augen waren rot gerändert, und auf dem Couchtisch neben ihr stand eine längst vergessene kalte Tasse Tee mit Milch.

Im Verlauf der letzten Stunde hatte sie, in verschiedenen Variationen, aber immer mit Tränen in den Augen, wieder und wieder dasselbe gestammelt: »Ich wünschte, wir hätten sie begraben können. Ich ertrage den Gedanken einfach nicht, dass sie am Grund dieses furchtbaren Ozeans liegt. Ich ertrage es nicht, dass uns nichts von ihr geblieben ist.« Und Arie hatte, um ihren Schmerz zu lindern, nichts weiter tun können, als Tee zu kochen und eine Schachtel Taschentücher bereitzustellen und dann Kissen und Laken und Decken herauszukramen, um ihr das Schlafsofa herzurichten.

Irgendwann waren Belindas Tränen endlich versiegt, und Arie hatte ein bisschen Musik aufgelegt. »Spiegel im Spiegel« von Arvo Pärt, gespielt von Diana und ihrer Freundin, der Cellistin Naomi Koh. Unter allen von

Dianas Aufnahmen war Arie diese vielleicht am liebsten, und es war das Tröstlichste, was er an diesem Abend für Belinda auflegen konnte.

Diana hatte ihm einmal erklärt, was es mit dem Namen des Stückes auf sich hatte, und sie hatte ihn auf die Notenfolge hingewiesen, wie die Töne sich voneinander entfernten und dann wieder aufeinander zuliefen, wie Spiegelbilder, die sich ineinander spiegelten: gleich, und doch immer mit kaum merklichen Unterschieden.

Die lange, langsame Bogenführung des Cellos und die schlichte Notenfolge auf dem Klavier – die wie das sachte Klimpern kleiner Wassertropfen klang – erblühten um und in ihm, und Arie musste an Dianas schmale, blasse Handgelenke denken, die sich hoben und wieder senkten, und wie sie beim Spielen die Augen geschlossen hatte.

Pärts Komposition war filigran und unsagbar traurig, und während Diana spielte, wanderten Aries Gedanken nach nebenan zu Evie. Es konnte gut sein, dass sie gerade auf der anderen Seite im spiegelverkehrten Wohnzimmer saß, nur ein paar Meter von ihm entfernt.

Er konnte sich nur zu gut vorstellen, wie das alles in ihren Augen aussehen musste: eine Frau im Auto vor seinem Haus, seine blanke Panik und wie er – er schämte sich beim Gedanken daran – um die Ecke gebogen war, sie aus dem Auto geworfen und sang- und klanglos stehengelassen hatte. Hätte er auch nur eine Sekunde lang nachgedacht, statt panisch wie ein kopfloses Huhn loszurennen, hätte es bestimmt tausend andere Lösungen gegeben. Tausend bessere. Er musste sie sobald wie irgend möglich um Entschuldigung bitten und ihr alles erklären. Aber wie? Und wann? Heute Abend würde

Belinda bei ihm übernachten, und morgen – an Dianas Geburtstag – war er schon verplant.

»Spiegel im Spiegel« neigte sich dem Ende zu. Arie konnte sich daran erinnern, dass Diana, obwohl sie es im Allgemeinen nicht mochte, wenn ein Stück kein »anständiges« Ende hatte, diese Komposition als eine der wenigen Ausnahmen betrachtet hatte.

»Ich glaube, man soll nicht denken, dass es wirklich damit endet«, hatte sie ihm erklärt. »Ich glaube, es soll den Anschein erwecken, als würde es weitergehen, weiter und immer weiter, auf immer und ewig, wenn auch vielleicht nebenan, in einem anderen Zimmer.«

Cello und Klavier verstummten, und es wurde still im Zimmer.

Einen Augenblick später sagte Belinda: »Von mir hatte sie das nicht, weißt du.«

Arie wusste nicht, was sie meinte. »Wie bitte?«

»Von mir hatte sie das nicht. Ich bin nicht sonderlich musikalisch«, erklärte Belinda, und Arie kam es vor, als täte sich gerade eine Tür zwischen ihnen auf. Eine ganz neue. »Von mir hat sie dieses Talent nicht geerbt. Das hatte sie von ihrem Vater.«

»Du hast Dianas Vater nie erwähnt«, bemerkte er behutsam. »*Diana* hat ihren Vater nie erwähnt.«

»Nein, hat sie nicht. Sie hat es mir leichtgemacht.« Belinda seufzte. »Sie hat mich nur einmal nach ihm gefragt, und ich habe ihr alles gesagt, was ich wusste. Danach hat sie das Thema nie wieder angerührt. Es war eigenartig, wie eine stillschweigende Vereinbarung zwischen uns. Sie hat … es einfach gut sein lassen. Wir hatten einander, und das schien uns beiden zu genügen.«

Die Fragen in Aries Kopf versuchten sich alle gleichzeitig nach vorne zu drängeln. Wer? Wann? Wo? Wie?

Belinda kaute an ihrem Daumennagel, und ein leises Funkeln schlich sich in ihre Augen. »Ich habe ihn in einem Pub kennengelernt, als ich damals mit einer Freundin auf großer Tour durch Australien war. In ihrem klapprigen Kastenwagen, was dir in etwa sagen dürfte, zu welcher Zeit in meinem Leben das war.«

Arie versuchte sich Belinda in jungen Jahren auf einer Tour im Kastenwagen durch Australien vorzustellen. Sandige Füße auf Vinyl-Sitzen. Der Duft von Kokos-Sonnencreme.

»Weiß er von ihr?«

»Nein. Nichts, null.«

»Hast du nie versucht, ihn ausfindig zu machen?«

»Ich wüsste nicht, wie.«

»Weil?«

»Ich wüsste nicht, wo ich anfangen sollte zu suchen.«

»Was weißt du denn über ihn?«

»Er hat in einer Band gespielt, und er hieß Rory. Guck mich nicht so an, Arie. Ich war noch so jung.«

»Ich gucke dich doch gar nicht an«, protestierte Arie.

»Tust du wohl.«

»Gut, vielleicht ein bisschen«, gestand er und versuchte ein kleines Lächeln. »Ich hätte dich nur nie für ein Groupie gehalten. Ich versuche gerade, mir dich im Moshpit vorzustellen.«

»Er sah einfach unverschämt gut aus«, sagte Belinda nicht ohne Stolz.

»Und du hast wirklich nie nach ihm gesucht?«

»Als sie noch lebte, habe ich dazu keinen Grund gesehen. Sie hat nie nach ihm gefragt. Und jetzt, nach allem, was passiert ist, käme ich mir dabei irgendwie schäbig vor. Was sollte ich ihm auch sagen? Du hattest eine bildhübsche, hochtalentierte Tochter. Aber du wirst sie nie kennenlernen.«

Belinda hing diesem Gedanken einen Augenblick nach, dann sagte sie: »Ich sollte dich lieber schlafen lassen.«

»Soll ich dir mit dem Sofa helfen?«

»Nein, ich mache das schon.«

»Dann gute Nacht.«

Arie stand auf und er war schon fast aus dem Zimmer, als sie leise sagte: »Arie, ich weiß, du hast dir deinen Abend sicher anders vorgestellt.«

Arie versetzte es einen Stich, das zu hören.

»Schon okay. Wirklich.«

»Ich weiß, was für ein Glück ich habe«, sagte sie. »Dass du für mich da bist.«

»Immer«, erwiderte er, und auch wenn er das so meinte, hatte er doch eine dunkle Ahnung, dass ihre Erwartungen an ihn und das, was er wirklich versprechen konnte, meilenweit auseinandergingen. Eines Tages, das wusste er, würde er sie enttäuschen. Beinahe wäre es schon heute Abend geschehen.

Im Wohnzimmer von 12a lief keine Musik. Während Evie vor ihrer Landkarte von Australien stand, hörte sie nur das leise Summen der Elektrogeräte im Hintergrund und das Rauschen ihres eigenen Blutes in den Ohren.

Die nördliche Spitze der australischen Landmasse

ragte über die Tischkante und hing, dalíesk, herab wie ein welkes Blatt. Die vier Pins, die sie ins Papier gesteckt hatte, waren alle noch da, aber nun zog Evie den kleinen Stern aus Esperance. Es war so ein entlegener Ort, und heute Abend machte sie die Vorstellung, quer durchs ganze Land zu tuckern und sich in einer Stadt, in der sie nichts und niemanden kannte, ein ganz neues Leben aufzubauen, unbeschreiblich müde.

Aus ihr unerfindlichen Gründen zupfte sie dann auch den Silbermond aus Bellingen. Sämtliche Abenteuerlust war ihr abhandengekommen. Sie wollte sich nur noch in einem sicheren, warmen Bau verkriechen, wo sie sich zusammenringeln und die Decke über den Kopf ziehen konnte, weit weg vom Rest der Welt.

Im Laufe der letzten Stunde hatten sich Evies Gedanken bereits mehrere Runden im Kreis gedreht, und gerade setzte sich das Karussell erneut in Bewegung. Zuerst kamen die Fragen. Wer war die fremde Frau im Auto? Warum hatte Arie nicht gewollt, dass sie Evie sah? Darauf folgten die Mutmaßungen. Wer immer diese Frau war, sie schien etwas dagegen zu haben, dass Arie mit Evie essen ging, ganz zu schweigen davon, dass er sie küsste. Ob sie seine Geliebte war? Oder eine von vielen Geliebten?

Als Letztes meldete sich die Stimme der Vernunft. Sie sollte keine Spekulationen anstellen. Sie wusste zu wenig. Arie schuldete ihr nichts. Sie waren zusammen essen gewesen, mehr nicht. Geschiedene oder verwitwete Männer – die blieben nie lange allein. Das wusste Evie nur zu gut.

Evie wusste auch, dass es inzwischen durchaus

üblich war, mehrere Menschen gleichzeitig zu daten. Auch wenn ihr selbst das fernlag. Bei ihr hieß es alles oder nichts, immer schon.

Dann stürzten die Fragen wieder auf sie ein. Wenn Arie kein Problem mit dem hatte, was er da machte – ein kleiner Flirt hier und da, mehr nicht –, warum hatte er dann so überreagiert? Warum Evie erst einmal um den Block fahren und sie dann einfach stehenlassen, als schämte er sich für sie? Ob er vor irgendwas Angst hatte? Sie wusste es nicht, und womöglich würde sie es auch nie erfahren, denn sie würde ganz bestimmt nicht nach nebenan gehen und von ihm eine Erklärung verlangen. Nicht heute, nicht morgen, überhaupt nie.

Eins allerdings wusste sie ganz bestimmt: Was auch immer zwischen ihnen war, oder für einen flüchtigen Augenblick gewesen war, einfach war das mit ihr und Arie Johnson nicht. So gar nicht.

Mit großer Mühe wendete Evie sich wieder der Landkarte zu. Melbourne oder Hobart? Großstadt oder Kleinstadt? Zipfel des Kontinents oder Süden der Insel? Hier oder dort?

Nicht hier, schrie ihr Herz. *Hier erwartet dich nichts.*

Sie hatte sich entschieden.

Eine halbe Stunde später waren sie und der Käfer für die Überfahrt auf der Bass-Strait-Fähre am kommenden Montag gebucht. Noch fünf Tage, dann wäre sie auf und davon.

Inzwischen zeigte die Uhr am Computer beinahe Mitternacht, aber Evie wusste, dass Reuben eine Nachteule war und oft bis in die frühen Morgenstunden im Netz surfte und sich obskure Bands auf YouTube anhörte. In

Ermangelung eines funktionierenden Handys ging sie auf Skype.

Während im Hintergrund der vertraute Glockenton dudelte, versuchte Evie sich so zurechtzusetzen, dass sie einen schmeichelhaften Kamerawinkel fand, doch dazu blieb ihr keine Zeit – und eigentlich wusste sie auch, dass das bloß eine moderne Legende war –, denn da öffnete sich der Bildschirm auch schon wie ein Portal ins Wohnzimmer in der Rumsfeld Street. Da saß Reuben mit seinen Rockabilly-Koteletten, dem stoppeligen Zwei-Tage-Bart und der verwegenen strohblonden Haartolle.

»Eve-Star!«, rief er.

»Hey, Roo.«

»Wie isses, Kleine?«

»Kann nicht klagen.«

Stella erschien im Pyjama an Reubens Schulter, schon bettfertig, ihr Gesicht rot vom Waschen und glänzend von der Feuchtigkeitscreme.

»Hallo, Schatz!«, rief Stella. »Schon ziemlich spät. Alles okay?«

»Bestens, bestens. Ich wollte bloß … ich habe gute Neuigkeiten, und ich dachte, ihr wollt vielleicht die Ersten sein, die sie erfahren.«

»Was denn?«, fragten Reuben und Stella wie im Chor.

»Ich komme nach Hause.«

ESELVERUE

Dianas Geburtstag war vorüber. Inzwischen war es Donnerstagabend, und Arie stand vor der Haustür von 12a in der Tavistock Row. In einer Hand hielt er eine Schachtel, in marmoriertes Papier gewickelt und mit einer Schleife verziert. Die andere Hand hatte er zum Klopfen erhoben, die Knöchel Zentimeter vor dem hölzernen Türblatt. So lange stand er nun schon reglos da, dass er sich langsam vorkam wie eine dieser lebenden Statuen.

Besser wäre es gewesen, er wäre schon viel früher hergekommen und hätte getan, was er gerade im Begriff war zu tun. *Aber das war unmöglich,* sagte er sich, um sich gleich darauf streng zu maßregeln: *Du hättest es möglich machen können.* In der Mittagspause war er in einen Blumenladen gegangen. Er hatte sich in der Auslage umgeschaut und sich eingestehen müssen, dass er gar nicht wusste, welche Blumen Evie mochte, also war er schließlich unverrichteter Dinge wieder gegangen.

Danach war er ziellos von Laden zu Laden gehastet, in der vagen Hoffnung, irgendwas werde ihm ins Auge fallen, das laut »Es tut mir leid« rief, und zwar auf so unwiderstehliche Art und Weise, dass Evie überhaupt keine andere Wahl blieb, als ihm umgehend alles zu verzeihen. Dann kam ihm in einem Laden für Buddelschiffe eine Idee. Den restlichen Nachmittag verbrachte er damit, sämtliche benötigten Teile herauszusuchen und dann alles zusammenzusetzen.

Die Schachtel wog leicht in seiner Hand, und Arie wusste nicht, wie Evie ihren Inhalt aufnehmen würde – ob sie sein Geschenk als billige leere Geste abtun oder den Gedanken dahinter verstehen würde. Am liebsten hätte er auf dem Absatz kehrtgemacht und wäre weggerannt, aber aufschieben kam nicht in Frage. Jetzt oder nie. Morgen wäre er schon auf dem Weg zur Hochzeit seiner Schwester.

Er holte tief Luft. Einmal. Zweimal. Er klopfte.

Stille Sekunden vergingen, bis Arie irgendwo im Haus entfernte Geräusche hörte, die sich schließlich als das Tappen nackter Füße auf Holzdielen herausstellten. Evie machte die Tür auf, allerdings nur einen Spaltbreit. Sie lehnte von innen gegen die Wand, die Beine unter dem Patchwork-Kleid bloß, die Haare mit einem Tuch aus dem Gesicht gebunden, das ungeschminkt war. Arie konnte die Sommersprossen auf Nase und Wangenknochen zählen.

»Hallo«, brummte sie, und der Gefühlswirrwarr war auch ihrer Stimme anzuhören.

»Ich wollte dich um Entschuldigung bitten«, stammelte Arie. »Und dir alles erklären.« Er konnte zusehen, wie sie darüber nachdachte. »Dürfte ich vielleicht reinkommen?«

Evie ging vor Arie her ins Esszimmer und wünschte sich dabei inständig, sie hätte diese ganze Nonchalance-Geschichte besser drauf – dass ihr Herz ihr nicht immer gleich bis zum Hals schlüge, dass ihr die Hände nicht zitterten, sobald sie ein bisschen nervös wurde, dass sie nicht immer gleich feuerrot anlief. Sie sah sich im Esszimmer um, ob irgendetwas wegzuräumen war. Rasch faltete sie die Landkarte zusammen, die noch auf dem Tisch lag.

»Setz dich doch«, sagte sie und wies auf zwei Ohrensessel mit weißem Lederbezug.

Arie stellte etwas auf den Tisch, und obwohl Evie versuchte, nicht hinzugucken, sah sie auf den ersten Blick, wie sorgfältig das Geschenk verpackt war. Sie setzte sich Arie gegenüber, ein Bein untergeschlagen, und er schloss kurz die Augen, als suche er hinter seinen Lidern nach Stichworten.

»Neulich Abend«, setzte er an. »Ich habe einfach keinen klaren Gedanken fassen können, und ich habe mich schlichtweg unmöglich aufgeführt. Könnte ich die Zeit zurückdrehen und es noch mal machen, ich hätte trotzdem umgedreht. Aber ich wäre mit dir in ein Café gefahren, oder eine Bar, und dann hätte ich dir alles erzählt, was du wissen musst.«

Evie sah ihm an, dass er seine Worte mit Bedacht wählte, und fürchtete fast, er würde ihr die ganze Geschichte nun in kleinen, mundgerechten Häppchen servieren, wo sie doch nichts weiter wollte, als dass er sie so schnell wie möglich ausspuckte.

»Die Frau im Auto«, erklärte Arie. »Es ist nicht das, wonach es ausgesehen haben muss. Das … das war die Mutter von jemandem, den ich einmal sehr geliebt habe.«

Mutter? Die Frau in dem Auto war … Diana Clares Mutter? Zahllose Fragen lagen ihr auf der Zunge, aber noch ehe sie auch nur eine davon laut aussprechen konnte, fing Arie schon an, ihr die ganze Geschichte zu erzählen … von Diana, dem Flugzeugabsturz, seiner noch immer bestehenden, nicht ganz einfachen Beziehung zu Belinda Clare. Evie hörte ihm zu und musste daran denken, wie er in diesem Fernsehinterview ausgesehen hatte, über das sie im Internet gestolpert war. Er wirkte so aufrichtig, so verletzlich, dass sie wusste, es würde ihr verdammt schwerfallen, weiter wütend auf ihn zu sein.

»Gestern war Dianas Geburtstag«, sagte er seufzend, und sein Lächeln bekam einen traurigen Zug um die Mundwinkel. »Darum bin ich jetzt erst hier. Dieser Tag … der ist quasi reserviert. Und neulich Abend, verstehst du? Ich wusste, wenn Belinda am Vorabend von Dianas Geburtstag den weiten Weg hierherfährt, dann muss sie außer sich sein – und ich hatte recht. Dich mit mir zu sehen hätte alles nur noch viel schlimmer gemacht.«

In diesem Moment erhaschte Evie zum ersten Mal den Anflug einer Halbwahrheit in seiner Stimme.

»Du wolltest nicht, dass sie erfährt, dass du eine Verabredung hattest«, stellte sie fest. Es war keine Frage.

Arie zog den Kopf ein. »Nein. Nein, das wollte ich nicht. Es tut mir wirklich leid, Evie.«

Die Frau, vor der er Evie verstecken musste, war also nicht seine Geliebte, sondern die Hüterin einer Erinnerung. Er hatte sich vor die Wahl gestellt gesehen, und er hatte sich entschieden. Eine Verabredung zum Essen, ein Kuss – Evie wusste, das musste wie ein Vogelschiss wirken im Vergleich mit den vielen Jahre gemeinsamer Geschichte, die ihn mit Dianas Mutter verband. Was er getan hatte, hatte er aus Fürsorge und Rücksichtnahme getan. Evie verstand das nur zu gut, aber was blieb, war die Tatsache, dass er sie einfach stehengelassen hatte.

»Ich hätte es dir sagen sollen. Das mit Diana.«

»Warum hast du es nicht?« Evie hoffte, es würde wie eine ernstgemeinte Frage klingen, nicht wie ein Vorwurf.

»Ich mochte es, wie es sich angefühlt hat, als du es noch nicht wusstest.«

Evie biss sich auf die Lippe. »Ich wusste es aber. Die ganze Zeit.«

»Du hast es gewusst?«

»Könnte sein, dass ich dich gegoogelt habe«, gestand sie kleinlaut, und ihre Wangen glühten noch ein bisschen mehr.

Arie schien verdattert. »Du hast es gewusst, und du hast keinen Ton gesagt?«

»Ich dachte, du erzählst es mir, wenn du so weit bist.« Sie unterbrach sich kurz. »Es muss dir das Herz gebrochen haben, sie zu verlieren.«

»Hat es auch. Und ich hätte es dir sagen sollen. Es war das erste Mal seit ihrem Tod, dass ich versucht habe, mein Herz wieder herauszukramen.«

Als sie das hörte, schmolz Evies Herzzipfel noch ein bisschen mehr.

»Ich weiß, ich hab's vermasselt. Unwiederbringlich.« Er seufzte.

Ja, dachte sie, *ja, das hast du.*

»Aber vielleicht ist die Lektion, die ich daraus lerne, dass ich noch ein bisschen Hausaufgaben zu machen habe, ehe ich so weit bin, mein Leben weiterzuleben. Ich habe dir wehgetan, das weiß ich, und es tut mir aufrichtig leid. Gerade kommt es mir nicht vor, als wäre dein Herz bei mir in guten Händen.«

Ganz schön mutig, dachte Evie, *sich das einzugestehen.*

»Und, hast du dich schon entschieden, wo's hingehen soll?«, fragte er und wies auf die zusammengefaltete Karte.

»Noch nicht«, antwortete sie und merkte im selben Augenblick, dass sie nicht wollte, dass er noch mehr erfuhr, als er ohnehin schon wusste. Ihr Zorn war verraucht, aber der Stachel der Enttäuschung saß tief.

»Ich hatte gehofft, ich könnte es wiedergutmachen«, sagte er. »Dich vielleicht überreden, noch mal mit mir essen zu gehen – als Freunde, mehr nicht –, und vielleicht ein netteres Ende hinbekommen. Aber morgen muss ich leider weg, und ich komme erst am Sonntag zurück.«

»Ich checke am Montag aus«, entgegnete Evie.

»Ich würde ja umplanen, aber meine Schwester heiratet am Wochenende.«

»Verstehe.«

»Die Hochzeit ist in den Blue Mountains. Eine lange Fahrt.«

»Du fährst?«, fragte Evie perplex. »Mit dem Auto?«

»Ja.«

»Oh, verstehe. Weil du nicht …« *Fliegst.*

»Ja.«

Nach kurzem Schweigen schob Arie ihr die Schachtel zu. »Das ist für dich. Als kleine Entschuldigung. Eigentlich wollte ich dir Blumen mitbringen, aber … ich wusste nicht, welche du magst.«

Evie fragte sich, was das wohl sein mochte. Pralinen vielleicht? Sie zog die Schleife auf und schlug das Papier zurück, und darin fand sie eine Holzkiste. Der Deckel – ungefähr so groß wie eine Postkarte – war mit einem aufwendig geschnitzten Paisley-Muster verziert.

»Du und ich – wir haben uns doch unterhalten«, sagte Arie, während sie dieses wunderschöne Ding bestaunte, »über das *Dictionary of Obscure Sorrows.* Erinnerst du dich noch?«

Tat sie.

»Mach schon auf«, drängte Arie.

Evie hob den Deckel hoch und konnte nicht anders. Sie musste lächeln. Die Kiste war zu einem Drittel mit weißem Sand gefüllt, wobei die Körner so funkelten, dass Evie der Verdacht kam, es müsste Glitzer im Spiel sein. Schräg im Sand steckte eine kleine Glasphiole mit einem Korken. In diesem kleinen Behältnis steckte ein Zettel: eine winzige Flaschenpost. Evie machte sie auf, zog das Papierchen behutsam mit den Fingernägeln heraus und faltete es auf. Die Worte darauf waren – sorgsam und sehr schwungvoll – von Hand geschrieben.

Eselverue

Substantiv; der von der Erkenntnis, einen unverzeihlichen Fehler gemacht zu haben, hervorgerufene Wunsch, durch das Universum zu einer anderen Erde zu reisen und dort mit einer anderen Version des eigenen Selbst zu verschmelzen, die klug genug war, nicht denselben dummen Fehler zu begehen.

Evie befahl ihrem Gesicht, keine Miene zu verziehen.

»Das ist mein Eintrag … im *Dictionary*«, sagte Arie nervös nach vorne gebeugt. Er schien es kaum erwarten zu können zu hören, ob es ihr gefiel oder nicht.

Evie konnte es noch immer nicht ganz fassen. Er hatte ein Wort erfunden. Nur für sie.

»Du hast gesagt, du magst ungewöhnliche Wörter«, half er nach.

Eselverue, wiederholte Evie lautlos. Wer auf dieser Welt, dachte sie, hatte nicht schon einmal einen Anflug von *Eselverue* verspürt?

»Danke«, murmelte sie gerührt.

»Kannst du mir noch mal verzeihen?«

Natürlich kann ich das. »Vielleicht. Was da passiert ist, war echt mies.«

»War es«, stimmte er ihr zu. »Mieser als mies.«

»Ich hatte schon Verabredungen mit schlimmerem Ende, aber nicht viele«, meinte Evie mit einem Lachen, das gefährlich nahe daran war, in sein Gegenteil umzuschlagen und dabei ein oder zwei Tränen kullern zu lassen, die sie bisher verbissen zurückgehalten hatte.

»Ich kann dir gar nicht sagen, wie sehr ich mir wünschte, es wäre anders gelaufen. Es tut mir leid, dass uns die Zeit davonläuft.«

Am liebsten hätte Evie ihn beschwichtigt, ihn getröstet, aber sie sagte kein Wort. Dann sah sie es in seinen braunen Augen blitzen.

»Weißt du was«, rief er, »du könntest doch mitkommen! Zu der Hochzeit, meine ich.« Er schien davon genauso überrascht zu sein wie sie. So, als seien ihm die Worte über die Lippen gekommen, noch ehe er überhaupt gewusst hatte, was er sagen wollte. »Ich weiß, es ist verrückt, so weit zu fahren. Bestimmt hast du überhaupt keine Lust darauf, aber …«

Sie überlegte.

»Du hast gesagt, du warst noch nie auf einer Hochzeit.«

Es stimmte, es war eine verrückte Idee, aber Evie liebte Autotouren. Und wenn sie ganz ehrlich war, würde sie liebend gerne einen kleinen Blick werfen in seine Welt und seine Eltern und seine Schwestern kennenlernen.

»Du möchtest mich also mitnehmen … als Begleitung«, stellte sie klar, »zur Hochzeit deiner Schwester?«

»Liebend gern.«

»Ich dachte, man könnte nicht in allerletzter Minute Gäste zu einer Hochzeit einladen? Ich dachte, es gibt da, du weißt schon, eine akribisch ausgearbeitete Sitzordnung und all so was?«

»Das wird keine steife Spießer-Hochzeit mit Ansprachen und Sitzordnung«, beeilte er sich zu versichern, und dann plapperte er immer weiter, redete ohne Punkt und Komma, was für einen großen Gefallen Evie ihm damit tun würde, weil sie sich beim Fahren abwechseln könnten, und dass es in dem Ferienhäuschen, das er gemietet hatte, zwei Schlafzimmer gab, aber wenn ihr das zu komisch vorkäme, dann könne sie auch allein dort übernachten, und er würde sich bei seiner Familie einquartieren …

»Wann soll's denn losgehen?«

»Gegen neun.«

»Und deine Schwester? Hat die auch bestimmt nichts dagegen?«

»Heidi? Himmel, nein. Die wird sich schrecklich freuen.«

Evie war noch nie auf einer Hochzeit gewesen, und die Tage zwischen heute und der Fährüberfahrt lagen öde und leer vor ihr. Was sollte sie auch sonst machen?

»Also?«, hakte Arie nach.

»Ich … überlege es mir«, versprach sie.

IM AUGENBLICK

Am nächsten Morgen stand sie da, an der Straße vor dem Haus, mit einer kleinen Reisetasche zu ihren Füßen. Er trat aus der Tür und sah sie, ehe sie ihn sah, weshalb er einen Moment Zeit hatte, sie gründlich in Augenschein zu nehmen, mit ihrer riesengroßen Schildpatt-Sonnenbrille, dem weißen T-Shirt, dem Blumenrock und den braunen Ledersandaletten. Ihre ganze Aufmachung hatte etwas Zeitlos-Klassisches, das ihr ein gewisses Flair verlieh. Und, überlegte er, würde man die Tavistock Row im Hintergrund herausradieren und stattdessen die Hügel einer griechischen Insel ins Bild montieren, hätte sie auch gut als Touristin durchgehen können, die im weißen Straßenstaub stand und darauf wartete, dass ein Auto anhielt und sie mitnahm.

Sie kommt tatsächlich mit, dachte er und gestand sich erst in diesem Augenblick ein, wie sehr er sich das gewünscht hatte.

Zuerst hielten sie kurz an, um sich für die Reise mit Kaffee und Croissants zu versorgen, und bis dahin hatte Arie längst gemerkt, dass Evie, selbst wenn sie ihm die Belinda-Clare-Geschichte noch nachtragen sollte, ihre schlechte Laune zu Hause gelassen hatte. Im Gepäck hatte sie stattdessen einen iPod mit einer eigens angelegten Playlist – einer »extralangen«, wie sie augenzwinkernd erklärte.

Sie fuhren weiter, ließen langsam die letzten Ausläufer der Stadt hinter sich, und er konnte an nichts anderes denken als daran, wie sie da neben ihm auf dem Beifahrersitz saß – wie das Licht sich in den Gläsern ihrer Sonnenbrille spiegelte, das erdbeerfarbene Muttermal an ihrem Unterschenkel, wie ihre Lippen sich kaum merklich zum Text der Musik mitbewegten. Ein paar Croissantkrümel hingen an ihrem T-Shirt und lagen in ihrem Schoß verstreut. Die nackten Füße hatte sie auf das Armaturenbrett gelegt und hinterließ mit den Zehen an der Windschutzscheibe kleine, verwischte Abdrücke.

Ihre Playlist bestand aus einigen Songs, die er kannte, und vielen, die er nicht kannte, aber alle waren unaufdringliche, fröhliche Gute-Laune-Lieder. Während im Hintergrund die Musik dudelte, nicht zu laut, nicht zu leise, unterhielten Arie und Evie sich, plauderten, wurden wieder still, alles ganz entspannt und zwanglos. Sie fragte ihn nicht mehr nach Diana, und er erkundigte sich nicht nach ihren Zukunftsplänen. Was er wirklich dachte, und ihr am liebsten gesagt hätte, hätte wie ein zweifelhaftes Kompliment geklungen. Aber hätte er es trotzdem gesagt, er hätte es als ultimative Lobhudelei gemeint: Nichts an ihr störte ihn.

Schwungvoll riss sie eine Tüte Jelly-Baby-Gummibärchen auf. »Welche Farbe möchtest du?«

»Grün.«

»Echt jetzt? Du magst die grünen?«

»Du nicht?«

»Nein. Igitt. Ich mag die roten und die orangen. Die lilanen gehen gerade noch.«

»Nein – grün und gelb, alles andere ist bäh.«

»Himmel«, rief sie und musste ungläubig auflachen. »Geht's eigentlich noch besser? Freie Straßen, Musik auf den Ohren und die perfekte Jelly-Baby-Vorlieben-Kombination.«

Arie beobachtete sie unauffällig aus den Augenwinkeln. Man sah auf den ersten Blick, dass die Sonnenbrille billig und der dünne Baumwollrock selbstgenäht war und die abgestreiften Schuhe im Fußraum schon bessere Zeiten gesehen hatten. Sie erinnerte ihn an die Mädchen von der Uni – die selbst aus einem abgewetzten Schnürsenkel noch einen tragbaren Style zaubern konnten. Bisher hatte sie auf ihn überhaupt nicht den Eindruck gemacht, irgendwie unzufrieden zu sein mit ihrem Leben. Sie musste wohl, überlegte er, ein geborener Glückspilz sein, der sich selbst an den kleinsten Dingen des Lebens erfreuen konnte.

Sie aßen unterwegs zu Abend und erreichten schließlich ihr Ziel, als es schon dunkel wurde. Die Eigentümer des Cottages, die unweit des alten Farmhauses wohnten, hatten ein paar Lampen im Haus brennen gelassen, und die tief liegenden Flügelfenster mit den Fensterläden schimmerten bernsteinfarben in den holzvertäfelten Mauern. Der romantische Flitterwochenappeal des kleinen Anwesens entging auch Evie nicht, die am Steuer saß und den Renault vorsichtig durch die enge Toreinfahrt manövrierte und dann in der gekiesten Einfahrt vor dem Cottage abstellte.

Ein Bewegungsmelder schaltete das Licht ein, als Evie und Arie auf die Haustür zusteuerten, und so sahen sie gleich den großen altmodischen Schlüssel, der dort im Schloss steckte und nur auf sie zu warten schien. Drinnen – wo Holzwände und rustikale Einrichtung von geschmackvollen Teppichen und Kissen abgerundet wurden – war es nicht weniger einladend, und es war nicht zu übersehen, dass die Eigentümer auf Aries Nachricht mit der Ankündigung eines zweiten Gasts hin gewisse Mutmaßungen angestellt haben mussten. Zwei bauchige Weingläser und eine Flasche des lokalen Shiraz standen auf der Arbeitsplatte in der Küche, daneben eine handschriftliche Notiz, auf der stand: *Wir wünschen einen zauberhaften Aufenthalt! Mick & Sonia*

Evie zog es zum Bücherregal, während Arie ihre Einkäufe im Kühlschrank verstaute und dann nacheinander die Türen unten aufmachte und dabei Badezimmer und Gästebad entdeckte. Während der Autofahrt war die Atmosphäre zwischen ihnen so locker und gelöst gewesen, doch mit einem Mal schien die Stimmung zu kippen, und Evie konnte die Anspannung fast greifen. Mit einem Mal waren beide stumm und befangen.

»Welches Zimmer möchtest du?«, fragte Arie schließlich.

Evie war es egal, aber sie wusste, würde sie das laut sagen, würde Arie nur versichern, ihm sei es auch egal, und dann würde es ein endloses Hin und Her geben, weil beide bestrebt waren, sich in gegenseitiger Rücksichtnahme zu überbieten.

»Ich nehme das Zimmer unterm Dach«, schlug sie vor.

»Prima, dann, ähm, nehme ich das andere.«

Evie trug ihre Tasche nach oben, wo ein Fenster in der Dachgaube einen Ausblick über das Halbdunkel des grasbewachsenen Anwesens bot. Am Fuß des niedrigen Futon-Bettes lagen zwei Handtücher bereit. Beidseits der einladend zurückgeschlagenen Bettdecke warteten in Silberfolie gewickelte Pralinen.

Es könnte alles so schön sein, dachte Evie. Wenn Arie und sie doch nur die Gäste gewesen wären, für die man sie hier hielt.

Das Bett war weich wie eine Feder, und Evie kam sich vor wie ein Luxusweib, als die Matratze sie wie die Prinzessin im Märchen in einen tiefen, tiefen Schlaf entführte. Als sie schließlich wieder aufwachte, kitzelte sie der Duft frisch gebrühten Kaffees und brutzelnden Specks in der Nase. Sie krabbelte aus dem Bett und spähte über das Geländer nach unten, wo Arie, im Glauben, ganz allein zu sein, leise vor sich hin summte, während er gleichzeitig die Eier, die zum Pochieren in einem Topf schwammen, und das Brot, das er unter dem Grill toastete, nicht aus den Augen ließ.

Er hatte den Tisch für zwei gedeckt, und nicht einmal die Blümchen fehlten: In einem Wasserglas standen ein paar leuchtend gelb-orange Ringelblumen. Alles, was Evie sah, erinnerte sie an die entspannte Stimmung während ihrer Fahrt hierher, das Gefühl von Urlaub, Rauskommen und Ruhe.

»Morgen«, rief sie fröhlich von der Treppe auf dem Weg nach unten.

»Morgen«, antwortete Arie und sah lächelnd zu ihr auf.

»Also, ich mache mir gerade ein bisschen Sorgen«, gestand sie und sah ihm zu, wie er gekonnt Toast, pochierte Eier und Speck auf den Teller häufte.

»Wegen?«

»Meiner Garderobe für die Hochzeit. Alles, was ich dabeihabe, hat entweder jahrelang in einer Garage gegammelt oder sein halbes Leben zusammengeknüllt in einem Rucksack verbracht.«

Er reichte ihr einen Teller und lächelte ihr beruhigend zu. »Es wird wirklich keine Schickimicki-Hochzeit. Versprochen. Du könntest auch in einem Kartoffelsack auftauchen, wenn du willst.«

»Na, dann habe ich ja Glück gehabt.«

Die Trauung fand erst nachmittags statt, aber Arie wurde bereits am Vormittag im Gästehaus erwartet. Nach dem Frühstück, und nach ausgiebigen Badezimmeraufenthalten, traten Arie und Evie schließlich gemeinsam vor das Häuschen.

Sie hatte sich für ein weitgereistes Lieblingsstück entschieden, ein Kleid – schlicht und ärmellos – in Tiefgrün mit dezentem Schimmer. Aus ihren eingelagerten Sachen hatte sie dazu ein schwarzes Tuch aus feinem Wollstoff kombiniert. Dafür hatte sie sich in der Tavistock Row mit Nadel und Faden hingesetzt und sorgsam die Mottenlöcher gestopft, damit es nicht ganz so unansehnlich war. Auch die Schuhe kamen aus dem Garagenbestand und waren zwar hübsch – schwarz mit schmalen Riemchen und zierlichem Kittenheel-Absatz –, hatten ihr aber eigentlich nie so richtig gepasst. Ihre beinahe nachtschwarzen Haare hatte sie geglättet, bis sie glänzten, und dann ein dezentes Make-up aufgetragen. Nur beim Augenschminken hatte sie in die Vollen gegriffen und mit der dramatischsten Wimperntusche, die ihr Schminkköfferchen hergab, einen atemberaubenden Look kreiert.

»Perfekt«, bestätigte Arie.

Er sah in seiner hellbraunen Hose und dem cremeweißen Leinenhemd, das er zwar in die Hose gesteckt hatte, aber ohne Krawatte trug, lässig und doch schick aus. Sie roch irgendeinen Duft, warm und teuer, wie Honig mit Benzin vermischt – aber sehr angenehm.

Unter anderen Umständen, dachte Evie, hätte das der perfekte Moment sein können – hier draußen auf dem Gras, vor diesem entzückenden alten Häuschen –, damit Arie ihr den Arm anbot oder die Hand nach ihrer ausstreckte und sie an die Hand nahm, und so wie er guckte, hatte er einen ganz ähnlichen Gedanken. Fast wie um sich nicht selbst in Versuchung zu führen, vergrub er die Hände tief in den Hosentaschen.

»Fertig?«, fragte er.

»Fertiger werde ich nicht mehr.«

Und dann ging es los, die schmale Landstraße hinunter, vorbei an dem Obstgarten, in dem die Hochzeit stattfinden sollte und wo schon ein kleines Festzelt auf einer Lichtung zwischen alten Apfel- und Birnbäumen stand. Unweit davon hatte die Band auf der kleinen Bühne mit dem Soundcheck begonnen.

Das Gästehaus war noch ein Stückchen weiter die Straße hinunter, und noch ehe Arie und Evie auch nur drei Viertel des Weges gelaufen waren, beschlich Evie bereits der Verdacht, diese Schuhe könnten ein gewaltiger Fehler gewesen sein. Aber wie Frauen auf der ganzen

Welt seit Anbeginn der Zeiten es getan hatten, versuchte sie sich einzureden, es werde schon irgendwie gehen.

Sie bogen in die Auffahrt zum Gästehaus ein, und Evie hörte schon die Kinder, die Arie seine *neven en nichten* nannte, schreien. Sie folgte Arie, der hineinging und das Zimmer seiner Eltern suchte, wo Malcolm Johnson ungeschickt am Reißverschluss des bunten Blumenkleids seiner Frau herumnestelte.

Ilse Johnson war eine große, üppig proportionierte Frau mit großen blauen Augen und sah aus, als hätte sie den ganzen Morgen im Friseursalon verbracht. Die hellblonden Haare waren gefügig gesprayt, und nur einige wenige, kunstvoll drapierte Löckchen durften sich aus der aufwendigen Frisur am Hinterkopf bis in den Nacken ringeln.

Malcolm war deutlich kantiger, hatte dunkle Haare und Augen im selben Braun wie Arie, und von ihm hatte sein Sohn auch die leicht gebräunte Haut. Evies Blick ging zwischen Aries Eltern hin und her, und sie sah, dass der Sohn zwar seinem Vater ähnelte, von seiner Mutter aber die weicheren Gesichtszüge mitbekommen hatte.

»Da ist ja mein Hübscher!«, rief seine Mutter, als sie Arie in der Tür stehen sah. »Und Sie müssen Evie sein?«

»Hallo«, sagte Evie.

Aries Vater musterte sie über den Brillenrand. »Sie müssen eine Engelsgeduld haben, so eine lange Autofahrt mitzumachen.«

»War gar nicht schlimm. Ich liebe Autoreisen«, entgegnete sie.

»Wir freuen uns jedenfalls, dass Sie mitgekommen

sind«, versicherte Ilse. »Sehr. Aber um Himmels willen, Arie, könntest *du* mir bitte den Reißverschluss zumachen? Wenn dein Vater so weitermacht, reißt mir dieser *boerenkinkel* noch das ganze Kleid kaputt. Aua!«

Man sah Malcolm die Erleichterung an, Arie das Feld zu überlassen.

Arie befreite ein Stückchen eingeklemmten Stoff aus den Metallzähnen und zog den Reißverschluss dann ganz nach oben, und plötzlich sah Evie ihn, wie er Diana in ein rotes Kleid half. Evie konnte sich ganz genau vorstellen, wie sie sich die Haare hochhielt, während Arie mit dem Reißverschluss kämpfte. Diana hätte beide Hände gebraucht, um ihre Mähne hochzuhalten, und sicher hätten sich ihre rotblonden Locken wie ein Wasserfall über ihren Rücken ergossen, sobald sie sie losließ.

»Wo sind denn die anderen?«, fragte Arie seine Mutter.

»Draußen beim Fotografen. Geht schon mal vor. Wir kommen gleich runter.«

Draußen auf dem weitläufigen Anwesen, das das Gästehaus umgab, stand ein Fotograf und richtete das lange Teleobjektiv seiner Kamera auf die Kinderschar, von denen die einen auf den niedrigen Ästen der Eukalyptusbäume herumkletterten, die die Einfahrt säumten, während die anderen die Blumenbeete inspizierten, wo sie, wie sie alle lautstark herumbrüllten, eine blauzüngige Eidechse entdeckt hatten. Nur ein Kind hatte sich demonstrativ abgesondert, ein groß gewachsenes Mädchen, vielleicht zwölf oder dreizehn Jahre alt, das sich offensichtlich aus tiefstem Herzen wünschte, überall sonst zu sein, nur nicht hier. Evie konnte sich noch gut an diese Phase in ihrem Leben erinnern.

Die kleinen Jungs trugen Tweed-Sakkos und Fliegen und die Mädchen schokobraune Leinenkleider mit Lochstickerei am Saum. Eine augenfällige Ausnahme gab es allerdings. Ein dünnes kleines Mädchen, acht vielleicht, die weißblonden Haare zu einem kurzen Pixie-Cut geschnitten, stand in nichts als Unterhose und Hemdchen da. Auf dem Kies neben ihm lag eine Pfütze aus braunem Leinen mit Lochstickerei, und es kreischte wie am Spieß eine große, vollbusige Frau an, die aussah wie Aries Mutter in jünger.

»Nein!«, brüllte das Kind.

»Du ziehst das jetzt sofort wieder an«, kommandierte die Frau, aber Evie erkannte gleich, dass die Gräben zwischen ihnen tief und gut befestigt waren. Die tränenverschmierten Wangen des Mädchens ließen Evie vermuten, dass es bereits mehrere gescheiterte Verhandlungsrunden mit Bitten, Betteln, Drohungen, Bestechungsversuchen und stahlharter Entschlossenheit gegeben haben musste.

Mit gesenkter Stimme erklärte Arie Evie: »Das sind Sara und ihre Jüngste, die unbezähmbare Imogene.«

»Wie ich sehe, findet Imogene ihr Kleid doof.«

»Imogene ist Nonkonformistin«, bemerkte Arie.

»Du kannst mich nicht dazu zwingen!«, schrie Imogene, und dann stürzte sie wie eine wutentbrannte Fee an Arie und Evie vorbei ins Gästehaus.

»Arrrr!«, brummte Sara und ging ihr nach, das zerknitterte Kleid in der Hand. »Dieses Kind. Ehrlich. Hallo, du Lieber.« Sie drückte Arie einen Kuss auf die Wange, dann sah sie Evie an. »Tut mir leid, dass du das gleich zur Begrüßung mit ansehen musstest. Sie ist sonst nicht so biestig. Nicht immer. Nur meistens.«

Arie stellte die beiden einander vor.

Irgendwo im Haus hörte man eine Tür zuschlagen.

»Ich könnte es ja mal versuchen«, schlug Evie vor.

»Mut hast du«, musste Arie bewundernd zugeben. »Ich würde da nicht reingehen.«

»Manchmal genießen Fremde diplomatische Immunität«, erklärte Evie.

»Ach, das wäre ja wunderbar!« Sara drückte Evie das zerknitterte Kleid in den Arm. »Wenn du es irgendwie schaffst, dass sie das anzieht, ganz egal wie, ich wäre dir zu ewigem Dank verpflichtet.«

Evie entdeckte Imogene in einem Zimmer unter dem Dach, wo sie sich, gut sichtbar, unter einem hohen Metallbett versteckte. Das Mädchen sah Evie mit dem Kleid hereinkommen und beschloss, weiteren Überredungsversuchen gleich einen Riegel vorzuschieben.

»Du kannst mich auch nicht dazu zwingen, egal wer du bist«, zischte es giftig.

Mit gebührendem Abstand hockte Evie sich im Schneidersitz auf den Boden. »Eigentlich hatte ich ja gehofft, dass du mir sagst, was dich an dem Kleid so stört. Ich vermute, es muss ein größeres Problem geben.«

»Es ist viel zu fein, und ich hasse es.«

»Aha, zu fein also. Könnte das vielleicht daran liegen?«, fragte Evie und wies auf die gerüschte Lochstickerei am Saum.

Imogene schniefte verächtlich. »Ja.«

Evie begutachtete die Naht, mit der die Lochspitze

ans Kleid genäht war, um sie dann kurzerhand mit einer raschen Handbewegung abzureißen. Imogenes blaue Augen wurden groß und rund, und sie gluckste ungläubig.

»Jetzt besser?«, fragte Evie und hielt das Kleid an den Schultern hoch.

Imogene überlegte, und Evie sah ihr an, dass sie sich gerade fragte, wie weit sie wohl gehen könnte. »Es ist braun.«

»Hm. Da kann man wohl leider nichts machen. Sonst noch was?«

»Es ist zu lang.«

»Tja, das lässt sich ändern.«

Evie ging nach unten und ließ sich von der Inhaberin des Gästehauses eine Schere, eine Nadel und eine Rolle Zwirn geben. Der war zwar rot, also nicht unbedingt perfekt, musste aber genügen. Er würde seinen Zweck erfüllen. Als sie wieder ins Zimmer kam, inspizierte Imogene gerade das Kleid, das Evie auf der Tagesdecke liegen gelassen hatte.

»Wie kurz darf's denn sein?«

Imogene fixierte Evie mit einem Blick, der eine einzige Herausforderung war. »Bis hier«, sagte sie und wies auf eine Stelle knapp unterhalb der Rippen.

Evie legte die Stirn in ernste Dackelfalten. »Ich glaube, das wäre vielleicht ein klitzekleines bisschen zu kurz. Aber ich sage dir was. Ich hatte auch mal so einen Pixie-Cut, und ich weiß, was dazu am besten aussieht. Mädchen mit Pixie-Cut stehen Röcke am besten, die auf halber Oberschenkelhöhe enden.«

Sie zeichnete an ihrem eigenen Bein eine imaginäre

Linie an, und Imogene legte den Kopf schief und guckte sich das Ganze an.

Zwanzig Minuten später probierte Imogene das leicht abgewandelte Blumenmädchenkleid. Man hätte schon sehr genau hinschauen müssen, um die winzigen roten Pünktchen auf der Außenseite des Stoffs zu erkennen, wo der neue Saum abgenäht war. Imogene hatte, recht stilsicher, wie Evie fand, entschieden, zu dem neuen Kleid passten am besten Skinny Jeans und Chelsea-Stiefel. Die Schuhe, die sie eigentlich hatte anziehen sollen, waren grässlich steife, nagelneue schwarze Riemchenschuhe, und es wunderte Evie kein bisschen, dass Imogene empört erzählte, sie drückten und kniffen ganz fürchterlich.

Im Badezimmer nebenan wusch Evie Imogene die Tränen aus dem Gesicht.

»Bist du mit Onkel Arie hergekommen?«

»Bin ich«, antwortete Evie und angelte eine Haarbürste aus der Kulturtasche auf dem Waschtisch.

»Bist du seine Freundin?«

»Nein, nur eine Freundin.«

»Dachte ich mir«, entgegnete Imogene und klang dabei sehr abgeklärt für ihr Alter.

»Ach?«, sagte Evie neugierig. Sie drehte das kleine Mädchen zum Spiegel um und bürstete ihm behutsam die zarten Zuckerwattehaare, bis es adrett, aber nicht zu geleckt aussah.

»Meine Mum sagt, Onkel Arie wird sich nie wieder verlieben.«

»Ist das so?«

»Tante Lotte sagt, er hat nur noch nicht die richtige

Frau gefunden. Aber *grootmoeder* sagt, die richtige Frau müsste ihn mit Diana teilen können.«

Das zu hören versetzte Evie einen Stich. Aber sie fragte trotzdem: »*Grootmoeder?*«

»Das heißt Großmutter auf Holländisch«, erklärte Imogene, und man merkte ihr an, dass sie das in ihrem kurzen Leben schon viel zu oft hatte erklären müssen.

»Du scheinst ja eine Menge über Onkel Aries Liebesleben zu wissen«, stellte Evie fest.

»Du weißt doch, wie die Erwachsenen sind.« Wieder dieses entnervte Seufzen. »Die glauben, wir hören ihnen nicht zu. Tun wir aber.«

»Willst du ein bisschen Lipgloss?«, fragte Evie und griff in ihre Handtasche.

»Ja, bitte.«

Sie zeigte Imogene, wie man ihn auftrug, dann tuschte sie ihr die hellen Wimpern mit einem Hauch Mascara. Das kleine Mädchen betrachtete sich im Spiegel, drehte und wendete sich und war augenscheinlich hochzufrieden mit seinem Anblick.

»Ich wünschte, du wärst Onkel Aries Freundin«, sagte Imogene.

Evie lächelte. »Du siehst wunderschön aus. Also, bist du bereit für ein Foto?«

»Wenn's sein muss«, murrte Imogene und verdrehte demonstrativ die Augen, aber dann hopste sie doch quietschvergnügt vor Evie die Treppe hinunter und zur Hintertür hinaus, um dann wie ein geölter Blitz zu ihren Geschwistern, Cousins und Cousinen zu laufen und ihnen ihr maßgeschneidertes Kleidchen vorzuführen. Evie trat wieder zu Arie und Sara und hoffte inständig,

Arie möge Recht behalten, als er gesagt hatte, das hier sei keine Etepetete-Hochzeit.

»Tut mir leid mit dem Kleid«, sagte sie etwas zerknirscht.

»Unter den gegebenen Umständen«, erwiderte Sara und verzog das Gesicht zu einem schiefen Lächeln, »würde ich das als Etappensieg betrachten.«

Evie atmete erleichtert auf.

»Großartig«, flüsterte Arie.

»Ich sage dem Fotografen eben schnell Bescheid, dass er sie nur von der Taille aufwärts fotografieren soll«, sagte Sara und marschierte mit großen Schritten davon. Aber Evie hoffte inständig, der Fotograf möge genug Humor haben, um ihre Anweisungen zu missachten.

Heidi und Greg heirateten vor einem Grüppchen uralter, knorriger Apfelbäume, geschmückt mit ihren reifen roten Früchten, die wie glänzende Christbaumkugeln an den Zweigen hingen. Heidi – in flachen Schuhen und cremefarbenem Kleid mit Trompetenärmeln, einen Blütenkranz im Haar – war eine hinreißende Braut.

Eine von Aries Nichten las aus *Wie schön! So viel wirst du sehen!* von Dr. Seuss, und genau im richtigen Augenblick überreichte Imogene mit einer theatralischen Verbeugung die Ringe. Heidi selbst las aus *Corellis Mandoline* und war dabei so ergriffen, dass ihr mehrfach die Stimme zu brechen drohte.

»Jene, die wahrhaft lieben«, sagte sie und schaute von der Seite auf, hinüber zu Greg, »haben Wurzeln, die unter der Erde miteinander verwachsen, und wenn all die hübschen Blüten von den Zweigen gefallen sind, merken sie, dass sie ein einziger Baum sind, nicht zwei.«

Arie schnürte es die Kehle zu. Er hörte seine Mutter leise aufschluchzen und war sich ziemlich sicher, dass Evie die Luft anhielt, um nicht zu weinen.

Das Hochzeitsessen, überwiegend vegetarisch und auf bunt zusammengewürfelten Auflaufformen und Platten serviert, hatten Gregs und Heidis Freunde beigesteuert, und die Hochzeitstorte sah aus wie ein Berg. Unten war er mit Schokoganache bestrichen, und oben hatte er eine Spitze aus weißem Zuckerguss wie ein schneebedeckter Gipfel. Ein gewundener Wanderweg mit vielen steilen Anstiegen, Zickzackkursen und Rückschritten war mit Waffelgebäcksplittern markiert. Zwei winzige Figürchen – Heidi und Greg – standen am Fuß des Berges und am Beginn dieser langen gemeinsamen Reise.

Als es langsam dunkel wurde, schimmerten die Papierlaternen, die an den Ästen der Apfelbäume hingen, wie kleine Monde. Nachdem die Torte angeschnitten und alle Reden gehalten worden waren, wurde endlich getanzt. Heidi und Greg hatten »First Day of My Life« für ihren Hochzeitstanz ausgesucht, und Arie war überzeugt, kein Lied hätte die Atmosphäre dieser Hochzeit besser einfangen können als dieses. Danach spielte die Band auf, und immer mehr Gäste strömten auf den Rasen, wo ein kleiner Tanzboden abgesteckt worden war.

Die Band bestand aus ein paar Musikern knapp jenseits des besten Alters: Blendend aufeinander eingespielt, gaben sie ihr Bestes, den Gästen sämtliche Musikwünsche zu erfüllen. Ihre Version von Fleetwood

Macs »Everywhere« war der erste Song, bei dem es niemanden mehr auf den Plätzen hielt. Arie sah seine Mum und seinen Dad die Tanzfläche stürmen und ein paar Schritte hinlegen, die in den späten Siebzigern voll im Trend gewesen sein mussten, und machte sich dann auf die Suche nach Evie.

Auffordernd reichte er ihr die Hand, und sie zögerte kurz, folgte ihm aber dann auf die Tanzfläche. Als sie anfingen zu tanzen, legte sich Evies anfängliche Zurückhaltung rasch – eng, aber nicht zu eng schoben sie über das Gras. Evie hatte die Schuhe ausgezogen, also musste Arie besonders gut aufpassen, ihr nicht auf die Zehen zu treten.

Wie ein dunkler Vorhang schwangen Evies Haare vor und zurück, während sie sich im Takt der Musik wiegte. Aries Hände strichen über den schimmernden grünen Stoff ihres Kleides, das bei jeder Bewegung Hüften und Beine umschmeichelte, und obwohl sie kein einziges Mal versuchte, ihn zu sich heranzuziehen, hielt sie doch immer Blickkontakt. Aus den Augenwinkeln sah Arie seine drei Schwestern beisammenstehen und die Köpfe zusammenstecken.

Es wurde spät und immer später, und wenn Evie auch nicht die ganze Zeit an seiner Seite blieb, wusste Arie doch immer, wo sie zu finden war. Er sah zu, wie sie Imogene auf der Tanzfläche den Nutbush beibrachte. Beim nächsten Mal, als er hinschaute, tanzte sie gerade mit dem Trauzeugen, ein braungebrannter Surfertyp und Gregs jüngerer Bruder. Ein schönes Paar, wie Arie neidlos anerkennen musste, aber ihm entging nicht, dass sie ein klitzekleines bisschen mehr Abstand zu ihm hielt als vorhin bei Arie selbst. Hin und wieder sah er auch, wie sie sich nach ihm umschaute, als seien sie durch einen seidenfeinen, unsichtbaren Spinnfaden miteinander verbunden.

Seine Schwester Lotte trat zu ihm, ein Weinglas in der Hand. Sie hatte die kantigen Gesichtszüge ihres Vaters und war die modischste der drei Schwestern, die einzige mit einem Faible für Haarfarbe und Nagellack, und heute Abend wirkte sie in ihrem kurzen weinroten Etuikleid so mondän und elegant, als wolle sie zum Pferderennen.

Sie stellte sich zu ihm und pikste ihm mit dem spitzen Kinn in die Schulter, so wie sie es damals als Teenager immer gemacht hatte, nur um ihm zu sagen, dass sie da war. Von den vier Geschwistern waren die beiden sich altersmäßig am nächsten. Sara war drei Jahre älter als Lotte und Heidi sechs Jahre jünger als Arie, aber die beiden mittleren Kinder trennten nur fünfzehn Monate. Sara, das klassische älteste Kind – herrisch und ehrgeizig –, und Heidi, das Nesthäkchen – unkonventionell und idealistisch –, schienen sich mühelos in ihre klar umrissenen Rollen gefunden zu haben, während die beiden mittleren Geschwister Lotte und Arie sich verbissen um ihren Platz in der Familienhierarchie zankten. Als Kinder war es für sie nicht immer leicht gewesen – jedes Stück Kuchen, jedes Glas Limo, jedes Weihnachtsgeschenk ihres jungen Lebens wurde einer akribischen Prüfung unterzogen –, aber bis heute war Lotte die Schwester, die ihn am besten kannte.

»Ich mag sie«, erklärte Lotte mit einem Blick zu Evie auf der Tanzfläche.

»Ja. Ich auch.«

»Es muss jemand ganz Besonderes sein, der Miss Imogenes kapriziöses Herz für sich zu gewinnen vermag.«

»Ich weiß.«

»Und, werden wir sie wiedersehen?«

»Ich würde mir an eurer Stelle nicht allzu große Hoffnungen machen.«

»Und warum nicht? Sie scheint doch perfekt.«

»Sie ist eine Weltreisende. Sie ist nur auf der Durchreise.«

»Verstehe. Und du lässt sie einfach weiterziehen, ja?«

Es war schon weit nach Mitternacht, als Heidi und Greg sich schließlich von ihren Gästen verabschiedeten und Arie und Evie sich auf den Weg zurück zu ihrem Cottage machten. Am Himmel stand ein Beinahe-Vollmond, und Evie war zwar nicht betrunken, aber sehr angenehm angeschickert. Sie trug ihre Schuhe an den Riemchen in der Hand und humpelte ein wenig, als die grasige Böschung zu steil wurde und sie zurück auf den Schotterweg zwang. Alles in allem war ihr warm, wohlig und sorglos zumute.

»Und, wie fandest du deine erste Hochzeit?«, fragte Arie.

»Ich fand sie herrlich«, schwärmte Evie. »Ganz herrlich. Sie hatte so was … ich weiß nicht … ich bin versucht ›Uriges‹ zu sagen.«

»Urig?«

»Vielleicht ist das nicht das richtige Wort. Vielleicht meine ich ›heidnisch‹. Du weißt schon, wenn die ganze

Sippe zusammenkommt, um zu feiern. Hast du die älteren Paare gesehen, wie die miteinander waren? Mir schien es fast, als hätten sie eine wunderbare Gabe für deine Schwester und ihren Greg mitgebracht, eine tiefe *Weisheit,* und irgendwie war es auch *ihr* Abend. Sie haben dem jungen Paar ihren Segen gegeben, aber sie haben auch etwas zurückbekommen. Wer weiß, vielleicht hat es sie an ihre eigene Hochzeit erinnert. Aber mir schien, es war mehr als bloß das. Sie haben zurückgeschaut, mit einem anderen, tieferen Verständnis. Fast als wüssten sie erst heute ganz genau, was sie damals getan haben. Als begriffen sie es erst jetzt ganz und gar.«

»Klingt, als solltest du ein Gedicht darüber schreiben.«

»Vielleicht mache ich das auch«, sagte sie und schien erfreut, dass ihm das aufgefallen war. »Was ist mit dir? Hast du dich gut amüsiert?«

»Ich habe mich fantastisch amüsiert«, erwiderte er, »und tue es noch.«

Er griff nach ihrer Hand, und sie wich nicht zurück, sondern ließ zu, dass seine Finger sich zwischen ihre schoben. Und für den Rest des Weges zum Cottage redeten sie überhaupt nicht mehr, obwohl – oder gerade weil – beide wussten, was als Nächstes geschehen würde.

In den sieben Jahren mit ihr hatte Arie Dianas Körper, der ein hochkompliziertes, launisches Ding war, in- und auswendig kennengelernt. Er hatte gewusst, wie man dieses komplexe Gerät hochfuhr und drosselte und wo die empfindlichen Knöpfe waren. Jedes Mal, wenn er nun länger als eine Minute darüber nachdachte, mit einer anderen Frau zu schlafen, überkam ihn die Befürchtung, das Ganze müsse eine hochnotpeinliche Angelegenheit werden, weil er überhaupt nicht wusste, wie er sie anfassen sollte. Womöglich würde er Dinge tun, die sie nicht mochte. Womöglich würde er zu schnell, zu langsam, zu fest, zu vorsichtig, zu viel, zu wenig machen.

Aber mit Evie war es ganz anders. Von dem Augenblick an, als sie, kaum im Haus, die Schuhe auf den Boden fallen ließ und ihm die Hände auf die Brust legte, wusste er genau, was sie wollte. Eine Weile standen sie einfach nur so da, und von draußen fiel ein schwacher Lichtschimmer in das ansonsten dunkle Haus. Sie öffnete seinen obersten Hemdknopf, und er küsste sie. Noch ein Knopf, noch ein Kuss. Als das Hemd schließlich offen war, zog er mühelos den Reißverschluss an ihrem Kleid herunter und streifte ihr den grünen Stoff von den Schultern, und das seidige Kleidchen rauschte herunter und fiel auf den Boden und legte sich wie eine schillernde Pfütze um ihre bloßen Füße.

Arie wusste nicht, ob sie das Richtige taten, aber es schien ihm jetzt unausweichlich. Sie stieg aus der Kleidpfütze, ging zur Treppe und schaute dabei über die Schulter nach hinten, um sich zu vergewissern, dass er ihr folgte. Das tat er. Oben unter dem Dach lagen auf dem frisch gemachten Futon wie von Zauberhand wieder neue Pralinen in Silberfolie, die auf den Boden kullerten, als Evie kurzerhand die Bettdecke wegzog.

Arie hatte kein bisschen Sorge mehr, nicht zu wissen, was er tun sollte. Im Gegenteil, nun sorgte er sich, es könne alles in einem Wimpernschlag vorbei sein, denn wie er nun einsehen musste, hatte das Ganze eigentlich schon vor Stunden angefangen. Immer wenn sein Blick Evie im Obstgarten gesucht hatte, die ganze Zeit, als er beim Essen neben ihr gesessen und als sie miteinander im Gras getanzt hatten, der nächtliche Spaziergang zu ihrem Häuschen – in Gedanken war er schon hier gewesen, hatte ihre nackte Haut an seinem Körper gespürt, ihre Haare gerochen und den Duft ihrer heißgetanzten Haut.

Er hatte recht – lange dauerte es nicht. Bald nahm sie sein Ohrläppchen zwischen die Zähne und flüsterte, sie komme, und das war zu viel für ihn, aber der kurze Moment, in dem er sich in ihr bewegte, ihre Hüften wie Wasser und ihr Mund, der nach Wein schmeckte, da hatte er keinen einzigen Gedanken gedacht, keine einzige Sorge gehabt. Solange sie zusammen waren, hatte Arie Vergangenheit und Zukunft verloren.

WACHEN

✦

Für Arie war es nichts Neues, mit wild pochendem Herzen noch vor dem Morgengrauen aufzuwachen. Das passierte beinahe jede Nacht. Aber diesmal stand kein flackernder Fernseher am Fußende des Bettes, um ihn aufzufangen, während er aus dem Traumland fiel und hart in der Wirklichkeit landete.

Arie spürte eine Regung neben sich. Wie ein Wasserfall stürzten Bilder und Erinnerungen auf ihn ein. Im Zwielicht sah er den anmutigen Schwung ihres Kiefers unter dem dunklen Schatten der Haare und eine kantige Schulter. Er zog die Decke über ihre bloße Haut und drückte ihr einen lautlosen Kuss auf die Haare.

So leise wie irgend möglich, und mit noch immer bis zum Hals schlagendem Herzen, schlüpfte er aus dem Bett. Er zog seine Boxershorts an und tappte so leise wie möglich nach unten. Draußen vor der Haustür angekommen, schaltete der Bewegungsmelder das Licht an. Arie schaute kurz nach oben zum Schlafzimmerfenster und hoffte, er hatte sie nicht geweckt.

Die Nachtluft war kühl auf seiner Haut und das Gras unter seinen Füßen taufeucht. In seinen Schläfen hämmerte es, als zögen Kopfschmerzen auf, und im Bauch rumorte es; Reue war es nicht, aber irgendwas ganz Ähnliches. Denn das ist das Vertrackte daran, in den reinen, unverfälschten Momenten des Augenblicks zu leben – sie enden alle unweigerlich irgendwann.

Ganz und gar im Augenblick zu leben war ein bisschen, wie zwischen den beiden Hälften eines geteilten Meeres zu stehen. Ob man nun an ein göttliches Wunder oder an Zauberei glauben wollte, irgendeine unerklärliche Macht schob das Wasser beiseite und machte dazwischen den Weg frei zum sicheren Ufer, zum unbekannten Land. Vergangenheit und Zukunft jedoch sind starke Mächte, die man nicht ewig aufhalten kann, und Arie war noch nicht ganz auf der anderen Seite angelangt, als die Wellen über ihm zusammenschlugen, ihn umwarfen und mitrissen in einen aufgewühlten Ozean der Gedanken und Erinnerungen.

Aus der Vergangenheit erschien Diana – in tausend verschiedenen Momentaufnahmen, von denen er gar nicht wusste, dass er sie alle im Kopf hatte. Diana, rittlings auf ihm im Bett des angebauten Schlafzimmers im Haus ihrer Mutter, einen Finger mahnend auf die Lippen gelegt, damit er still war und sich nicht verriet, während sie sich auf ihm bewegte, aber immer nur so wenig, dass das Bett nicht quietschte. Diana, wie sie aus einem Badezimmer in San Francisco kam, in ein weißes Handtuch gewickelt, das sie lasziv fallen ließ, um dann kichernd zu ihm ins Bett zu hüpfen. Die Erinnerungen kannten weder Sinn noch Ordnung. Es gab nur Diana, Diana, Diana.

Dazwischen drängte sich die Zukunft mit Fragen, Sorgen und Ängsten. Was, wenn es nun immer so bliebe? Was, wenn die Vergangenheit ihn immer wieder einholte und sich ihm in den Weg stellte? Woher nahm er das Recht, mit Evies Herz zu spielen, wenn er ihr dafür nicht sein Herz schenken konnte, jedenfalls nicht ganz und gar?

Im Halbschlaf lag Evie unter die Bettdecke gekuschelt und spürte den Kuss in ihren Haaren, doch erst als sie Aries Schritte auf der Treppe hörte, wachte sie auf. Zuerst glaubte sie, er wolle zur Toilette, doch dann fiel plötzlich das gleißend helle Licht von draußen durch das Mansardenfenster.

In das Laken gewickelt, krabbelte Evie aus dem Bett und spähte durchs Fenster. Sie sah ihn nicht weit entfernt vom Haus. Ganz reglos stand er da und rührte sich nicht. Stand einfach nur da, in seinen Boxershorts, die Arme vor der Brust verschränkt.

Sie ging nach draußen und schleifte die Bettdecke hinter sich her wie einen Brautschleier. Sie trat hinter Arie und schlang die Arme und die Decke um ihn und spürte die Gänsehaut an seinen Armen und dem Rücken. Der Honig-und-Benzin-Duft seines Aftershaves klebte noch an seiner Haut, aber durch seinen eigenen Geruch war er tiefer und komplexer geworden. Er legte die Arme über ihre, und Evie spürte, dass ihn etwas beschäftigte.

Wundert dich das etwa?, fragte sie sich und wusste doch schon die Antwort.

Es schon gewusst zu haben war womöglich das bemerkenswerteste unter Evies vielen unnützen Talenten. Noch bevor sie mit Dave Wright zusammengezogen war, hatte sie schon gewusst, dass das keine gute Idee war. Als sie zu einem verheirateten Mann in seine Kreuzfahrtschiffskabine gegangen war, hatte sie schon vorher gewusst, dass ihr das nichts als Ärger einbringen würde. Und als sie sich hatte überreden lassen, Arie auf seiner Reise zu begleiten, da hatte sie es auch schon gewusst, würde er den ersten Schritt machen, würde sie sich rettungslos in ihn verlieben. Und würde Hals über Kopf in den Abgrund stürzen, während er in Gedanken ganz woanders war. Sie hatte es gewusst, als er sie neulich Abend aus dem Auto geworfen hatte, und sie hatte es gewusst, ehe Klein-Imogene altklug erklärt hatte: *Grootmoeder sagt, die richtige Frau müsste ihn mit Diana teilen können.*

Noch immer drehte er sich nicht zu ihr um, sondern schaute hinaus über den Weidezaun zu der kleinen Koppel, wo ein paar Esel ganz still im mondbeschienenen Gras standen.

»Woran denkst du gerade?«, fragte sie.

Er atmete hörbar aus, sagte aber kein Wort.

»War es das erste Mal … seitdem?«

Er murmelte ein kaum verständliches Ja.

»Du und Diana«, setzte Evie vorsichtig an, »ihr wart nicht verheiratet, oder?«

»Wir waren verlobt. Ziemlich lange, aber geheiratet haben wir nie.«

»Warum nicht?«

Arie holte tief Luft, und Evie spürte, wie sein Brustkorb sich in ihrer Umarmung hob. »Ich weiß es nicht so genau. Ich wusste nie, ob sie wirklich … diesen großen Schritt mit mir gehen wollte. Ich wusste nie, ob ich wirklich, ehrlich der war, den sie wollte.«

Ach, das Gefühl kenne ich nur zu gut, dachte Evie bei sich, und plötzlich hatte sie ein Bild vor Augen, bei dem die Dichterin in ihr sich interessiert aufsetzte. Arie, der all seine Aufmerksamkeit auf einen Menschen gerichtet hatte, der seine Liebe nun nicht mehr erwidern konnte. Und sie, die hinter ihm stand und der es ganz genauso erging. Womöglich würde eines Tages jemand hinter ihr stehen und jemand dahinter und so weiter und so fort, eine endlose Kette unerfüllter Sehnsüchte. Um die Kette zu unterbrechen, musste nur irgendwer sich umdrehen. Aber Arie drehte sich nicht um. Jetzt, wo ihr kleiner Schwips sich verflüchtigt hatte, sah Evie plötzlich glasklar, und es war wie ein eiskalter Wind, der durch sie blies. In einer anderen Zeit, an einem anderen Ort, in einer anderen Welt hätten sie und Arie sich geliebt, bis sie nur noch ein Baum gewesen wären. Aber hier und jetzt und in dieser Welt war das unmöglich.

Die lange Fahrt nach Melbourne verlief in tiefem Schweigen. Auf dem Weg in den Norden war Evie aufgekratzt und fröhlich gewesen, aber nun war es ihr, als zöge die Schwerkraft sie mit jedem Kilometer, den sie zurücklegten, immer weiter zu Boden, bis ihre Glieder, ihr Herz und ihr Hirn bleischwer waren und wie benebelt. Ob am Steuer oder auf dem Beifahrersitz, Arie war bedrückt und in Gedanken, und die Reise wurde zu einer Prüfung in höflichem Erdulden.

Die Sonne war längst untergegangen, als sie endlich in die Tavistock Row einbogen, und als Arie den Motor des Renaults abstellte, seufzte er tief, wohl vor Erleichterung, wieder zu Hause zu sein. Er holte ihre beiden

Reisetaschen aus dem Kofferraum und stellte sie auf den Bürgersteig, und Nummer 12 und 12a guckten mit beinahe gleicher Miene aus den beinahe identischen Fassaden auf die Straße. Arie stand dicht vor ihr und nahm ihr Gesicht in beide Hände.

»Danke, dass du mitgekommen bist, Evie. Danke für … alles.«

Und dann küsste er sie – sanft und zärtlich –, und ihr war, als fluteten seine Traurigkeit und Verwirrung ihren ganzen Körper.

»Entschuldige bitte, dass ich heute so schweigsam war«, sagte er. »Letzte Nacht, das … hat mich ein bisschen umgehauen. Und es dreht sich immer noch alles. Ich weiß, dass wir miteinander reden müssen, was jetzt weiter sein wird, aber zuerst brauche ich ein bisschen Zeit, um in Ruhe nachzudenken. Wie wäre es, wenn wir gleich morgen früh miteinander reden? Ich weiß nicht mal, was … was du jetzt vorhast.«

Aber Evie wusste schon, dass sie morgen nicht miteinander reden würden. Sie wusste schon, dass sie lange vor Sonnenaufgang auf den Beinen sein würde, um den Käfer mit ihren Umzugskisten zu beladen, mit ihren Büchern, mit den Kladden und Tagebüchern, mit ihrer Nähmaschine, der Gitarre, den beiden verbliebenen Koffern mit ihren Anziehsachen, ihrem Rucksack – mit allem, was sie mitnehmen würde in ein weiteres neues Kapitel ihres Lebens. Sie wusste längst, dass sie, wenn die Sonne dann aufging, schon am Fähranleger stehen, und wenn die Stadt aufwachte, um den Montag anzugehen, sie schon über die Bucht schippern würde.

»Gute Nacht, Evie«, sagte Arie.

Sie küsste ihn noch einmal und fragte sich, ob er überhaupt hinhörte, als sie leise sagte: »Leb wohl, Arie.«

Auch in dieser Nacht schlief Arie schlecht. Stundenlang lag er auf dem Rücken und starrte mit müden Augen in den Fernseher. Er ließ den Ton aus, weil die Geräusche ihn in seinen Gedanken störten, die sich in seinem Kopf endlos im Kreis drehten. Kurz vor Sonnenaufgang nickte er dann doch noch ein, und kurz darauf riss das unverkennbare Brummen von Evies Käfer, der vor dem Haus losfuhr, ihn aus dem Schlaf.

Aus dem Fenster des Klavierzimmers schaute er auf die Straße. Der kleine blaue VW verschwand gerade um die Ecke. Statt ins Büro zu gehen, arbeitete er von zu Hause aus, damit er, sobald Evie zurückkam, gleich nach nebenan gehen und ihr alles sagen konnte, was er sich während der Heimfahrt überlegt hatte, und alles, was ihm in der Nacht durch den Kopf gegangen war.

Mein Herz ist noch immer nicht ganz heil. Ich brauche noch ein bisschen Zeit. Ich brauche deine Hilfe. Aber wenn dich das nicht stört, wenn du die Geduld hast … Ich weiß es nicht ganz genau, ich müsste lügen, um dir etwas zu versprechen, aber ich glaube, ich glaube, ich glaube …

Sie würde ihn verstehen. Wo immer sie nun auch hinging, sie durften sich nicht aus den Augen verlieren. Vielleicht könnten sie sich hin und wieder an den Wochenenden besuchen.

Endlich hörte er nebenan etwas, aber als er nachschaute, stand nicht etwa der Käfer vor der Tür, sondern der kleine rote Wagen der Saubermacher. Fröhlich winkten die beiden ihm zu und holten dann ihre Wischmopps und Eimer und Stapel frischer weißer Wäsche heraus. Dann verschwanden sie im Haus und machten sich an die Arbeit, und Arie musste einsehen, dass sie weg war. Und dass er nicht die geringste Ahnung hatte, wohin.

INTERMEZZO

✦

»Kommst du damit klar?«, fragte Felix Carter die Miniaturversion von Beatrix Romero, die er in der Handfläche hielt. FaceTime war so langsam, dass es nicht mitkam, wenn sie ihre wilde Lockenmähne zurückwarf, und so war das Handy-Display für einen Augenblick ein einziger verwischter Wirbel blond-brauner Pixel.

»Wie lange, sagtest du, bist du weg?«, fragte sie.

»Drei Tage.«

Bei ihm war es frühmorgens, bei ihr nachmittags.

Rund um Beatrix' Haare konnte Felix im Hintergrund ihr Zimmer erkennen, das er inzwischen kannte wie seine Westentasche. Er sah es genau vor sich, und immer wenn er an sie dachte – also eigentlich ständig –, konnte er sich ganz genau vorstellen, wie sie an ihrem Schreibtisch saß oder sich morgens für die Schule fertig machte oder inmitten der vielen zerwühlten Quilts auf ihrem Bett lag, das in fast all seinen Träumen eine tragende Rolle spielte.

»Drei Tage? Das ist ja eine Ewigkeit! Und wie, gar kein Telefon?«

»Vater-Sohn-Zeit. Dad legt gesteigerten Wert darauf. Das Handy darf nicht mal mit ins Auto.«

Der gemeinsame Vater-Sohn-Ausflug war ein fester Termin im Kalender der Carters, und bisher hatte Felix es in all den Jahren immer kaum erwarten können, seinen Dad drei Tage lang ganz für sich allein zu haben – und mit ihm klettern, zelten oder wandern zu gehen. Diesmal hatte Henry Carter ein Segelwochenende mit seinem Sohn geplant, aber für Felix war die ganze Geschichte etwas vertrackt: Zwar hatte er noch immer große Lust auf ein Wochenende mit seinem Vater, wusste aber nicht, wie er drei Tage ohne eine einzige Nachricht von Beatrix überstehen sollte.

»Felix!«, rief seine Mutter. »Dein Dad wartet schon auf dich.«

»Ich muss los, Süße«, sagte Felix seufzend.

»Ich liebe dich«, sagte sie.

»Ich dich auch«, sagte er.

»Ich dich mehr«, sagte sie.

»Ich dich am allermeisten«, sagte er, und so ging es noch eine ganze Weile weiter, bis Felix irgendwann – nachdem seine Mutter ihn noch mal gerufen hatte – schließlich doch auflegte und zwei Stufen auf einmal nehmend die Treppe hinunterstürmte. Sein Vater stand schon vor dem Haus und wartete, das Auto bis unters Dach vollgepackt mit Proviant und knallbunten wasserdichten Taschen. In der Einfahrt umarmte Cassie Carter ihren Mann zum Abschied und musste sich dann auf die Zehenspitzen stellen, um ihrem Sohn einen Kuss zu geben.

»Viel Spaß, ihr beiden!«, rief sie ihnen nach.

Es wäre eine Übertreibung zu behaupten, Cassie sei, kaum dass der große Geländewagen rückwärts aus der Einfahrt gerollt war, nach oben in Felix' Zimmer gestürmt. Tatsächlich suchte sie vorher nämlich noch ihre Ausrüstung zusammen. Mülltüten, eine Plastikwanne, einen großen Staubsauger für den Teppich, einen kleinen Akkusauger für die Fußleisten und andere schwer erreichbare Ecken, einen Eimer, Putzlappen, Desinfektionsmittel.

Felix wusste zwar irgendwie, dass seine Mum sein Zimmer immer ein bisschen aufräumte, wenn er und sein Dad weg waren, aber es sollte noch Jahre dauern, bis ihm irgendwann aufging, dass dieser alljährliche Frühjahrsputz einer der unausgesprochenen Gründe für ihre Vater-Sohn-Ausflüge war.

Grinsend stellte Cassie sich vor, wie sie breitbeinig den Kriegsschauplatz betrat, wie ein neuer Sheriff in der Stadt, die Gummihandschuhe tatendurstig gegen die Handgelenke schnippend, die Sprühflasche griffbereit im Holster. Cassie atmete tief durch, bevor sie das Zimmer in Angriff nahm.

Sie exhumierte eine Schüssel mit den verkrusteten Überresten einer Spaghetti Bolognese, die es schon vor Wochen mal zum Abendessen gegeben hatte, und einen Smoothie, der auf einem Regalbrett vergessen worden war und nun in originellen Schimmelmustern erblühte. Sie baggerte Kleider und Schuhe vom Fußboden auf und wirbelte durch den Schrank wie ein Hurrikan, dass löcherige Socken und nicht mehr ganz frische Unterhosen nur so flogen. Unter dem Bett hatte sich aus losen Notenblättern, Aufsatznotizen, aufgeschlagenen Romanen, Socken, einem Zauberwürfel und jeder Menge anderem verstaubtem und längst vergessenem Zeugs eine Art Wanderdüne gebildet.

Hier griff wieder Cassies Sechs-Monats-Regel: ein patentiertes rotierendes Entrümpelungsprogramm, das sie schon eingesetzt hatte, als Felix noch ein kleines Kind war. Alles in seinem Zimmer, das in ihren Augen überflüssig war, wanderte in eine große Plastikkiste. Die Plastikkiste ihrerseits wanderte in den Schuppen, und wenn Felix – innerhalb von sechs Monaten – nach irgendwas davon fragte, ging sie hin und zauberte es mit einem Lächeln im Gesicht wieder hervor. War die Zeit allerdings abgelaufen, ohne dass Felix nach seinen Sachen gefragt hatte, wurde alles, was noch in der Kiste lag, für einen guten Zweck gespendet.

Am Ende, nach einigen langen, staubigen Stunden, zog Cassie zufrieden die Tür zu Felix' sauberem, wohlriechendem Zimmer hinter sich zu und marschierte mit einer schweren Plastikkiste unterm Arm durch den Garten. Sie schob sie auf eins der unteren Regalbretter im Schuppen und ging dann wieder ins Haus, um sich eine wohlverdiente Tasse Tee und ein Stück Kuchen zu genehmigen. Und irgendwo in den Untiefen der Kiste versteckt lag ein halb vollgeschriebenes, ramponiertes Notenbuch mit schwarzem Ledereinband und einem roten Satinband als Lesezeichen. Auf seinen Seiten stand – mit Bleistift geschrieben – ein Lied von Diana Clare.

Im Osten des nordamerikanischen Kontinents, wo der Tag schon ein paar Stunden älter war als im Westen, nahm Lucie Doran gerade ein Bad. Ihre Wanne war nicht groß genug, um sich genüsslich darin auszustrecken. Im Gegenteil, sie war so winzig, dass sie in das Badezimmer eines winzigen Apartments auf der New Yorker Upper East Side passte: so winzig klein, dass Lucie die von der Hitze geröteten Beine über den Keramikrand baumeln lassen musste, während sie sich die Schienbeine einseifte und den mädchenrosa Rasierer zückte. Doch ehe Lucie den Stoppeln zu Leibe rückte, schrieb sie noch etwas in den schneeweißen Schaum.

Ein Wort. Vier Buchstaben.

NEIN.

Als Lucie schließlich aus der Wanne stieg, leuchtete der Himmel über ihrem Fenster in einem goldenen Rosa-Orange. Sorgfältig machte sie sich zurecht und zog sich dann eine Jogginghose an. *Ha! Verstanden?* Aber um ehrlich zu sein, war das ihre beste Jogginghose: in einem pudrigen Altrosa, mit hoher Taille und enganliegend am Po, der angesichts der Tatsache, dass die dazugehörige Frau schon bald siebenunddreißig Jahre alt wurde, noch ganz schön knackig war.

Ja, in diesem Jahr würde Lucie Doran, Leadsängerin und Banjospielerin von Lucie Doran and the Curious Lovers, sage und schreibe siebenunddreißig Jahre alt. Das Datum dieses einschneidenden Ereignisses lauerte bereits drohend am Horizont und tat das schon beinahe ihr ganzes Leben lang – das war nun mal das Schicksal eines jungen Mädchens mit einem Namen wie eine Popsong-Heldin. Seit die kleine Lucie damals den Namen von Marianne Faithfulls »The Ballad of Lucy Jordan« missverstanden hatte, markierte die Siebenunddreißig für sie einen entscheidenden Wendepunkt, einen Stichtag, bis zu dem sie ihr Leben irgendwie auf die Kette bekommen haben musste.

Anders als Lucy Jordan, die sich nach Paris gesehnt hatte und einem Sportwagen und dem warmen Wind im Haar, hatte Lucie Doran – ein Mädchen aus Prince Edward Island – noch nie einen gesteigerten Wert auf Cabrios gelegt. Und da die Band mittelgroß herausgekommen war, war sie auch schon in Paris gewesen, mehr als einmal sogar, und in unzähligen anderen Städten auch. Nein, Lucie Doran wollte kein Auto mit Faltdach, und auch kein Baguette. Sie wollte ganz einfach nicht mehr verarscht werden, vor allem nicht von den Männern, und ganz besonders nicht von *ihm*.

Sie und Elijah Tripp verband eine Geschichte, und eine lange noch dazu. Lucie und Elijah waren dreiundzwanzig (sie) und zweiundzwanzig (er) gewesen, als sie sich kennengelernt hatten, an einem kalten Sommertag im Tanzsaal eines Resorthotels in Alaska. Elijah war groß, dünn und elfenhaft, die Haare beinahe schwarz und die Augen mädchenschwarmblau. Er stand neben der Bühne und rief ihr keck zu: »Hey, Banjo-Girl! Kannst du mir mal kurz helfen?«

Sie hatte nicht gewusst, wie er hieß, aber sie hatte ihn schon mehrmals gesehen – wie er mit dem Tablett in der Hand in der Schlange vor der Resort-Kantine stand oder ans Geländer gelehnt mit einem Bier in der Hand die Aussicht bewunderte, wie er in schwarzer Hose und Cowboystiefeln neben dem Whirlpool hockte und mit den Mädels vom Kreuzfahrtschiff flirtete. Sie hatte ihn auch schon Geige spielen sehen mit einer Bluegrass-

Band. Wenn er spielte, war es, als wollte ihr Innerstes mitsingen, und sein Gesicht – die geschlossenen Augen, die Stirn, die er mit jedem Ton in andere Falten legte – verriet ihr, dass dahinter große, tiefe Gefühle brodelten.

»Was kann ich für dich tun, Geigenmann?«

»Hüpf doch eben mal hier hoch«, sagte er und wies auf die Bühne. »Ich will sehen, ob die Bühne gerade ist.«

Also war sie auf die Bühne gehopst in ihrem langen Rock und den hohen Stiefeln, arglos, das Banjo am Riemen um die Schulter.

»Und jetzt?«, fragte sie.

»Spiel ein bisschen.«

Das ließ Lucy sich nicht zweimal sagen. Um ihn zu beeindrucken, stimmte sie »Norwegian Wood« von den Beatles an. Lucie spielte das Banjo im Clawhammer-Stil. Das hatte sie von ihrem Großvater Kit Doran gelernt. Während sie auf der Bühne stand und spielte, stand der Geiger unten und klopfte grinsend mit dem Fuß auf die Bretter.

»Und wie«, fragte sie schließlich über den Klang ihrer eigenen Musik hinweg, »soll dir das jetzt weiterhelfen?«

»Das müsstest du doch wissen, Banjo-Girl.«

»Was denn?«

Er zwinkerte ihr zu und verzog dabei das ganze Gesicht. »Woher weiß man, dass die Bühne gerade steht: Der Banjospieler sabbert gleichmäßig aus beiden Mundwinkeln.«

In diesem Moment war ihr nichts Besseres eingefallen, als ihm ein entrüstetes »Arschloch« an den Kopf zu werfen. Aber ein paar Tage später rächte sie sich, indem sie sich hinter die Bühne im Tanzsaal schlich und kurz vor einem seiner Auftritte sämtliche Saiten von seiner Geige mopste.

Eine Woche ging das so. Sie spielten sich munter gegenseitig Streiche, bis Lucie sich unversehens in Elijahs Bett wiederfand, wo sie Tequila-Shots kippten und schief und betrunken Lagerfeuerlieder sangen. Dabei war es selbstredend nicht geblieben. Und genau da lag das Problem. Von Anfang an war es, als hätte Lucies Körper den von Elijah gekannt, und umgekehrt. Fast, als hätten die beiden sich schon seit Jahren gemeinsam davongestohlen und heimlich geübt, ohne dass Herz oder Hirn irgendetwas davon mitbekommen hatten.

Seit beinahe vierzehn Jahren ging das nun schon so. Mit Unterbrechungen wohlgemerkt. Aber jedes Mal, wenn sich ihre Wege zufällig kreuzten, war er wieder da, dieser altvertraute Funke, und unversehens fanden sie sich zwischen den Laken wieder. Lucie musste zu ihrer Schande gestehen, dass es mit ihren Beziehungen und den Eskapaden mit Elijah Tripp bisweilen drunter und drüber gegangen war. Seinetwegen waren mehrere Beziehungen in die Brüche gegangen, mit Männern, die es wirklich ernst gemeint hatten – und das nicht etwa, weil ihre Liebhaber von ihrer Untreue erfahren hatten, sondern weil Elijah den unangenehmen Nebeneffekt hatte, dass neben ihm alle anderen Männer irgendwie … blass und fade wirkten.

Aber jedes Mal, wenn sie versucht hatte, Elijah die Pistole auf die Brust zu setzen – wenn sie wissen wollte, was das zwischen ihnen nun eigentlich war, oder vorschlug, sich ein bisschen besser abzustimmen, damit sie sich auf Tour öfter sehen konnten –, erntete sie nichts als ein schelmisches Grinsen, einen Abschiedskuss und das Versprechen, dass sie sich irgendwann, irgendwo wiedersehen würden.

Lucie föhnte sich die Haare – schulterlang, hell und gewellt – und traktierte sie dann mit einem Glätteisen. Sie schmierte sich grünen Abdeckstift unter die Augen, damit man die Ringe nicht so sah, und deckte dann alles mit Foundation ab. Für den Lidschatten brauchte sie eine gute Viertelstunde, aber ehe sie dann die Lippenkonturen nachzog, nahm sie den Lipliner und schrieb sich selbst eine kleine Botschaft unten auf den Spiegel. *NEIN.*

»Nein«, sagte sie überdeutlich zu ihrem Spiegelbild. Und dann: »Nö. Nee. Nie. Niemals nicht. Nie wieder. Nein, nein, nein, nein, nein, nein.«

Lucie räumte die Schminkutensilien weg und schaute nach der Pastasoße, die in der Küche vor sich hin köchelte – nichts Aufwendiges, Gott bewahre. Und Nachtisch würde es ganz bestimmt nicht geben.

Sie rückte das Besteck auf dem Tisch noch mal zurecht und musste sich eingestehen, dass es doch recht einladend und intim aussah. Aber was sollte man auch machen in einer Wohnung, in die bestenfalls ein briefmarkengroßer Tisch passte und wo Hocker die bessere Wahl waren, weil sie weniger Platz wegnahmen als Stühle?

Es klopfte an der Tür, und Lucie atmete tief durch. Unterstützt von einem Post-it-Zettel, der innen an ihrer Wohnungstür pappte, übte sie es noch mal stumm.

»Nein.«

Und dann öffnete sie Elijah Tripp die Tür.

In all den vielen Jahren, die sie sich nun schon kannten, hatte Lucie Doran Elijah Tripp viele Türen geöffnet. Türen in Resort-Hotels überall entlang der Küste von Alaska, Türen zu Häusern von Menschen, die so freundlich gewesen waren, sie während der Folkfestivals in Woodford und Cygnet, Stornoway und Telluride, Brecon Beacons und Ballyshannon bei sich unterzubringen. Hoteltüren, Moteltüren, Türen zu Mietwohnungen, die Tür unten im Haus ihrer Eltern auf Prince Edward Island.

Nein, sagte Lucie sich streng. *Nein.*

»Hallo, hallo, Lucie D«, säuselte Elijah und drückte ihr einen Kuss auf die Wange.

»Schön, dich zu sehen, alter Freund«, sagte sie. *Freund.* Wiederholen Sie bitte. *Freund.*

Ein halbes Jahr war es her, seit sie sich das letzte Mal gesehen hatten – sechs Monate, seit sie beim Celtic Colours Festival gemeinsam auf der Bühne gestanden hatten. Und in einem Bett geschlafen, in einem hübschen alten Hotel in Baddeck auf Cape Breton Island.

Und jetzt stand er da, vor ihrer Tür, mit dem Geigenkasten in der einen Hand, einem Seesack in der anderen und einer Flasche in einer braunen Papiertüte unter dem Arm.

»Sag mal, Lucie – warum gibt es in *Star Trek* eigentlich keine Banjos?«

»Weil es in der Zukunft spielt«, erwiderte sie tonlos.

»Wie *stimmt* man ein Banjo?«

Lucie gähnte gelangweilt. »Man weiß es nicht.«

»Komm, einen noch. Wie kann man verschiedene Banjo-Songs unterscheiden?«

»Ja, ja, ja. Alles schon gehört. Am Titel. Und jetzt halt den Mund und komm rein.«

Lucie wohnte noch nicht lange hier, in New York City, und sie hatte auch nicht vor zu bleiben. Sie hatte ihre Zelte bloß hier aufgeschlagen, um die Songs für das neue Album von Lucie Doran and the Curious Lovers zu schreiben. In knapp einer Woche sollten sie schon ins Studio gehen, und noch immer fehlten ihr ein, zwei Tracks. Aber sie glaubte fest daran, dass sie bis dahin noch ein paar Songideen auftun würde.

»Und, was führt dich hierher?«, fragte sie. »Gig?«

»Nein. Ich bin nur hier, weil ich dich sehen wollte.«

»Aha«, entgegnete Lucie trocken und gab sich nicht die geringste Mühe, so zu tun, als glaube sie ihm.

Sie sah zu, wie er sich in ihrer Wohnung umschaute, den winzigen Tisch begutachtete mit den beiden Hockern, die Küche, die so klein war wie eine Yacht-Kombüse, das Kuhfell auf dem Boden, die Zweisitzercouch, die drei Banjos auf ihren Ständern. Er stellte sein Gepäck ab, nahm die Flasche aus der Papiertüte und stellte sie auf den Tisch. Tequila. Er öffnete seine Jacke und angelte zwei dicke, knallgelbe Zitronen aus den Taschen.

»Ich nehme an, du hast Salz«, sagte er grinsend und zog sich einen Hocker an den Tisch.

Lucie holte aus der Küche ein kleines Schälchen mit Fleur de Sel, einen Teller und ein scharfes Messer für die Zitronen. Hinter sich hörte sie, wie die Flasche aufgedreht wurde, aber sie holte nur ein einziges Schnapsglas aus dem Schrank.

»Bitte sehr«, sagte sie und stellte es vor ihm auf den Tisch.

»Hey«, rief Elijah stirnrunzelnd. »Was ist los?«

»Nichts«, erwiderte Lucie. »Aber … heute nicht.«

Sie schaute Elijah in die zusammengekniffenen Augen. Erstaunen lag darin, ganz eindeutig, und auch ein Anflug von Enttäuschung. Aber was war das andere, was sie da sah? Lucie hätte es beim besten Willen nicht sagen können.

Elijah schraubte den Deckel wieder auf die Flasche.

»Ohne dich macht es keinen Spaß, Lucie.«

Und so verlief dann auch mehr oder minder das Abendessen. Und der ganze restliche Abend. Elijah versuchte alles, um den alten Faden wiederaufzunehmen, und Lucie fand immer neue, originelle Möglichkeiten, ihm ein Schnippchen zu schlagen. Als sie nach dem Essen gemeinsam in der Küche standen und spülten, blies er ihr Seifenblasen auf die Nase, aber sie wischte sie einfach mit dem Geschirrtuch weg und ging ihm nicht auf den Leim. Lucie Doran, sechsunddreißigeinhalb, fand, sie schlug sich ganz wacker. Bis Elijah Tripp irgendwann sagte: »Hey, ich würde dir gerne einen Song vorspielen.«

Mit einem Song ist es so ähnlich wie mit einem Rezept. Wer hat noch mal gleich die Bolognese-Soße erfunden? Gut, es war Pellegrino Artusi, der es – 1891 – als Erster in einem Kochbuch veröffentlicht hat, aber wir dürfen davon ausgehen, dass das Gericht schon lange vorher gekocht wurde, dass es viel herumgekommen ist, von Herd zu Teller, von Gastgeber zu Gast.

Mit Songs, die man in die Welt entlässt, ist es ganz ähnlich. Auch sie neigen dazu, ihren eigenen Weg zu gehen und sich von jedem Musiker neu erfinden zu lassen.

Als Felix Carters großer Bruder Tom Wendale also mit einem Liebeslied im Gitarrenkoffer nach Seattle zurückkehrte, klang es dort beim Jammen mit seinen Freunden auf Akustikgitarre, Slide-Gitarre und Keyboard schon deutlich anders. Mit einem der bekanntesten Irish Fiddler Japans in Osaka angekommen, nahm es plötzlich einen säuselnden Singsang an, und in Buenos Aires, wo es mit dem Gitarristen einer Mariachi-Band auf Tour ging, legte es deutlich an Tempo zu.

In San Francisco, wo die Akrobaten eines Zirkusses es als perfekte Titelmelodie für die Liebenden auf dem fliegenden Trapez entdeckten, bekam es einen Electro-Vibe verpasst, und in Vanuatu, wo nur eine Handvoll seiner Noten als Jingle für eine neue Eissorte durch die Radios des Archipels dudelten, klang es auf einmal hinreißend süß und lieblich.

Als es sich schließlich in östlicher Richtung nach Toronto aufmachte, schnappte das Lied unterwegs einen kleinen Bluegrass-Akzent auf und wurde von den Musikern einer Folkband, die an diesem Abend bei einem Leonard-Cohen-Gedächtniskonzert in der Danforth Music Hall auftreten sollten, aus dem Flieger mit in die Stadt genommen. Da hörte Elijah Tripp es zum ersten Mal: nach dem Gig hinter der Bühne, wo die Musiker von gut einem halben Dutzend unterschiedlicher Bands bei ein paar Drinks abhingen, die Instrumente immer in Reichweite.

Das Lied war auch ohne ihn schon wie ein festes, engmaschiges Gewebe. Aber es dauerte nicht lange, bis er mit dem Fuß auf den Boden tappte, und bald hatte er ein Plätzchen gefunden zwischen den Fäden, wo er mit seiner Geige hineinpasste.

So wie manche Menschen ohne Brille komisch aussehen und man manche ohne die Mütze, die sie immer tragen, kaum wiedererkennt, war Elijah irgendwie ein bisschen mehr er selbst, sobald er die Geige ansetzte. Er schob den Hocker zurück, damit er mehr Platz hatte, während Lucie einfach sitzen blieb, die Ellbogen auf den Tisch gestützt. Sie sah zu, wie er die Geige noch mal nachstimmte, und merkte, dass ihm die Hand ein wenig zitterte. Was war denn das?, fragte sie sich verwundert. Das war eigenartig. Noch nie in ihrem ganzen Leben hatte sie an Elijah je auch nur einen Anflug von Nervosität bemerkt.

Er klemmte sich die Geige unter das Kinn und fing an zu spielen. Er spielte, wie sie ihn immer am liebsten sah – mit geschlossenen Augen, die Stirn gerunzelt von der Anstrengung, seine innersten Gefühle nach außen zu kehren. Er spielte und spielte und sprenkelte die Melodie mit zarten Vorschlagnoten, und Lucie wusste, das, was sie da gerade hörte, musste ein Liebeslied sein. Aber nie im Leben hätte sie damit gerechnet, Elijah könne anfangen zu singen.

Seine Stimme war nicht besonders kräftig, aber melodisch und klar, und irgendwie musste Lucy dabei – warum auch immer – an Haselnüsse denken.

»Hey, Lucie Doran«, sang er. Lucie erwartete eigentlich, dass der Text sich als Spottlied entpuppen oder Elijah es irgendwie schaffen würde, noch einen Witz über

Banjospieler einzubauen, aber zu ihrem Erstaunen blieb sein Gesicht ganz ernst.

»Willst du«, sang er in seiner samtenen Haselnussstimme, »willst du … willst du es wagen, Ja zu sagen?«

Noch immer wartete Lucie ab, wartete auf das dicke Ende, den Dolchstoß, den Schwinger in die Magengrube, den Moment, in dem dieser hingebungsvolle Augenblick kippte und sich auflöste in das, was er unweigerlich sein musste – einer von Elijahs Streichen. Aber Elijah spielte immer weiter, und kein Scherz platzte in das ergreifende Lied.

Und dann war das Lied zu Ende, und Elijah ließ den Bogen sinken. Nun hörte Lucie nur noch die gedämpften Hintergrundgeräusche der unverwechselbaren Melodie von New York City: Martinshörner, vorbeirauschende Autos und wildes Gehupe.

Elijah sah Lucie an, und Lucie sah Elijah an.

Irgendwann sagte sie schließlich: »Gib mir die Geige.«

Sie nahm ihm das Instrument aus den Händen und legte es behutsam auf die Couch. Dann ging sie zurück zu ihm. Er saß da und sah sie an. Erwartungsvoll, verletzlich. Saß einfach nur da, mit leeren Händen, in Jeans und Flanellhemd. Ohne Stiefel, die hatte er ausgezogen. Erwartungsvoll schaute er zu ihr auf. Und wartete. Und wartete. Lucie hob das Bein und trat ihm mit voller Wucht gegen die Brust. Völlig überrumpelt kippte er hintenüber und landete auf dem Rücken wie ein Käfer.

»Scheiße, Lucie! Was soll das?«

»Du bist so ein unglaublicher Mistkerl«, schimpfte sie wütend.

Elijah lag immer noch auf dem Rücken und stöhnte.

»Das macht man nicht. Man spielt nicht mit Frauenherzen«, zischte Lucie, tränenerstickt.

»Ich spiele nicht. Ich schwöre.«

Mit Mühe rappelte er sich so weit auf, dass er sich auf die Ellbogen stützen konnte. »Erzähl. Wo willst du wohnen, hm? Wo willst du zu Hause sein? Ich meine, wirklich zu Hause. San Francisco? Quebec? Fairbanks, verdammt? Dann ziehen wir da hin. Wo immer du auch hingehst, ich komme mit. Ich bin dein.«

»Hör auf.«

»Wie viele Kinder willst du? Mir ist alles recht. Wir machen so viele, wie du willst.«

»Fahr zur Hölle.«

»Zwei? Drei? Sieben? Pass auf, ich hole ein Blatt Papier, und wir schreiben schon mal ihre Namen auf. Du kannst aussuchen, was du willst. Von mir aus irgendwelche bescheuerten Hippie-Namen, was auch immer. River, Ocean, Forest. Mir ist alles recht.«

»Hörst du jetzt *endlich* auf, mich zu veräppeln?«

»Ich veräppele dich nicht.«

Lucie hielt sich die Ohren zu. »E-li-jah!«

»Okay, wir machen einen Deal«, schlug er vor, und die Finger in ihren Ohren dämpften kaum seine Worte. »Sag Ja, und ich werde nie mehr, niemals, nie wieder, solange wir beide leben, je wieder einen Banjo-Witz erzählen. Das ist mein Angebot an dich.«

Lucie schnaubte, halb lachend, halb weinend. »Man soll keine Versprechungen machen, die man nicht halten kann.«

Elijahs Gesicht war ernst. Todernst. »Wenn du Ja sagst, halte ich mein Versprechen.«

Für einen flüchtigen Augenblick wagte Lucie fast, daran zu glauben, er könne es ernst meinen.

»Lucie, ich will damit nur sagen, ich will das ganze Programm. All inclusive. Mit dir.«

Lucie weinte. »Du bist ein Arschloch. Weißt du das?«

»Ein Arschloch, das dich liebt.«

»Du liebst mich? *Jetzt* liebst du mich?«

»Ich habe dich immer geliebt, verrücktes Banjo-Girl«, entgegnete er.

»Aber du rennst immer vor mir weg!«, heulte Lucie.

»Ja, stimmt. Ich bin immer weggerannt«, antwortete Elijah nickend. »Bis jetzt.«

»Und was ist jetzt anders?«

»Jetzt bin ich so weit.«

»Tja, und was, wenn es so lange gedauert hat, dass ich jetzt nicht mehr will?«

»Willst du damit sagen, es ist zu spät?«

»Ich weiß es nicht, Elijah«, schluchzte Lucie. »Ich habe mir geschworen …«

Elijah kniete sich neben sie und zog sie hoch, bis sie auch auf den Knien war. Er küsste sie, und sie küsste ihn, und sie spürte seine Lippen auf ihren und seine warmen Hände, die sich unter dem T-Shirt um ihre Taille legten, und wollte ihn umso mehr küssen, mehr und mehr. Sie küssten sich und hörten nicht mehr auf. Er küsste ihr tränenüberströmtes Gesicht, er küsste ihre Stirn, und dann küsste er sie wieder auf den Mund, und ihr Körper summte, und es war, als stimmten sie sich aufeinander ein wie zwei Instrumente.

Sie schlug die Augen auf. »Ist das wirklich gerade passiert? Warte, was ist da eigentlich gerade passiert?«

»Ich habe dich gefragt, ob du mich heiraten willst.«

»Hast du das?«

»Das habe ich.«

»Ich glaube, den Teil muss ich irgendwie verpasst haben.«

»Okay, also, nur damit es keine Missverständnisse gibt. Bist du bereit? Hörst du genau hin?«

Sie nickte.

»Lucie Doran, Banjo-Göttin, Liebe meines Lebens, aufregendste Frau, die je gelebt hat, willst du meine Frau werden?«

»Keine Banjo-Witze mehr. Keinen einzigen. So lange wir beide leben?«

»Keinen einzigen«, versprach Elijah.

Lucies Herz schrie *Ja*; Lucies Körper schrie *Ja*; sogar Lucies Verstand schrie *Ja*. Trotzdem, es wäre eine Schande, wenn sie jetzt ganz umsonst geübt hätte. Also warf sie die geglätteten Haare über die Schulter, sah Elijah geradewegs ins Gesicht und sagte – genau, wie sie es einstudiert hatte – »Nein«.

Seine Augen wurden groß und rund. »Ich dachte … Ist das dein *Ernst*?«

»Nein«, kicherte Lucie und strahlte vor Glück über das ganze Gesicht.

SECHS

HERBST

✦

Der März tröpfelte dahin und plätscherte in den April, und mit jedem Tag fiel Arie mindestens ein weiterer guter Grund ein, um Evie anzurufen, hätte er es doch nur gekonnt.

Arie hatte eigentlich gedacht, dass er sie mit der Zeit vergessen, dass die Erinnerung an sie mehr und mehr verblassen würde, aber tatsächlich war genau das Gegenteil der Fall. Immer öfter ertappte er sich dabei, wie er jeden Gedanken, den er dachte, durch Evies Augen betrachtete. Was würde Evie davon halten? Was würde Evie dazu sagen? Würde Evie dies/das/jenes gefallen?

Es wurde Ostern, und am Ostersonntag fuhr Arie allein zum Familientreffen bei seinen Eltern. Zwar bemerkte seine Mutter jedes Jahr ausnahmslos, wie sehr ihr die Osterglocken und die Hyazinthen fehlten, die sie schon als Kind so gern gehabt hatte, aber sie hatte sich inzwischen längst mit den Gegebenheiten auf der Südhalbkugel arrangiert und den Tisch mit einem Zweig buntem Herbstlaub dekoriert, an dem ausgeblasene Eier hingen, mit Zwiebelschalen in warmen Rot- und Brauntönen gefärbt.

Alle waren da, bis auf Heidi und Greg, die immer noch auf Wanderflitterwochen in Bhutan waren, und nach dem Mittagessen, als die Kinder draußen im Garten Eier suchten, zeigte Ilse auf dem iPad Heidis Hochzeitsfotos.

Arie überflog die Fotos von Heidi beim Ankleiden, von den Blumenkindern, die auf den Bäumen herumkletterten und in den Blumenbeeten standen, von seiner ältesten Nichte, die schmollend auf einer Baumschaukel saß. Es gab Bilder von der Trauung, etliche Trillionen vom Brautpaar und all den üblichen Verdächtigen – Gregs Familie, den Johnsons, den beiden Familien zusammen, der gesamten Hochzeitsgesellschaft. Evie hatte sich zwar große Mühe gegeben, auf keinem der Fotos zu erscheinen, aber der Fotograf hatte sie trotzdem ein paar Mal eingefangen.

Auf einem Schnappschuss kniete Evie vor Imogene, im Profil, Nase an Nase. Frau und Kind lachten einander an, und in ihren Augen blitzte es schelmisch. Ein anderes Foto zeigte Evie allein, wie sie dastand und aufmerksam lauschte. Das musste während einer der Reden aufgenommen worden sein. Arie wusste zwar, dass Evies Garderobe an diesem Abend gewiss nicht teuer gewesen war, aber sie hatte so hübsch ausgesehen in ihrem schlichten grünen Kleid mit dem schwarzen Tuch, das sie über die Ellbogen geschlungen hatte. Er hörte fast noch den Reißverschluss an ihrem Kleid aufgehen, den Stoff raschelnd zu Boden fallen.

Sie hatte so perfekt in die ganze Hochzeitsgesellschaft gepasst. Nichts an ihr, ihrem Aussehen oder Benehmen war irgendwie unangenehm aufgefallen. Sie hatte sich nicht in den Vordergrund gedrängt, aber auch nicht krampfhaft versucht, keine Aufmerksamkeit zu erregen. Imogene hatte einen ihrer berüchtigten Tobsuchtsanfälle bekommen, und Evie hatte die Wogen geglättet. Und während der Reden hatte sie aufmerksam zugehört und sich aus ganzem Herzen am Glück der anderen erfreut.

»Warum ist Evie heute nicht mitgekommen?«, fragte Imogene, die sich auf Aries Schoß gesetzt und mitbekommen hatte, welche Fotos er sich gerade ansah.

»Sie ist auf und davon, Im.«

»Wohin?«

Er zuckte hilflos mit den Schultern. Wie die meisten digitalen Weltbürger war Arie eigentlich der felsenfesten Überzeugung, in einem Zeitalter zu leben, in dem man mittels Internetsuche mindestens ein klitzekleines Detail über jeden beliebigen Menschen in Erfahrung bringen konnte. Doch was Evie anging, hatte der große Gott Google ihn bitter enttäuscht.

Seine Suche nach »Evie Greenlees« hatte, bis auf einen Telefonbucheintrag in den USA, gar nichts erbracht. Es gab keine »Evie Greenlees« auf Facebook, und obwohl er jeden einzelnen Greenlees anrief, der im australischen Telefonbuch stand, hatte keiner je von einer Evie gehört.

Dann war ihm wieder eingefallen, dass sie in Tasmanien aufgewachsen war und dass ihre Schwester noch dort lebte, also war er noch mal auf Google gegangen und hatte »Evie + Dichterin + Hobart«, »Evie + Dichterin + Tasmanien« eingegeben. Das »Dichterin« hatte er mit zunehmender Verzweiflung schließlich weggelassen. In der Trefferliste fanden sich etliche Evies aus Tasmanien, aber so sehr er auch suchte, seine Evie war nicht darunter.

»Wo sie hin ist? Ich wünschte, ich wüsste es«, murmelte Arie und strich dem Kind eine weißblonde Haarsträhne hinters Ohr. »Ich wünschte wirklich, ich wüsste es.«

Wo also *war* Evie?

Um dorthin zu kommen, mussten Stella, Reuben, Matilda und Oscar, schwer bepackt mit den Zutaten für das Osteressen, vorsichtig einen steilen, schieferbedeckten Pfad hinunterklettern. Unten angekommen, führte ein Fußweg um die weite Bucht herum zu vielleicht dreißig kleinen hölzernen Bootshäusern.

In Form und Größe ähnelten die Häuschen einander alle, während Farbe und Erhaltungszustand bisweilen unterschiedlicher kaum sein konnten. Sie waren auf Pfählen über dem Wasser gebaut, manche aus Holz, manche aus Beton und manche aus wackeligen Backsteinstapeln. Jedes der Häuschen war einzigartig. Aus einigen ragten seitlich verrostete eiserne Kamine, andere hatten kleine Bullaugenfenster. Eins war mit Hollywoodikonen tapeziert, ein anderes mit Treibholzfunden dekoriert. Man erreichte sie über kurze Stege, die vom trockenen Ufer über die Wellen führten, die an den tangüberzogenen Felsen leckten.

Das Häuschen, um das Evie sich kümmerte, während seine Eigentümer auf Auslandsreise waren, war in einem warmen Terracottaton gestrichen und hatte ein schwarzes Blechdach. Innen bestand es aus einem einzigen Raum, ausgestattet mit einer spartanischen Küche, einem ausklappbaren Doppelbett, einem angenehmen Mobiliar-Mix und jeder Menge Krimskrams, einem gut bestückten Bücherregal und einer Truhe voller Brettspiele. Bis auf ein paar Zimmerpflanzen gab es nicht viel, worum sie sich hätte kümmern müssen, aber Evies Hauptaufgabe bestand darin, gesehen zu werden, beim Kommen und beim Gehen, damit niemand auf die Idee kam, das kleine Häuschen könne womöglich verlassen sein.

»Die Hütte ist toll, aber warum musst du ausgerechnet im *Herbst* darauf aufpassen?«, fragte Oscar, acht Jahre, sie ein wenig vorwurfsvoll, nachdem er das Zimmer inspiziert hatte und auf das hintere Deck gelaufen war, wo Yachten und Katamarane sich in der steifen Brise an ihre Anleger schmiegten. Er hatte Fußballerbeine und trug bei jedem Wetter Shorts. Und er hatte recht mit seiner Bemerkung über die Jahreszeit: Im Sommer hätte man vom Deck direkt ins Wasser springen können, aber heute war das Wasser darunter aufgewühlt, grau und wenig einladend.

»Weil, Dummie, die Leute hier weggehen, wenn es kalt wird, und lieber irgendwo sind, wo es wärmer ist«, erklärte Matilda, zehn Jahre, in jenem schneidenden Tonfall, der, wie Evie bereits aufgefallen war, ausschließlich ihrem Bruder vorbehalten war.

Weil sie sich rasch einig gewesen waren, dass es viel zu viele Umstände machen würde, in der kleinen Küche ein opulentes Essen zu kochen, bestand das Osteressen aus kaltem Hühnchen und Baguette, das man mit der Hand abreißen konnte, Datteltomaten und Avocado,

Schinken und verschiedenen Käsesorten. Reuben ließ den Korken einer Sektflasche ploppen und füllte drei der bootshauseigenen Plastikflöten, während Stella den Kindern Grapefruitsaft einschenkte.

»Auf dich, Eve-Star, auf ›Löwenzahntage‹ und auf die vielen, vielen, vielen anderen Gedichte, die du noch veröffentlichen wirst«, rief er.

Es war eine gute Woche gewesen für Evie. Nicht nur dass sie ihren gelegentlichen Tresenjob in einer schummerigen Kneipe eingetauscht hatte gegen garantierte fünf Schichten pro Woche in einer schicken Weinbar, nein, sie hatte auch eine E-Mail der Herausgeber von *Zehn Zeilen* aus Edinburgh bekommen, in der man ihr freudig mitteilte, »Pusteblumen« werde in die Anthologie aufgenommen, die später in diesem Jahr erscheinen sollte.

»Wie viel bekommst du dafür?«, wollte Oscar wissen.

Evie lachte. »Nicht viel, Oscar. Wenn sie überhaupt was zahlen.«

Oscar runzelte die Stirn. »Und warum *machst* du es dann?«

»Es ist mir selbst ein Rätsel«, erwiderte Evie seufzend und strubbelte ihm durch die Haare. »Wobei, ich habe gehört, in Melbourne gibt es einen Dichterwettbewerb, und wenn sie mein Gedicht nehmen, könnte ich sage und schreibe … eintausend … Dollar gewinnen.«

»Cool. Und worum geht es in deinem Gedicht? Das, was du einreichst?«

»Weiß ich noch nicht.«

»Nimm auf jeden Fall ein richtig gutes«, riet Oscar ihr weise.

Wegen der steifen Brise auf dem Deck und auch weil die ansässigen Silberkopfmöwen ziemlich frech waren, aßen sie lieber drinnen. Als alles Essen aufgefuttert und der Sekt ausgetrunken war und Reuben und die Kinder eine Runde Monopoly angefangen hatten, die wohl wieder in Zank und Streit enden würde, schlug Stella vor, mit Evie einen kleinen Strandspaziergang zu unternehmen.

»So schön, dass du wieder zu Hause bist«, sagte Stella nachdrücklich und hakte sich bei Evie unter.

Klirrende Flaggleinen, die gegen Großmasten schlugen, und die rhythmisch schwappenden Wellen lieferten den Soundtrack zu ihrem Spaziergang.

»Du hast zwei tolle Kinder.« Evie seufzte.

Eine Weile liefen sie schweigend nebeneinanderher, bis Stella irgendwann sagte: »Also, raus mit der Sprache, warum ist eine Frau, die sich, solange ich sie kenne, nichts sehnlicher gewünscht hat, als eins ihrer Gedichte veröffentlicht zu sehen, und die eigentlich gerade überglücklich sein sollte … das genaue *Gegenteil*?«

Eine gute Frage. Ob der frohen Kunde von der »Pusteblumen«-Veröffentlichung hatte sie schier überschäumen wollen, aber ohne jemanden, mit dem sie ihr Glück teilen konnte, waren die schillernden Seifenblasen still und leise zerplatzt. Es gab eigentlich nur einen einzigen Menschen, dem sie davon erzählen wollte. Und obwohl sie sogar schon die Telefonnummer von Sonder Digital herausgesucht hatte, hatte sie sich dann doch streng zurechtgewiesen und sich selbst auf die Finger geklopft und damit verhindert, dass sie etwas Unüberlegtes tat.

»Wie kommst du denn darauf, dass ich nicht glücklich bin?«, fragte Evie.

»Ach, ich bitte dich, Evie«, sagte Stella mit ihrer Muttertierstimme, die sie ganz gerne auch für ihre kleine Schwester benutzte. »Was ist los mit dir, Mauseschwänzchen?«

Evie drehte das Gesicht in den Wind, der ihr die Haare nach hinten pustete. »Ich habe Liebeskummer.«

»Wegen diesem Dave?«

Evie lachte. Zwar hatte sie mehrere Monate lang mit Dave zusammengewohnt, ihn aber dann abgestreift wie einen lästig gewordenen, viel zu dicken Wintermantel. Und sie hatte es keine Sekunde bereut. Arie dagegen hatte sie bloß etwas mehr als eine Woche gekannt, und nach dem ganzen Wirrwarr mit ihm war ihr gewesen, als hätte man ihr das halbe Herz aus dem Leib gerissen. »Nein, nicht wegen Dave.«

»Sondern?«

»Ich habe in Melbourne jemanden kennengelernt. Wir haben einmal miteinander geschlafen, und ich muss immer noch ständig an ihn denken.«

»Was ist denn passiert?«

»Na ja, er mochte mich. Das weiß ich. Aber … es gab noch eine andere. Eine andere, von der er einfach nicht loskam.«

»Mist«, brummte Stella.

»Ganz großer Mist«, stimmte Evie ihr zu.

»Und was willst du jetzt machen?«

»Ich werde … Gedichte schreiben, Bücher lesen, Wein ausschenken, mein Herz wieder zusammenwachsen lassen und ganz viel Zeit mit meinen *neven en nichten* verbringen«, sagte sie.

»Bitte, was?«

»Das ist Holländisch«, erklärte Evie.

»Und heißt?«

»Oscar und Matilda.«

Die beiden Schwestern liefen weiter, bis sie rosarote Wangen und eiskalte Finger hatten, und als sie schließlich zum Bootshaus zurückkamen, hatte Oscar sich schon zu mehreren Hotels auf dem Opernplatz, in der Bahnhofstraße *und* in der Parkstraße hochgearbeitet.

Nimm auf jeden Fall ein richtig gutes, hatte Oscar gesagt, und so kam es, dass Evie sich in jener Nacht durch die zahllosen gekritzelten Notizen, vagen Ideen, Fragmente und Entwürfe wühlte, von denen ihre Kladden schier überquollen. Irgendwann stolperte sie dabei über das Bild des Fliegers, der ins Meer stürzt und von ihm verschlungen wird.

Evie las ihre eigenen Worte, mit denen sie das Bild zu beschreiben versucht hatte, wie das Flugzeug sich im Wimpernschlag vor der Katastrophe verdoppelte und nur eins von beiden in den Ozean fiel, während das andere aufstieg und davonflog … wohin eigentlich? Ihr unvollendetes Gedicht wusste es nicht. Das Gedicht hatte einen Hoffnungsschimmer bieten sollen, doch nun musste Evie einsehen, dass das Bild schief war, dass die Worte auf dem Papier ihr Ziel verfehlten.

Sie riss die Seite heraus, um sie neben ein leeres Blatt zu legen und noch einmal ganz von vorne anzufangen. Sie begann zu schreiben, scheiterte, versuchte es noch mal. Auf Schmierzetteln versuchte sie es mit freiem Assoziieren und schrieb alles auf, was ihr dazu einfiel, ganz gleich, wie naheliegend oder weithergeholt es auch sein mochte. *Fliegen, Flug, geflogen, Flügel, Feder, Wachs* … und da war er plötzlich. Kam hereingeflattert wie ein Schmetterling. Ikarus, der Sohn des Erfinders Dädalus. Der Junge, der zu hoch geflogen und auf die Erde gestürzt war, weil das Wachs, das die Federn seiner Flügel zusammengehalten hatte, in der Sonne zerschmolz. *An einem solchen Morgen beginnt der Tag für mich mit einem Sturz aus großer Höhe.* Das hatte Arie gesagt, in diesem Fernsehinterview. Evie schrieb auch diese Worte auf, und endlich schienen sich ihre Gedanken zu einem Gedicht zusammenzufügen.

Sie fügte Worte hinzu und strich sie wieder aus. Spitzte den Bleistift, schrieb noch mehr Worte dazu, radierte sie wieder aus. Fing noch mal von vorne an. Eine frustrierende Arbeit, wunderbar und unerklärlich.

WENDE

✦

Nachdem Arie Evie nirgendwo in der virtuellen Welt hatte finden können, blieb ihm nichts anderes übrig, als sie in der wahren Welt zu suchen. Er suchte sie in Menschenmengen und gewöhnte sich an, immer ein bisschen langsamer zu fahren, wenn er irgendwo Leute vor einem Café Schlange stehen sah. In der Mittagspause schnürte er durch überheizte Kaufhausabteilungen, hielt vor Ladentischen Ausschau nach ihr und in Aufzügen. Er überflog die Gesichter der Wartenden an Bahnhaltestellen und glaubte gelegentlich, ihre Silhouette unter den Zuschauern zu erkennen, die sich um Straßenmusiker oder Zauberkünstler scharten.

Eines Mittags blieb Arie bei seinen Wanderungen durch die Stadt vor dem Schaufenster eines Outdoor-Ladens mit Rucksäcken und Regenjacken in bunten, farblich abgestimmten Unisex-Modellen stehen. Nicht, dass er irgendwas davon hätte kaufen wollen. Nein, er wollte sich nur für einen Moment vorstellen, wie es wäre, einfach in den Bergen und weiten Tälern zu verschwinden, die auf den Plakatwänden des Ladens lockten, und alles, was man brauchte, zusammenzuschrumpfen, bis es in einen Rucksack passte, den man auf dem Rücken tragen konnte.

Na ja, eigentlich sind wir alle so frei. Wirklich und wahrhaftig. Das hatte Evie zu ihm gesagt, und womöglich hatte sie recht gehabt. Arie musste sich langsam eingestehen, dass vieles von dem, was er bisher als lebensnotwendig erachtet hatte, zu seinem alten Leben gehörte, das er längst nicht mehr lebte. Wie viel Zeit und Mühe hatte er darauf verwendet, die Grundsteine für dieses andere Leben zu legen – der Hauskauf in der Tavistock Row, der Aufbau von Sonder Digital zur finanziellen Absicherung. Aber das alles waren Vorkehrungen für ein Leben, das es längst nicht mehr gab. Das Häuschen mit dem Erkerfenster war Dianas Traum gewesen, nicht seiner. Und Sonder Digital war längst groß und stark genug, dass er sich einfach umdrehen und gehen könnte. Richard würde den Laden auch ohne ihn schmeißen.

Das waren ganz neue Gedanken für ihn, und Aries Herz schlug ein bisschen schneller. Wie gerne hätte er Evie von diesen Gedanken erzählt, aber Evie war nirgends zu sehen.

Aus April wurde Mai und aus Mai Juni. Die Temperaturen fielen, und es begann zu regnen. Sommergrüne Bäume streckten die kahlen Äste in den Himmel, und Arie, der seinen Kleiderschrank nach einem Wintermantel durchforstete, musste sich schließlich eingestehen, dass es an der Zeit war.

Er rief Lenka an.

»Ich wäre dann so weit«, sagte er zu ihr.

Dann allerdings geschah, nur einen Tag bevor sie kam, etwas, womit Arie nicht rechnen konnte, und es geschah ausgerechnet am einzigen Samstag in diesem Jahr, an dem Arie sich von Richard zum Fußball mit ins Stadion hatte schleppen lassen. Arie war zu seinem Fußballverein gekommen wie andere zu ihrem Vornamen oder Adelstitel; sein Großvater hatte ihn an seinen Vater vererbt und der wiederum an ihn.

Arie tat allerdings nichts, um der Loyalität zu seinem Verein irgendwie Ausdruck zu verleihen, außer dass er einen Schal in Rot und Blau sein Eigen nannte und immer im Juni mit Richard ins Stadion ging, wenn Aries Verein im alljährlichen Lokalderby gegen Richards Mannschaft antrat. Sie verbrachten den Nachmittag also damit, überteuertes Bier zu trinken, das nach warmer Pferdepisse in Plastikbechern schmeckte, und Pies zu futtern, die innen so unverschämt heiß waren, dass Arie sich beim ersten Bissen prompt die Zunge verbrannte. Richards Mannschaft gewann, der bestmögliche Spielausgang, da Richard vor Freude über das ganze Gesicht strahlte wie ein kleines Kind, während es Arie überhaupt nichts ausmachte, dass sein Verein verloren hatte. Umgekehrt hätte es Richard wohl gründlich die gute Laune verhagelt und Arie nicht mal ein Lächeln entlockt.

Nach dem Spiel drängten dann alle in die Bahn, die so überfüllt war, dass Arie sich nirgendwo mehr festhalten konnte, weder oben an der Stange noch an einem der Sitze. In jeder rasant genommenen Kurve musste er darauf vertrauen, derart eingepfercht zu sein, dass er nicht umfallen konnte. Und da sah er es. Über die mit schwarz-weißen Mützen bedeckten und mit rotblauen Fleece-Dreadlocks dekorierten Köpfe hinweg sah er ihren Namen. In Druckbuchstaben stand er auf der Innenwand des Wagenabteils. *Von Evie Greenlees.* Zumindest glaubte er, das gesehen zu haben. Ein Mann, ein Kind mit lustig bemaltem Gesicht auf den Schultern, war einen Schritt zur Seite getreten und versperrte ihm nun die Sicht.

Arie reckte den Hals und mühte sich zu lesen, was da stand. Etliche Gedichte waren es – wohl Teil eines öffentlichen Kunstwettbewerbs –, die sich über die Rundung zwischen Wagendecke und Wänden zog. Immer wenn die Bahn um eine Kurve fuhr und die Fahrgäste sich zur Seite lehnten, konnte er wieder ein paar Worte erhaschen ... *als Ikarus fiel ... Seltsam, wie wir, um gefunden zu werden ... Gezeitenwende in der Nacht*. Das Herz schlug ihm bis zum Hals.

Es war nicht mehr weit bis zu Richard nach Hause, nur noch anderthalb Häuserblocks bis zu ihrem Halt.

»Kommst du?«, fragte Richard und quetschte sich durch das Gedränge zur Tür.

»Geh du. Ich fahre weiter.«

»Was? Dein Auto steht bei mir vor dem Haus, du Honk.«

»Ich komme gleich nach«, versicherte Arie.

»Was zum ...?«, setzte Richard an, bevor er von der Woge der Aussteigenden mitgerissen wurde.

Halt um Halt leerte sich die Bahn, bis Arie endlich direkt vor dem Gedicht stand.

Wende
In Erinnerung an PQ108

Manche sagen, das Meer weinte,
als Ikarus fiel,
eine wogende Totenklage,
und doch
blieb der Wunsch zu fliegen.

Kurios, dass wir, um gefunden zu werden,
erst verlorengehen müssen,
und jeden Tag ein Sonnenaufgang,
irgendwo,
zur Wende der nächtlichen Gezeiten.

Lenka kam mit Richards Kombi, im Gepäck nicht etwa eine Rolle Müllsäcke, sondern einen Stapel brandneuer Umzugskartons. Außerdem hatte sie Unmengen an Seidenpapier dabei und den festen Vorsatz, das alles mit so viel Liebe und Respekt wie irgend möglich über die Bühne zu bringen. Gemeinsam suchten sie und Arie die fröhlichste Musik aus, die sie gerade noch ertragen konnten, und drehten die Lautstärke hoch, bis sie ihre eigenen Gedanken nicht mehr verstanden.

Dann machten sie sich an die Arbeit. Sie zogen Kleider und Blusen aus dem Schrank, die einmal nach Diana gerochen hatten, aber jetzt nur noch wie Sachen rochen, die zu lange im Schrank gehangen hatten. Arie hätte sich dabei keine bessere Hilfe wünschen können als Lenka. Während Arie Kleidungsstück um Kleidungsstück vom Bügel nahm und an sie weiterreichte, musste er daran denken, wie furchtbar es gewesen wäre, hätte er jemanden um Hilfe gebeten, der Dianas Sachen hätte anprobieren oder ein kleines Souvenir hätte mitnehmen wollen. Gemeinsam falteten und verpackten und stapelten sie, klebten die Kartons zu, sobald sie voll waren, und trugen sie schließlich hinaus zu dem wartenden Kombi.

»Und wo bringst du das jetzt alles hin?«, fragte Arie.

»Weg. Dahin, wo die Sachen noch von Nutzen sind und wo du keine Angst haben musst, eines Tages eine andere Frau in Dianas Lieblingspulli zu sehen.« Und das war – wie Lenka weise vorhergesehen hatte – alles, was Arie wirklich wissen wollte.

Zu guter Letzt waren Dianas Schubladen leer, und im Schrank hingen, bis auf die Sammlung ihrer berühmten roten Kleider, nur noch seine eigenen Sachen.

»Willst du die behalten?«

»Nein«, sagte Arie.

»Was willst du denn dann damit machen?«, fragte Lenka und strich mit den Fingern behutsam über ein Stückchen feuerroten Stoff.

»Das erzähle ich dir dann hinterher«, versprach er.

Lenka nickte und fragte nicht weiter nach. »Ich habe einen Bärenhunger. Du auch?«

Sie gingen hinunter in die Küche, wo Arie sich dazu verpflichtet fühlte, sich ein spartanisches Mittagessen aus Selleriestangen, Karotten und Tahini-Dip mit ihr zu teilen, das sie anschließend mit starkem Kaffee hinunterspülten.

»Und, darf ich das Gedicht mal sehen?«, fragte sie.

Arie hatte Lenka die ganze Geschichte mit Evie erzählt und dabei nur zwei klitzekleine Details ausgelassen. Nämlich zum einen, wie er sie aus dem Auto geworfen hatte, als Belinda unverhofft vor dem Haus gestanden hatte, und zum anderen die Nacht nach Heidis Hochzeit, die er mit Evie verbracht hatte.

»Sicher«, sagte er und reichte ihr das Handy. Sie zoomte das Foto heran, das er in der Bahn gemacht hatte, und las dann stirnrunzelnd Evies Worte, einmal und dann noch einmal.

Arie schien das Gedicht wie ein Kaleidoskop. Jedes Mal, wenn er es betrachtete, schien es sich zu verändern, immer wieder eröffneten sich neue Sichtweisen, neue Perspektiven. Auf den ersten Blick war es nichts weiter als ein Gedicht über einen Flugzeugabsturz, doch dann zog eine ganz bestimmte Stelle ihn immer wieder an, die Stelle am Ende der ersten Strophe, wo es hieß: *und doch blieb der Wunsch zu fliegen*. Denn obwohl Ikarus vom Himmel gefallen war, obwohl er zu nahe an die Sonne geflogen war, war der Wunsch zu fliegen nicht mit ihm gestorben. Und Evie, das wusste Arie, wollte damit sagen, selbst wenn man sich an der Liebe verbrannte, selbst wenn sie so heiß loderte, dass sie das Wachs schmelzen ließ, das die Federn unserer Flügel zusammenhält, war das noch lange kein Grund, für immer auf dem Boden zu bleiben.

»Siehst du die Zeilen da?«, sagte Arie. *»Kurios, dass wir, um gefunden zu werden, erst verlorengehen müssen.«*

»Ja. Was ist damit?«, fragte Lenka.

»Da geht es doch gar nicht um Diana, oder? Es geht um *sie*. Will sie mir damit sagen, sie ist verlorengegangen?«

»Sagt sie dir nicht noch viel mehr? Sagt sie dir nicht, dass sie gefunden werden will?«

WINTERSONNENWENDE

✦

Die Sonne versank just in dem Moment zur längsten Nacht des Jahres, als Evie aus dem Bootshäuschen trat und die Tür hinter sich abschloss. Das tintenschwarze Wasser der Bucht schwappte unter den Planken, auf denen sie stand, und der Brackwassergeruch der Flussmündung mischte sich scharf unter die steife Brise. Wie ein harmloser Drache atmete sie blasse Nebelwölkchen aus, während sie den Pfad hinter den Hütten entlanglief, die Strickmütze fest über beide Ohren gezogen, den Reißverschluss des Schaffellmantels bis unters Kinn hochgezogen.

Immer wenn sie eine der Lücken zwischen den Bootshäuschen passierte, schaute sie hinaus über die Bucht in den Sonnenuntergang, der ein flammendes Farbenspiel an den Abendhimmel malte. Das überwachsene Ufer auf der anderen Seite des Wassers lag da wie ein indigoblauer Schattenriss, gekrönt mit fedrigen Eukalyptusbäumen. Im Westen warf die Sonne – die schon hinter den Bergen verschwunden war – ihre letzten Messingstrahlen von unten gegen die Wolken. Morgen war der kürzeste Tag des Jahres – und Evies Geburtstag. Sie wurde neunundzwanzig.

Die Wintersonnenwende verschob sich zwar jedes Jahr ein wenig im Kalender, aber nie allzu weit, und so kam es, dass Evie ihren ganz besonderen Tag immer zusammen mit dem der Erde feierte. In ihrer Zeit auf der Nordhalbkugel hatte sie Mittsommergeburtstage gefeiert statt Mittwinter, und irgendwie war ihr das immer ein bisschen komisch vorgekommen. Aber nun war sie wieder zu Hause, wo der eisig pfeifende Wind, der durchdringende Salzwassergeruch und das schnell verblassende Aquarell, das die untergehende Sonne an den Himmel warf, ihr das Gefühl gaben, dass es wirklich ihre Jahreszeit war.

Im Gehen schaute Evie auf die Uhr, die ihr – vermutlich ausnahmsweise recht exakt – anzeigte, dass es ein paar Minuten vor fünf war, und plötzlich bekam sie so ein komisch kribbeliges, nervöses Engegefühl in der Brust. Vor ein paar Wochen, als dieser Samstag im Juni noch meilenweit weg schien, hatte sie sich für einen Lyrikabend im Pub unter dem schönen Titel »Lippenbekenntnisse« angemeldet. Aber jetzt, wo der große Tag gekommen war, konnte Evie sich beim besten Willen nicht mehr erklären, was sie damals eigentlich geritten hatte. Es war ein langer Spaziergang von ihrem Häuschen zum Pub, aber sie dachte sich, ein bisschen Bewegung könne nicht schaden und würde hoffentlich verhindern, dass ihre flatternden Nerven ihren Körper kaperten und ihr Gehirn lahmlegten.

Seit Evie damals aus Hobart weggegangen war, schien die Stadt ihr Verhältnis zu dieser ganzen Mittwintergeschichte grundlegend überdacht zu haben. Statt sich wie früher in ihren gemütlichen Häusern in der Vorstadt einzuigeln, hatten die Einheimischen das unwiderstehliche Angebot eines exzentrischen Spielers und Kunstliebhabers angenommen und die Wintersonnenwendfeier zur Party des Jahres gemacht, einschließlich flippiger Performances, Lyriklesungen und gigantischer Lichtinstallationen. Die Besucher strömten in solchen Scharen in die Stadt, dass sämtliche Airbnbs restlos ausgebucht waren und kaum noch ein Ticket für Flugzeug oder Fähre zu bekommen war.

Das Herzstück von Hobarts Mittwinterfestival war in diesem Jahr eine Installation mit dem klingenden Namen Spectra. Sie war so schlicht wie eindrucksvoll – eine einzelnstehende Lichtsäule, generiert von einer ganzen Batterie leistungsfähiger Strahler, die fünfzehn Kilometer hoch in den Himmel über Hobart ragte. In klaren Nächten schien das Leuchten sich irgendwo zwischen den Sternen zu verlieren, während es in verhangenen Nächten von unten einen weitläufigen Lichtkreis gegen die Wolkendecke projizierte.

Heute Abend hatte Spectras Leuchten einen leichten Blauschimmer, und dort, wo es auf das dünne Wolkenband traf, das sich über den Himmel zog, schimmerte es, dass es aussah wie ein übergroßer Zauberstab, der dabei war, einen mächtigen Zauber zu wirken. Wie Evie so zu Fuß in die Stadt hineinmarschierte, kam sie sich beinahe vor wie auf einer Pilgerreise. Fast wie Motten, vom Licht angezogen, strebten die Menschen ins Stadtzentrum, händchenhaltende Pärchen, aufgedrehte Teenies in lauten Grüppchen und Erwachsene mit kleinen Kindern in dicken Daunenjacken, Strickmützen und Schals.

Evies Lyrikabend fand ein bisschen weiter abseits statt – sowohl abseits des Festivaltrubels als auch abseits der Stadtmitte. In einem alten Eck-Pub mit offenem Kamin, niedriger Bühne und cleverer Werbung für preisgünstige Erfrischungen, durch die bereits etliche Pilger einen Zwischenstopp auf ihrer Reise eingelegt hatten, um nachher, wenn das Festival in der Stadt erst richtig anfing, noch weiterzuziehen.

Als Evie mit zart geröteten Wangen und dem Gefühl, als hätte der Wind ihr die ganze Schminke aus dem Gesicht gepustet, im Pub ankam, stand die Moderatorin des Abends, Vic, gerade auf der Bühne und stellte das Mikrofon ein. Vic war eine exzentrische Dame gewissen Alters, auf deren Visitenkarte zu lesen stand, sie fertige passgenau »Schuhe und Wörter« an. Sie trug einen taillierten Frack, der sich ganz sicher nicht um ihren gemütlichen Bauch schließen ließ.

Evie besah sich den Bühnenaufbau: ein langer Tisch mit weißem Tischtuch, drei Stühle, drei Schreibblöcke, drei Wassergläser und drei reichlich albern wirkende Straußenfedernstifte. Vic würde den Teilnehmern gleich Stichwörter zurufen, worauf diese dann binnen weniger Minuten ein Gedicht zusammenklöppeln sollten. Am liebsten hätte Evie sich auf dem Absatz umgedreht und das Weite gesucht.

»Evie!«, dröhnte Vic durch das Mikrofon. »Komm her, komm her.«

Vic löste das Mikro aus der Halterung und drückte es Evie in die Hand.

»Also, du machst das nicht zum ersten Mal, oder?«

Evie schüttelte den Kopf.

»Also, Rockstar, ja? Nicht Eishörnchen, klar? Zeig's mir!«

Evie guckte sie verdattert an, und Vic nahm ihr das Mikro wieder ab.

»Rockstar geht so«, erklärte sie und hielt sich zu Demonstrationszwecken das Mikro waagerecht vor den Mund. »Und Eishörnchen geht so.« Sie drehte das Mikro, hielt es sich senkrecht unters Kinn und tat, als wolle sie daran lecken. »Ich will kein Eishörnchen sehen, verstanden? Rockstar von vorne bis hinten. So, und jetzt husch, husch, Lippen nachschminken. Und ein bisschen mehr Eyeliner, wenn ich bitten darf – das Rampenlicht schluckt alle Farbe.«

Evie tat, wie ihr geheißen. Als sie wiederkam, waren auch die übrigen Teilnehmer eingetroffen. Sie kannte keinen von ihnen. Einer war ein nervöser junger Mann – ein Junge eigentlich, ein Teenager, dachte Evie. Die andere war eine adrette Frau mittleren Alters mit zugeknöpfter Strickjacke und einem akkuraten kastanienbraunen Dutt, aber mit einem Funkeln in den Augen, dass Evie sich gleich dachte, hinter der gelackten Fassade könne sie womöglich nicht ganz so aufgeräumt sein.

In der ersten Runde war die Dame als Erste dran, und Evie stellte erfreut fest, dass sie mit ihrer Vermutung goldrichtig gelegen hatte. Ihr Gedicht – zum Stichwort »feucht« – war durch und durch herrlich versaut. Der junge Mann hingegen überraschte mit einem unerwarteten lyrischen Wutausbruch, den er auf das Stichwort »launenhaft« aufgebracht ins Publikum brüllte und spuckte. Evie hatte sich, wie sie fand, auch ganz wacker geschlagen, als sie ein paar Zeilen zu »zittern« dichten sollte. Ihr Gedicht handelte vom Bogenschießen und von Herzensdingen. Zumindest sollte es das.

Dann läutete Vic die zweite Runde ein. Sie legte Evie einen kleinen Zettel auf den Tisch, und Evie drehte ihn um. Darauf stand »Strich«.

Evie griff nach ihrem Federfüller, und mit einem Mal drehte sich die ganze Welt nur noch in Zeitlupe. »Strich« konnte so vieles bedeuten. Tausend Ideen schossen ihr durch den Kopf. Pinselstrich. Gestrichen voll. Strich durch die Rechnung. Aber als sie die Spitze ihres Stiftes auf das Blatt setzte, wusste Evie schon, sie würde keine Sekunde nachzudenken brauchen. Irgendwo in einem stillen Kämmerlein schrieb sie seit Monaten an diesem Gedicht.

Wann immer sie sich mit Notizbuch und Stift irgendwo hinsetzte, war er längst da: Arie. Sie sah ihn vor sich, wie er dagestanden hatte, pudelnass auf der sonnenheißen Straße, während sie den Gartenschlauch in der Hand hielt, und wie er die Hand an ihr Gesicht gelegt hatte, unten am Fluss, und wie er ihr in einer Seitenstraße sagte, sie solle aus dem Auto steigen – o nein, das hatte sie nicht vergessen. Wie er sie sanft gedrängt hatte, die Schachtel mit dem Wort darin zu öffnen, wie er auf der Hochzeit mit ihr getanzt hatte, wie er mit Gänsehaut im nassen Gras vor ihr gestanden hatte.

Und dann verkündete Vic auch schon, die Zeit sei um, und plötzlich stand Evie vor dem Mikrofon, und das Blatt in ihrer Hand zitterte merklich. Das Rampenlicht brannte heiß und gleißend. Doch das grelle Licht war ein Segen, denn dahinter verschwammen die Zuschauer zu nichts als vagen Schatten.

Still war es nicht. Man hörte Geplapper und Gelächter aus dem Nebenraum und hin und wieder das Klackern der Billardkugeln und fröhliches Gejohle. Aber die Menschen ringsum lauschten wie gebannt. Evie sah sie zwar nicht, aber sie spürte ihre Blicke. Fast war es, als hielte der ganze Raum den Atem an.

»Hallo nochmal«, raunte sie ins Mikrofon, das ihr nervöses Flüstern irgendwie in ein beinahe laszives Wispern verwandelte. »Mein Stichwort für diese Runde ist … Strich.

Ich bin ein einsames
Zündholz
Ungeduldig geworden
Beim Warten auf den Funken
In der Dunkelheit.

Ein Strich
Und mein Feuer
Würde unsere Mauern niederbrennen
Und uns zusammenwerfen
Vertriebene
In der Wildnis
Der Sehnsucht.

So vieles wartet noch
Darauf
Dass unsere Herzen
Es erkennen.

Evie staunte selbst, wie emotional ihr Vortrag klang, und als sie fertig war, war es totenstill im ganzen Raum. Das Herz schlug ihr bis zum Hals, jetzt, wo sie unvermittelt zurückgekehrt war von jenem Ort, an den ihr Gedicht sie gebracht hatte, und zuerst wusste sie nicht so recht, ob sie womöglich etwas Unsägliches getan hatte oder ob ihr Gedicht bloß unsäglich schlecht gewesen war.

Die Stille wollte sich schier ins Unendliche dehnen. Und dann pfiff jemand, und es war, als flöge ein Korken aus dem Flaschenhals, und mit einem Mal brandete tosender Applaus auf.

Auf dem Weg zu Belinda fuhr Arie gerade aus der Stadt hinaus, als er sah, wie die Sonne sich früh hinter die fernen Berge verzog, und er wusste, die längste Nacht des Jahres war angebrochen. Sein Auto zog einen vollbeladenen Anhänger mit Feuerholz hinter sich her. Kurz bevor er ankam, klingelte er kurz bei Belinda durch, damit sie am Tor zur Wiese hinter den Aprikosenbäumen auf ihn wartete.

Auf der einen Seite von einem Drahtzaun begrenzt, auf der anderen nur vom dichten Buschland, weideten auf der Wiese hinter dem Haus nicht nur Schafe, sondern auch große und kleine Beuteltiere, die jede Nacht zu Dutzenden aus den Bergen herunterkamen. Arie steuerte den Wagen auf die Wiese und sah im letzten Abendlicht Belinda am Tor stehen – fast versunken in ihrer viel zu großen Karojacke –, die seine Anweisungen augenscheinlich strikt befolgt hatte. Sie hatte eigens ein Fleckchen ausgesucht, wo das Gras kurzgeschoren war, und dann genug trockenes Laub, Kängurubaumnadeln, Stöckchen und Zweige zusammengeklaubt, um daraus ein ordentliches Zunderbett zu bauen.

Insgeheim zutiefst dankbar für die Weitläufigkeit der Weide, manövrierte Arie den Anhänger umständlich rückwärts an die vorgesehene Stelle. Er stieg aus dem Wagen, und seine Schuhe versanken halb in der weichen Erde. Es roch nach Eukalyptus und Kühle.

Sie nickte ihm zur Begrüßung zu, und Arie reichte Belinda die kleineren der mitgebrachten Arbeitshandschuhe.

»Sehr umsichtig«, brummte sie, während sie sie überstreifte, und Arie wusste, in Belindas Welt kam das einem überschwänglichen Lob gleich.

»Wollen wir?«, fragte er.

»Lass uns«, antwortete sie.

Arie mochte die körperliche Anstrengung – mit behandschuhten Händen die rauen gespaltenen Holzscheite herauszuwuchten und dann auf dem Zunder zu stapeln. Sie gaben sich keine große Mühe, ihr Feuerholz besonders sorgfältig aufzuschichten, achteten aber darauf, zwischen den Holzscheiten genügend Platz zu lassen, damit die Luft zirkulieren konnte und das Holz besser brannte.

Als der Anhänger schließlich leer war, ging der Holzstoß Arie vom Boden beinahe bis zur Brust. Belinda griff in die Jackentasche und zog zwei Schachteln mit langen Kaminstreichhölzern heraus, von denen sie eine Arie in die Hand drückte. Schweigend begannen sie jeder auf einer Seite des Scheiterhaufens herumzugehen und ihre kleinen Flammen immer wieder an den Zunder zu halten.

Es war eine Erleichterung, etwas *tun* zu können, und Arie dachte bei sich, dass Belinda und er sich darin wohl sehr ähnlich waren. Beide konnten es besser ertragen, wenn es etwas zu tun gab, wenn es Dinge zu erledigen und To-do-Listen abzuarbeiten gab.

Mit einem Strich entzündete Arie ein letztes Zündholz, und mit dem schmirgelpapierrauen Schaben des Kopfes an der Schachtel löste sich plötzlich etwas in ihm. Die Flammen fingen an zu tanzen – heiße, grelle Tentakeln in Orange und Gelb und Rot, die an dem Holzstoß leckten, bis alles lichterloh brannte. Aus den Untiefen einer anderen Jackentasche kramte Belinda einen Flachmann mit Lederhülle, schraubte den Deckel auf, nahm einen tiefen Schluck und reichte ihn dann Arie. Rum, stellte er fest, als das flüssige Feuer ihm im Hals brannte.

»Also, wollen wir?«, fragte sie.

»Jetzt?«

»Jetzt oder nie.«

Arie ging zurück zum Auto und holte einen ganzen Arm voll feuerroten Stoffs heraus. Vier der weltberühmten roten Kleider, jedes davon in einem der großen Konzertsäle dieser Welt getragen, jedes davon eine Hülle für den Körper ihrer geliebten Diana. Zwei gab er Belinda, zwei behielt er selbst. Er und Belinda spiegelten einander fast in ihren Bewegungen, wie sie das Gesicht kurz in die Kleider pressten, um sie dann fest gegen die Brust zu drücken.

Morgen früh, wenn das Feuer heruntergebrannt und nur noch kalte Asche auf der eisigen Mittwintererde übrig sein würde, wollten sie wiederkommen und mit einem Schäufelchen einen Teil der verkohlten Reste aufnehmen. Die wollten sie zum Friedhof bringen und dann im ummauerten Rosengarten die Schrauben an den vier Ecken von Dianas silberner Gedenktafel lösen, um an die dahinter verborgene Schublade zu kommen: die Schublade, die von da an nicht mehr leer sein würde.

Und so warfen sie, im Dunkel der längsten Nacht des Jahres, die Kleider ins Feuer.

»Ich wollte dir noch etwas sagen«, sagte Arie nach einer Weile leise, obwohl das gar nicht stimmte. Er wollte es ihr eigentlich überhaupt nicht sagen.

»Ich glaube, ich kann es mir denken.«

»Ach, tatsächlich?«

»Du hast jemanden kennengelernt.«

Arie, der neben ihr stand und ihr den Arm um die Schultern gelegt hatte, konnte ihr nicht ins Gesicht sehen. Er wünschte, er wüsste, was gerade in ihrem Kopf vorging. »Wie kommst du denn darauf?«

»Na ja, ich habe mir gedacht, es muss einen triftigen Grund für das alles hier geben. Für diese Abschiedszeremonie.«

»Und wenn? Wenn es so wäre? Wenn ich jemanden kennengelernt hätte?«, fragte er und spürte die Hitze der Flammen auf den Wangen brennen.

»Werde ich sie mögen?«

Arie lachte bitter auf. »Das werden wir wohl leider nie erfahren. Die eine Gelegenheit, die ich hatte« – beim Gedanken daran zog er unwillkürlich den Kopf ein – »habe ich grandios vermasselt. Ich war noch nicht so weit.«

»Wieso, was ist passiert?«

»Sie ist gegangen.«

»Und?«

»Jetzt finde ich sie nicht mehr.«

Belinda trank einen Schluck aus dem Flachmann und reichte ihn Arie.

»Wir haben ein besonderes Talent, wir zwei, was?«, sagte sie. »Geliebte Menschen zu verlieren.«

»Das haben wir«, stimmte Arie ihr seufzend zu. »Und wie.«

INTERMEZZO

✦

Nur weil Rory »Red« Somerled einen Mercedes-Benz fuhr, hieß das noch lange nicht, dass er Geld hatte. Den dicken, wuchtigen Kombi fuhr er schon seit beinahe fünfunddreißig Jahren, und er hatte ihn seinerzeit schon gebraucht gekauft.

Red hatte sich damals, vor all den Jahren, hauptsächlich deshalb für den Benz entschieden, weil er so geräumig war, dass das Equipment einer fünfköpfigen Band samt Gitarren, Verstärkern, Kabeln und Mikrofonständern und sogar das tragbare Keyboard darin Platz fand.

Red wohnte in North Fremantle, einer kleinen Vorstadt, eingezwängt zwischen dem Swan River und dem Indischen Ozean, aber auch da würde man irren, würde man das als Indikator für finanzielle Erfolge heranziehen. Er hatte das Haus – ein heruntergekommenes Arbeiterhäuschen aus Sandstein mit sonnengebleichtem Blechdach – nicht lange nach dem Auto gekauft, in jenen Tagen, bevor der America Cup die Aufmerksamkeit der ganzen Welt auf Freo gezogen und damit die unaufhaltsame Gentrifizierung eingeläutet hatte, die das verschnarchte Hafenstädtchen langsam, aber sicher in einen angesagten Hotspot mit hipper Café-Meile verwandeln sollte.

Tief drinnen, in einem Winkel, in den er nicht allzu gerne schaute, wusste er nur zu gut, dass er es versaut hatte. Das Leben, genauer gesagt. Vor fünfunddreißig Jahren hatte er einen glänzenden blauen Benz und den Kopf voller Haare gehabt, eine Band mit Songs in den Charts und jeden Anlass zu glauben, dass es von nun an steil bergauf gehen würde. Doch dann war sein Leben irgendwie ins Stocken geraten. Mit jedem Jahr, das verging, hatten die Locksmiths mehr und mehr an Beliebtheit verloren, bis sie irgendwann kaum noch den Pub um die Ecke zu drei Vierteln füllen konnten. Es war das Kreuz, das Red in diesem Leben zu tragen hatte: einen rasanten Start hingelegt und doch das Ziel nie erreicht zu haben. Er hatte kein Kapital daraus geschlagen. Er knatterte im Leerlauf vor sich hin.

Solche und ähnliche Gedanken lauerten gefährlich nahe unter der Oberfläche von Reds Bewusstsein an jenem kühlen Junimorgen, als er sich hinter das Steuer seines Benz setzte. In Freo dauerte der Winter gerade einmal sechs Wochen, aber der Wind, der den Indischen Ozean aufwühlte, war so antarktisch, dass Red den Pinguinmist in der Brise zu riechen glaubte.

Der Wagen stotterte und hustete, um dann – endlich – anzuspringen. Red ließ den Motor aufheulen, blies sich in die kalten Hände und überlegte, welche Musik er auf dem Weg zur Arbeit hören wollte. Eigens zu diesem Zweck hatte Red einen ganzen Stapel selbstgebrannter CDs im Auto, die nicht nach Künstler oder Genre sortiert waren, sondern nach Laune und Stimmung. Es gab Musik für Wut und Zorn und Musik für wehmütige Momente, Musik gegen Langeweile und Musik gegen Einsamkeit. Also, wonach war ihm heute?

Es war eigentlich keine Wut, die er empfand, wenngleich er ein bisschen angefressen war. Und wehmütig war ihm auch nicht zumute, obschon er sehnsüchtig an vergangene Zeiten dachte. Er fühlte sich auch nicht einsam, eher abgeschlagen und nutzlos. So ging es ihm nun schon seit beinahe drei Wochen, seit Louise Trethewey, die nun seine Vorgesetzte war, ihn in ihr Büro zitiert und ihm die großen Neuigkeiten verkündet hatte.

Heute war ein Tag für Leonard Cohen, wenn es je einen Tag für Leonard Cohen gab, weshalb Red die ersten Tracks übersprang, bis er zu »Hallelujah« kam. Er drehte die Lautstärke auf, so laut, dass die Musik jeden anderen Gedanken in seinem Hirn überdröhnte, und fuhr los.

In der Kantine der East Perth Studios der Australian Broadcasting Corporation stand Red in der Schlange und kramte in den Taschen seiner zu engen Jeans nach ein paar Münzen. Er wusste nur zu gut, dass er Barb-hinter-dem-Tresen nicht ewig zuzwinkern und den Kaffee anschreiben lassen konnte. Und außerdem, sollte ihn heute Kimmy-hinter-dem-Tresen bedienen, konnte er sich das Gezwinker eh sparen.

Ein weitere betrübliche, aber unumstößliche Tatsache, die Red zähneknirschend zur Kenntnis nehmen musste, war, dass das Zwinkern inzwischen nur noch bei Frauen gewissen Alters zog.

Unauffällig ließ er sich in der Schlange ein wenig zurückfallen, damit Kimmy den Wartenden vor ihm bediente und es Barb war, die sich, nachdem sie die Kasse nach dem Kunden vor ihm schwungvoll zugeknallt hatte, mit einem Lächeln zu ihm umdrehte und sagte: »Ist es dir da draußen kalt genug, Schätzchen?«

»Ja, ganz schön frisch heute, was?«

»Was du nicht sagst. Und, gibt's was Neues, Red?«

»Hast du es noch nicht gehört?«

»Was gehört?«

»Sie motten meine Sendung ein, Liebes.«

»Nein«, rief Barb so ungläubig, als mache er Witze.

»Doch.«

»Das würde sie nicht wagen.«

Sie meinte Louise Trethewey.

»Würde sie wohl.«

»Disc & Co? Das kann sie doch nicht machen! Die Sendung ist eine australische Institution! Deine Zuhörer flippen aus, wenn sie das hören. Nimmst du einen Kaffee, Schätzchen?«

Red nickte. »Institution hin, Institution her, sie geht den Weg alles Irdischen, leider.«

Barb pflückte einen Becher vom Stapel und stellte ihn unter den Auslauf der Kaffeemaschine. »Aber wieso?«

Red zuckte ratlos mit den Schultern. Über den Lärm der kreischenden Kaffeemaschine hinweg fragte Barb: »Und was willst du dann machen?«

»Ich bin demnächst weg vom Fenster.«

»Was?«

»Ich werde hier überhaupt nichts mehr machen.«

»Sie schmeißen dich raus?« Die Zuckerlöffel, die Barb in Reds Kaffee rührte, waren recht großzügig gehäuft. »Das kann sie doch nicht machen!«

»Tut sie aber.«

»Das tut mir wirklich leid, Red.«

»Ja, mir auch, Liebes.«

»Und wann soll das alles sein?«

»Ende des laufenden Geschäftsjahres, Barb. Denn darum geht es schließlich, stimmt's? *Business. Dólares.*«

»Ach Mensch, Red. Und wann ist deine letzte Sendung?«

»Nächsten Freitagabend.«

»Das ist eine Affenschande, Red«, schimpfte sie und reichte ihm den dampfenden Pappbecher.

Red machte ein betretenes Gesicht. »Ich habe nur einen Dollar in der Tasche«, murmelte er und hielt ihr in der offenen Hand eine Münze hin. Und zur Sicherheit schickte er noch ein Zwinkern hinterher.

»Los, verschwinde«, lachte Barb. »Du alter Windhund. Ich schreibe es an.«

Red trug seinen Becher die Flure entlang und die Treppen hinauf zu seinem Schreibtisch und tat dabei, als merkte er es nicht, dass Kaffee auf den Teppich schwappte. Er würde schließlich nicht mehr lange auf diesem Teppich herumlaufen müssen.

Auf dem Weg kam er an Louises Büro vorbei. Im Vorbeigehen verschüttete Red mit voller Absicht einen besonders dicken Kaffeeklatscher auf den Teppichfliesen.

Reds Schreibtisch stand in der hintersten Ecke eines großen offenen Raums, gleich neben dem Fenster. Als langjähriger Moderator von Disc & Co – fünfzehn Jahre, um genau zu sein – hatte sich bei ihm im Laufe der Zeit eine beachtliche CD-Kollektion angesammelt. Drei Reihen tief stapelten sie sich auf seinem Schreibtisch bis auf Höhe der Trennwand seiner Wabe. Unter dem Schreibtisch war gerade noch genug Platz für Füße und Knie, ansonsten war alles zugestellt mit Kartons und Plastikboxen. Entlang der gesamten Fensterbreite neben Reds Schreibtisch standen Milchkisten, vom Boden bis zum Sims gestapelt, jede einzelne vollgestopft bis zum Gehtnichtmehr. Als Red an seinen Schreibtisch zurückkam und auf seiner Tastatur ein kleines, quadratisches Päckchen liegen sah, konnte er sich eigentlich schon denken, was da drin war.

Red bemerkte die lange Reihe kanadischer Briefmarken und dass Name und Adresse von Hand geschrieben waren. Irgendwie klingelte es ganz leise bei ihm, als er die geneigten Großbuchstaben sah.

Selbst nach all den Jahren und nach all den tausenden von Päckchen, die Red von Plattenfirmen und aufstrebenden Musikern zugeschickt bekommen hatte, wurde er immer noch ganz kribbelig, wenn so ein dicker Umschlag auf seinem Schreibtisch landete, und er öffnete die Päckchen immer noch wie ein Kind die Weihnachtsgeschenke. Diese CD steckte, wie Red feststellte, nachdem er die Verpackung aufgerissen hatte, in einer Papphülle. *For Real* lautete der Titel des Albums von einer Band namens Lucie Doran and the Curious Lovers. Das Cover war grobkörnig und wildromantisch, mit einer vom Winde verwehten Blondine in einem altrosa Flatterkleid am Ende eines Stegs. Wellen in verwischtem Tintenblau und Schlagsahneweiß türmten sich zu ihren Füßen, und in den Armen hielt sie ein Banjo. *Doran*, dachte er. *Lucie Doran.*

Red legte den gefalteten Brief, der aus dem Päckchen gerutscht war, beiseite und konzentrierte sich darauf, die CD aus ihrer Hülle zu fummeln. Dann steckte er sie seitlich in den Rechner und stülpte sich die dick gepolsterten Kopfhörer auf die Ohren. Der erste Song lief, und in einem Rausch akadischen Banjo-und-Geigen-Folks machte es endlich *Klick* in Reds Erinnerung. Lucie Doran. *Kit* Doran: Banjospieler bei den Salt Strings und später in Mercy Reids Backingband. Kit Doran. Ein wahrer Gentleman, wenn es so was überhaupt noch gab. Ob er wohl noch lebte? Red hatte bestimmt seit über zwanzig Jahren nicht mehr an ihn gedacht. Er tappte mit dem Fuß den Takt und faltete den Brief auseinander.

Charlottetown
Prince Edward Island

Mein lieber Red,

dieser Brief trifft Dich sicher wie ein Blitz aus heiterem Himmel, und ich könnte gar nicht sagen, ob es mir jetzt wie eine Ewigkeit vorkommt oder als sei es erst gestern gewesen, dass Du und ich nachts in den Pubs gespielt und tagsüber die Fische terrorisiert haben. Ich denke gerne an unser Boot zurück – wie nanntest Du es noch gleich? Die Blechschüssel? Nie habe ich vergessen, wie freundlich Du mich damals schon alten Mann unter Deine Fittiche genommen hast.
Inzwischen spiele ich kaum noch Banjo, meine Hände sind einfach zu alt dafür. Was man von der kleinen Lucie nicht behaupten kann, meiner Enkeltochter. Sie macht

mit ihrer Band The Curious Lovers wirklich schöne Musik, wie Du der beigefügten CD entnehmen kannst. Der Guardian *hier bei uns schreibt über ihre Musik, sie sei »die perfekte Verbindung von Folk und Pop«, was, wenn Du mich fragst, auch aus einem Artikel über die Locksmiths vor dreißig Jahren geklaut sein könnte. Was sie damit eigentlich sagen wollen, glaube ich, ist, dass die Menschen sich immer wieder wundern, wie schön Folk doch sein kann.*

Diesen Monat, der, das muss ich mir immer wieder sagen, bei euch mitten im tiefsten Winter liegt, ist Lucie bei euch in der Gegend auf Tour, und ich habe ihr versprochen, Dir zu schreiben, in der Hoffnung, Du könntest vielleicht etwas, irgendwas, tun, um ihre anstehenden Konzerte ein bisschen zu bewerben.

Kaum zu glauben, dass meine kleine Lucie selbst schon stramm auf die vierzig zugeht. Rein mathematisch betrachtet bin ich inzwischen siebenundachtzig, aber an manchen Tagen fällt es mir schwer zu glauben, dass ich auch nur einen Tag älter bin als vierzig. Lucie wird demnächst heiraten, was mich sehr freut.

Und eine weitere Neuigkeit vom Doran-Clan: Margaret ist leider nicht mehr unter uns, was mich jeden Tag aufs Neue betrübt. Aber zum Glück kann ich mir als kleinen Trost ihre Stimme auf all unseren alten Salt-String-Alben anhören. Manchmal höre ich sie auch in Lucies Stimme – dieselbe Klarheit und Aufrichtigkeit. Wenn ich Dir einen Song von Lucies Album empfehlen darf, dann unbedingt »For Real«. Dieses Lied hat etwas, ich weiß selbst nicht, was, aber es ist irgendwie gespenstisch, und immer wenn ich es höre, könnte ich schwören, Margaret ist wieder da, an meiner Seite. Aber bestimmt denkst Du, der Alte redet wirres Zeug, also genug für heute. Ich wünsche Dir nur das Allerbeste, mein Freund, und hoffe, Lucies Musik gefällt Dir und dass wir uns eines schönen Tages einmal wiedersehen.

Musikalische Grüße
Kit Doran

Tja, dachte Red und ließ den Brief auf seinen Schreibtisch sinken. Kit Doran. Red hatte Kit irgendwann in der Zeit kurz nach der Nanosekunde weltweiten Ruhms für die Locksmiths kennengelernt – jenen Jahren, in denen die Band für die Fans ihrer Musik, die ein bisschen Pop war und ein bisschen Rock, aber ihre Wurzeln unverkennbar in akustischer und Folkmusik hatte, die ganze Küste rauf und runter gespielt hatte.

Sie hatten geredet, Red und Kit, während sie auf wellenumspülten Steinen standen oder knietief im Fluss oder die Beine über den Steg baumeln ließen oder in Reds Blechschüssel zum Barschangeln fuhren. Kit redete über seine Frau Margaret mit einer unsentimentalen Verehrung, die Red sonst noch nie, nirgendwo, bei einem anderen Mann erlebt hatte und die er ganz sicher nicht von einem Mann erwartet hätte. Nach Locksmith-Gigs hatte es immer mehr als genug Frauen in den Schlafsälen der Hostels oder auf den Rücksitzen der Lieferwagen gegeben, aber Red Somerled hatte nie geheiratet, er hatte keine Familie gegründet oder mit jemandem zusammengewohnt oder Kinder bekommen. Gott weiß, besonders vorsichtig war er nie gewesen, und gelegentlich hatte er sich schon gefragt, was wohl passieren würde, wenn eines Tages ein rothaariges Individuum vor der Tür stünde und ihn mit den Worten »Ich bin deine Tochter« oder »Ich bin dein Sohn« begrüßte. Womöglich verschoss er aber auch bloß Platzpatronen.

Kits Empfehlung folgend, sprang er gleich weiter bis zu dem Song namens »For Real«, und was dann mit Red Somerled geschah, würde er nie im Leben erklären können. Das Lied hatte nicht viel Text. Es war ein überwiegend instrumentales Stück, mit einem tieferen Teil, der sich in Dreiklängen hob und senkte, und einem höheren Teil, der Red dermaßen ans Herz ging und so vertraut klang, dass er geschworen hätte, den Song von irgendwo zu kennen. Ja, so wie dieses Lied seine musikalische DNA zum Schwingen brachte, war es ein Stück, das er nicht nur kannte, sondern eins, das er selbst *geschrieben* hatte. Konnte das sein? Oder konnte es sein, dass das Lied ihn *be*schrieb?

Red hörte den Text nicht, doch selbst wenn, er hätte ihn nicht gebraucht, um zu wissen, dass es ein Liebeslied war. Aber nicht *nur* ein Liebeslied. Red hätte beim besten Willen nicht sagen können, ob dieser Song in seine wehmütige Musiksammlung gehörte, in die Herzschmerz-Sammlung oder in die Einsam-und-verlassen-Sammlung. »For Real« schien in alle und keine dieser Kategorien zu passen. Vielleicht brauchte es eine eigene.

Red merkte nicht, dass er weinte, bis Ann Cooper aus dem Wetterstudio neben ihm stand und ein spitzenumhäkeltes Stofftaschentuch aus dem BH zog, und er konnte einfach nicht aufhören, auch als sie ihm tröstend die Schulter tätschelte, auch als das Lied längst vorbei war und er den Kopfhörer wieder um den Hals gelegt hatte. Das Gesicht in den Händen vergraben, die Ellbogen auf den Schreibtisch gestützt, saß Rory »Red« Somerled, vierundsechzig, auf seinem Stuhl und schluchzte herzzerreißend, bis das kleine Taschentuch durchweicht war.

Er weinte um die Liebe, und er weinte um das, was er verloren hatte. Er weinte, weil Disc & Co nach fünfzehn Jahren ausgezeichneter Quoten aus dem Programm fliegen sollte und weil er Kit Doran nie wiedersehen würde und weil Kit Dorans Enkeltochter fast wie ein gefallener Engel sang. Aus all diesen Gründen weinte er und aus hunderten mehr, die er nicht benennen konnte. Er weinte, weil er ein Mensch war und weil nur Menschen weinten, wenn bittersüße Musik – laut und klar – durch ihre Adern rann.

SIEBEN

ÜBER DEN ÄTHER

✦

Auf einem Parkplatz am anderen Ende des Pfads, der zu den Bootshäuschen führte, schaltete Evie den Motor ihres Käfers aus und blieb in der unvermittelten Stille einen Moment reglos sitzen. Die letzten fünf Tage hatte sie durchgearbeitet, und sie hatte viel zu tun gehabt an diesem Freitag – Geschäftsleute, die ihre ausgedehnten Mittagspausen noch ein bisschen verlängerten, After-Work-Trinker, die schon mal das Wochenende einläuteten, und Mittwinter-Festival-Gäste, die ein bisschen vorglühen wollten. Nun war es beinahe zehn, und obschon todmüde, freute Evie sich nicht so recht auf das ruhige Wochenende, das nun vor ihr lag. Es kostete eine Menge Kraft und Optimismus, sich die Einsamkeit vom Leib zu halten, und gerade wusste sie nicht, wo sie beides herholen sollte.

Irgendwann zwang sie sich, aus dem warmen Auto zu steigen und hinauszugehen in die Kälte, und als sie in den Himmel schaute, sah sie Spectras Lichtstrahl hinter dem sanften Hügel von Queen's Domain in den Himmel ragen. Wolkenfetzen zogen um und durch ihre gleißend helle Säule, während Evie vorsichtig den steilen Pfad zum Ufer hinunterging.

Das Bootshäuschen aufzuschließen und hineinzugehen war das genaue Gegenteil davon, nach Hause zu kommen, ins warme Heim, zur liebenden Familie. Drinnen im Bootshaus war alles ruhig, kalt und still, und an diesem Abend erschien es ihr noch trostloser als sonst. Evie drehte die Gasheizung auf und schaltete das kleine Transistorradio ein, das auf einem Regal über der Küchenspüle stand.

Noch im Mantel stand Evie vor der Spüle und ging die einzelnen Sender durch, schnappte hier und da einen Fetzen auf – der frenetische Kommentar eines Reporters beim Pferderennen, eine Orchesterfanfare, ein paar Jazztakte, ein Song mit Geige, Banjo und Gitarre. Aber das war nicht bloß irgendein Song. Es war *der* Song.

Der Radiosender war nicht genau eingestellt, aber aus Angst, ihn versehentlich zu verstellen und den Sender völlig zu verlieren, nahm Evie rasch die Hand vom Drehknopf. Mit einem Mal war die Kälte vergessen, und sie stand da und starrte auf das kleine Radio und lauschte, als sei ihr ganzer Körper ein Empfänger. Nein, sie bildete sich das nicht bloß ein. Es war wirklich dieses Lied – das Lied, das sie in der Waverley Station in Edinburgh gehört hatte, gespielt von Cello und Flöte, das sie versucht hatte auf den Saiten ihrer alten Gitarre nachzuklimpern.

Sie lachte beinahe laut auf vor Erleichterung. Es so unvermittelt wiederzuhören war, als sehe man einen entflogenen Vogel aus freien Stücken durch die geöffnete Tür in den Käfig zurückfliegen. Oder als lande einem ein Schmetterling in der offenen Hand. Sie hielt den Atem an, aus Sorge, es mit einer falschen Bewegung womöglich in die Flucht zu schlagen.

Dabei, so sagte sie sich, brauchte sie nichts weiter zu tun, als genau hinzuhören. Nach dem Song sagten sie immer, wie das Lied hieß oder wie die Band hieß. Und falls der Moderator das schon vor dem Song gesagt hatte, dann konnte sie einfach den Radiosender anrufen und nachfragen. So oder so, das Lied konnte ihr nun keiner mehr nehmen. Sie hatte endlich einen Hinweis, eine Spur, der sie folgen konnte, um es wiederzufinden.

Es klang anders in dieser folkigen Interpretation mit Gitarre, Geige und Banjo. Und doch war es noch immer ganz es selbst, überbordend vor Liebe und Sehnsucht. Evie schloss kurz die Augen und lauschte. Sie wusste, dass dieses Lied sie für immer an ihre Zeit in der Tavistock Row erinnern würde. Es würde immer das Lied bleiben, das die kurze, bittersüße Geschichte erzählte von der Zeit, als sie sich in einen Mann verliebt hatte, der ihre Liebe beinahe, aber dann doch nicht erwidert hatte.

Es gab eine kurze Pause, wie ein Luftholen, und dann begann eine Frauenstimme zu singen. *Hey Liebster, mein Liebster, willst du … willst du … willst du es wagen, Ja zu sagen?* Das war alles, und dann setzten die Instrumente wieder ein und übernahmen die Melodie von der Sängerin. Evie – fasziniert, mitgerissen – spürte, wie das Lied Spannung aufbaute zwischen Banjo und Geige, wie sie einander umkreisten, umtanzten, in einem verschlungenen, vertrauten Tête-à-Tête. Es schmerzte Evie, das zu hören, aber es war ein Schmerz, den sie gerne ertrug. Sie wollte ihn spüren, denn es gehörte untrennbar zur unbeschreiblichen Schönheit dieser Musik.

Schließlich endete das Lied mit einer Notenfolge, die Evie schon einen Herzschlag vorausgeahnt hatte.

Sie konnte sie schon spüren, noch ehe sie sie hörte, die Töne klangen in ihrer Brust nach und fühlten sich genau richtig an.

Und dann kam eine radiogeübte Männerstimme aus dem Lautsprecher: »Ich bin Red Somerled, und das ist das Ende von Disc & Co, nicht nur für heute Abend, sondern für immer.«

Wie heißt das Lied, dachte sie. *Sag mir, wie das Lied heißt.*

»Ihr habt gerade den Titelsong von *For Real* gehört, dem neuen Album dieser heißen kanadischen Folk-Sensation namens Lucie Doran and the Curious Lovers …«

Evie sah die Käfigtür zuschlagen, die Hand sich schließen. *Hab dich.*

»… die, wie der Zufall so spielt, gerade in Australien unterwegs sind. Das Abschlusskonzert ihrer landesweiten Tour spielen sie als eins der Highlights des diesjährigen Mittwinterfestivals unten in Hobart. Mit ein bisschen Glück bekommt ihr vielleicht noch ein Ticket für ihre grandiose Live-Show morgen Abend im Avalon Theatre. Das war's von mir. Weiter mit den Nachrichten und dem Ende einer Ära. Gute Nacht, Australien. Ihr hörtet, zum letzten Mal, Disc & Co.«

Und mit einem Mal war Evies Wochenende gar nicht mehr so lang und leer.

Es war lange her, seit Arie nach Hause gekommen war und im Haus Musik lief. Heute Abend hatte er mit ein paar Kollegen aus der Sonder-Crew im Pub Billard gespielt, aber als die anderen dann in eine Cocktailbar weiterziehen wollten, hatte Arie sich verabschiedet und auf den Heimweg gemacht.

Er hörte die Musik, kaum dass er die Tür aufgemacht hatte. Sie kam aus der Küche – vermutlich aus dem Radio. Er musste es heute Morgen wohl angelassen haben, dachte er, während er den Mantel an einen Haken hängte und den Schlüssel auf das Tischchen im Flur warf.

In der Tür zur dunklen Küche blieb Arie kurz stehen und sah die Anzeige des Equalizers pulsieren wie ein Herzschlag, und plötzlich ging ihm auf, was er da hörte. Es war zugleich unverwechselbar, unverkennbar und doch ganz anders. Es war wie ein alter Freund mit neuer Frisur oder ein altes Haus mit neuem Anstrich.

Ein paar große Schritte, schon war er am Radio und streckte die Hand nach dem Lautstärkeregler aus, um ihn aufzudrehen, bis zu dem Punkt, von dem Diana immer geredet hatte, an dem die Musik so laut war, dass sie seinen ganzen Kopf ausfüllte. Aber sie füllte nicht nur Aries Kopf aus, sie floss durch seinen ganzen Körper, wie ein Strom, wie sein eigenes Blut.

Er hörte Geige und Banjo und im Hintergrund eine Gitarre. Das war es, ganz zweifellos – das Lied, das Evie ihm auf der Gitarre vorgespielt hatte.

Aber was *war* das? Arie zog das Handy aus der Tasche und öffnete eine der Musikerkennungsapps, die er sich damals im Februar heruntergeladen hatte. Er tippte auf das Display, und eine Reihe konzentrischer blauer Ringe fing an, im Takt zur Musik zu pulsieren.

Musikerkennung, sagte die Anzeige.

Einen Augenblick später verkündete sie ihr Urteil: »For Real« von Lucie Doran and the Curious Lovers.

Daneben leuchtete das Vorschaubild eines Album-

Covers auf, und Arie konnte gerade so eine Frau in einem rosa Kleid auf einem Bootssteg erkennen, ein Banjo umgeschnallt.

Er hatte es gefunden, und nun wollte er nichts dringender, als es Evie zu sagen.

»Ich bin Red Somerled«, sagte der Radiomoderator und unterbrach Aries Gedanken, »und das ist das Ende von Disc & Co, nicht nur für heute Abend, sondern für immer. Ihr habt gerade den Titelsong von *For Real* gehört, dem neuen Album dieser heißen kanadischen Folk-Sensation namens Lucie Doran and the Curious Lovers, die, wie der Zufall so spielt, gerade in Australien unterwegs sind. Das Abschlusskonzert ihrer landesweiten Tour spielen sie als eins der Highlights des diesjährigen Mittwinterfestivals unten in Hobart …«

Hobart?

»Mit ein bisschen Glück bekommt ihr vielleicht noch ein Ticket für ihre grandiose Live-Show morgen Abend im Avalon Theatre. Das war's von mir. Weiter mit den Nachrichten und dem Ende einer Ära. Gute Nacht, Australien. Ihr hörtet, zum letzten Mal, Disc & Co.«

Hobart.

Evie.

Ob sie dort war? In dieser kleinen, kleinen Stadt am Ende der Welt? Eine Weltreisende wie sie – sie könnte überall sein. Er wusste das. Und doch war es ihm, als hätte ihm das Radio gerade einen Hinweis gegeben. Hobart war die Stadt, in der sie aufgewachsen war, der Ort, an dem ihre Schwester lebte. Und jetzt spielte eine Band dort ihren Song.

Womöglich war er einfach nur verzweifelt und klammerte sich an jeden noch so dürren Strohhalm. Aber was, wenn sie wirklich da war? *Was, wenn …?*

Hobart.

Er könnte hinfahren, wenn er wollte. Nichts und niemand könnte ihn davon abhalten. Wie hatte Evie noch so schön gesagt? *Na ja, eigentlich sind wir alle so frei. Wirklich und wahrhaftig …*

Was hatte er schon zu verlieren? Wenn er hinfuhr, und sie war nicht da … dann stünde er auch nicht blöder da als jetzt. Und immerhin hätte er Lucie Doran and the Curious Lovers gehört, wie sie live *diesen* Song spielten.

Im Kopf überschlug er rasch: Das Konzert war morgen Abend. Es war auf der anderen Seite der Bass Strait. Und dann traf ihn die Erkenntnis wie ein Schlag: Es gab nur eine Möglichkeit, noch rechtzeitig dorthin zu kommen.

DER WUNSCH ZU FLIEGEN

✦

Nicht einmal vierundzwanzig Stunden später saß Arie in seinem Sitz und sah zu, wie eine Flugbegleiterin mit tadellos sitzendem blondem Pferdeschwanz durch die Kabine ging und mit einem Klicker die Passagiere zählte. Die silberne Sternenbildbrosche, die an ihrem marineblauen Revers funkelte, kannte Arie nur zu gut. Er konnte es nicht fassen. Nicht nur, dass er in einem Flieger saß, dachte er ungläubig, während er den Sitzgurt anlegte – nein, er flog auch noch mit Air Pleiades. Ausgerechnet.

Den Weg durch den Flughafen, das musste er schon sagen, hatte er erstaunlich gut gemeistert – wobei er heilfroh gewesen war, dass es nur ein Inlandsflug war und er nicht durch das internationale Terminal gehen musste, wo er sich damals von Diana verabschiedet hatte. Ganz ruhig hatte er sein Handgepäck an der Sicherheitskontrolle abgegeben. Dann hatte er in der Bar zwei Whisky getrunken. In der Lounge hatte er sich anschließend in eine der ausliegenden Zeitungen vertieft und sie zwar nicht unbedingt gelesen, aber es immerhin geschafft, sie sich vors Gesicht zu halten und die Form einiger Wörter über die Augen aufzunehmen.

Selbst als Arie über die Fluggastbrücke in den wartenden Flieger gegangen war, war ihm das, was er da gerade machte, noch nicht vollkommen verrückt vorgekommen. Dann flog – *flog* – er eben zu einem Konzert nach Hobart. Dann hatte er halt ein Lied im Radio gehört, daraufhin ohne nachzudenken ein Ticket für einen Flug nach Hobart gekauft, zu einem unverschämten Last-Minute-Preis, und eine Nacht im Hotel gebucht. Dann landete das Flugzeug halt gerade mal eine halbe Stunde vor Konzertbeginn. Dann machte er das alles eben einzig und allein in der vagen Hoffnung, Evie wiederzusehen. Na und?

Bis gerade eben war ihm nichts davon besonders bescheuert vorgekommen. Doch nun lief auf dem kleinen Monitor in der Rückenlehne vor ihm der kleine Film mit den Sicherheitshinweisen. Ganz egal, dass das Video wirklich gut gemacht und wunderbar in Szene gesetzt war, dass sämtliche Mitwirkenden aussahen wie Models und die Szenerie filmreif war, und ganz egal, dass die Hinweise mit respektlosem, zutiefst australischem Humor versetzt waren – nichts auf der Welt hätte verhindern können, dass ihm speiübel wurde, als er sah, wie jemand sich eine quietschorange Rettungsweste über den Kopf zog ... *Ihren Sitzgurt zu schließen und festzuziehen* ... und es gab nichts, das hätte verhindern können, dass sein Atem ganz flach wurde ... *Signallampe leuchtet bei Kontakt mit Wasser auf* ... als er eine gelbe Sauerstoffmaske aus der Kabinendecke fallen sah ... *bevor Sie Mitreisenden helfen.*

Evie fand keinen Parkplatz in der Nähe des Theaters und musste schließlich gut zehn Minuten zu Fuß laufen, weil sie gezwungen war, das Auto in einer Seitenstraße abzustellen. Es war windig, und als Evie die steile Straße zum Avalon hinunterging, musste sie mit einer Hand ihre Mütze festhalten, damit sie nicht in irgendjemandes Lavendelhecke geweht wurde.

Als Evie noch klein war, hatte es noch nicht Avalon geheißen. Damals war es ein riesengroßer Elektroladen gewesen, benannt nach seinem Eigentümer, aber in den letzten Jahren waren sowohl die Art-déco-Eleganz wie auch der ursprüngliche Name wieder aus der Versenkung geholt worden. Dann endlich war sie da, ging hinein in das windgeschützte Foyer mit dem flauschigen Teppich, wo an einem Merchandising-Tisch Lucie-Doran-and-the-Curious-Lovers-T-Shirts käuflich zu erwerben waren. Die Bar gleich nebenan machte gute Geschäfte mit *dem* Getränk des Mittwinterfestivals, einem heißen Gin-Punch. Es kam Evie irgendwie komisch vor, dass ein Pappbecher Punch beinahe genauso viel kostete wie die CD *For Real*, aber sie erstand trotzdem beides.

Nur weil Evie es gewohnt war, immer allein unterwegs zu sein, hieß das nicht, dass ihr das immer Spaß machte, und an diesem Abend kam sie sich besonders seltsam vor, wenn sie sich so umschaute und all die vielen Pärchen sah, die Arm in Arm zur Tür hereinspazierten, und die Leute, die zwar allein hereinkamen, aber dann gleich von einer ganzen Horde Freunde überschwänglich begrüßt wurden. Der Gin-Cocktail verlieh ihr eine Art künstlicher Beschwingtheit, aber sie stellte sich vor, würde man sie in diesem Augenblick entzweischneiden und sich die beiden Hälften anschauen, würde man eine dünne Schicht Fröhlichkeit außenherum finden und darunter einen Kern aus Dunkelheit und Einsamkeit.

Die Türen zum Saal nebenan wurden weit aufgerissen, und Evie ließ sich von der Menschenmenge mitreißen. Drinnen glaubte man fast, das alte Haus rieche noch nach Qualm, auch wenn dort schon seit Jahrzehnten keine Zigarette mehr geraucht worden war. Eine leichtflüchtige Alkoholnote hing in der Luft. An beiden Seiten des Saals waren kleine Tribünen aufgestellt, um verschiedene Ebenen für die Zuschauer zu schaffen, und darauf runde Stehtische, an die man sich stellen konnte. In der Hoffnung auf einen guten Blick auf die Bühne ging Evie ganz nach links, ans vordere Ende einer dieser Tribünen.

Unablässig strömten immer mehr Menschen herein, und die ersten wurden von den Nachzüglern immer weiter nach vorne gedrängt, während im Hintergrund schon die Musik lief – folkig und elektronisch. Die Curious Lovers ließen ihr Publikum nicht lange warten.

Auf den Bandfotos, die Evie gesehen hatte, gab es nur einen Geiger, aber auf der Bühne standen zwei – eine kleine, vollbusige Dralle mit Blümchentunika und ein verdammt gutaussehender Kerl mit schwarzen Haaren und blauen Augen. Ganz vorne in der Mitte stand Lucie Doran höchstpersönlich. Ihre blonden Haare schimmerten wie flüssiges Gold im Scheinwerferlicht, und das E-Banjo hing ihr mit einem dicken Webband hoch und eng über der Brust.

Sie vergeudete keine Zeit mit unnötigem Gequatsche, sondern tappte nur mit dem Fuß – *eins, zwei* –, und schon ging es los.

Das erste Stück war ein Instrumentalsong. Als er zu Ende war, trat Lucie Doran ans Mikrofon.

»Als Nächstes spielen wir euch ein Lied von unserem neuen Album«, verkündete sie der gebannt lauschenden Menge. Man hörte ihrer Stimme mit dem leichten Akzent auf Anhieb an, wie wunderbar sie klingen würde, wenn sie erst einmal zu singen anfing. »Es ist nicht von mir – ich wünschte, es wäre von mir, ist es aber nicht. Wir wissen nicht, wer es geschrieben hat. Wir haben nachgeforscht, aber wir wissen nur, dass es weit gereist sein muss, von Ohr zu Ohr und von Herz zu Herz, so, wie nur die allerbesten Lieder um die Welt kommen.«

Der Bassist hinten auf der Bühne beugte sich zu seinem Mikrofon vor: »Leute, man munkelt, unsere Lucie hier wird demnächst eine Braut, und ich fürchte, das ist ihr ein bisschen zu Kopf gestiegen, darum das ganze sentimentale Gequatsche.«

»Tja, danke auch, Frankie«, erwiderte Lucie ein bisschen peinlich berührt und noch immer zum Publikum gewendet. »Aber es stimmt, dass der nächste Song ein Liebeslied ist. Ich habe es in New York City kennengelernt, und davor ist es meinem Verlobten … oh ja! Ich habe das böse Wort gesagt! Das ist mein Elijah da drüben« – der blauäugige Geiger verbeugte sich ganz leicht – »in Toronto über den Weg gelaufen. Wir wissen nicht, wie das Lied vorher hieß, aber wir haben es ›For Real‹ genannt.«

Zuerst spielte Lucie allein, dann stimmten auch die anderen Musiker mit ein, und Evie spürte, wie ihr der Beat aus dem Boden in die Beine fuhr, während die

Melodie sich in ihre Ohren ergoss und noch verstärkt wurde von der Beatbox in ihrer Brust. Genau wie immer, wenn sie dieses Lied hörte, jetzt und für alle Zeiten, musste sie an Arie denken.

Aries Reise auf die Insel verlief nicht ganz reibungslos. Sein Flieger geriet mehrfach in heftige Turbulenzen, bei denen das Sitzgurtzeichen aufleuchtete und alle auf ihren Plätzen bleiben mussten. Und jedes Mal, wenn das Flugzeug unvermittelt absackte und Arie nach oben in seinen Sitzgurt gepresst wurde, wurde er daran erinnert, wie zerbrechlich sein eigenes Leben war. Krampfhaft versuchte er, nicht an Dianas zarten Körper zu denken – der nie auch nur den Hauch einer Chance gehabt hatte gegen die geballte Macht von Wind, Wetter und Technik.

Irgendwann ging das Flugzeug schließlich in den Sinkflug, für Arie keine Sekunde zu früh. Nicht nur, dass er es kaum erwarten konnte, endlich aus dem Flieger zu steigen und wieder festen Boden unter den Füßen zu haben, nein, er wusste nur zu gut, dass der Flug Verspätung hatte und es nicht mehr lange dauern würde, bis das Konzert von Lucie Doran and the Curious Lovers anfing. Er konnte nur hoffen, dass genug Taxen vor dem Flughafen warteten und die Fahrt in die Stadt nicht allzu lange dauerte.

Die Maschine durchflog eine Wolkenwand, und hinter Aries Fenster versank alles in Nebel, um dann den Blick freizugeben auf einen atemberaubenden Ausblick. Die Umrisse einer Gebirgskette erschienen vor nachtblauem Hintergrund, durchsetzt mit windgepeitschten Wolken, und das Städtchen Hobart lag unter ihnen wie ein kunterbunter Lichterteppich, zweigeteilt von den verschlungenen schwarzen Windungen des mäandernden Derwent. Unweit einer Brücke über den Fluss, die in roten Neonlichtern erstrahlte, erhob sich ein gigantischer Lichtstrahl in den Himmel. Das musste Spectra sein.

Arie hatte alles über das Mittwinterfestival und die Lichtinstallationen gelesen, aber so eindrucksvoll hatte er sie sich nicht vorgestellt, und er hätte auch nicht damit gerechnet, dass dieses Licht ihm womöglich den Weg weisen würde auf dieser wahnwitzigen Mission. Der Strahl erschien ihm wie ein Leuchtturm in dunkler Nacht.

Doch statt zum Landeanflug anzusetzen, zog das Flugzeug ganz unerwartet hoch und flog einen weiten Bogen. Ein paar Minuten später meldete der Kapitän sich mit einer Durchsage. »Sehr geehrte Damen und Herren, wie Sie sicher mitbekommen haben, konnten wir bei unserem ersten Anflug leider nicht in Hobart landen. Das Wetter spielt bedauerlicherweise nicht mit, wir haben Wind aus westlichen Richtungen mit Böen bis zu fünfunddreißig Knoten. Wenn Sie also so nett wären und noch ein bisschen Geduld haben, wir starten gleich einen zweiten Versuch. Ihre Sicherheit hat bei uns zu jeder Zeit oberste Priorität, also lehnen Sie sich beruhigt zurück und genießen Sie Ihren leicht verlängerten Flug.«

»Leicht« sollte sich rasch als leichte Untertreibung entpuppen. Als der Pilot schließlich erneut zur Landung ansetzte, wusste Arie, dass er den Anfang des Konzerts verpassen würde. Und statt den Vogel auf den Boden zu bringen, zog der Pilot das Flugzeug abermals hoch und flog einen weiteren großen Bogen, sodass Arie das Gefühl bekam, der Flieger umkreise Spectra wie eine Motte das Licht. Wieder schaute er auf die Uhr, und alle Hoffnung verpuffte.

Was Arie an Flugreisen immer schon gehasst hatte, auch schon vor PQ108, war, dass man, sobald man an Bord ging, hilflos ausgeliefert war. Man konnte es sich nicht mehr anders überlegen. Er staunte, wie Flugbegleiter damit zurechtkamen, Tag für Tag an ihrer Arbeitsstelle eingesperrt zu sein, ohne Mitspracherecht oder Wahlfreiheit. Wieder versuchte er, nicht an Diana zu denken, und wieder scheiterte er kläglich.

Diesmal landete das Flugzeug. Das Fahrwerk setzte hart auf, dann schlingerte die schwerfällige Maschine links und rechts über die Landebahn. Achtzehn Minuten später trat Arie Johnson als einer der Ersten aus dem Flieger, klackerte die Metalltreppe hinunter und stürmte über den windgepeitschten Asphalt zum Terminal.

Die Taxen warteten schon, und die Fahrt in die Stadt verlief so zügig, wie Arie es sich erhofft hatte. Aber vor dem Avalon angekommen, war alles leer. Ein paar Leute standen noch in kleinen Grüppchen davor, während im Foyer eine Frau am Merchandising-Stand T-Shirts faltete und in einen Pappkarton packte. Auf der Theke stand ein Reklameaufsteller für Gin-Cocktails, aber das Licht über der Bar war ausgeknipst, und kein Barkeeper war mehr zu sehen.

Türsteher in Schwarz musterten ihn, als er an ihnen vorbei in den Saal ging. Auf den nun menschenleeren

Tribünen standen leere Pappbecher auf Glastischen. Zwischen den zurückgelassenen Instrumenten auf der Bühne wickelten Roadies Kabel auf. Er ging zurück ins Foyer.

»Könnte ich noch eine CD haben?«, fragte er die Frau am Merchandising-Tisch.

»Das Kartenlesegerät ist schon abgemeldet«, sagte sie. »Sie müssten also bar zahlen, aber ich habe leider kein Wechselgeld.«

Die CDs kosteten zwanzig Dollar. Arie hatte nur einen Fünfzig-Dollar-Schein. *Gutes Geld dem schlechten nachgeworfen*, dachte er und gab ihr den Schein.

»Behalten Sie das Wechselgeld.« Wenigstens würde er jetzt nicht mit leeren Händen nach Hause fahren.

Draußen vor der Tür blieb er stehen und überlegte. Er war noch nie in Hobart gewesen und kannte sich überhaupt nicht aus. Die kleine Reisetasche über der Schulter, das Handy in der Hand, suchte er die Wegbeschreibung zu seinem Hotel. Fünfzehn Minuten zu Fuß, angeblich, oder sechs mit dem Auto. Ein kleiner Spaziergang konnte nicht schaden.

Er drehte sich in die Richtung, die der kleine Pfeil ihm anzeigte – links. Der Straße folgend, marschierte er den Hügel hinauf, und immer wenn er sich umdrehte und zurückschaute, veränderte sich der Ausblick über die Stadt ein wenig, nur eins blieb immer gleich: Spectra, deren Licht unbeirrt hinauf in den wolkenbekritzelten Himmel schien.

Hinter dem Avalon Theatre, auf einem sonst meist übersehenen Parkplatz, war zwischen Schotter und Unkraut eine Pop-up-Bar aus dem Boden geschossen. Sie erinnerte an ein Zoogehege mit verschiedenen Ebenen und Rampen. Feuer brannten in leuchtenden Ölfässern, aus denen gelegentlich Funkenschauer in den Himmel stoben. Neben einem davon saß Evie Greenlees, nippte an einem verboten starken Kaffee und summte tonlos eine Melodie.

Eine Weile lang beobachtete sie die Menschen ringsum mit Dichteraugen, sah die leuchtend bunten Kleider, wie sie redeten, sich bewegten, lachten, sich berührten.

Irgendwann zog sie schließlich den Schaffellmantel fester zu und machte sich an den steilen Anstieg hinaus aus der Stadt. Die geschlossenen Cafés und lichtlosen Läden mit Haushaltswaren wichen allmählich Holzhäusern und Sandstein-Cottages, die Fußgänger wurden immer weniger und die Straße immer steiler.

Irgendwann bog sie schließlich ab auf den Parkplatz, wo ihr Auto stand. Zum Glück war der eben. Sie suchte den Käfer und entdeckte schnell die vertrauten Rundungen von Dach und Kotflügeln unter der Straßenlaterne, wo sie ihn abgestellt hatte. Aber da war jemand, gleich neben ihrem Wagen. Ein Mann, der auf dem Gehweg auf und ab lief.

Nix drin, was sich zu klauen lohnt, dachte sie und kramte in ihrer Tasche nach dem Handy, obwohl sie gar nicht recht wusste, wie ihr das jetzt helfen sollte. Ihr Herz, das vom Bergaufgehen schon raste, schlug noch ein bisschen schneller, während sie zusah, wie der Mann auf und ab ging und dabei doch stets auf Höhe ihres Wagens blieb. Erst als er stehen blieb und sich in die Hände blies und auf die Uhr schaute, ging Evie auf, dass er ihr irgendwie bekannt vorkam. *War das nicht ...?*

Arie?

Dreieinhalb Monate war es her, seit sie aus Melbourne weggegangen war. Doch Evie war klug genug, um zu wissen, dass man noch so lange unablässig an jemanden denken, ihn herbeisehnen, herbeiwünschen konnte, und doch würde er nicht einfach so unvermittelt auftauchen, neben einem geparkten Auto. *Oder doch?*

Sie blinzelte und erwartete eigentlich, die Erscheinung würde verschwinden.

Und da sah er sie.

»Evie?«

Ihr Herz klopfte schneller, klopfte *er ist es, er ist es, er ist es.*

In ihren Träumen war Evie immer cool, locker und gelassen, eine Frau, die in sich ruhte und die letzten Meter auf den Mann zu ... schlenderte. Aber in Wahrheit war sie eine Frau, die das Herz auf der Zunge trug, und sie musste sich beherrschen, um nicht loszurennen und ihm in die Arme zu fallen.

Und dann stand sie vor ihm, und ohne nachzudenken fiel sie ihm um den Hals und umarmte ihn, und er umarmte sie, und dann standen sie da, Kinn auf Schulter, und atmeten im selben Takt. Er schien zu frieren, obwohl er den Reißverschluss seiner Wildlederjacke bis obenhin zugemacht und sich einen Schal fest um den Hals gewickelt hatte. Sie löste sich von ihm, und seine braunen Augen und das breite Lächeln waren das einzig Warme an ihm. Er war blass und hatte die Schultern hochgezogen gegen die Kälte. Er zitterte. Aber dieses Lächeln. Diese Augen.

»Ich habe dich gefunden«, wisperte er.

Evie wusste nicht, ob ihm mehr Freude als Erleichterung ins Gesicht geschrieben stand oder umgekehrt – aber sie wusste, es war alles ihretwegen.

»Hast du. Aber … was machst du denn hier?«

»KFP 532«, sagte er und wies auf ihr Nummernschild. »Ich bin den Berg hochgelaufen, und es war einfach pures Glück. Ich habe nach links geguckt, und da stand dein Auto. Und drinnen, auf dem Sitz – ich wusste, das ist deine Sonnenbrille. Also brauchte ich nur noch … abzuwarten.«

»Du bist ja halb erfroren. Wie lange wartest du schon hier?«

»Ein Weilchen«, erwiderte er schlotternd.

»Aber … wie? Warum? *Wieso?*«

»Ich musste dir unbedingt sagen, dass ich herausgefunden habe, wie der Song heißt«, sagte er. »Ich dachte, du würdest es wissen wollen.«

Er zog die CD aus der Tasche, und Evie zog genau die gleiche aus ihrer Handtasche.

»Dann hast du es auch gefunden«, stellte er fest.

»Oder es hat mich gefunden.«

»Warst du auf dem Konzert?«, fragte er und steckte die CD wieder in die Tasche.

»Mhm.«

»Ich wollte auch kommen, aber der Flieger …«

Flieger, dachte Evie.

»… konnte die ersten Male nicht landen. Es kommt mir vor, als würde mir das bei dir dauernd passieren,

Evie. Früher oder später bin ich da, wo ich hinwill, aber immer ein kleines bisschen zu spät.«

Sie sagte nichts. Sie wollte ihn wieder umarmen.

»In den letzten Monaten hat es keinen einzigen Tag gegeben, an dem ich nicht an dich gedacht und dich vermisst habe. Und es hat keinen Tag gegeben, an dem ich mich nicht gefragt habe, was wohl passiert wäre, wenn ich dich gebeten hätte zu bleiben.«

Lächelnd zuckte Evie die Achseln. »Ich wäre geblieben.«

»Dummer Fehler von mir.«

»Eselverue?«, fragte sie.

»Ich glaube, dafür braucht es ein neues Wort. Eins, das bedeutet, ich will mir nicht vorstellen müssen, dass nur an einem anderen Ort, zu einer anderen Zeit aus uns beiden was wird.«

Er hielt ihr die geöffneten Hände hin.

Sie schaute ihn an.

»Ich bin so weit«, versprach er. »Diesmal bin ich endlich so weit.«

Evie wusste, gleich würde sie ihn zum zweiten ersten Mal küssen. Ein wenig später würden sie sich in einem Bootshäuschen, das auf einmal gar nicht mehr so einsam und verlassen war, zum zweiten ersten Mal lieben. Morgen würde Arie seinen Rückflug nach Melbourne verpassen und würde auch übermorgen noch nicht nach Hause fliegen, und in den paar Tagen, in denen er und sie sich vor der ganzen Welt versteckten, in denen sie durch die Fenster des Bootshäuschens hinausschauten auf die winterlichen Wellen in der Bucht, konnten sie gar nicht genug staunen über das unverschämte Glück, beide zur gleichen Zeit »For Real« im Radio zu hören, und sie würde ihm die Gedichte aus ihrem Notizbuch vorlesen, auch das vom Strich, und in den darauffolgenden Monaten sollte kaum ein Wochenende vergehen, an dem Arie Evie nicht in Hobart besuchte oder Evie Arie in Melbourne. All das und noch viel mehr, doch das sollte alles erst noch kommen.

Im Moment standen sie auf der kalten Straße, und er reichte ihr die Hände.

Evie nahm sie, ganz langsam, nicht etwa, weil sie sich unsicher gewesen wäre, sondern weil sie sich alles ganz genau einprägen wollte: den Wind im Gesicht, den Asphaltgeruch der Straße, das Herz, das ihr schier übergehen wollte, das nur zu ihm wollte. Sie schloss die Augen und musste an ihre eigenen Worte denken. *Willst du wissen, was als Nächstes in meinem Leben passieren wird? Ich verrate es dir. Ich werde jemanden kennenlernen. Jemand Nettes. Und er wird mich wollen. Wirklich, richtig, echt wollen, nicht bloß irgendwie. So einfach wird das sein.*

Ganz richtig hatte sie damit nicht gelegen. Ganz so einfach war es nicht gewesen. Bis jetzt jedenfalls nicht. Aber als Evie die Hände nach Arie ausstreckte, wusste sie, das alles zählte nicht mehr. Denn er wollte sie, wirklich und wahrhaftig. Seine Hände waren kalt in ihren, aber er hielt sie sicher und bestimmt. Seine Finger schlossen sich fest um ihre, als wolle er sie nicht wieder loslassen. Und wenn Evie in diesem Augenblick ein bisschen schwindelig wurde bei der Vorstellung, ihre ganze Zukunft in diese Hände zu legen, dann deshalb, weil sie genau das tat.

CODA

✦

Es war nicht Red Somerleds Idee, die Locksmiths zu einer Revival-Tour zusammenzutrommeln. Tony, der Schlagzeuger, hatte sie alle aufgestöbert und so lange bequatscht, bis sie Ja gesagt hatten. Bei Red hatte er ein paar Monate nach dem Ende von Disc & Co angeklingelt, als der gerade eine miese Phase durchmachte, auch unter der Woche bis mittags schlief und abends viel zu viel Jim Beam Cola wegkippte.

»Wer will denn schon einen Haufen alter Säcke wie uns sehen?«, hatte Red ihn gefragt.

»Ja, stimmt schon«, hatte Tony gesagt. »Aber mal ehrlich, wen juckt's?«

Womit er recht hatte. Und da standen sie jetzt, auf einer winzigen Bühne in einem Pub in Fremantle an einem glutheißen Dezembernachmittag. Ein himmelweiter Unterschied zu den glorreichen alten Zeiten, als die Fans sich vor der Bühne drängten und Red die heißen Blicke hunderter Frauen auf sich spüren konnte. Die Locksmiths trugen inzwischen allesamt entweder Glatze, Kehllappen wie Truthähne, einen Bauch wie ein gegürtetes Käsesoufflé oder alles zusammen, und das sonntägliche Publikum war auch eher spärlich.

Aber wie Tony so schön gesagt hatte – wen juckte es?

Mitten in einem Instrumentaltrack mit dem klingenden Namen »The Guillotine«, benannt nach einem kleinen Surf-Areal vor der Küste, machte der Gitarrist ihm in einem Song – wie früher immer – Platz für ein bombastisches, rauschendes Gitarrensolo. Red gab alles. Mit geschlossenen Augen tanzten seine Finger über die Wellenkämme und -täler der Musik. Als es schließlich zu Ende war, sah er, dass die Frau an der Bar ihn noch immer nicht aus den Augen ließ. Sie hatte ein Bein übers andere geschlagen und wippte ganz leicht mit dem Fuß. In der Hand hatte sie einen Drink – einen Gin Tonic vermutlich.

Sie war zierlich und hatte so helle Haare, dass man das Grau darin kaum sah, doch ihr Gesicht wirkte ein wenig verhärmt. Und da war etwas, in ihrem Blick und in ihrer Haltung, das in Red Erinnerungen an eine sehr viel jüngere Frau weckte. Als sie schließlich fertig waren, sprang er von der Bühne und ging zu ihr.

»Irgendwie habe ich das Gefühl, wir kennen uns«, sagte er und hoffte inständig, dass es nicht nach einem platten Anmachspruch klang.

»Tun wir«, entgegnete Belinda Clare, »aber das ist lange her.«

An dem Dezembertag, an dem Lucie Doran und Elijah Tripp erfuhren, dass sie schwanger waren, waren sie gerade mit den anderen Curious Lovers in einem Kleinbus unterwegs von Boston nach Quebec City. Irgendwo in Vermont machten sie Pause, und während alle anderen die sanitären Anlagen besuchten, ging Lucie in eine kleine Drogerie.

Als sie danach alle wieder in den kleinen Bus kletterten, drückte Lucie Elijah den kleinen Plastikstift mit den beiden leuchtend blauen Streifen in die Hand, und seine Augen wurden groß und rund vor Aufregung und Angst, und eine Weile fuhren sie schweigend weiter in Richtung Norden, und Lucie schmiegte sich an Elijah, so eng der Sitzgurt es zuließ, und beide dachten an die gemeinsame Zukunft, die sich plötzlich vor ihnen auftat, groß und weit und wunderbar wie alles, was man durch die Windschutzscheibe sehen konnte.

Irgendwann, als alle außer Lucie, Elijah und dem Fahrer eingenickt zu sein schienen, flüsterte Lucie: »Wenn es ein Mädchen wird, will ich sie Tango nennen.«

Welch Überraschung, ein Hippie-Name, dachte Elijah. »Und wenn es ein Junge wird?«

»Banjo«, erwiderte sie mit einem Lächeln, das Elijah nicht ganz einordnen konnte.

Der Bus fuhr weiter, die Straße spulte sich unter den Reifen ab, und Elijah legte eine Hand auf Lucies Bauch. *Bitte, lieber Gott*, betete er stumm. *Bitte, lieber Gott, o bitte, lass es ein Mädchen sein.*

Nachdem er gerade seine siebzehnjährige Tochter in einen Flieger nach Vancouver mit Zwischenstopp in Toronto gesetzt hatte, wo sie dann, so hoffte er, in guten Händen sein würde, nämlich in denen zweier Menschen, die er noch nie im Leben gesehen hatte, den Eltern dieses kleinen Rotzlöffels von einem Cellisten, der seiner Beatrix das Herz gestohlen hatte, trat Bene Romero aus dem Flughafen Heathrow. Obwohl sie Weihnachten zum ersten Mal nicht zusammen feiern würden, war

Beatrix beinahe im Laufschritt zum Abfluggate geflitzt und hatte sich nicht mal mehr nach ihm umgedreht.

Bene marschierte über den Parkplatz, ballte die Hände dabei unwillkürlich rhythmisch zu Fäusten, und die Ader an seinem Hals pochte. Als Juanita verkündet hatte, sie wolle die beiden zum Flughafen begleiten, hatte er angenommen, sie wolle sich von Beatrix verabschieden. Nun musste er allerdings einsehen, dass Juanita geahnt haben könnte, er könne auf dem Rückweg eine erwachsene Aufsichtsperson gebrauchen. Sie hielt die Hand auf, damit er ihr den Autoschlüssel gab.

»Du bist viel zu aufgekratzt zum Fahren«, erklärte sie. »Komm schon. Wir beide unternehmen was Schönes.«

Bene wollte nichts Schönes unternehmen. Er wollte nach Hause fahren und sich in Selbstmitleid und Verlustängsten suhlen, aber er gab ihr ohne Widerworte den Schlüssel und saß dann verdrießlich auf dem Beifahrersitz, während Juanita sie nach Camden Town kutschierte. Da war er seit Jahren nicht mehr gewesen, obwohl es nicht weit von seinem Zuhause lag. Mit einem Kebabspieß und einem Mojito intus, hob seine Laune sich merklich, und noch besser wurde sie, als er und Juanita durch die Plattenläden von Camden Market streiften.

Irgendwann kamen sie an einem Indie-Folk-Pop-Laden vorbei, und heraus wehte eine Melodie, die sich in sein Ohr schlängelte und hinunterglitt in ein finsteres Verlies, wo sie Erinnerungen freiließ an eine Bar spätnachts in Singapur, rauchigen Whisky-Geschmack und die lockenden Klänge eines Liebesliedes, die ihn zu einem Klavier auf einer Galerie geführt hatten. Er blieb stehen und spitzte die Ohren.

»Was ist?«, fragte Juanita.

»Ich weiß es nicht«, murmelte Bene. Das Lied, das er da hörte – »For Real« von Lucie Doran and the Curious Lovers –, erinnerte ihn an irgendwas.

Mit einem Anflug von Gewissensbissen musste Bene an das ledergebundene schwarze Notenbuch denken, das er in einem Hotel in Singapur auf einem Klavier gefunden und halb gerettet, halb geklaut hatte. Ihm fiel die rothaarige Pianistin wieder ein und wie er, als kleine Geste der Anerkennung, die letzten Takte des Liedes in dem Büchlein notiert hatte. Das Notenbuch an die innenstehende Adresse zurückzuschicken war eins von vielen, vielen Dingen auf seiner »Eines Tages«-Liste, die es nie auf die offizielle »Jetzt sofort«-Liste geschafft hatten. Er schwor sich, sobald er nach Hause kam, würde er das Buch heraussuchen und es zumindest irgendwo hinlegen, wo er es sah. Die Pianistin, falls sie überhaupt noch unter der angegebenen Adresse wohnte, würde sich sicher wundern, es nach all der langen Zeit wiederzubekommen … aber besser spät als nie.

Doch dann passierte etwas, das Bene Romero den frisch gefassten Entschluss vergessen ließ und sein gesamtes Leben auf den Kopf stellen sollte. Was geschah, war Folgendes: Juanita lächelte ihn an, und dann hakte sie sich mit einem schlanken Arm bei ihm unter.

Der unverwechselbare Geruch nach Second-Hand-Klamotten durchzog das Value-Village-Sozialkaufhaus in der East Hastings Street in Vancouver und mischte sich mit den Klängen einer schmissigen Musikmischung, die die Kunden in Kauflaune versetzen sollte. Schnäppchenjäger summten vor sich hin, während sie geübt die Ständer mit Wintermänteln und Weihnachtspullovern durchgingen. Unweit der Bücherregale stand aufgeklappt ein alter Lederkoffer, bis obenhin vollgepackt mit Noten. Bücher mit Liedern für Blockflöte, Anthologien populärer Klassiker und die Liederbücher von *Oklahoma!, My Fair Lady* und *The Sound of Music*. Irgendwo dazwischen wartete ein schwarzes, ledergebundenes Notenbuch mit einem roten Lesebändchen. Unbeachtet lag es da. Aber vielleicht würde eines Tages jemand kommen, der es in die Hand nahm und darin blätterte. Vielleicht würde derjenige damit zur Kasse gehen und es für den stolzen Preis von fünfzig Cent erwerben. Und vielleicht würde das verlorene Liebeslied darin abermals wiederentdeckt.

Die helle Januarsonne fiel gleißend durch die Windschutzscheibe von Arie Johnsons blauem Renault, als Evie Greenlees ihn im großen Bogen um eine Kurve im Highway aus Melbourne hinaussteuerte. Auf dem Beifahrersitz saß Arie und riss mit den Zähnen eine Tüte Gummibärchen auf. Er aß ein gelbes, dann fischte er zwei rote heraus und legte sie Evie in die ausgestreckte Hand.

Evie war vor ein paar Wochen aus Hobart eingeflogen, um Arie in Melbourne dabei zu helfen, das Haus in der Tavistock Row leerzuräumen. Erst gestern hatte sie mit Arie neben dem ZU-VERKAUFEN-Schild mit dem großen, diagonalen Aufkleber VERKAUFT gestanden, seine Hand gehalten und ganz fest gedrückt, während eine Klavierspedition den Steinway in mehreren Teilen herausgetragen und in den vom Konservatorium gemieteten LKW verfrachtet hatte, wo das Instrument einen würdigen Lebensabend verbringen sollte. In zwei Tagen würden Arie und Evie den Renault auf die Bass-Strait-Fähre verladen und sich dann in Hobart auf die Suche nach einem eigenen Häuschen machen.

Aber vorher hatten sie noch etwas zu erledigen, etwas Unumgängliches.

»Was, wenn sie mich nicht mag?«, fragte Evie.

»Sie wird dich mögen«, versicherte Arie. »Jeder mag dich. Meine Familie hat mir allen Ernstes gesagt, wenn ich das mit dir vermassele, wollen sie dich behalten und mich irgendwie loswerden.«

»Aber was, wenn ich die Aprikosen zerdrücke?«

»Du wirst die Aprikosen nicht zerdrücken. Dazu hast du viel zu viel Angst vor ihr.«

»Ich habe noch nie Marmelade gekocht. Ich habe keine Ahnung, wie man Marmelade kocht. Was, wenn ich alles falsch mache?«

»Belinda passt schon auf. Glaub mir.«

»Aber was, wenn sie mich nicht *mag*?«

Arie lächelte. Darüber machte er sich gar keine Gedanken. Denn Belinda schien, genau wie er, in letzter Zeit ein wenig aufzublühen.

Einen halben Herzschlag lang war das Radio still, und dann klangen die vertrauten Anfangsakkorde lieblich und laut aus den Boxen. Arie war es, als gäbe es kein Lied, das besser beschreiben könnte, was er gerade empfand – herzschmerzend verrückt verliebt in die Frau neben ihm, und doch wohl wissend, dass seine Gefühle für sie durch ein Flussbett strömten, das womöglich nie so tief gewesen wäre, hätte Diana Clare es nicht ausgegraben. Er schaute Evie von der Seite an, und sie sah ihn an und lächelte, so sehr im Augenblick, wie man nur sein konnte.

Unter einem weiten blauen Himmel voller weißer Schäfchenwolken fuhren sie hinaus aus der Stadt.

Und das war ihr Lied.

ANMERKUNGEN ZU DEN GEDICHTEN IN »BIS DU MICH FINDEST«

Evie Greenlees' drei Gedichte – »Dandelion Clocks« (»Pusteblumen«), »Turning« (»Wende«) und »Fire« (»Feuer«) wurden im Original von einem großartigen Dichter geschrieben, Young Dawkins. Young war eine Schlüsselfigur des Beat Revival Movement in New Hampshire, wo er Mitinitiator des Jazzmouth Poetry Festivals war. Seine erste Gedichtsammlung *The Lilac Thief* veröffentlichte er, bevor er nach Schottland zog und dort zu einer festen Größe in der schottischen Dichterszene wurde. 2011 war er der schottische Slam Poetry Champion und vertrat Schottland beim Poetry Slam Weltcup in Paris. Heute lebt er in Hobart in Tasmanien. Er schreibt regelmäßig für die *Griffith Review,* eine der führenden Literaturzeitschriften Australiens, und sammelt weiterhin Slam-Poetry- und Storytelling-Preise. Wohl wissend, dass nur ein echter Poet Evies Kunst zum Leben erwecken könnte, habe ich Young um Hilfe gebeten. Ich stehe tief in seiner Schuld für das, was er an Talent und Wissen investiert hat und wie bereitwillig er auf meine verrückten Ideen eingegangen ist. Mehr finden Sie unter https://youngdawkins.

net, und wenn Sie wissen möchten, was seine Frau zu ihm sagt, hier können Sie ihren Blog lesen: http://dorkymum.com.

PLAYLIST

✦

Musik hat mich beim Schreiben von »Bis du mich findest« inspiriert und beflügelt. Jede der Hauptfiguren hat eine eigene »Erkennungsmelodie«, die mir dabei half, sie zu charakterisieren, und viele Szenen sind mit bestimmten Liedern hinterlegt. Darüber hinaus haben die Songs, die in Dauerschleife auf meiner Anlage liefen, während ich dieses Buch geschrieben habe, der Geschichte etwas von ihrer eigenen emotionalen Färbung mitgegeben. Falls Sie wissen möchten, welche das waren, liste ich sie Ihnen hier auf:

Aries Erkennungsmelodie: »Unsent Love Letters« von Elena Kats-Chernin, gespielt von Tamara-Anna Cislowska

Dianas Erkennungsmelodie: »Piano Concerto No. 2 in G Moll« von Prokofjew, gespielt von Yuja Wang und den Berliner Philharmonikern

Evies Erkennungsmelodie: »Fantasia on Greensleeves« von Ralph Vaughan Williams (arrangiert von Ralph Greaves), gespielt vom Orchester der Wiener Staatsoper

Belindas Erkennungsmelodie: »Northern Lights« von Ola Gjeilo, gespielt vom Elektra Women's Choir
Benes Erkennungsmelodie: »Für Elise« von Beethoven, gespielt vom European Jazz Trio
Beatrix' Erkennungsmelodie: »Fantasie für Solo-Flöte« von Friedrich Kuhlau, gespielt von Elisabeth Wentland
Felix' Erkennungsmelodie: »Whole Lotta Love vs. Beethoven 5th Symphony«, gespielt von 2 Cellos
Toms Erkennungsmelodie: »Paris Texas« von Ry Cooder
Elijahs Erkennungsmelodie: »Idle Jig Set« von The East Pointers
Lucies Erkennungsmelodie: »Home« von The Small Glories
Reds Erkennungsmelodie: »Albatross« von Fleetwood Mac

Während ihres Kammermusikkonzertes in Singapur spielt Diana zusammen mit anderen Musikern folgende Stücke: »Butterflying« von Elena Kats-Chernin, »Trio für Pianoforte, Violine und Violoncello« von Fanny Mendelssohn, »Trio für Pianoforte, Violine und Violoncello« von Clara Schumann.

Der Soundtrack zum Kapitel »Halten« ist »4'33"« von John Cage.
Bei Richards und Lenkas Silvesterparty läuft im Hintergrund *Café Del Mar Ibiza Vol. 3*.
Der Song, der läuft, als Felix und Beatrix in den Star Flyer steigen, ist »Party Rock Anthem« von LFMAO.

Im Musikcamp spielt Beatrix' Holzbläsergruppe »Scherzo for Mixed Woodwind Choir« von Vaibhav Mohanty.

Der 1980er Retro-Elektro-Song auf der Spotify-Playlist, die Arie bei Sonder hört, ist: »Banana Clip« von Miguel.

Die Amy-Winehouse-CD, die Evie im Airbnb in der Tavistock Row hört, ist *Back to Black*.

Der viel zu oft gedudelte Popsong, den Arie und Evie hören, als sie am Flussufer stehen, ist »The Shape of You« von Ed Sheeran.

Das erste Lied von Evies »sehr langer Playlist« für die Autofahrt zu Heidis Hochzeit ist »Budapest« von George Ezra.

Minnies Playlist:

»Spiegel im Spiegel«, geschrieben von Arvo Pärt, gespielt von Sally Maer und Sally Whitwell

»La Valse d'Amélie« (Klavierversion) von Yann Tiersen

»Nulla in Mundo Pax Sincera« von Vivaldi, gespielt von Jane Edwards, Chor, Geoffrey Lancaster, Gerald Keuneman, Orchester und Ricky Edwards

»Winter« aus den *Vier Jahreszeiten* von Vivaldi, gespielt von Yo-Yo Ma

»Something Pocket-sized« von Lucy Wise and the B'Gollies

»Most Beautiful« von Frente!

»Anthem«, geschrieben von Leonard Cohen, gespielt von Perla Batalia und Julie Christensen

»I Know You by Heart« von Eva Cassidy

»Wild Mountain Thyme«, Volkslied, gespielt von Lucy Wainwright-Roche
»Fragile« von Sting
»Linger« von The Cranberries
»While My Guitar Gently Weeps«, geschrieben von George Harrison, gespielt von Sally Cooper
»Never Let Me Go« von Florence and the Machine
»Elastic Heart« von Sia
»Lost Boy« von Ruth B
»Yellow Rose« von Sophie Koh
»My Little River« von Jess Ribero

DANKSAGUNG

Dafür, dass sie mir wissenschaftliche Bezeichnungen für vage Befindlichkeiten geliefert und geduldig ihren scharfen Verstand eingesetzt hat, um meine eher schwammigen Vorstellungen von Musik zu entwirren, danke ich meiner lieben Freundin, der klarinettespielenden, musikkomponierenden, sockenstrickenden, gärtnernden, kuchenbackenden, fädenspinnenden, Essendon unterstützenden Clare Ramsden. Musikalische Hilfe kam außerdem von der Komponistin Maria Grenfell und dem Konzertpianisten Shan Deng, wobei verbleibende Fehler allein auf meine Kappe gehen. Die Crew von Neon Jungle (vor allem Jonny und Seb) hat mir Einblicke in die Welt der Computerprogrammierung und des Webseitendesigns ermöglicht, und ich gestehe, die Idee mit der lila Beleuchtung habe ich ihrem Büro geklaut. Entschuldigen möchte ich mich an dieser Stelle bei Sonder Digital Marketing in Brisbane für das, was aussehen muss wie der dreiste Diebstahl ihres Firmennamens. Was soll ich dazu sagen, außer vielleicht: »Zwei Kluge, ein Gedanke«? Meine liebe Freundin Rabbit-Hearted Girl beeinflusst meinen Musikgeschmack bereits seit meinen frühen Zwanzigern, wobei ich nur davon träumen kann, einmal auch nur annähernd so cool zu werden wie sie. Ich danke dem Dichter Richard Lemm für seinen Rat bezüglich Prince Edward Island und bin Billie-Jo Brezhnev von den Kazakhstan Cowgirls (ihre alternative australische Nationalhymne ist auf YouTube zu finden) sehr dankbar, dass sie mir das mit dem Mandela-Effekt erklärt hat.

Für die Beratung in Luftfahrtfragen danke ich Chris Godfrey. Marmeladenweisheiten habe ich aus der Küche von Kochgöttin Lou-Lou Angel bekommen.

Das Team hinter dem Buch besteht aus Gaby Naher von Left Bank Literary, Beverly Cousins, Catherine Hill, Claire Gatzen, Lou Ryan, Talie Gottlieb und Radhiah Chowdhury von Penguin Random House in Australien, Dan Lazar von Writers House, Hilary Teeman von Crown Publishing, Francesca Best und Sally Williamson von Transworld, Maria Runge von Goldmann und Camilla Ferrier und Jemma McDonagh von der Marsh Agency. Ich bin zutiefst dankbar für all die Energie und Expertise dieser großartigen Fachleute, und auch für ihre herzliche Kollegialität.

Wie immer bin ich dankbar für meine beste und liebste Leserin, Freda Fairbairn, für die kreative Brillanz des wahren Universalgenies Jean Hunter, für die unbeschreibliche Fabelhaftigkeit von Sugar B. Wolf, für das liebenswert pedantische Genie von Picky Pen, für die unbezahlbare Freundschaft mit Pierre Trenchant und für die verlässliche Unterstützung von Lagertha Fraser. Ich danke Wallace Beery, der mich gelehrt hat, dass Musik Medizin ist, und Marie Bonnily, die geduldig alle beinahe-aber-nicht-ganz-vergeudeten Musikstunden meiner Kindheit organisiert hat.

Ich schätze mich glücklich, zu Hause überhäuft zu werden mit Liebe von Alaska Fox, Dash Hawkins, Tiki Brown, the Noo und the Bean. Dem unvergleichlichen Jack Waters sei gesagt: Du bist alles andere als ein Tänzer, mein Lieber, aber du bringst meine ganze Welt ins Wanken.